La otra vida

El día 16 de enero de 2008, un jurado presidido por Rogelio Blanco Martínez y compuesto por Fernando Marías y Ana Rossetti otorgó el Accésit del VI Premio de Narrativa Caja Madrid, dotado con 6000 euros, a la novela finalista *La otra vida*, de Juan Serrano Cazorla.

La otra vida

Juan Serrano Cazorla

JSC Editor

1ª Edición: abril de 2015
ISBN: 978-84-606-7102-2
Impreso por Createspace

Índice

A mis padres

Prólogo del narrador

Durante muchos años, me afané en enterrar el pasado, me esforcé en borrar de mi memoria las imágenes de un breve periodo de mi vida que determinó de forma crucial mi existencia posterior. Mi perseverante esfuerzo sirvió para apaciguar el dolor, que, con el paso del tiempo, terminó disipándose. Pero, después del dolor, la tentación hizo acto de presencia. Hace tres años, esa persistente tentación me llevó a rescatar, del interior de una caja fuerte que permaneció cerrada durante mucho tiempo, las cartas que, al final de mi adolescencia, le escribí a la persona más importante de mi vida. Fueron muchas las ocasiones en las que releí, con creciente fascinación, esas cartas. Y, al contrario de lo que yo temía, el dolor no resucitó. En su lugar, brotaron en mí un sentimiento de compasión y otro de admiración hacia aquel adolescente que escribió unas cartas tan tristes como bellas.

Así pues, la relectura de esas cartas me permitió recomponer, pieza a pieza, el puzle del pasado. Por extraño que parezca, esa tarea me resultó de lo más reconfortante. Lo fue, en primer lugar, porque, al evocar yo los acontecimientos pretéritos, constaté que el dolor que aquéllos me infligieron me había convertido en un ser superior al que era por entonces; y, en segundo lugar, porque me reencontré con un extraordinario material que sin duda merecía que yo, ahora que había alcanzado mi primera madurez creativa, le confiriera entidad literaria. Durante bastante tiempo, el pudor me impidió tomar la decisión de llevar a cabo tan delicada empresa. Pero, finalmente, me sobrepuse a ese pudor y, por consiguiente, resolví que mi primera obra literaria poseería raíces autobiográficas.

De todos modos, mi intención nunca fue la de escribir una obra mimética. Por tanto, el texto que he construido no refleja de forma fidedigna y exacta los hechos reales, sino que los desfigura. Prueba de este propósito es que he sometido las cartas que le escribí a mi confidente a un meticuloso proceso de reescritura para que la calidad de su prosa adolescente alcance la del resto de capítulos de la obra, que bien amplían determinada información contenida en las misivas, bien aportan información importante que no está presente en éstas. Esencialmente, he mejorado el léxico y la sintaxis del texto original de dichas cartas; he redistribuido también la información de la forma más adecuada. No obstante, el contenido informativo e ideológico de las cartas permanece casi intacto: solo en algunos casos he ampliado o restringido dichos contenidos. Por otra parte, he ocultado la identidad real de las personas que intervinieron en esta historia tras nombres ficticios. El pueblo costero –al que no le he asignado ningún nombre– en el que se desarrolla la mayor parte de la acción no es exactamente la población real en la que tuvieron lugar los hechos, sino una mezcolanza de diferentes ámbitos geográficos costeros que he visitado a lo largo de mi vida.

Ahora que he terminado esta novela, ahora que he sublimado el doloroso pasado, puedo afirmar, sin temor a equivocarme, que la literatura es lo más hermoso que hay en este mundo.

Barcelona, mayo de 2004

Primera parte

1

Fueron las aguas opacas que espoleaban las rocas del rompeolas las que me mostraron el destello plateado, pigmentado por el oro, que secuestró mi atención y sometió mi inteligencia durante aquel verano imborrable. Fue la magnificencia de aquel destello –y, en buena medida, sus súbitas apariciones y desapariciones– la que estrechó los vastos confines de mi vida, la que desalojó de mi mente todos los objetos que, hasta entonces, habían nutrido mi existencia; fue el afán de buscar, capturar y poseer aquel destello esquivo el que tiñó los días de aquel verano de mi adolescencia de una belleza desoladora.

Cuando mi tío y yo accedimos, todavía somnolientos, al escarpado rompeolas, ya asomaba el sol, perezoso y prometedor, por el horizonte, iniciando así su peregrinaje por un cielo azul y límpido que prometía contribuir, con su benevolencia, a satisfacer el afán que nos había traído hasta allí. El mar presentaba, afortunadamente, una cabellera rizada cuyas puntas espumosas acariciaban los bloques de cemento; las aguas, además, burbujeaban. «¿Lo oyes?», me preguntó mi tío. «¿El qué?», respondí yo. «La risa del agua». «Qué risa, tito». «¿No oyes cómo se ríe el mar? ¿No oyes las burbujas?». «Yo no oigo nada». «Pues no puedes pasar por alto detalles como ese. Son fundamentales. Párate y escucha con atención lo que el mar tiene que decirte». Yo, que intuía que iba a recibir la primera lección magistral, detuve mis pasos, cerré los ojos y, tras unos segundos de desconcierto, escuché aquella sutil sinfonía que, en primera instancia, me había pasado desapercibida. «Sí, sí, ya lo oigo». «¿Lo ves? Solo tienes que prestar atención». «¿Y que el mar burbujee es una buena señal?». «¡Y tanto! El mar está contento, sobrino. ¡Hoy va a ser un gran día! Dime, ¿no notas el viento? Mira hacia el mar y dime de dónde viene el viento». Fijé la vista en la franja del horizonte y aspiré la tenue brisa marina, que olía a salitre fresco. «Viene de mar adentro». «En efecto. Al mar le gusta que lo peinen desde atrás. Por eso está hoy tan contento. Tienes muchas cosas que aprender. Recuerda que, en esta vida, no hay efectos sin causas. El éxito, por tanto, depende de la pericia que se tenga para identificar esas causas. Recuérdalo bien. Pero vamos, que hoy tenemos que darnos prisa».

Después de aquella conversación reveladora, mi tío y yo continuamos caminando por la carretera, que, a lo largo de su flanco izquierdo, cobijaba los bloques de cemento que constituían el rompeolas. Desde nuestra posición elevada, mi tío divisó en la lejanía el apostadero al que nos dirigíamos: un bloque de cemento sobre el que se había construido una plataforma metálica que se adentraba unos cuantos metros en el mar. «¿La ves? ¿No es preciosa?». «¿Todo eso lo has hecho tú, tito?», le pregunté asombrado. «Con estas manos que ves. Seis meses tardé en construirla. Y ya tiene quince años». Al contemplar la majestuosidad de aquella lengua metálica que se elevaba un par de metros por encima del nivel del mar, al escrutar su esqueleto y descubrir la minuciosidad con la que había sido elaborado, me convencí de que mi tío amaba realmente la actividad para cuyo ejercicio había sido construida. En ese momento, mientras nos acercábamos a la arquitectónica plataforma incordiados por el chasquido que prorrumpían las oxidadas ruedas del carro que arrastraba mi tío, me pregunté si algún día, llevado por una pasión cualquiera, yo sería capaz de tomarme tantas molestias como las que se tomaba él a diario; y es que, ciertamente, la tenaz dedicación que mi tío le brindaba a aquella actividad en la que yo pronto me iniciaría se me antojaba desproporcionada y, por tanto, incomprensible. Mi adolescente inteligencia, egregia pero poco experimentada, estaba convencida por entonces de que no había nada en este mundo que pudiese ocupar todo el espacio de nuestra mente; así que resulta razonable que yo tuviera una gran curiosidad por conocer cuál era la mágica naturaleza de aquella actividad que tenía sometido al sensato y docto hermano de mi madre. De todos modos, yo estaba seguro de que, fuera cual fuera su encanto, jamás lograría anegarme, como a mi tío, en sus aguas seductoras. Y la verdad es que no lo hizo; probablemente, porque fueron otras aguas más poderosas las que mitigaron su influjo.

«Bajaré yo primero. Tú quédate aquí arriba y, cuando te avise, me vas pasando las cosas del carro», me ordenó mi tío cuando nos detuvimos, deslumbrados por un sol pletórico, junto a una escalerilla de acero inoxidable que facilitaba el acceso al escarpado rompeolas. «¿También la has hecho tú?». «Por supuesto. Y anda que no va bien. Si intentas bajar aquí de un salto, te puedes pegar un porrazo de aúpa», me advirtió desde la escalera. «Tampoco está tan alto», estimé yo. «Tú no lo intentes, no vaya a ser que tengamos un disgusto. Venga, ve dándome las cosas». Una vez que trasladamos todos los bártulos desde el borde de la carretera hasta la espaciosa plataforma, tardamos un buen rato en montar 'el chiringuito', expresión esta que mi tío empleaba con frecuencia. El que se había proclamado a sí mismo mi maestro, a pesar de que no dejaba de decirme que hoy nuestras presas podían llegar más pronto de lo habitual, comenzó a moverse de una forma parsimoniosa y precisa; sin precipitación alguna, fue manipulando los objetos, colocándolos en su exacta posición. A mí tanta lentitud, tanta delicadeza me exasperaba. Yo me preguntaba, por ejemplo, por qué tenía que modificar tantas veces la posición de las anillas de la caña si, en el primer intento, ya había logrado una alineación prácticamente perfecta; o por qué comprobaba una y otra vez la muerte de los anzuelos y los nudos de las bagas. Tan eterna e insufrible se me hacía aquella espera, que le dije a mi tío: «¿Te queda mucho? ¿No decías que hoy podían llegar pronto? Pues a este paso las vamos a perder». «Eso no importa, sobrino. Lo verdaderamente importante es que, cuando lleguen, todo esté perfectamente preparado. Ellas son muy exigentes; son recelosas, caprichosas, esquivas e impredecibles; en este sentido, se parecen mucho a las mujeres. Cualquier error previo, cualquier descuido haría imposible su captura. Si, cuando ellas penetren en nuestra zona, alguno de los elementos de nuestra sofisticada emboscada se resiente, lo percibirán de inmediato y, entonces, huirán de nuestro *pesquil* y no regresarán en toda la mañana. Y eso no nos interesa, ¿verdad? No nos interesa que ellas tomen conciencia de que nuestro *pesquil* es un lugar peligroso. Así que deja de quejarte y observa con atención todo lo que voy haciendo». Aquel breve discurso me subyugó. ¿Realmente nos íbamos a enfrentar a criaturas tan inteligentes? Yo pensaba que adjetivos como esquivas o recelosas designaban atributos exclusivos del ser humano. ¿Era posible, pues, que bajo aquellas aguas deambularan criaturas capaces de detectar las posibles fisuras de una trampa pergeñada por humanos? Sinceramente, a mí esto se me antojaba improbable. De todos modos, me dejé cautivar por aquella sabia retórica que convertía una actividad en principio pueril y aburrida en un reto de grandes proporciones. Sin lugar a dudas, mi tío, que había sido informado de la forma y el carácter que poseía mi inteligencia, supo emplear los recursos apropiados para prender mi atención. De modo que, a partir de entonces, procuré grabar en mi mente todos y cada uno de los movimientos que iba ejecutando mi maestro.

Cuando éste dio por finalizada la primera fase de su tarea –que consistía en el montaje de los numerosos utensilios–, yo esperaba que, a continuación, se dispusiese a sumergir el sedal de la caña en las aguas de nuestro *pesquil* para comprobar si nuestras presas habían hecho ya acto de presencia; pero no fue así. Mi tío, parsimonioso, se acercó al carro de las ruedas oxidadas, cogió un cubo blanco y, de su interior, extrajo una ovalada malla blanca repleta de sucios mejillones, un curioso artilugio de cuero y un recipiente rectangular con agujerillos en la tapadera que bisbiseaba. «¿Para qué es todo eso?», le pregunté. «¿Qué te pensabas, que ya había terminado? Pues no. Aún queda lo más importante: hemos de hacer atractivo nuestro *pesquil*. Ellas jamás se detienen sobre un objeto que no les resulte atractivo; como ya te he dicho, son demasiado exigentes. Por eso hemos de depositar en nuestro *pesquil* los objetos que más aprecian, esto es, los mejillones. De lo contrario, no lograríamos captar su atención y, por tanto, no se detendrían en nuestra zona. ¿Es comprensible, no? ¿Acaso nosotros atendemos aquello que no nos interesa? Pues ellas tampoco. En fin, que sin mejillones no hay nada que hacer». «Pero pescaremos con la carne del mejillón, ¿no?», supuse. «En primer lugar, no vamos a pescar con estos mejillones. Estos los utilizaremos como reclamo. Y, en segundo lugar, los mejillones se ceban en el anzuelo enteros, es decir, con la cáscara incluida. Además, ¿no te has fijado en que las *gametas* tienen dos anzuelos? Pues bien, en uno de ellos pondré un pequeño mejillón; y, en el otro, un cangrejo vivo –mi tío señaló el recipiente rectangular con agujeros en la tapadera–. ¿Que por qué? Pues porque a veces las muy caprichosas desdeñan alguno de estos dos manjares predilectos. En cuanto al mejillón, hay que presentarlo con cáscara porque, si no, sería devorado por otras especies menores que no nos interesan. La reina del rompeolas es la única que puede triturar su concha y también el caparazón del cangrejo. Así tenemos la seguridad de que nuestros cebos permanecerán intactos hasta que llegue la presa que deseamos. Y es que las criaturas selectas requieren una pesca selectiva. Nuestra propia sociedad está llena de ejemplos, ¿no te parece?». Yo, gratamente impresionado, asentí. Mi tío me hablaba con entusiasmo, con la misma profundidad argumentativa que, seguramente, empleaba todos los días en el ejercicio de la abogacía. Su mente, como la mía, era extremadamente analítica. Esta circunstancia me apegaba a él –a pesar de que yo no lo conocía demasiado– e incrementaba, por momentos, mi interés por aquella actividad que entrañaba una complejidad inesperada. De hecho, no me interesaba la actividad en sí, sino el modo en que mi tío la diseccionaba y me la transmitía. La mayoría de pescadores se limitaban a sumergir el sedal de sus cañas en las aguas y a esperar que el azar les brindase alguna captura. Mi tío, en cambio, gracias a un minucioso proceso analítico que se iba perfeccionando día tras día, armaba un sólido y sofisticado entramado que garantizaba que el azar no sería el principal proveedor de las capturas. Mi mentor había aprendido, a lo largo de los años, a pensar como sus presas; por esta razón, era capaz de anticiparse a sus movimientos. Nuestras inteligencias, pues, eran gemelas: las dos, para extraer su fruto más recóndito, sometían al mundo –a sus constituyentes– a un intrincado y perseverante proceso analítico. Aquel descubrimiento me consoló. Resultaba gratificante saber que yo no era el único que se asfixiaba entre tanta estulticia.

«¿Y eso para qué sirve?», le pregunté a mi tío, señalando el artilugio de cuero cuya utilidad yo no había podido determinar porque estaba enrollado sobre sí mismo. «Esto, aunque así no lo parezca, es una honda. Con ella puedo depositar una veintena de mejillones en un área de unos diez metros cuadrados. Desde el final de la plataforma, hay cuatro metros de roca. Después comienza la arena. Pues a pocos metros de la roca, sobre la arena, deben caer los mejillones. La acción de la honda permite que los mejillones no se acumulen en un espacio reducido». «Pero ¿no sería lo ideal tenerlas a todas juntas en un par de metros cuadrados de terreno?», le pregunté a mi instructor, deseoso de que éste me brindara una brillante respuesta que me hiciera ver la luz. «Parece lógico, ¿verdad? Pues no lo es tanto. Cuando era un novato en todo esto, hace ya tantos años, caí constantemente en ese error: lanzaba los mejillones, con mi propia mano, sobre un mismo punto; después lanzaba el cebo sobre esa zona reducida. Con este procedimiento, nunca conseguía más de una o dos capturas, tras las cuales ya no había más picadas. Dime, ¿no te parece extraño?». «No sé… Ahora sueles coger más de dos», le comenté a mi tío, pues eso era precisamente lo que yo tenía entendido, que mi mentor solía regresar a casa con la red rebosante de plata y oro. «Ahora cojo prácticamente la totalidad de las piezas que entran en el *pesquil*. Entonces está claro que algo fallaba, ¿no crees?». «Bueno, tal vez por entonces estos peces no eran tan abundantes en esta zona», argumenté torpemente. «¡No digas tonterías! ¡Estaban por todas partes! ¡Y además eran gigantescos! Es ahora cuando escasean». «Y, sin embargo, ahora capturas más…». Mi cerebro, tan acostumbrado a realizar deducciones complejas, trataba de encontrar una respuesta que me hiciese merecedor, a los ojos de mi tío, de la sabiduría que éste estaba dispuesto a transmitirme. Pero fue en vano. «No sé, tito, esto es nuevo para mí; ahora mismo no se me ocurre nada», le dije finalmente, decepcionado conmigo mismo. «No te preocupes. Yo tardé bastante tiempo en descubrir el motivo. Tardé cierto tiempo en darme cuenta de que estaba haciendo algo mal, y mucho más tiempo en detectar el error y en hallar una solución. Presta atención: si dispusiésemos la siembra de mejillones de tal modo que ellas pudieran comer juntas, en cuanto claváramos alguna su furibunda reacción asustaría a las demás; entonces las habríamos perdido definitivamente. Adiós a la pesca. Un ejemplar, dos, a lo sumo, lograríamos meter en el salabre. Así que hemos de lograr separarlas, obligarlas a desplazarse de un lado a otro en busca de la comida. Por eso es tan importante la acción de la honda. Ellas devoran un mejillón y, a continuación, se ven obligadas a desplazarse para encontrar otro. De esta forma, cuando clavamos alguna, las demás están lo suficientemente alejadas degustando su manjar o buscando uno nuevo como para no percatarse del alboroto. Además, este sistema crea en sus mentes una sensación de escasez beneficiosa para nuestros intereses: como no pueden localizar todos y cada uno de los mejillones de una sola ojeada, tienden a pensar que escasean y, por tanto, que no hay suficientes para saciarlas a todas. Se establece entonces una situación de competencia que provoca que coman con celeridad, sin tomar apenas precauciones. Es como cuando pones un solo plato de galletas en una mesa rodeada de chiquillos. Como las galletas escasean, su instinto los obliga a masticar rápidamente con el fin de comer el mayor número posible de galletas; pero, si en lugar de uno, pones media docena de platos en la mesa, los chiquillos comen con total tranquilidad. Y, en el caso de nuestras presas, eso es precisamente lo que tenemos que evitar, que coman, según su costumbre, con tranquilidad. En esto precisamente es efectivo mi actual sistema, que ya tiene muchos años. El antiguo era un desastre. Imagínate tres o cuatro kilos de mejillones acumulados en un espacio reducido. ¡Ellas comían con toda la parsimonia del mundo!». «¿Y qué hay de malo en ello? ¿Qué importancia tiene que coman con más o menos tranquilidad? Lo importante es que coman y que caigan en el engaño, ¿no?», quise saber yo, que, por más que lo intentaba, no era capaz de resolver, por mis propios medios, los interrogantes que me iba planteando mi tío. Éste, que intuyó mi malestar –pues sabía perfectamente que mi inteligencia no estaba acostumbrada a toparse con demasiadas barreras–, me dijo: «Todas estas cosas no se pueden saber de buenas a primeras, sobrino. Tienen que pasar muchos años. Fíjate, yo diría que me ha salido una cana por cada cien horas que me he pasado pensando en todo esto. Y mira todas las que tengo. Venga, te voy a ir dando pistas y ya verás como tú solito encuentras la respuesta. Dime, ¿qué crees que pasa cuando un pez cualquiera se traga el cebo? Explícamelo paso a paso». Traté de imaginarme la escena. En cuanto la moldeé con todo lujo de detalles, se la describí a mi tío: «Veamos, el pez se acerca, observa el cebo, lo olfatea y, si le gusta, lo absorbe, lo saborea y, al final, si no nota nada extraño, se lo traga. Entonces se aleja del lugar. Cuando el hilo se tensa y el pez siente el pinchazo del anzuelo, éste acelera y se retuerce para tratar de liberarse. Pero, debido a la elasticidad moderada de la línea, lo único que consigue es que el anzuelo penetre aún más en la carne. En ese momento, la puntera de la caña se arquea». «Perfecto, sobrino. Yo no lo habría dicho mejor. Bien, ¿y si te digo que ellas no actúan de ese modo? Ellas se acercan al cebo, lo absorben, lo colocan entre sus poderosos molares, lo machacan y, por último, lo escupen. Entonces van devorando los pequeños fragmentos, que, por supuesto, ya se han desprendido del anzuelo. Todo esto lo hacen con tanta meticulosidad, que la puntera de la caña no se mueve ni un solo milímetro». «¿Quieres decir que no se clavan solas?», deduje yo. «Eso es. Ya lo tienes, ¿verdad?». Sonreí ampliamente y, con gran satisfacción, le proporcioné a mi tío la solución que él ya conocía: «Hay que aprovechar el momento en que tienen el cebo en la boca para darle un tirón a la caña y así conseguir clavarlas. Pero, claro, si comen con la tranquilidad con la que suelen hacerlo por naturaleza, la caña no se mueve en ningún momento. ¿Cómo se sabe entonces cuándo tienen el cebo en la boca? Pues no se sabe. Para saberlo, para que la puntera de la caña se mueva, hay que conseguir que cambien su manera cautelosa de comer. Y eso es lo que consigue tu sistema de pesca. ¿Qué te parece?». «Sobrino, eres un lince. Tú y yo nos vamos a entender perfectamente. En poco tiempo serás un pescador de primera».

Tras nuestro intercambio dialéctico, mi tío se dedicó a manejar la honda con una pericia exquisita. Los mejillones, amontonados sobre la superficie elíptica de la honda, salían despedidos por el aire –donde tejían una telaraña azabache– y, como minúsculos meteoritos sincronizados, caían sobre el agua provocando un chapoteo multitudinario. En cuanto penetraban en el agua, aquellas plumas de cuervo se sumergían lentamente en una danza oscilante y arrítmica que las conducía al lecho marino, donde se arrellanaban plácidamente. Después de cinco ráfagas certeras, quedó configurada nuestra alfombra de diamantes negros, en espera de nuestras selectas y caprichosas huéspedas. A continuación mi tío, sentado ya sobre su silla de madera –que tenía entre sus patas delanteras y traseras dos soportes que mantenían la caña en una posición hori-zontal–, abrió la caja que emitía bisbiseos y extrajo, de su inte-rior, un pequeño cangrejo que intentaba pinzarle el pulgar y un mejillón menudo tapizado de musgo. Clavó el anzuelo inferior de la *gameta* en el caparazón del cangrejo de modo que la muerte de aquél sobresaliera por el vientre de éste; el segundo anzuelo lo introdujo, después de forzar las valvas con una navaja, en el interior del mejillón, al que, acto seguido, desproveyó del musgo, que le confería un aspecto sucio y, por consiguiente, poco atracti-vo. «¿Lo limpias para que destaque entre el resto de mejillones?», deduje yo. «Exacto. Cuando le dé el sol, el caparazón limpio desprenderá destellos que atraerán a la pieza que esté más cerca». «Tito, esto es más interesante de lo que yo pensaba». «Ya te lo dije. La pesca es una ciencia compleja. Y aún no has visto lo mejor». En el mismo instante en que pronunció esta frase, mi tío unió la *gameta* al mosquetón de la línea principal. Entonces mi mentor alzó los siete metros de aquella ligera vara de grafito por encima de su cabeza y, mediante un eléctrico latigazo, proyectó la línea hacia el centro exacto de la zona azul que conformaba nuestro *pesquil*; esperó a que el plomo alcanzara la arena antes de cerrar el *pick–up* del carrete y de tensar la línea; cuando hizo esto, la sensible puntera de la caña se arqueó ligeramente. «Bueno, sobrino, ahora es cuando comienza la espera». Mi tío consultó su reloj de pulsera. «Son las ocho en punto. Normalmente, pican entre las diez y media de la mañana y la una del mediodía. Pero nunca se sabe». «¿Hay alguna razón por la que piquen a esas horas?», me interesé yo, dispuesto a enfrentarme a un nuevo rompecabezas. «No tengo ni idea. Ese es un enigma que aún no he conseguido resolver. Tal vez tenga que ver con el hecho de que el sol está en una posición más elevada a esas horas. O quizá en esa franja horaria se active el mecanismo del apetito en estos peces. Cualquiera sabe».

Estuve unos veinte minutos mirando, casi sin pestañear, la puntera de la caña. Durante ese breve periodo de tiempo, no se produjo el más mínimo movimiento. Esto me desesperó (aún no había entrenado lo suficiente el músculo de la paciencia), pues me había fabricado la esperanza de que, por aquella vez, nuestras presas se acercaran a nuestro sembrado antes de lo que –según mi tío– solían hacerlo. Pero, evidentemente, ellas no iban a hacer una excepción para satisfacer mi capricho. Así que, como la puntera de la caña permanecía inmóvil –a pesar de lo cual mi tío, imperturbable, no le quitaba el ojo de encima–, retiré de ella mi lacrimosa mirada –el sol, a aquella hora, era ya implacable– y la desvié hacia la derecha. Fue entonces cuando me di cuenta de que teníamos compañía: a unos cien metros, una caña más corta y más ruda que la de mi tío descansaba sobre una roca en posición vertical; detrás de ella, sobre la misma roca plana que la sustentaba, permanecían arrellanados un hombre y una muchacha. «Esos no pescan como nosotros», le comenté a mi tío, que, sin descuidar la puntera de la caña, miró de reojo a la pareja a la que yo me refería. «Ese no tiene ni idea. No ha sacado en su vida una pieza que merezca la pena». «¿Lo conoces?». «De verlo por aquí nada más. Supongo que aquella será su hija. Es la primera vez que la veo por aquí». Después de proferir estas palabras, mi tío se sumió de nuevo en el silencio. Yo, aunque deseaba obtener más información sobre el padre y la hija, no me atreví a hacerle más preguntas. Traté entonces de captar los matices del rostro de aquella bronceada muchacha que lucía un biquini plateado; pero la considerable distancia que nos separaba hizo imposible la tarea de aislar unos rasgos definidos que pudieran despertar en mí algún tipo de reacción. Por el momento, aquella muchacha no era más que un pequeño punto difuminado, como aquellos veleros que se desplazaban a lo largo de la línea del horizonte.

La noción de distancia que representaban aquellos objetos me hizo pensar en la ciudad que había dejado atrás, en la vida de la que me había despedido para siempre. Me di cuenta entonces de que, aunque la distancia física que me separaba de mi pasado no excedía los ochenta kilómetros, mi mente estaba ya en los antípodas del lugar que me había acogido durante los primeros dieciséis años de mi vida. En efecto, a pesar de que hacía poco más de un mes de mi partida, la nostalgia no hacía acto de presencia cuando saltaba en mi memoria una chispa que evocaba las calles de mi barrio o los pasillos de mi instituto. No era de extrañar, ya que, ciertamente, no había ninguna fuerza que me demandara, que arrastrara mi pensamiento hacia su fuente de energía: ni unos amigos fieles, ni un entorno académico agradable, ni una muchacha tierna y hermosa que me tuviera en consideración. Yo había abandonado un desierto húmedo y frío en el que los únicos oasis que me abrigaban eran el de mis padres y, por supuesto, el del ya septuagenario señor Luis, mi amigo, mi confidente. Mis padres me habían acompañado en la mudanza (bueno, en realidad, yo los había acompañado a ellos); el señor Luis, en cambio, se había quedado en su casa cuidando de la única familia que le quedaba: su copiosa biblioteca. Y, aun así, aunque el anciano había sido el lenitivo de mis tormentos prácticamente durante toda mi vida, yo no lo echaba de menos. Sin duda, porque sabía que, a pesar de que su cuerpo no estuviera presente, el anciano seguiría desempeñando un papel fundamental en mi vida por mediación de la correspondencia que intercambiaríamos. Así que a medida que yo –sentado en la plataforma de mi tío– recorría fragmentariamente la senda de mi anodina vida en la ciudad y la comparaba con la instructiva y gratificante vida que, a mi juicio, me esperaba junto a mi tío y mis primos en aquel pueblo costero, una alegría enorme –e injustificada– se fue instalando en mi semblante. Y es que, si bien antes de aquel día –cuando apenas hacía una semana que mis padres y yo nos habíamos trasladado a nuestro nuevo hogar– pensaba que tal vez habría sido preferible continuar a la deriva en un lodazal ya conocido a adentrarse en un lago azul que podía transformarse, con el tiempo, en una ciénaga aún más adversa que la anterior, en aquel momento, mientras la brisa y el sol me acariciaban la piel con su guante balsámico, tuve la certeza de que por fin los rayos de luz habían horadado el oscuro velo que daba forma a mi vida; tuve la certeza de que, en aquel nuevo entorno, apacible y hospitalario, podría subsanar la necrosis que allá, en el cenagal de la gran urbe, me había devorado el alma. En éste, mi vida era la de una sombra taciturna que, en lugar de pisar el suelo con pasos firmes, se arrastraba por las paredes de la ciudad como un ente viscoso y escurridizo que, desde la periferia de aquellas paredes deshabitadas, observaba con tristeza y resentimiento –quizá con envidia– la vida de los que, por fortuna, aún no se habían convertido en sombras. Evidentemente, yo ignoraba por entonces que los lugares no alteran el destino de las personas, que no se puede huir de uno mismo.

La única costumbre de mi vida en la ciudad que pensaba mantener en mi nuevo hogar era la que me obligaba a levantarme de la cama antes de que despuntara el alba. En ese momento, yo interrumpía el silencio de mi casa, el silencio de aquella ciudad que era como un tigre adormecido, con una ducha que desperezaba mi mente y desentumecía mis miembros. A continuación me vestía, desayunaba y, sin perder más tiempo, regresaba a mi habitación, donde, después de acomodarme en un taburete, encendía la lamparilla de mi escritorio, la cual creaba una agradable burbuja de luz en la oscuridad que me rodeaba. A partir de entonces, invertía una hora –la que me separaba del instituto– en la redacción de relatos de todo tipo en los que ya se apreciaba una sensibilidad inusual, un conocimiento del mundo poco ordinario y unos recursos técnicos poco depurados que delataban mi inexperiencia, la inmadurez de mi talento, pero que, en definitiva, dejaban entrever un gran potencial literario. Si yo me sometía a esta rutina era porque ya por entonces tenía plena conciencia de que el don de la palabra escrita, el don de la creación y el de la metáfora estaban presentes en mis genes. Por eso me afanaba en despertarlos de su amodorramiento (todos los talentos son Bellas Durmientes a las que hay que desperezar con estímulos constantes), en tallar, con el instrumento de la perseverancia y con el de la disciplina, aquel diamante en bruto que me había regalado la naturaleza. En efecto, yo aspiraba a convertirme en un gran escritor, pues de todas las actividades intelectuales para las que estaba dotado –tanto científicas como humanísticas– la de la literatura era la única que iluminaba mi alma y la única que, a mi entender, podía hacer de mí un individuo libre, independiente e ilustre; la única que, en resumidas cuentas, podía redimirme de la insulsa vida a la que mi diferencia, por el momento, me había abocado. Pensaba yo que, algún día, ocuparía el trono de las letras que me correspondía y, entonces, el mundo no solo me respetaría y me lisonjearía, sino que, además, me abriría sus puertas y me permitiría intervenir en él, por fin, con pleno protagonismo. (Estas ensoñaciones hiperbólicas y pretenciosas que ahora evoco me causan un intenso rubor. Pero hay que disculpar a aquel adolescente que, por no tener nada satisfactorio a lo que asirse en aquel presente, se agarraba con desesperación a su ambición y a un futuro hipotético).

«¡Qué pasa!», exclamé. Un zumbido había interrumpido bruscamente mis pensamientos. Giré la cabeza hacia la silla de madera y encontré a mi tío erguido, sujetando la caña con ambas manos. La vara de resplandeciente grafito había adquirido una impresionante forma parabólica; la nerviosa puntera, arrastrada por una fuerza invisible e inconmensurable, se iba acercando al agua. Daba la impresión de que aquella columna vertebral encorvada iba a estallar en cualquier momento. Cuando comprendí lo que estaba pasando, se adueñó de mí una súbita excitación. «¡¡La tienes, la tienes?!», le pregunté a mi tío, como si no fuera evidente que, en efecto, había clavado un poderoso ejemplar que trataba de anclarse en el fondo. «¿Tú qué crees? ¿Es que no has visto la picada? No estás por lo que hay que estar, muchacho». «¿Y ahora qué? ¿Te ayudo?, ¿sujeto el salabre?, ¿dónde me pongo?». «Tranquilo, no te aceleres. Voy a tardar un rato en sacarla: es de las gordas. Quédate donde estás y observa con atención». De repente, la caña recibió una fuerte sacudida que la hizo restallar. Mi ritmo cardiaco se aceleró; mi tío, en cambio, mantuvo la calma. «¡Se va a partir!», exclamé. «De eso nada: esta caña es una maravilla. Además, hay que dejar que se clave bien. No hay nada más frustrante que perder la pieza a mitad de camino porque estaba mal clavada». Mientras me instruía, mi tío, manipulando el freno del carrete con la mano que se encargaba también de mover la manivela, fue cediéndole metros a su preciada presa. Crepitaba el mecanismo del freno cuando el hilo salía rápidamente de la bobina; entonces la caña ascendía, suspiraba un momento y, al instante, cuando mi tío trataba de recuperarle algunos centímetros a la pertinaz criatura de la áurea frente, descendía de nuevo como un siervo que hace una reverencia frente al símbolo del dios al que venera. La danza de aquella escuálida bailarina de grafito no cesaba. El que la controlaba conseguía, gracias a su pericia, eliminar de sus movimientos cualquier tipo de brusquedad que la hiciera flaquear y, por tanto, rendirse a la fuerza que la sacudía. La línea se desplazaba rápidamente por el agua de izquierda a derecha; de repente, retrocedió con celeridad. «¡Ves lo que hace, la muy puta! Se viene hacia nosotros para destensar la línea. ¡Son muy listas, sobrino! Pero esta no se va a salir con la suya». Mi tío, para frustrar la maniobra de aquella astuta estratega, descendió la caña a una posición prácticamente horizontal, recuperó rápidamente la línea a golpe de manivela y, a continuación, agitó las riendas de su montura de grafito, que se irguió y espoleó el aire como un caballo indómito. Entonces la furia del bravo espárido –que sin duda seguía sintiendo el aguijón de acero forjado entre sus molares– sometió la caña a una torsión tan extrema, que incluso mi tío llegó a temer por su integridad: «¡Mierda, me la va a hacer añicos!». «¡Suéltale hilo, suéltale hilo!», le apremié, olvidando por un momento que él era el maestro. «¡No puedo: está buscando la roca! Si se cobija en algún agujero no habrá manera de sacarla». Sentí en el estómago la angustia y la desazón que nos imponen las situaciones extremas. Nunca habría imaginado que una criatura tan bella y delicada fuera capaz de desplegar una fuerza tan hercúlea, que fuera capaz de ejercer una resistencia que me amedrentara e, incluso, arredrara a mi tío, que, aunque estaba acostumbrado a salir victorioso de aquellas lidias, mostraba, de cuando en cuando, algunos síntomas de flaqueza. Y es que aquella amazona escamada permanecía sumergida en el agua a dos metros escasos de la plataforma metálica y, como un proyectil de platino, se precipitaba hacia el fondo rocoso en busca de algún agujero en el que pudiera atrincherarse o de alguna roca afilada contra la que pudiera rasgar el *monofilamento* que la tenía prendida. Me fijé entonces en que mi tío había bloqueado el freno de la bobina y desbloqueado el seguro de la manivela. Así, cuando la brava valquiria de plata embestía, mi tío invertía el movimiento natural de la manivela y, cuando notaba que la fuerza disminuía, lo recuperaba. Más tarde mi mentor me explicaría que este sistema le permitía controlar con más precisión los arranques de los ejemplares más obstinados: él iba cediéndole terreno a la pieza en función de la fuerza que ésta ejercía. Le cedía, por ejemplo, medio metro de centímetro en centímetro y después le recuperaba, de un rápido tirón, sesenta o setenta centímetros. De este modo, conseguía que la pieza nunca alcanzara aquel recodo salvador al que se dirigía y, al mismo tiempo, la iba acercando cada vez más a la superficie.

Más de veinte tensos e inquietantes minutos tardó mi tío en vencer la resistencia de aquel obstinado ejemplar, que, como una inmensa lágrima blanca, afloró a la superficie y, exhausta, comenzó a flotar exhibiendo su esbelta librea plateada y la franja ígnea de su frente. En un principio, cuando yo la vi sometida y entregada sobre el agua, experimenté una gran satisfacción, ya que, durante el tiempo que había durado la batalla, había ido creciendo en mí el deseo de capturar aquella magnífica criatura cuya astucia y fortaleza, según lo que me había insinuado mi tío, solo podían ser vencidas por un hombre paciente, inteligente y perseverante; pero en el momento en que comprendí que nuestra victoria significaba la muerte de aquella bella criatura, una sombra de culpabilidad se cernió sobre mi ánimo. Fue la primera vez que experimenté lo que he denominado la paradoja del pescador: por un lado, ansiaba apropiarme de aquel magnífico ser para recrearme en su belleza; por otro, deseaba otorgarle la libertad. «¡Ya la tenemos, sobrino! Ahora hay que acercarle el salabre con cuidado. Son tan listas que, a veces, disimulan estar agotadas y, cuando menos te lo esperas, te pegan un fuerte tirón y te rompen la línea. Mira cómo lo hago». Mi tío se sentó en su silla, elevó la caña, bloqueó el seguro de la manivela, aflojó un poco el freno de la bobina, cogió con una mano el salabre –que tenía una longitud de seis metros–, extendió su pierna derecha –sobre la que apoyó el salabre– y, con sumo cuidado, logró introducir a la desfallecida dorada en la red; colocó entonces la caña en el soporte de la silla y, seguidamente, alzó el salabre hasta la plataforma. «Es preciosa. ¿Cuánto pesará?», quise saber yo. «Unos cuatro kilos. ¿Has visto cómo le brilla la frente? Desde luego, se merece el nombre que tiene». «¿Por qué no la soltamos? Aún está viva». «Te da pena, ¿verdad? Ya sé que se merece la libertad, pero, hijo mío, los ejemplares como este escasean. Vamos, que no se cogen todos los días. Yo suelo llevarme unas tres o cuatro piezas a casa; las demás las devuelvo al agua, sobre todo si son pequeñas. Pero con esta tenemos que hacernos una foto. Tienes que dejar atrás los sentimentalismos; si no, no podrás ser pescador», me dijo mi tío. A continuación éste extrajo, con la ayuda de unos alicates, el maltrecho anzuelo de la poderosa boca de la dorada; acto seguido, metió la hermosa pieza en una amplia red azul que fue a parar al interior de un cubo repleto de agua. «No se te ocurra nunca quitarle el anzuelo con los dedos: te los dejaría hechos papilla», me advirtió mi tío. Yo asentí con la cabeza y le dije: «Eso si alguna vez cojo alguna». «Por supuesto que sí. Hoy mismo te vas a estrenar. Capturo una más y te cedo la caña, ¿vale? Ahora no te despistes como antes. Quiero que veas cómo pica y cómo tienes que darle el tirón».

Mi maestro, en efecto, capturó a los diez minutos otra dorada de tamaño mucho más reducido. Aunque a mi tío le dije lo contrario, la verdad es que, a pesar de que estuve muy atento, fui incapaz de detectar la picada. No sentí la presencia de la nueva presa hasta que el experto levantó la caña súbitamente y ésta se convirtió en un mayestático arco de triunfo. Así pues, afronté mi turno con ostensible inseguridad: después de que mi tío proyectara la plomada hasta nuestro *pesquil* (aún no me había enseñado a manejar aquel látigo de precisión), yo me senté en su silla adoptando una postura encorvada, rodeé la caña con las manos –sin llegar a tocarla– e incliné la cabeza hacia la derecha para poder ver con más nitidez su sensible puntera, que, como la batuta de un director de orquesta, seguía el ritmo lento que le marcaban las olas. Atenazado, esperé a que se produjese la señal que, en la ocasión anterior, no había sido capaz de captar (seguramente, porque desde mi posición el sol me cegaba). Supuse que la puntera de la caña, aunque fuera por un breve instante, descendería bruscamente anunciándome la presencia de una cautelosa dorada. Pero en ningún momento se vio modificado el ritmo monótono e hipnótico de la puntera. Y, sin embargo, mi tío me gritó de repente: «¡Dale! ¡Dale!». Sobresaltado, tardé un par de segundos en asimilar el contenido del mensaje. Así que mi tardanza, aunque insignificante, me hizo fracasar: levanté la caña e, inmediatamente, la línea se destensó; al recuperarla, noté el peso muerto de la plomada. «¡Te ha robado el cebo, sobrino! ¡Se ha burlado de ti!». «Pero si no ha picado. Tú sí que quieres tomarme el pelo», le contesté, escéptico. «¿Que no ha picado? ¡Anda que no! Dos veces, ha picado dos veces». «Imposible, no le he quitado el ojo de encima a la puntera». «Pues no lo has visto. Y si no lo has visto ahora tampoco lo viste antes. ¿Por qué no me dijiste la verdad?». Avergonzado, no supe qué contestar; temí que mi falta llevara a mi tío a retirarme la confianza. Pero éste fue indulgente: «Olvídate de las picadas escandalosas que hayas visto anteriormente. La dorada, a no ser que la competencia sea mucha, apenas desplaza la puntera de la caña un centímetro. Así que, en cuanto veas el más mínimo movimiento, le das el tirón». Cuando recogí la totalidad de la línea, los cebos, efectivamente, habían desaparecido. En ese momento, la admiración que mi tío me inspiraba alcanzó grandes dimensiones.

Al poco rato, ya estaba yo de nuevo observando aquel garfio de grafito. Y no tardé mucho en verme nuevamente humillado. Mi tío, paciente, me sugirió que lo intentara de nuevo. Pero la burlona dorada, como un ladrón de guante blanco, volvió a sustraerme los tesoros en dos ocasiones más. Colérico, impotente, vejado por una bella criatura que se acercaba a mis dominios, se pavoneaba y, cuando lograba lo que la había atraído, escapaba en silencio esbozando una maligna sonrisa, le dije a mi tío que tiraba la toalla. «¿Te vas a rendir ahora? ¿Así te enfrentas tú a las dificultades? Sinceramente, me decepcionas. Creía que tenías un poco más de orgullo», me provocó el hermano de mi madre. «¡Pero es que no lo veo! ¡Cómo la voy a clavar si no veo cuándo pica!», protesté. «¡Concéntrate, muchacho! ¡Deja la mente en blanco!». Así lo hice en la siguiente tentativa: me abstraje del mundo que me rodeaba, desalojé de mi mente todos los objetos que la distraían y, en su lugar, dispuse la puntera de la caña, una diosa negra que lo abarcaba todo, que no dejaba que nada se filtrara desde afuera, ni siquiera el murmullo de las olas o el silbido apagado de la brisa. Entonces lo vi, vi aquel toque sutil que se confundía con el vaivén al que el oleaje sometía a aquella gigantesca puntera que constituía ahora mi mundo. «¡Qué delicada, qué hábil, qué astuta criatura aquella!», pensé. Mis manos, afianzadas ya a la caña, aguardaron a que el aliento de la dorada volviera a soplar sobre la puntera. «¡Ahí está!», vociferé; y, como el cataléptico que emerge de repente de su letargo inmóvil, enderecé mi lanza y me levanté de la silla dando un brinco. Aquel mástil hueco se convirtió, como por arte de magia, en una media luna que, como un cable eléctrico conectado a mi cuerpo, me transmitió las irradiaciones de una fuerza que se me antojó indoblegable. De súbito, aquella fuerza explosionó. La caña se escapaba de mis manos sudorosas. Mis piernas, intimidadas, comenzaron a temblar sobre la plataforma. Mi tío, entretanto, me daba consejos apresurados. Pero sus palabras no podían de ningún modo penetrar en mi mente, un caos de conceptos e imágenes que había encomendado mi suerte al instinto. No pudo intervenir mi raciocinio en aquella batalla porque mi presa, que pensaba con mayor rapidez, bloqueaba mi pensamiento. Perdí, pues, el control de mí mismo y, por tanto, tuve que aferrarme a la improvisación. Como mi presa iba siempre unos pasos por delante de mí, pronto comprendí que ésta terminaría infligiéndome una dolorosa derrota. Pero, al cabo de un par de minutos, la situación cambió inesperadamente: la fuerza de la dorada comenzó a menguar y, por consiguiente, a pesar de mi impericia, me resultó cada vez más fácil atraerla hacia la plataforma. Se acercó como la hembra hermosa y displicente que, después de fatigar el orgullo de su pretendiente para determinar así su valía, se entrega afablemente al que la merece. Al parecer, yo merecía aquel combativo ejemplar que pronto estaría sobre la superficie del agua. Alentado por la cercanía de la victoria, aceleré el movimiento giratorio de la manivela del carrete –mientras mi tío me aconsejaba, casi me suplicaba, que la moviera más despacio, que tratara a la dorada con delicadeza–; y, antes de lo previsto, un inmenso destello plateado, que llevaba tatuado un sarpullido de oro, llegó a mis ojos desde el manto turquesa de las aguas. Ahí la tenía ya, inmóvil, a escasos centímetros de la superficie. Dejé entonces de inquietar la manivela, pues me subyugó el tamaño de aquella perla cuya silueta deformaban las aguas ondulantes. Aquel ejemplar era, sin lugar a dudas, más grande que el que había capturado mi tío en primer lugar; y, sin embargo, había presentado una resistencia ridícula. «¿Cómo es posible?», me pregunté. Pensé que, en cuanto izáramos aquel ejemplar que me encaramaría anticipadamente al Olimpo de los pescadores, mi tío me daría una buena explicación. Fue entonces cuando algo me sacudió violentamente el brazo derecho. Era la caña, que se había desprendido de mi mano y que, milagrosamente, se balanceaba sobre la silla de madera. Pude atraparla antes de que se precipitara al agua; y, cuando la levanté, comprobé, confundido y desesperado, que había perdido su brío, que el monofilamento que se deslizaba por sus anillas era una flácida serpentina. Mi mirada, instintivamente, buscó aquel deslumbrante tapiz plateado que me había hecho bajar la guardia; lo hizo antes de que mi mente pudiera deducir que éste no podía seguir donde estaba. Y, sin embargo, lo encontraron mis ojos, espléndido, imperturbable,

34

sobre el agua. Las dudas me asaltaron: «¿Qué ha pasado? ¿Se ha desclavado? Pero ¿por qué no se mueve?». En aquel momento, mis oídos dieron acceso por fin a los gritos que mi tío profería: «¡Pero qué has hecho! ¡La has dejado escapar! ¡Y encima casi se lleva la caña! ¡Pero en qué coño estabas pensando!». «Ah, ¿la he perdido?», pensé yo, ya que el manto de plata y oro seguía aún en su sitio. «Es una pena. Ya la tenías», dijo una voz extraña. De repente, la luciérnaga del presentimiento iluminó mi mente. Me di la vuelta y me topé con una hermosa muchacha (demasiado hermosa) que llevaba un bañador plateado ceñido al cuerpo y, coronándole la cabeza, una cinta amarilla. Comprendí inmediatamente lo que había sucedido. La vergüenza me congestionó el rostro. «¿Cómo he sido tan estúpido? ¿Cómo he podido confundir reflejos tan parecidos pero, en esencia, tan dispares?», pensé. El movimiento ondeante del agua había distorsionado la realidad que reflejaba y, secundado por la turbación que me había causado el fragor de la batalla, había conseguido confundir mis sentidos.

Aquella muchacha entrometida –que no era ya un punto fugaz, sino una conmovedora realidad– había sido la causa de mi fracaso; una causa que, para no ponerme aún más en evidencia, decidí no manifestar, pues, amén que tal justificación resultaría inverosímil, yo no quería hacer responsable a la muchacha de mi descuido y arriesgarme, de este modo, a ofenderla y a que mi tío, por su parte, pensara que yo, además de torpe, era una persona mezquina. Así que me limité a decir: «Me he despistado un momento y… Es más difícil de lo que parece». La muchacha, con las manos afianzadas a las caderas –que empujaban hacia los lados la parte inferior del biquini con gracia y exquisita moderación–, me sonrió e, ignorando a mi tío –que seguía reprendiéndome–, me dijo: «Y tan difícil. Mi padre no coge ni una. ¿Te importa si me quedo a mirar?». «Claro que no», le contesté, fascinado por su rotunda belleza, tan cercana, tan exuberante, tan deleitosa. En ese instante, las doradas se disolvieron en mi mente como frágiles e insuficientes terrones de azúcar. Ahora era el líquido azúcar que expelía la bronceada piel de la muchacha el que demandaba mi atención. «Habéis cogido alguna, ¿verdad? Lo he visto desde nuestro puesto», dijo la muchacha señalando a su padre con el dedo índice. «Hemos cogido dos.

¿Quieres verlas?». Sin darle tiempo a responder, extraje del cubo la red azul –que chorreaba agua roja– y le mostré a la muchacha los cuerpos rígidos pero bellos de aquellas magníficas doradas que llevaban la muerte grabada en las pupilas. «¡Qué grande es esa! ¡Y qué plateadas! Qué raro, cuando mi padre ha traído algunas a casa eran muy oscuras». «¡Venga, venga, se acabó la pesca!», refunfuñó mi tío. Lo hizo de una manera tan brusca, que, sin duda, molestó a la muchacha, cuya sonrisa huyó presurosa de sus labios. Yo hice caso omiso a las palabras de mi tío y, para integrarlo en la conversación que la muchacha y yo habíamos iniciado, le comenté: «Dice esta chica que las doradas que coge su padre son oscuras. ¿Las hay así?». «En el mercado sí. Son doradas de vivero. Como no les da la luz del sol, se ponen oscuras. Y, al rozarse las unas con las otras, pierden casi todas las escamas». El comentario de mi tío ruborizó a la muchacha, que, tratando de desviar la conversación, se acuclilló, acarició el lomo de la dorada más grande y dijo: «Lo que no entiendo es por qué las llaman doradas si son plateadas». «Es porque tienen la frente dorada. ¿No lo ves?», le aclaré. «Yo no veo nada». Ciertamente, la muchacha no podía ver nada, porque la purpurina dorada había desaparecido de la frente de aquellos ejemplares. «¿Qué ha pasado aquí?», le pregunté a mi tío. Éste me sacó de mi estupefacción: «Cuando se mueren, la mancha desaparece». «Qué curioso», comentó la muchacha, que me mostraba, tal vez sin pretenderlo, el suculento canalillo de sus pechos, vivos, turgentes, sudorosos. «Bueno, ya está bien por hoy. Voy a recoger. Se nos está haciendo tarde», sentenció mi tío.

I

Viernes 24 de junio

Querido señor Luis: hace ya un mes que me separé de usted; hace ya un mes que, egoístamente, le arrebaté la compañía de aquel al que estima como a un hijo. No sabe cuánto siento haberlo abandonado; aunque la decisión no dependía de mí, no puedo desprenderme del efecto nocivo de la culpabilidad. No obstante, ahora estoy plenamente convencido de que esta mudanza ha sido todo un acierto, pues la nueva vida que se abre ante mis ojos es realmente prometedora. Estoy seguro de que el aire purificador que aquí se respira regenerará en poco tiempo mis ganas de vivir con intensidad. Por lo que he podido comprobar a lo largo de estos treinta días, este nuevo hábitat está hecho a la medida de mi temperamento. Así que se acabaron las reclusiones y los llantos. Se lo prometo.

Sí, lo sé. Comprendo que, aunque usted se alegrará sin duda de mi bienestar, mi ausencia le debe de causar una profunda melancolía; puede que, incluso, afecte negativamente a su delicada salud (espero que no). Yo era su sustento vital y usted –no lo dude– era el mío en aquella ciénaga. Pero debe entender que, para un adolescente como yo, la compañía y el estímulo de un anciano, aunque edificantes y sumamente gratificantes, son insuficientes. Ha llegado el momento de ser egoísta. Por eso no puedo decirle que echo de menos lo que dejo atrás, que me habría gustado que mis padres no se hubieran visto obligados a trasladarse a este hermoso pueblo costero. ¿Cómo voy a echar de menos aquel barrio sucio e inmoral, aquel instituto infecto y corrupto, a aquellos compañeros malvados y crueles, a aquellas muchachas indiferentes? ¿Cómo voy a echar en falta aquella angustiosa soledad? Es más, ¿cómo voy a echarlo de menos a usted si está asociado, por contigüidad, a todas aquellas cosas que tanto detesto? No puedo echarlo de menos, además, porque, a partir de ahora, gracias a la correspondencia, voy a tenerlo a mi lado desvinculado ya de todas aquellas fuerzas malignas que lo rodeaban. Ahora es usted un amigo y un confidente perfecto. De todos modos, le pido perdón de nuevo por mi abandono y, sobre todo, por mi descaro. Estoy convencido de que sabrá interpretar correctamente mis palabras, que no son más que una manifestación inexacta –y, por consiguiente, insatisfactoria– del torbellino de sentimientos que se agita en mi interior.

He estado tan ocupado durante estos días en tareas meramente contemplativas, tan embelesado por todo lo que me rodea, que he dejado un tanto olvidadas mis obligaciones literarias (obligaciones que, como sabe, me resultan muy placenteras). De hecho, el magnífico sol que se cuela a hurtadillas por la ventana de mi cuarto aún no me ha visto escribir ni una sola línea. Y es que ahora disfruto de un sueño imperturbable que, los días en que no visito a mis tíos, no cesa antes del mediodía y que, por tanto, absorbe las horas matinales que solía dedicar a la escritura. Y, durante el resto del día, estoy tan embebido en la inspección de esta reducida geografía, en la comunicación con las personas que van a formar parte de mi círculo vital, que apenas me acuerdo de aquel relato que dejé a medias o de aquellos diálogos que tenía que corregir para que resultaran más espontáneos; y, cuando me acuerdo, mi voluntad –que se ha vuelto un tanto ociosa– posterga siempre la reanudación de mis tareas literarias. Por lo visto, hoy por hoy esta acogedora realidad me resulta más atractiva que mis realidades de tinta. En resumidas cuentas: ahora tengo pocas ganas de escribir. Y, claro, me pregunto si esto será algo pasajero o, sin embargo, algo que perdurará peligrosamente. Me pregunto, con cierto pánico, si mi dedicación a la literatura no era más que una forma –como otra cualquiera– de sobrellevar la soledad y el hastío, en cuyo caso tendría que llegar a la conclusión de que, ahora que me he librado –por el momento– de esos lastres, ya no la necesito. Eso sería terrible, ¿no cree? Bueno, seguramente estoy sacando las cosas de quicio. Supongo que, a medida que me vaya acomodando

en mi nuevo hogar, a medida que vaya menguando esta exalta-
ción que me producen los nuevos estímulos, iré recuperando las
ganas de escribir. Pero no crea que le cuento esto con el ánimo de
preocuparlo (aunque, a estas alturas de mi carta, ya debe de estar
bastante preocupado). Lo hago para que vea el modo en que esta
nueva atmósfera ha repercutido en mi espíritu y, en última instan-
cia, en mis hábitos. Se lo cuento, en fin, para que me dé su opinión,
la cual espero que sea tranquilizadora. En cualquier caso, como
puede comprobar, ya me he reconciliado con la hoja en blanco: le
he escrito en cuanto he tenido cosas que contarle.

Voy a comenzar describiéndole el paisaje de este pequeño
pueblo costero, pues fue lo primero que reclamó mi atención. La
verdad es que, en algunos aspectos, este lugar es muy parecido
al barrio que me vio nacer: abundan, por ejemplo, los bloques
de pisos en primera línea de mar; asimismo, hay varios hoteles
repartidos estratégicamente a lo largo del pueblo; éste, además,
no es menos bullicioso –al menos en esta época del año– que nues-
tro barrio; aquí el mar también constituye –aunque por razones
distintas– un bello paisaje que proyecta su sombra sobre el pueblo.
Pero aquí se acaban las similitudes. En este lugar se respira un
aire más fresco, más sano, más dulce que dota a esos elementos
similares en la forma de un aura especial que los hace disímiles en
la esencia. La atmósfera, en definitiva, es mucho más acogedora.
El mar, por su parte, goza de una agradable vitalidad que penetra
en los poros de mi piel a través de la brisa; tanto es así que puedo
sentir la fuerza de su juventud en mi interior. Qué diferente es del
mar oscuro, plomizo, triste, que proyecta su negra sombra sobre la
fachada de los edificios de aquel barrio urbano al que ya no perte-
nezco (aunque he de reconocer que, a pesar de sus lacras, aquel
mar también era bello a su manera). Es como si aquel mar estu-
viera contaminado por la suciedad física y moral adyacente, en la
que usted, querido señor Luis, se encuentra todavía inmerso. Así
pues, si este mar, en cambio, se muestra ante mis ojos cristalino y
jovial, debe de ser porque se ve beneficiado por un entorno cándi-
do e incorrupto en el que, no lo dude, pronto me verá florecer. Otra
de las sustanciales diferencias entre los dos entornos tiene que ver
con el paseo marítimo, que, al contrario que el de su barrio, es

precioso en este lugar minoritario: se encuentra embutido entre el asfalto y la arena de la playa; en cada uno de sus flancos, hay una hilera de magníficas palmeras que exhiben una sana corteza y unas cuidadas cabelleras verdes (mire por la ventana y verá los troncos despellejados y las copas desmochadas de las palmeras de su paseo marítimo); está salpicado de papeleras y de incólumes bancos de piedra (en su paseo marítimo, la madera de los bancos está astillada y pintarrajeada; y, de la mayoría de papeleras, solo quedan los tornillos que las apuntalaban); este paseo es, además, una lengua uniforme de baldosas que, para mi regocijo, no se mueven cuando camino sobre ellas. El paseo marítimo encuentra su final en el inicio del bullicioso puerto pesquero y deportivo, que, repleto de embarcaciones tradicionales y de embarcaciones de recreo, otorga una gran vistosidad al paisaje. El brazo corvo del rompeolas –al que se accede por una estrecha carretera– envuelve el puerto; la arriscada escollera es una amalgama de cubos de piedra a la que resulta realmente difícil acceder; al final de la escollera hay un faro rojo que, por las noches, desprende una intensa e intermitente luz verde. En el interior del puerto, sobre una plataforma que lo divide en dos hemisferios asimétricos, se encuentra situada la lonja (uno de los espacios más emblemáticos del pueblo que, acompañado por mi padre, ya he tenido el gusto de visitar). Hay en este lugar, por otra parte, dos playas bien diferenciadas: una más ancha –y más concurrida– que abarca prácticamente todo el pueblo (la playa de San Cristóbal); otra más estrecha –la de San José– que se proyecta mucho más allá de una de las zonas residenciales (la otra zona residencial se encuentra situada en el extremo opuesto del pueblo), la cual está repleta de chalecitos e, incluso, acoge algún que otro camping de lujosas caravanas.

Sin duda se podrá usted imaginar en qué zona se encuentra nuestra nueva casa y nuestro nuevo negocio. Ciertamente, el dinero que nos dieron por nuestro modesto piso de Barcelona no da para chalecitos, ni aquí ni en ningún sitio. Pero quién necesita un chalet. Con un piso de noventa metros cuadrados tenemos suficiente, ¿no le parece? Y es que aún no me puedo creer que hayamos cambiado esta maravilla por aquella ratonera y que, encima, nos haya sobrado dinero. Sinceramente, no me explico cómo la mayoría de la población vive en las grandes ciudades: es un contrasentido. El piso, en fin, es estupendo, si bien no se puede ver la playa desde la terraza ni desde ninguna de las ventanas, pues nuestro edificio está situado, aproximadamente, en el epicentro del pueblo, a unos quinientos metros de la arena; quizá, con la colaboración de unos prismáticos –instrumento que no tardaré en comprar–, se podría atisbar, proyectando la mirada a través de los intersticios que hay entre los edificios que preceden al mío, parte del puerto y de la escollera que lo arropa; pero eso no sería gran cosa. Probablemente, usted estará pensando que, en este aspecto, el piso de la ciudad era mejor, ya que, desde su balcón, se podía ver la playa sin dificultad; estará pensando, asimismo, dado que me conoce perfectamente, que esta circunstancia me habrá causado un gran disgusto. Pues tiene razón: la aflicción, aunque ya ha perdido mucha fuerza, todavía hormiguea en mis entrañas. Supongo que, con el tiempo, me haré a la idea de que ya no me podré recrear, desde la soledad apacible de mi balcón, en los diálogos silenciosos que acostumbraba a mantener con el mar, ese compañero melancólico –tan parecido a mí– al que, un buen día, me acerqué para rogarle que me devolviera en óptimas condiciones a mi padre y que, desde ese día, se convirtió en una fuerza inspiradora que me abrumaba de belleza y, por qué no decirlo, de esperanza. Si no se lo he comentado nunca es porque me daba vergüenza hacerlo. Pero se lo comento ahora: en la imagen del mar he visto siempre reflejada mi alma, una sustancia opaca, escurridiza e inasible que se contorsiona en onduladas complejidades, que se eriza o se enfurece o se desboca o se aplaca, que es poderosa y frágil, que se ensucia y se renueva, que es hospitalaria y huraña, que araña y acaricia, que se alimenta a sí misma, que entraña un ecosistema de sentimientos que se depredan, que es finita e infinita, que cambia constantemente de forma, de color, de rostro, de aroma. Ahora sabe exactamente por qué contemplar el mar constituye uno de mis pasatiempos favoritos: observarlo, escrutarlo, es la mejor forma que conozco de indagar en mí mismo. De modo que resulta comprensible que la ubicación del nuevo piso me haya ocasionado un moderado malestar (ahora entiendo por qué mis padres ingeniaron tantas excusas para que yo no viera el piso antes de que nos trasladáramos a él definitivamente). En fin, peor habría sido estar rodeado de montañas. Al menos sigo teniendo a mi mudo compañero junto a mí, aunque sea algo más lejos de lo que estoy acostumbrado. (Es posible que todo esto le parezca absurdo; de hecho, la mayoría de la gente —mis propios padres, si me leyeran— lo creerían así. Ya sé que debo controlar mi temperamento hiperestésico. No hace falta que me lo repita en su próxima carta. Pero, créame, estoy siendo muy comedido).

Bueno, como ya le he dicho, al margen de su ubicación, el piso es magnífico. Mis padres —sobre todo mi madre, que ha hecho realidad uno de los sueños de su vida: tener un piso más amplio para pasarse más horas limpiándolo— están encantados. Y lo están aún más con el nuevo negocio familiar: la pescadería Santonja (yo quería ponerle un nombre más original, pero mis padres no accedieron a mis —según ellos— excéntricas propuestas), que inauguramos hace un par de días. El local está muy bien situado: en los aledaños de la Plaza de la Concepción. Y es que en esta céntrica zona —en la que abundan los comercios de todo tipo— no tenemos competencia, pues el mercado —en el que se encuentran condensadas todas las pescaderías— está bastante retirado de aquí. No creo, por tanto, que nos falte clientela, sobre todo teniendo en cuenta que, después de inspeccionar con suma atención durante varios días a la competencia, hemos establecido nuestros precios —en aquel género en el que era posible— un poco por debajo de los suyos. Por ejemplo, lo hemos reducido drásticamente en el caso de la dorada salvaje (que es aquella que no ha crecido en una piscifactoría y que, como se ha alimentado de una forma natural, resulta mucho más sabrosa), pues tenemos un amable proveedor que nos va a suministrar los ejemplares gratuitamente; ese no es otro que mi tío, cuya pasión más intensa, desde hace muchos años, es la de la pesca de la dorada, a la que se dedica obstinadamente durante los meses estivales y otoñales. (Por cierto, mi tío ha logrado convencerme de que vayamos a pescar juntos este domingo. Me ha dicho que, por lo que le han contado de mí, es posible que yo tenga madera de pescador. Pero, la verdad, a mí no me hace mucha gracia lo de la pesca. Ahora bien, no me he podido negar, pues, al fin y al cabo, mis padres y yo estamos en deuda con él: nuestra aventura no habría sido posible si mi tío no nos hubiera cedido, desinteresadamente, la propiedad del local en el que hemos instalado la pescadería. En fin, ya le contaré cómo me ha ido). Mi tío nos ha asegurado que podrá suministrarnos una docena de ejemplares de dorada salvaje a la semana. Pero, qué quiere que le diga, a mí esa cifra me parece demasiado optimista, pues, según tengo entendido, el hermano de mi madre solo va a pescar los viernes, sábados y domingos por la mañana (dado que su trabajo lo mantiene ocupado durante el resto de la semana). Habrá que verlo, vamos. En cualquier caso, está claro que no nos vamos a hacer ricos con las doradas de mi tío. Pero éstas, sin lugar a dudas, van a actuar de reclamo. Tenga en consideración que la dorada salvaje, por un lado, escasea (según mi padre, debido a su carácter migratorio, resulta realmente complicado localizarla; y, además, solo se agrupa en bancos en los breves periodos de reproducción); y, por otro, es muy apreciada por los consumidores habituales de pescado. De modo que el hecho de que podamos proporcionar doradas salvajes a nuestros clientes a un precio que se encuentre bastante por debajo de su valor real (tampoco crea que las vamos a regalar) va a conferir un gran prestigio a nuestro negocio. En poco tiempo se correrá la voz. Y, aunque no vamos a poder satisfacer toda la demanda, es previsible que aquel cliente que se quede sin su ración de dorada salvaje compre, en su lugar, otro producto cualquiera, pues, como se imaginará, no nos falta de nada: las artes de mi padre son tan efectivas en la lonja del pueblo como lo eran en el barco en el que faenaba. Pero basta ya. Debo de estar aburriéndolo con todas estas nimiedades. Tan solo añadiré, para finalizar, que la inauguración de la pescadería fue todo un éxito: acudió mucha gente deseosa de atiborrarse de canapés, pescado frito y marisco. Y es que hay que ser espléndidos con las personas que nos van a dar de comer en lo sucesivo.

Me gustaría hablarle, a continuación, de las personas que me rodean. Por el momento, no he hecho nuevas amistades (ya sabe que eso nunca se me ha dado bien). Espero, no obstante, hacerlas en breve. Me he prometido a mí mismo que, a partir de ahora, voy a sobreponerme a la timidez que tanto ha perjudicado, hasta la fecha, mis relaciones sociales. Ahora bien, desprenderme de mis *complejos no me va a resultar tan fácil como vencer la timidez; eso me llevará mucho tiempo; de hecho, tal vez no consiga nunca enterrarlos; confío, sin embargo, en que este paradisíaco lugar me ayude a sepultarlos, uno a uno, bajo la greda del olvido. Bueno, sigamos. Cuando le digo que no he hecho nuevas amistades, quiero decir, obviamente, que las únicas personas con las que he intimado –si es que esta palabra es adecuada– forman parte de la familia del hermano de mi madre. Me imagino lo que usted estará pensando: que, aunque fuera por mediación de alguno de mis familiares (de mis primos, por ejemplo), ya he tenido tiempo suficiente de hacer alguna que otra amistad. Le doy la razón. Pero si esto no ha sido posible se debe, exclusivamente, a que mis primos, aunque me han recibido cordialmente, todavía no han mostrado ningún interés por incorporarme a su vida: se muestran, por ahora, recelosos de su intimidad; mantienen las formas cuando me acerco a ellos, son educados conmigo; pero están cargadas sus palabras de una displicente frialdad que también emana de sus ojos; en vano he tratado yo de arrancarles, con astutas artimañas dialécticas, alguna invitación. De momento hacen ver que no se percatan de mis insinuaciones, que no captan los mensajes implícitos en mis palabras, que no se dan cuenta de que trato de ganarme su amistad. Mis primos se comportan, en definitiva, como si no tuvieran la obligación moral de procurar que yo me integre lo antes posible en la comunidad adolescente de esta pequeña sociedad. El hecho de que todavía no hayan pisado nuestra casa lo demuestra. Yo, en cambio, ya he visitado a mis tíos en varias ocasiones. Tal vez le parezca extraño lo que le cuento, ya que, por lo general, las personas no suelen ser tan esquivas con sus familiares, sobre todo si no tienen ningún motivo aparente. A mí, sin embargo, después de haber meditado mucho, no me parece tan extraño. Creo saber por qué me repelen mis primos. No, no me refiero a lo que posiblemente usted estará pensando. Estoy convencido de que no tiene nada que ver con el conflicto familiar que, durante mucho tiempo, ha mantenido enfrentados a mis padres con la familia de mi madre (como sabe, mis abuelos y mi tío nunca aceptaron que mi madre se casara con mi padre, al que, sin duda, consideraban muy poca cosa. Bueno, ya sabe, todo ese lío que ya le he contado mil veces).*

No, esa herida ya se ha cerrado (o, en todo caso, está a punto de cerrarse). La muerte de mis abuelos maternos reconcilió a mi madre y a su hermano; de lo contrario, mi tío no se habría portado tan bien con nosotros. De modo que no puede tratarse de eso. No puede quedar en el alma de mis primos ningún residuo de animadversión hacia nosotros si, como todo indica, ya no queda ninguno en la de su padre. No, no es eso. Me temo que lo que promueve el comportamiento renuente de mis primos está relacionado exclusivamente conmigo. ¿No adivina qué puede ser? Pues qué va a ser, señor Luis, lo de siempre, esa pesada cadena que arrastro desde que tengo uso de razón: todos saben ya que soy un superdotado (¡cuánto odio esta palabra! ¡Es como si se hubiera inventado para hacerme daño!). No sé cómo se habrán enterado. Me cuesta creer que mi madre se lo haya comentado a mis tíos, pues ella sabe lo mucho que me molesta que vaya alardeando de tener un hijo más inteligente de lo normal; sabe, además, que le he prohibido terminantemente que difunda esa información en este lugar. En cualquier caso, resulta evidente que mis tíos y mis primos lo saben; probablemente, lo sabían desde hace mucho tiempo (porque, aunque dos familias estén enemistadas, las noticias jugosas que las atañen suelen difundirse por conductos subterráneos); y, como ya lo sabían, mi madre habrá estimado que no había nada de malo en proporcionarles toda la información. De no ser así, no se explica que mi tía me haya hecho ya varios comentarios mediante los que ha demostrado un conocimiento pleno de mi itinerario intelectual. En fin, cuando encuentre el momento adecuado se lo preguntaré a mi madre.

De modo que ya se puede imaginar cómo se habrán tomado mis primos eso de que vayan a tener que tratar con su primo 'el superdotado'. Sin duda, se habrán dejado llevar por los tópicos: me habrán imaginado como una persona prepotente, seria, adusta, entregada al saber, cuyos intereses están en los antípodas de los de cualquier adolescente; por lo cual habrán considerado que no merezco –ni necesito– entrar en su círculo amistoso, donde desentonaría, donde sería un elemento discordante que alteraría la armonía de sus miembros. De seguro que no me equivoco. Ya ve, señor Luis, he desestimado siempre las becas en colegios especializados, he preferido seguir una educación convencional, he optado por alejarme de entornos elitistas, de atmósferas artificiales y enrarecidas, para no privarme, de esta forma, de los sustanciales e irremplazables placeres que ofrece la vida real, para no convertirme en un anciano prematuro, para disfrutar, en resumidas cuentas, de una infancia y una adolescencia normales; y, sin embargo, no lo he conseguido. Quizá habría sido mejor encerrarme en una burbuja con otros cerebritos. Pero no hablemos ahora de eso. Sigamos con lo de mis primos. Bien, si realmente son mis dotes intelectuales las que los distancia de mí, pienso hacerlos cambiar de opinión. Aunque yo soy, en efecto, una persona seria, severa, cerebral, interesada en tareas intelectuales, también poseo una faceta desenfadada, jovial, que a menudo el impermeable de mi timidez no deja ver; a mí me interesan las mismas cosas que le pueden interesar a cualquier adolescente; yo soy como todos ellos; lo único que nos diferencia (sutil diferencia) es que yo, por fortuna o por desgracia, veo todos –o casi todos– los pliegues del mundo, todos sus poros, y los analizo, y los comprendo, y los sufro; ellos ven un mundo plano que les gratifica; yo, en cambio, veo un mundo tridimensional que nos acecha. No obstante, eso no me convierte en un ser incompatible con los chicos de mi edad. Puedo perfectamente alternar las dos máscaras de las que dispongo para dar forma a mi carácter –la del intelectual y la del adolescente prototípico– en función de las circunstancias en que me encuentre (si bien la primera permanecerá siempre, acechadora, por debajo de la segunda); puedo, por tanto, adaptarme a todos aquellos entornos –y desenvolverme en ellos como uno más– que la gente, doblegada por los prejuicios, piensa que me son ajenos. Pero usted no necesita que yo lo convenza, así que no voy a seguir insistiendo en esto. A quienes tengo que convencer, para empezar, es a mis primos. Evidentemente, no voy a emplear los mismos recursos discursivos que estoy utilizando en esta carta, pues, con toda la razón del mundo, ellos los considerarían pedantes y, por tanto, muy propios de la imagen conceptual que, sin duda, se habrán hecho de mí. Será mi comportamiento –tan opuesto al que ellos esperan– el que termine arrimándolos a mi vera (o el que, mejor dicho, me acerque plácidamente, sin sobresaltos, a la suya). Y serán ellos los que, tarde o temprano, se verán obligados a dar el primer paso: ya me las ingeniaré para hacerles saber a mis tíos, de la forma más sutil posible, que sus hijos me tienen un poco descuidado. Bien, tendremos que esperar para saber si estas argucias me dan o no buenos frutos.

Antes de despedirme, voy a hacerle un escueto retrato de mis familiares (aunque quisiera, no podría profundizar en ellos, porque aún son, ante mis ojos, incógnitas en torno a las cuales giran multitud de hipótesis). Empezaré por mi tía, pues merece tal privilegio.

Mi tía Dominga –a la que todo el mundo llama Domi– tiene, a pesar de su edad, un físico espectacular que, al parecer, ha forjado en el gimnasio durante los últimos años. Tanto es así que, la primera vez que yo la vi en bañador en la playa, apenas pude reprimir una exclamación de admiración, ya que, aunque la ceñida ropa que suele llevar ya anunciaba una figura esbelta y recortada, no dejaba entrever las óptimas condiciones en las que se encuentran su piel y sus principales atributos de mujer (por decoro, no voy a entrar en detalles, pues, al fin y al cabo, estoy hablando de mi tía). Estoy seguro de que a muchas jóvenes les gustaría tener su estampa. Ahora bien, tampoco le estoy diciendo que sea una modelo de pasarela; tan solo que, para la edad que tiene –no debe de ser mucho más joven que mi madre–, está de muy buen ver. Como le he dicho anteriormente, a la obtención de este espléndido físico han contribuido –además de una genética propicia, claro está– las horas semanales que mi tía invierte en el gimnasio (que deben de ser unas cuantas). Y es que mi tía es una persona ociosa que, como no tiene prácticamente obligaciones (dispone de una muchacha de servicio que se encarga de todo), goza de mucho tiempo libre para cuidar de sí misma y satisfacer todos sus caprichos, entre los cuales, por supuesto, se encuentra el de permanecer eternamente joven (aún no he descubierto el resto, pero puedo intuirlos). Por lo que se refiere a su carácter, he de decir que es una persona dicharachera en cuya conversación se pueden apreciar las huellas indelebles de una buena educación. En principio, parece amable y complaciente (conmigo, por lo menos, ha sido hasta ahora muy atenta). Esta complacencia es tal vez la que la lleva a ser poco estricta con sus hijos, demasiado indulgente; fundamento este juicio en algunos detalles de su comportamiento que he podido observar (detalles de los que, si me parece oportuno, le hablaré en otra ocasión). Por otro lado, he detectado algún que otro atisbo de prepotencia –relacionada con el elevado poder adquisitivo de su familia– en algunos de sus comentarios. Ahora bien, aún es pronto para determinar si la prepotencia es o no un rasgo distintivo de su temperamento. Permaneceré atento.

Por lo que respecta a mi tío Óscar, poco puedo decirle, en tanto que apenas lo he visto un par de veces y, en esas ocasiones, solo he intercambiado con él algunas palabras superficiales. Esto se debe a que el hermano de mi madre es una persona muy ocupada: pasa la mayoría del día en el bufete de abogados que tiene en Tarragona. Como he podido comprobar, en cuanto llega a casa por la noche se acuesta, no sin antes, eso sí, disculparse con muy buenos modales ante sus huéspedes y ante su propia familia, que ya debe de estar acostumbrada a esa triste situación (al menos ellos lo ven todos los días; yo podía pasarme sin ver a mi padre un mes entero). Mi tío dedica los fines de semana, íntegramente, a sus dos pasiones: la pesca y su mujer, a la que intenta compensar, me imagino, por la indiferencia a la que, por fuerza mayor, la somete de lunes a jueves (creo haber dicho ya que los fines de semana de mi tío constan de tres días). Así pues, no he tenido ocasión de tratarlo lo suficiente como para hacer una primera aproximación a su temperamento. Espero que, después de la jornada de pesca que compartiremos, yo esté en disposición de contarle algunas cosas jugosas acerca de él.

Solo me resta hablarle de mis primos. Comenzaré por el que me ha llamado más la atención. Ese no es otro que Ramón, que tiene cinco años más que yo y cuatro más que su hermano Antonio. Es un chico realmente atractivo, de constitución atlética, cualidades estas que obviamente debe a la aportación genética de su madre. Va siempre peinado y vestido impecablemente (toda la ropa que lleva, por supuesto, es de marca). Su indumentaria, por tanto, no desentona lo más mínimo con el reluciente casco de grafito que lleva siempre debajo del brazo y con la exuberante y bermeja Honda que apenas descansa en el garaje de la familia. Como su padre, pasa la mayor parte del tiempo fuera de casa (probablemente, tenga una novia a la que pasea, durante todo el día, en su cabalgadura de metal; o, quizá, un grupo de amigos motorizados cuya única ocupación sea la de devorar kilómetros de asfalto). No da la impresión, no obstante, de ser un chico descentrado; de hecho, está cursando estudios de Derecho en una universidad privada, y, por lo visto, con muy buenos resultados (el puesto de privilegio que le espera en el bufete de su padre debe de actuar de acicate). De modo que es probable que solo se entregue a esa vida ociosa y despreocupada que yo intuyo durante los meses estivales. Si, en lugar de asertos, me sirvo de suposiciones para hablarle de la vida de mi primo Ramón es porque él, durante las escuetas conversaciones que hemos mantenido, no me ha hecho ningún comentario ni sobre en qué invierte su tiempo libre ni sobre con quién lo hace; es más, no me ha dicho nada que esté relacionado con su intimidad. En este sentido, mi primo Ramón da la sensación de ser una persona infranqueable; una persona fría, silenciosa, opaca, que, a mi juicio, mira a todo el mundo con cierto aire de superioridad, incluso a sus padres y a su hermano; actúa como si buena parte de lo que lo rodea no le incumbiera, como si todo eso estuviera en un plano de la realidad distinto a aquel en el que él se encuentra. Al menos esa es la impresión que yo he tenido en las ocasiones en que me he topado con él en su casa. Por tanto, si no me equivoco, no creo que pueda tener en mi primo Ramón a un amigo que me inmiscuya en su vida (pues intuyo que ni siquiera tiene en cuenta a su hermano). Sería una pena, pues ya sabe que siempre me ha gustado relacionarme con personas algo mayores que yo.

Mi primo Antonio, afortunadamente, no se muestra tan distante ni tan inaccesible como su hermano, aunque, como ya le he indicado, también me repele. Bueno, lo más destacable de su físico es, por un lado, su femenina cabellera rubia, que lleva siempre recogida en una coleta; y, por otro, su estatura (mide, aproximadamente, un metro ochenta y cinco) y su recia complexión (más aún que la de su hermano), las cuales, no se lo voy a negar, intimidan bastante, al menos a un muchacho escuálido como yo. Por lo que se refiere a su manera de vestir, no tiene nada que ver con la de su hermano mayor: su estilo es bastante desgarbado, si bien no llega a ser desagradable. En cierto modo, su indumentaria se *parece a su forma de hablar, que es informal y desaliñada, aunque en ningún momento resulta tosca o vulgar. Afortunadamente, él estaba en casa casi siempre que yo le he hecho alguna visita a su familia, ya que, algunos días, se dedica a estudiar (o a fingir que estudia) hasta el mediodía, dado que le han quedado algunas asignaturas pendientes. Por tanto, lo he tratado más que a su hermano. De lo que mi primo Antonio me ha contado se desprende que es una persona poco responsable, algo alocada, que todavía no ha terminado de madurar (vamos, como la mayoría de los adolescentes de su edad); asimismo, he podido deducir que, en estos momentos, sus prioridades son la diversión y las mujeres. Según me ha dicho, él siempre ha sido un buen estudiante; pero este año ha perdido las ganas de hincar más los codos, si bien no me ha especificado el porqué (me imagino que habrá tenido algunas experiencias que le han provocado la apatía intelectual). Tal vez esté sumido en alguna crisis existencial que lo mantiene a la deriva. Pero no voy a seguir conjeturando. Resulta curioso, por otra parte, que, teniendo en cuenta que yo me he interesado por sus estudios, él no me haya preguntado por los míos. Es obvio que trata de evitar el tema. Y no seré yo el que lo saque a colación. De todos modos, me parece comprensible que a mi primo Antonio no le apetezca hablar de mi expediente académico; lo que él no sabe es que a mí tampoco me apetece. En fin, parece buen chico, aunque dé la sensación de estar algo desorientado. A pesar de que él y yo somos muy diferentes, creo que podemos llevarnos bien e, incluso, llegar a ser amigos. Aunque, por el momento, no me ha dado ninguna oportunidad (de hecho, la última vez que nos vimos le propuse que fuéramos a dar un paseo por el pueblo, pero él me dijo que ya había quedado y, por descontado, no me invitó a acompañarlo. Yo no quise forzar la situación). Pero no crea, señor Luis, que esto me preocupa en exceso. A pesar de estos pequeños inconvenientes, estoy muy contento con mi nueva vida. Además, mi primo Antonio no tardará mucho tiempo en darme esa oportunidad que necesito para que mi estancia en este lugar sea ya prácticamente perfecta.*

Eso es todo, señor Luis. Espero que mi exhaustiva carta le satisfaga. Sin duda, usted merece el esfuerzo que me ha costado escribirla. Un momento. Se me olvidaba comentarle que ya he hecho los exámenes de Selectividad: eran muy fáciles. Si no le hice una visita durante mi breve estancia en Barcelona fue porque, aunque usted no lo crea, todavía no me he recuperado de la dura despedida que ambos protagonizamos hace un mes. Le ruego que no se demore mucho en contestarme, pues necesito tenerlo a mi lado. Hasta pronto.

2

Aquella mañana, atormentado por los incesantes reproches de mi conciencia, había logrado por fin levantarme temprano para retomar la redacción de algunos relatos que había comenzado a escribir, simultáneamente, antes del traslado. Esta iniciativa demostraba, en cierto modo, que ya comenzaba mi euforia a perder vigor y que, asimismo, la nueva atmósfera, en principio revitalizadora, estaba tornándose monótona y árida. Yo, por entonces, no era consciente de ello; aún no había descubierto que, cuando la vida te reclama con fuerza, uno no necesita ya el refugio de la literatura. De modo que, si yo había decidido imponerme nuevamente una rigurosa disciplina en lo que a la tarea de escribir se refiere, era porque mi vida estaba desandando los últimos pasos que había dado: me encontraba, en efecto, en un nuevo lugar lleno de expectativas; pero éstas no terminaban de cumplirse; y, mientras no lo hacían, yo seguía solo, apartado del mundo real, atrincherado nuevamente en mí mismo. Aquel pueblo que debía redimirme, transformado por la misma melancolía que me había devuelto a mis tareas literarias, cada día se parecía más a la ciudad oscura.

Pero aquella mañana en la que ya había perdido toda esperanza, cuando estaba dándole los últimos retoques a un largo párrafo, sonó inesperadamente el timbre de casa. Mi madre, desde el servicio, me pidió que abriera la puerta. Yo, algo molesto por la interrupción, obedecí de inmediato. Tan convencido estaba de que, tras la puerta, me encontraría a alguna vecina que tardé más tiempo del que resulta pertinente en contestar al saludo de mi primo Antonio, al que invité a pasar con palabras torpes motivadas por la sorpresa. Y es que aquella visita llegaba cuando menos la esperaba, cuando ya había descartado prácticamente la posibilidad de que se produjera. Mi primo se apresuró a desestimar mi invitación: «No, tengo prisa. Solo quería decirte que esta tarde he quedado con unos colegas en la playa. Y nada, he pensado que a lo mejor te apetecía venir con nosotros. Si no tienes nada mejor que hacer, claro». «La verdad es que no tengo nada que hacer. Pensaba pasar la tarde en casa. Así que cuenta conmigo», le contesté yo, algo eufórico. Mi primo agrió levemente la expresión de su semblante, como si mi contestación no fuera la que él esperaba ni, por descontado, la que deseaba. Yo, en el mismo momento en que conseguí reprimir mi exaltación (pues no quería dejar entrever hasta qué punto estaba desesperado), me percaté de que mi primo la había detectado y de que mi contestación lo había importunado. Tanto es así que, por un momento, pensé que éste iba a rectificar. Y, si no lo hizo, fue porque ya no había modo alguno de invalidar su invitación sin dañar su imagen y sin provocar un conflicto. Seguramente, mi primo Antonio –presionado por su madre– había accedido a venir a mi casa porque tenía la certeza de que yo, un cerebrito ermitaño, no aceptaría la invitación de unirme a muchachos vulgares que, cómo no, tendrían distracciones vulgares. Pero esta era una certeza errónea. Así pues, el súbito e inopinado descubrimiento de dicho error por parte de mi primo era lo que le acababa de ensombrecer el rostro. Esto me hizo titubear: «Bueno, ahora que lo pienso… Es posible que no pueda ir. Me había olvidado de que…», me excusé, desterrada ya de mi faz la expresión risueña que había desconcertado a mi interlocutor. «Si no puedes venir, no pasa nada. Otro día será». Aquella frase era como un lastre del que mi primo se había desprendido; así lo atestiguaban sus relajadas facciones. En ese momento, obnubilado por la cólera, me dije a mí mismo que no quería saber nada más de aquel muchacho hipócrita; pero, al instante, recordé lo que tantas veces me había dicho el señor Luis: que yo no debía ser demasiado estricto con los demás, que debía pasar por alto las pequeñas faltas, los pequeños defectos; que, en cambio, no debía perdonar nunca las traiciones. Así que le dije a mi primo: «¿A qué hora has quedado?». «A las cinco», me contestó él. «Pues vamos a hacer una cosa: si a menos cuarto no estoy en tu casa, te vas sin mí. ¿Vale?». Mi primo asintió con la cabeza y, a disgusto, se vio obligado a decirme que le agradaría mucho que yo asistiera a la cita. Así terminó nuestra conversación.

Cuando cerré la puerta, se avivó en mí el fuego de la melancolía. Ciertamente, yo no esperaba que mi primo acudiera en mi auxilio por iniciativa propia, porque realmente lo deseara. Sí esperaba, sin embargo, que fingiera un interés sincero y que, al mismo tiempo, dicho interés resultara verosímil; de este modo, me habría sido más fácil engañarme a mí mismo, hacerme creer que yo era un mal pensado y que, en definitiva, mi primo obraba de buena fe. Pero éste –bien por falta de tacto, bien por exceso de sinceridad– había sido incapaz de enmascararse, privándome así de la balsámica duda. Ahora tenía yo la certeza de que a mi primo no le interesaba lo más mínimo incorporarme a su círculo amistoso. Confirmada esta cruda realidad, ¿debía aferrarme a mi orgullo y, por consiguiente, desestimar a mi primo como vía de acceso a una vida social digna?; o, por el contrario, ¿debía –como sugería el señor Luis– darle la oportunidad de que me conociera y, de esta forma, se disolviera en su mente la falsa imagen que se había hecho de mí? Al respecto, mi madre me diría más tarde que, fuese o no fuese mi primo sincero, lo importante era que éste había dado el primer paso. El consejo de mi progenitora y el que yo había recordado del señor Luis –sumados a mi necesidad de aplacar la fuerza de la melancolía, que ya estaba difuminando la belleza de mi nuevo lugar de residencia– me ayudaron a tomar la decisión correcta.

Así que, a las cuatro y media, ya estaba yo en la casa de mis tíos. Mi tía Domi –que, por lo que le habría dicho su hijo, no contaba seguramente con mi visita– me recibió con gran entusiasmo; ella se empeñó en que, mientras su hijo se preparaba, me tomara un café y algunas rosquillas. Aunque yo detestaba –y detesto– el café y, además, no tenía hambre, no supe decirle que no. Mientras me afanaba en paliar con la ingestión de rosquillas el desagradable sabor amargo del café, mi tía me hizo una pregunta que me incomodó: «¿Y cómo has tardado tanto en quedar con tu primo?». Aquel comentario me dejó sin habla durante algunos segundos; para disimular, me llevé la taza de café a la boca. ¿Estaba mi tía insinuándome que era yo el que se había mostrado distante, reacio a relacionarse con sus hijos? Tal vez consideraba que yo tenía la obligación –y no su hijo– de dar el primer paso que facilitara el acercamiento; que, si quería entablar amistad con mi primo, tenía que pedirlo de forma directa, sin sutilezas ni ambages. Pero ¿acaso no eran ellos los anfitriones y yo el recién llegado? De todos modos, yo había dado el primer paso y algunos más: en primer lugar, le había hecho algunos comentarios a mis dos primos con el fin de obtener una invitación; en segundo lugar, le había dicho directamente a mi primo Antonio que diéramos un paseo juntos y que, de paso, me enseñara el pueblo; en tercer lugar, ante el fracaso de las dos tentativas anteriores, le había hecho saber a mi tía Domi, mediante suaves indirectas, que sus hijos no me prestaban la atención que las leyes de la cortesía exigían en este caso. Entonces ¿a qué venía aquel comentario de mi tía? ¿Es que no era ella la que había fomentado, después de mi presión, la visita que me había hecho su hijo? ¿O la había propiciado y ahora, mientras sorbía el café delicadamente, estaba haciendo un ridículo paripé? Esto último parecía lo más lógico. Sí, aquella constituía la forma elegante que había escogido mi tía para darme a entender que, a su juicio, su hijo había hecho lo que me correspondía haber hecho a mí. Pero lo que ella no sabía –o lo que no quería saber– era que yo había cumplido tanto con las obligaciones que me correspondían como con las que no. De manera que su comentario, que revelaba la prepotencia que yo ya había entrevisto en otras ocasiones, resultaba insultante. Apunto estuve de responderle a mi tía con afiladas palabras; pero logré mantener la compostura y, por consiguiente, cuando devolví la taza de café a la mesa, le dije: «Es que he estado muy ocupado ayudando a mi padre en la tienda».

Afortunadamente, mi primo Antonio nos interrumpió; había estado cambiándose de ropa en su cuarto. Cuando llegué, se encontraba aún en pijama; ahora presentaba ya una indumentaria apropiada para la ocasión: calzaba unas chancletas de baño azules, llevaba un bañador negro que se ceñía a sus compactos muslos y, sobre su hombro derecho, una toalla negra que cubría la mitad de su fornido y bronceado torso; su cabellera rubia, una vez más, cobraba la forma de una estilizada coleta. «Venga, chaval, déjate de rosquillas, que ya no aguanto estar más tiempo aquí metido», me dijo mi primo con un tono de voz más cordial de lo esperado;

pronunció la frase mientras se colocaba unas gafas de sol metálicas que borraron de su rostro el tenue brillo de sus ojos celestes, luminiscencias estas que daban cierto lustre a unas facciones poco atractivas. «Bueno, tita, ya nos veremos otro día. Estaba todo muy bueno», me despedí.

Cuando salimos del chalet de mis tíos, para romper el silencio que se había establecido, le pregunté a mi primo Antonio a qué playa nos dirigíamos. «A la de San Cristóbal. Solemos ir a la de San José; pero ayer fuimos a la otra, por cambiar de aires, que siempre viene bien, y estuvimos a pocos metros de un grupito de tías que tenían ganas de marcha; bueno, eso es lo que nosotros creemos. Y nada, vamos a ver si las vemos y tonteamos un poco con ellas. Hay un par que están que se salen; las otras dos están también bastante buenas. Qué me dices, ¿te gusta el plan?». Reconozco que la idea de formar parte de una camarilla de muchachos que pretendían abordar a un grupo de muchachas que quizá se mostrarían receptivas me produjo nerviosismo y desazón, pues las proporciones del reto que suponía enfrentarse a un puñado de muchachos desconocidos que no dudarían en someterme a un exigente, minucioso y, probablemente, malicioso examen aumentaban en las circunstancias que acababa de describirme Antonio. Sinceramente, yo no tenía la seguridad de que iba a desenvolverme con soltura en aquel delicado contexto. «Tío, qué te pasa. Te has puesto rojo», advirtió mi primo. «Es que soy algo tímido para esas cosas», me justifiqué, tratando de aplacar la coloración púrpura de mis mejillas. «Ya. No se te dan bien las tías, ¿verdad?», me dijo mi primo, como si estuviera confirmando algo que ya intuía o, mejor dicho, que ya daba por sentado. «Se me podrían dar mejor, desde luego». En ese momento, pasaron frente a mis ojos, lánguidos espejismos, media docena de amores frustrados, desde la altiva Rocío –la chiquilla aficionada al fútbol– hasta la ambigua Erica, una de las muchachas menos cotizadas de mi antiguo instituto. «Tú tranquilo. Lo de la timidez tiene arreglo. Ya me encargaré yo de buscarte una buena compañía», trató de consolarme mi primo. Me pregunté si éste se estaría burlando o no de mí y, en definitiva, si realmente estaba manifestándome un interés sincero. En este último caso, mi obligación era la de decirle que yo no necesitaba que nadie me hiciera de alcahueta. Pero, una vez

56

más, me mordí la lengua y, eso sí, le dediqué a mi primo una gélida mirada que dejó entrever mi fulgúreo pensamiento. Mi primo, al sentirse aludido, cambió de tercio: «Ah, se me olvidaba. Con mis colegas, no me llames ni primo ni Antonio; llámame Toni. Solo me llaman Antonio en casa». «¿No te gusta tu nombre de pila?». «Hombre, los hay peores. Pero no es eso. Lo que pasa es que Toni es más corto, no sé, más informal. Aunque mi madre lo odia». «Entonces, si no he entendido mal, en presencia de tu madre debo llamarte Antonio; y Toni cuando estemos con tus amigos». «Si no te importa, sí», me contestó mi primo, que se había dado cuenta de que su tono de voz había sido demasiado imperativo. «Qué me va a importar. Yo te llamo como tú quieras».

Tardamos más de cinco minutos en atravesar la frondosa parte del pueblo que nos separaba de la playa de San Cristóbal. En uno de los extremos del paseo marítimo (el que se encontraba más cerca del puerto) nos reunimos con los amigos de mi primo, que, sentados en uno de los bancos de piedra –embutido entre dos palmeras que proyectaban sobre ellos una acogedora sombra–, no advirtieron a tiempo nuestra llegada y, por consiguiente, fueron sorprendidos en plena cháchara, lo que me permitió cazar algunas palabras con las que, no obstante, no me fue posible conformar ningún mensaje coherente. Pero, por el modo en que ellos me miraron y la forma súbita y tajante en la que interrumpieron su conversación, supe que estaban hablando de mí (o, si he de ser riguroso, del modelo ficticio que, en sus mentes, ocupaba momentáneamente el lugar del muchacho real al que todavía no conocían). Advertí, asimismo, que a alguno de los amigos de mi primo se le había congestionado el rostro, por lo que cabía la posibilidad de que, en mi ausencia, ellos hubieran hecho conjeturas ofensivas acerca de mi persona (o, lo que es peor, se hubieran burlado de alguno de aquellos aspectos de mi personalidad de los que ya les había informado mi primo) y que, por tanto, ahora temieran que alguno de aquellos comentarios hubiera llegado a mis oídos. Yo, que no había escuchado nada que me pusiera en contra de ellos, iluminé mi semblante para reconfortarlos y, a continuación, los saludé enérgicamente. Mi primo me los fue presentando uno a uno: en primer lugar, le tendí la mano a Mario, un muchacho menudo de facciones agraciadas; en segundo lugar, a Enrique, un joven enclenque que, en señal de bienvenida, me propinó un golpecito en la espalda; en tercer lugar, a Ismael, que llevaba el pelo de la cabeza al rape; y, en último lugar, a Roberto, un guaperas cuyo pelo excesivamente engominado desentonaba en aquel contexto playero.

Una vez finalizadas las presentaciones, mi primo, recordando el objetivo primordial de aquella salida, les preguntó a sus amigos: «Qué, ¿las habéis visto?». «No están. Roberto se ha recorrido toda la playa», le contestó Mario. «No importa. Estarán al llegar», vaticinó mi primo. «No van a venir», dijo Enrique. «Qué hacemos, ¿nos ponemos en el mismo sitio que ayer?», sugirió Roberto, haciendo caso omiso al augurio de Enrique. «Que os he dicho que no van a venir», insistió éste. «Y dale. Pero a ti qué coño te pasa. No paras de quejarte desde ayer: que si aquí hay mucha gente, que si en la otra playa se está mejor…», le recriminó mi primo Toni. «Se nos ha quedado pillado de una tía de la otra playa», intervino Ismael. «Eres un puto bocazas», lo reprendió Enrique. «No me jodas. Qué callado te lo tenías. Y qué pasa, ¿no pensabas decírnoslo?», le recriminó Mario a Enrique. «A vosotros no se os puede decir nada: sois unos cabrones. Me habríais puesto en ridículo, como siempre», arguyó Enrique. «Tío, no exageres. Además, lo hacemos por tu bien. Si por ti fuera, te pasarías la vida mirando a las tías desde la distancia. Hay que darte un empujón, joder», dijo Roberto, que, mientras hablaba, escrutaba la playa en busca de sus presas. «Bueno, aquí parados no hacemos nada. ¿Nos quedamos o nos vamos a la otra playa?», intervino mi primo. Yo, que aún no formaba parte del grupo, estaba excluido de aquella interpelación. «Nos quedamos», dijo, tajantemente, Enrique. «O sea, que ahora nos quedamos», dijo Ismael. «Sí. Pero que conste que no van a venir», les advirtió, recalcitrante, Enrique. «Chaval, a ti no hay quien te entienda», dijo Roberto, que no dejaba de mirar en todas direcciones. «Yo creo que deberíamos ir a San José. Esto no tiene buena pinta. Ya deberían estar aquí», sugirió Mario. «Yo no pienso ir a San José. Que quede claro», dijo Enrique. «Pero ¿por qué no? Si hace un momento estabas deseando ir», se extrañó Ismael. «Pero ahora no me da la gana ir, bocazas». «Bueno, bueno, tengamos la fiesta en paz. Nos quedamos aquí y ya está. Que, con tanta tontería, le vamos a causar una mala impresión a mi primo». Con esta última frase, Toni me ofrecía la oportunidad de entrar en la conversación. Yo decidí aprovecharla: «Siempre es difícil ponerse de acuerdo». «¿Tú quieres quedarte?», me preguntó Mario. «Hombre, a mí me da igual un sitio u otro. Ahora bien, si queréis iros porque pensáis que las chicas no van a venir, tened en cuenta que yo creo que sí vendrán. Es normal que se retrasen». «¿Por qué te parece normal?», me interpeló Roberto. «Bueno, si realmente les interesáis, y Toni me ha dicho que ayer todo indicaba que tenían ganas de marcha, ellas harán todo lo posible para tratar de disimularlo, para tratar de que creáis que, en realidad, les interesáis menos de lo que vosotros intuís. Por extraño que parezca, así es como coquetean la mayoría de mujeres. De modo que lo normal es que os hagan esperar». «Hombre, visto así…», dijo Mario, meditativo. «Tiene su lógica», me apoyó Roberto. «Pues no se hable más. Vamos a ponernos en el sitio de ayer y ¡a esperar! Si mi primo dice que vendrán, es que vendrán». «Ojo, que solo es una hipótesis. Las mujeres son imprevisibles», les advertí yo. «Y que lo digas, tío», convino Ismael.

Impelidos por mi previsión, abandonamos el banco del paseo marítimo y nos adentramos en la fina arena, cuya temperatura, menos intensa que por la mañana, nos permitía ir descalzos y, consiguientemente, disfrutar de su agradable y maleable textura. El olor a salitre, que penetraba en mi organismo con el mismo poder balsámico del eucalipto, aumentaba su intensidad a medida que nos acercábamos a la orilla. Por un momento columbré, con total nitidez, un mar plomizo, opaco, que lanzaba sus espumarajos grisáceos sobre una rugosa arena que arañaba las plantas de mis pies; sentí entonces una fuerte presión en el pecho que desapareció tan pronto como aquella imagen de mi pasado, superpuesta por breves instantes a la de mi presente, se disolvió como una neblina momentánea. No me sobresalté, pues yo ya estaba acostumbrado a aquellas visiones eidéticas que me venían asaltando desde que era niño. Volatilizada aquella proyección visual, me percaté de que mis acompañantes se habían detenido un par de metros detrás de mí. «¿Adónde vas?», me preguntó mi primo. Yo me hice el despistado: «Ah, vale. Creía que nos íbamos a poner más cerca de la orilla». «No. Este es el sitio de ayer», me informó Mario. Me acerqué a ellos –que ya estaban extendiendo sus toallas sobre la arena– y, tras echar una rápida ojeada a aquel heterogéneo alfombrado, resolví colocarme en el extremo derecho, junto a mi primo Toni, a pesar de que él, tal vez por descuido, no me invitó a que me pusiera a su lado. En el extremo izquierdo se encontraba Enrique; junto a él, Roberto; seguidamente, Ismael; y, junto a mi primo, Mario. Sin mediar palabra, mis compañeros se apresuraron a desprenderse de sus prendas, que, hechas un ovillo, introdujeron en sus mochilas. Yo fui el último en desvestirme y el único que se esmeró en doblar cuidadosamente la ropa. No me cabe duda de que ellos advirtieron este detalle (pude constatarlo, mediante algunas miradas de reojo, en sus atezados semblantes); no obstante, no me hicieron ningún comentario al respecto.

Cuando ya estábamos todos acomodados –algunos extendidos sobre las toallas, mirando en dirección al paseo marítimo; otros sentados, oteando igualmente el horizonte de palmeras en busca de las impuntuales muchachas–, Enrique elevó la cabeza por encima de los cuerpos de sus compañeros y, cuando me divisó, me hizo la siguiente pregunta: «Marcos, ¿es verdad que puedes resolver el cubo de Rubik en menos de un minuto? Aquí la peña no se lo cree». Aquel sorpresivo comentario de Enrique, la misma persona que había tildado a su amigo Ismael de bocazas, demostraba que, como yo sospechaba, mi madre había sido imprudente. Como imprudente había sido la pregunta de Enrique, a juzgar por la mirada asesina que mi primo, tras recibir una similar de mi parte, le dedicó a éste. «¿Quién te ha dicho eso?», le pregunté yo desacertadamente, ya que la respuesta de Enrique era previsible. «Toni», me contestó. Mi primo, a su vez, me dio la explicación que yo esperaba: «Tu madre se lo dijo a la mía. Pero no es nada malo, ¿verdad?». «No, claro que no», le contesté yo hipócritamente. «Entonces, ¿es verdad?», arremetió de nuevo Enrique. «Lo es», le confirmé. «Podrás demostrarlo, ¿no?», intervino Ismael, que sujetaba un enmarañado cubo de Rubik que había sacado de su mochila. «Vaya, me habéis preparado una encerrona», les comenté a mis compañeros, empleando un tono de voz amigable que contrastaba con mi malestar interior; y es que aquello era lo que más me molestaba: convertirme en el centro de atención haciendo ostentación de mis habilidades. «Es que Toni se ha puesto muy tozudo. Él dice que puedes hacerlo y nosotros que no. Yo he estado intentándolo durante varios días y nada, no he conseguido completar ni una cara. Es imposible hacerlo en tan poco tiempo. Imposible», me aseguró Ismael. «No hay nada imposible. De hecho, el récord está en veintitrés segundos», les hice saber. «¡Venga ya!», exclamó, escéptico, Roberto, que, hasta el momento, se había mantenido al margen de la conversación. «En serio. Lo consiguió, en mil novecientos ochenta y dos, un estudiante de secundaria de Los Ángeles que participaba en el Concurso Internacional de Budapest», los informé, arriesgándome a que me tacharan de pedante. Aunque sin duda aquella información aportó credibilidad a mi anterior comentario, Ismael, el más reticente de los cuatro, siguió oponiéndome resistencia: «Pues yo tengo que verlo para creerlo». «Para empezar, demuéstranos que tú lo puedes hacer en menos de un minuto», lo apoyó Mario. Entonces mi primo, avergonzado del comportamiento de sus amigos (del que quizá se sentía responsable), me dijo: «No tienes que demostrarles nada. Son unos capullos». «Qué pasa, Toni, ¿ahora ya no estás tan seguro como antes?», lo provocó Ismael. «Le preocupa tener que comerse sus palabras», añadió Mario. «Paso de vosotros», los despreció mi primo. «Pero vamos a lo que vamos, ¿lo vas a intentar o no?», insistió Ismael, que, desafiante, trasladaba el cubo de Rubik de una mano a la otra. «Con mucho gusto. Pero no sé si lo conseguiré en menos de un minuto. Hace mucho tiempo que no practico», le advertí. «Yo te cronometro», se ofreció Enrique. «Espera. Déjame echarle antes un vistazo al cubo». Ismael me lanzó el poliédrico rompecabezas por encima de las cabezas de Mario y Toni. Después de observar con atención todas y cada una de las caras del cubo determiné –aunque no lo hice público– que no necesitaría demasiados movimientos para resolver el rompecabezas. Pero sabía que cualquier movimiento erróneo daría al traste con mi empeño de conseguirlo en menos de un minuto. Así que, antes de comenzar, mientras comprobaba el cubo, fui visualizando –y, al mismo tiempo, memorizando– las primeras secuencias de movimientos. Entretanto, me inquietó la duda de si mis dedos, desentrenados, serían capaces o no de completar cada uno de los giros con la suficiente celeridad y precisión. «Bueno, basta ya de tanto mirar», dijo Ismael. «Venga, a la de tres», me propuso Enrique. Yo, concentrado, asentí. «Una, dos y ¡tres!». Mis dedos, conectados a mi mente –enajenada del entorno–, comenzaron a desplazar las caras del cubo en todas direcciones con una destreza que llegó a sorprenderme; por lo visto, la incredulidad de los amigos de mi primo estaba actuando de acicate. Tanto es así que, antes de que se cumplieran los primeros diez segundos, yo ya había completado la cara superior, de color azul; a los treinta segundos, ya estaban listas las filas superior y central de cada una de las caras restantes; diez segundos después, estaba resuelta la fila inferior de cada cara; solo tardé doce segundos más en completar la cara inferior, de color blanco. Cuando el rompecabezas más perfecto que existe estuvo resuelto, mis espectadores, incluido mi primo, prolongaron su silencio, un sabroso silencio.

En el momento en que aquel silencio ya resultaba incómodo, me vi obligado a sacar a mis compañeros del estado de estupefacción en que estaban sumidos: «Bueno, dime, ¿cuánto he tardado?». Enrique miró su cronómetro –para certificar lo que ya sabía– y nos comunicó el resultado: «Cincuenta y dos segundos». Por la expresión de las caras de los amigos de mi primo, llegué a la conclusión de que el tiempo que yo había empleado en resolver el rompecabezas ya no les parecía algo relevante. En mi opinión, lo que ahora había pasado a un primer plano –y lo que motivaba el asombro de mis espectadores– era el modo en que mis manos, como precisos pinceles que en ningún momento titubearon, habían ido tapizando cada una de las caras del cubo con un color diferente; era, en resumidas cuentas, aquel mágico proceso de recomposición, metáfora del arte, el que los había cautivado. Por esta razón, nadie hizo ninguna referencia más al tema del tiempo. «¡Vaya puntazo, tío! ¡Ha sido increíble!», exclamó Enrique. «Qué os había dicho. Es una máquina», dijo mi primo mientras me daba un par de palmaditas en la espalda. «Estoy flipando, de verdad. ¿Cómo lo has hecho?», quiso saber Mario. «Tiene truco, ¿verdad?», se sumó Ismael. «Hombre, truco… Depende de lo que entiendas tú por truco. Lo que sí es cierto es que el rompecabezas se puede resolver mediante un número determinado de movimientos desde cualquier posición. Una vez que descubres la lógica matemática que rige la composición del cubo, lo único que tienes que hacer es memorizar las secuencias de movimientos que debes realizar en cada una de las fases del proceso». «¿Qué quieres decir con lo de las fases?», me interrumpió Enrique, atento, como el resto de sus compañeros, a mi explicación. «Pues que hay que seguir un orden determinado». «¿Qué orden?», se interesó Mario. «Eso es alto secreto», le contesté, pues no estaba dispuesto a revelarles a unos desconocidos lo que tanto tiempo y esfuerzo me había costado desentrañar. «Di que sí. No les expliques nada más, por desconfiados», me apoyó mi primo. En ese preciso instante, la voz enérgica de Roberto, siempre atento al horizonte de palmeras, se irguió por encima de la de Toni: «¡Eh, tíos, me parece que las he visto! ¿No son aquellas?». Señaló a un grupo de muchachas, de rostros todavía difusos, que bajaban por la rampa que daba acceso a la playa. Todos aguzaron la vista; fue Mario el que se aventuró a decir que sí, que le parecía que eran ellas. A los pocos segundos, reducida considerablemente la distancia que separaba a las muchachas de nosotros, se confirmaron las sospechas de Mario y Roberto.

Las cuatro adolescentes se acercaban lentamente, titubeantes, escrutando las zonas más cercanas a la orilla. Obviamente, ellas tardaron más en localizarnos entre la recostada muchedumbre de lo que tardamos nosotros en vislumbrarlas e identificarlas. Cuando lo hicieron, se detuvieron por un instante –a unos diez metros de nuestro emplazamiento–, cuchichearon entre ellas y, a continuación, como si nos ignoraran, modificaron su trayectoria (la que las habría llevado directamente a donde nos encontrábamos) y, tras sortear varias toallas y sombrillas, se asentaron en un claro situado a unos desmoralizantes treinta metros de nuestra trinchera. Entretanto, yo pude ratificar que, como me había comentado mi primo, dos de las muchachas, una rubia y otra pelirroja, poseían unas facciones muy atractivas y un cuerpo magnífico que rebosaba voluptuosidad; las otras dos, aunque no alcanzaban la exuberancia de sus compañeras, también disponían, a lo largo de su anatomía, de numerosos encantos. «Pero ¿por qué se van tan lejos?», se preguntó Enrique. «A ver si es que pasan de nosotros», se temió Toni. «Si pasaran de nosotros, se habrían ido a la otra punta de la playa», comentó, esperanzado, Roberto. «Eso no es así. Si su apartamento está en esta zona, no se van a ir a la otra punta porque nosotros estemos aquí», razonó Mario. Algo de lo que éste había dicho me llamó la atención: «¿Cómo sabéis que tienen un apartamento?». «Hombre, no las habíamos visto nunca por el pueblo. Así que tienen que ser veraneantes. Aunque también pueden estar en un hotel», me aclaró Mario. «Tíos, y ahora qué hacemos. No podemos decirles nada desde aquí. Yo paso de ponerme a berrear. Joder, las muy guarras nos lo han puesto realmente difícil», se lamentó Ismael. «¿A ti qué te parece, Marcos? ¿Pasan de nosotros o no?». Roberto, en representación de sus compañeros –que me miraron con la misma expectación que él–, acababa de reclamar mi opinión, como si mi demostración con el cubo de Rubik y el hecho de que se hubiera cumplido mi previsión sobre la segura aparición de las muchachas me convirtieran en una autoridad cuyas opiniones debían tenerse muy en cuenta. Sin soslayar la responsabilidad que se me confería, traté de hacerles entender a aquellos muchachos que yo no tenía –como ellos podrían llegar a pensar si el azar seguía aliándose con mis predicciones– todas las respuestas: «La verdad es que no tengo ni idea. Pero puede ser que, por recato o por vergüenza, no se hayan atrevido a ponerse más cerca. O quizá no quieren que las molestéis. Quién sabe». «Pues sí que estamos bien», ironizó mi primo. «¡Eh, tíos, la pelirroja nos está mirando!», nos avisó Roberto, obligándonos a mirar al grupo de muchachas para comprobar si lo que decía era o no cierto. Cuando yo –contagiado por el entusiasmo de aquellos muchachos– dirigí mi mirada hacia el femenino objetivo, me topé con la delicada espalda, el esbelto cuello y la ensortijada melena de la muchacha, melena que reposaba sobre uno de sus hombros y se deslizaba por la pendiente de unos senos a los que, desde mi posición, yo no podía acceder. «No está mirando. Eres un trolero», le dijo Mario a Roberto. «Se acaba de girar. Miraba y se reía. Te lo juro», se defendió este último. «¡Atentos, que ahora miran la rubia y la pelirroja!», nos advirtió Ismael, que, para evadirse de los molestos rayos solares y, de esta forma, lograr una mejor visibilidad, cometió el error de colocarse la mano, a modo de visera, sobre la frente. Efectivamente, la muchacha pelirroja que hacía apenas unos segundos me daba la espalda, me mostraba ahora, además de un rostro gesticuloso, unos senos cubiertos en parte por el corpiño de su pelo taheño. «¿Habéis visto cómo se ríen y cuchichean?», dijo Mario. «No se estarán burlando de nosotros, ¿verdad?», se temió Ismael, que, arrastrándose por la arena, se había colocado a la vanguardia del grupo, desde donde, con su improvisada visera de carne y hueso, llamaba sin duda la atención de las muchachas. Aquella actitud descarada −opuesta a esa posición ambigua, casi reticente, de la que yo, como la mayoría de mujeres, era partidario− me irritaba tanto, que le rogué a Ismael que bajara la mano y que volviera a su sitio. «¿Por qué?», se extrañó éste. «¿No te das cuenta de que te están viendo?». «¿Y qué? Eso es lo que quiero, que me vean». Preferí no explicarle a Ismael, por el momento, por qué aquella no era la forma más adecuada de atraer a las muchachas; no lo hice, entre otras cosas, porque, como cabía la posibilidad de que aquella táctica, aunque no fuera la mejor, resultase efectiva, si yo me manifestaba en contra de ella corría el riesgo de quedar en ridículo. Las pícaras adolescentes no tardaron mucho en darnos la espalda, sembrando premeditadamente el desconcierto entre los amigos de mi primo. «Pero bueno, estas tías de qué van», se preguntó, irritado, mi primo Toni. «Se están burlando de nosotros. Mirad, mirad cómo se ríen», se percató Ismael. «Aún estamos a tiempo de ir a la playa pequeña», sugirió Mario, reclamando, con los ojos, el apoyo de Enrique, la persona a la que más podía interesarle su propuesta. «Haced lo que queráis. Yo me voy a ir a mi casa», respondió éste. «Tío, cómo estás hoy…», dijo mi primo. «Pues yo pienso ir a hablar con ellas», dijo, de repente, Roberto, reanimando a sus compañeros. «No hay huevos», lo espoleó Ismael. «¿Que no?», se reafirmó Roberto. «No hay huevos», le repitió, enfáticamente, Ismael. Yo, que vi a Roberto demasiado envalentonado, le sugerí, por vergüenza ajena, que no incurriera en aquel riesgo. Como él no atendía mis razones, le propuse que esperara a que las muchachas nos hicieran alguna señal de que deseaban compañía, como, por ejemplo, un saludo con la mano. «De eso nada. No pienso estar toda la tarde esperando. Hay que coger el toro por los cuernos», me contestó Roberto. Y, decidido, se fue hacia el campamento de las muchachas.

Roberto llegó a su altura, las saludó, se acuclilló y, contra todo pronóstico, logró entablar diálogo con ellas y, lo que es más difícil, prolongarlo en el tiempo. Transcurridos un par de minutos, Roberto se giró y nos señaló con el dedo índice. Esto excitó a sus expectantes amigos, excitación que yo, he de reconocerlo, también compartía (si bien es cierto que aquella situación me causaba, al mismo tiempo, un rubor que la atemperaba). Había llegado, pues, el momento en que el osado aventurero debía regresar a su morada para informar a la retaguardia de sus descubrimientos; o bien el momento en que el explorador que se había asegurado de que el terreno inspeccionado no era hostil, debía solicitar el avance de sus cautos y rezagados compañeros. No obstante, Roberto no hizo ninguna de las dos cosas. En su lugar, continuó hablando con las muchachas, lo cual intranquilizó a sus amigos, que lo acusaron de egoísmo y exceso de protagonismo. Yo, por el contrario, pensé que, en lugar de criticarlo, ellos debían agradecerle a Roberto que les estuviese allanando el terreno. De súbito, escuchamos una débil pero perceptible voz de mujer que no provenía del núcleo que tenía prendida nuestra atención. En un principio, absorbidos por la gesta de Roberto, no le dimos la mayor importancia; pero el reclamo insistente de aquella voz que era como un nítido susurro nos hizo barajar la posibilidad de que nosotros fuéramos los destinatarios de su reclamo; de modo que, casi al unísono, miramos todos hacia el lugar de donde parecía provenir. Fue entonces cuando vi a una muchacha que, arrellanada sobre una toalla de vivos colores, nos miraba mientras contoneaba el brazo alzado; fue a los pocos segundos, recuperada una bella y todavía pequeña imagen del fondo de mi memoria, cuando me percaté de que se trataba de la chica que yo había conocido en el rompeolas, en aquella instructiva jornada de pesca que había compartido con mi tío. Aunque su cuerpo no estaba cubierto por el biquini plateado de entonces, la cinta amarilla que coronaba su cabeza y, por supuesto, su rotunda belleza –gemela a la que yo recordaba– no dejaban lugar a dudas. «Y a esa qué le pasa. No puede ser que nos esté llamando», dijo, extrañado, Mario. «¿La conocéis?», pregunté yo. «De vista nada más. Es del pueblo. Le hemos intentado entrar varias veces y nos ha mandado siempre a la mierda. Es una creída», me informó mi primo. «Pues a mí me parece una chica muy educada», les revelé. «Cómo, ¿la conoces?», se sorprendió mi primo. «Sí. La conocí el día en que fui a pescar con tu padre. Ella estaba en el rompeolas pescando con el suyo». «¡Qué cabrón! Pero, ¿qué coño estaba haciendo una tía como esa en el rompeolas?», se extrañó mi primo. «Entonces te tiene que estar llamando a ti. Levántate, a ver qué hace», me propuso Ismael. Yo seguí sus instrucciones y, cuando estuve erguido sobre mi toalla, comprobé que la muchacha, en efecto, me estaba pidiendo, con un infatigable movimiento de su mano, que me acercara. Obviamente, tuve que obedecerla.

Cuando regresé al apostadero de los anonadados amigos de mi primo, después de haber mantenido una dilatada conversación con la muchacha que con ellos se había mostrado siempre tan displicente, Roberto ocupaba de nuevo la toalla que había abandonado para realizar su arriesgada incursión. De las adolescentes a las que éste sin duda había agasajado, no quedaba ni rastro. Al parecer, éstas –que, efectivamente, eran veraneantes cuyos padres habían alquilado varios apartamentos en la misma zona– se habían negado, en un principio, a trasladarse al campamento de los amigos de Roberto y a que éstos se trasladaran al suyo. Por tanto, Roberto, obstinado, se había visto obligado a dilatar la conversación para tratar de vencer la resistencia de las muchachas. Al final, había logrado arrancarles una posibilidad de cita: ellas tal vez irían a la playa al día siguiente antes del mediodía; y, si lo hacían y nosotros estábamos allí, entonces acomodarían sus toallas en nuestro campamento.

Esta es, sintetizada, la información que recopilé de lo que me contaron unos y otros. Por la celeridad y superficialidad con las que me lo refirieron todo, sospeché que la información que yo traía les interesaba más que la que les había proporcionado Roberto. Así pues, por segunda vez en la misma tarde me convertí, a mi pesar, en el centro de atención de aquel grupo de adolescentes.

II

Lunes 3 de julio

Me reconforta mucho que mi carta le haya entusiasmado tanto, ya que sé, por experiencia, que no es usted un hombre que se prodigue en felicitaciones. No sabe cuánto me alienta que considere que mi prosa continúa mejorando y que mi sensibilidad artística es cada día más fértil y precisa. Ojalá me encuentre, como me dice, en el buen camino. Sin embargo, quiero ser precavido y no entusiasmarme demasiado con esa supuesta evolución que usted ha percibido en mi carta. Y es que me temo que me resulta mucho más fácil reflexionar sobre lo que me atañe –sobre lo que afecta a mi realidad vital– que hacerlo sobre las vidas de unos caracteres inventados. Sí, ya sé que me ha dicho muchas veces que, para lograr esa autenticidad que anhela todo artista, debo proyectar mis conflictos existenciales en los seres que cree, meras máscaras de mí mismo. Pero, qué quiere que le diga, tengo la impresión de que, cuando llevo a cabo ese proceso, pierdo buena parte de mi capacidad analítica; capacidad que se restituye en cuanto escribo sobre mí mismo. Vamos, que me desenvuelvo mejor en la autobiografía. Por esta razón, me resisto a pensar que estoy cerca de convertirme en un buen escritor de ficción; aún me queda un largo camino por recorrer. No piense, no obstante, que no tengo en cuenta sus apreciaciones. Estoy de acuerdo con usted en que mi carta está repleta de hallazgos (yo mismo me di cuenta de ello mientras la escribía); pero, además de lo que le he referido, creo que éstos son producto de la nueva situación vital en la que me encuentro (estoy rodeado de estímulos nuevos que me asaltan continuamente y que acentúan mi sensibilidad). En definitiva, no considero que se trate de una evolución artística, como usted sugiere. Además, cuando le escribo, no pretendo, ni mucho menos, hacer arte. Le relato, simplemente, mi vida para, por un lado, salpimentar la suya; y, por otro, hacerme merecedor de sus consejos, de los que, a estas alturas, ya no puedo prescindir.

Por otra parte me alivia, en cierto modo, que a usted no le preocupe, como a mí, el hecho de que ahora ya no tenga tantas ganas de escribir como antes. Me comenta que, dada mi situación, esto le parece normal. Estoy de acuerdo con usted en que la vida es más importante que la literatura. Soy consciente de que, para ser escritor, debo vivir intensamente. Pero ¿realmente cree que debo dejarme arrastrar por la vida y abandonar la literatura tanto tiempo como aquélla me lo demande? Sinceramente, cuando lo hago me siento culpable; siento que no estoy cumpliendo con mi obligación, que estoy empezando a flaquear y, en definitiva, que realmente no poseo un alma de escritor. Usted me sugiere que, si no tengo ganas de escribir, no fuerce la situación. Y tal vez tenga –como la mayoría de las veces– toda la razón del mundo; tal vez, al convertir la literatura en una obligación, corro el riesgo de acabar aborreciéndola. Deduzco, pues, que lo que quiere decir es que debo evitar que la literatura se interponga en mi vida y, en cambio, procurar que sea un complemento que la enriquezca. ¿No es así? Bien, haré todo lo posible por seguir su consejo: no reprimiré, en favor de mi vocación literaria, la fuerza de los estímulos exteriores. De todos modos, sepa que llevo ya un par de días levantándome temprano para escribir, como hacía en la ciudad. Mi intención era la de imponerme, en lo sucesivo, esa disciplina, aunque me resultara tediosa; sus acertadas indicaciones, sin embargo, me han hecho cambiar de opinión. Comprendo que debo prescindir de todo aquello que, en un determinado momento, afecte negativamente a mi estado de ánimo. Ahora bien, lo que no me produce ningún malestar, lo que hago con mucho gusto es redactar estas cartas que le envío (porque en ellas le relato lo que ahora más me interesa: mi experiencia vital en este nuevo emplazamiento). De modo que puede estar tranquilo, pues nunca dejará de recibir noticias de mí.

Antes de informarlo del rumbo que ha seguido mi vida desde la última vez que le escribí, permítame que le agradezca que haya sido usted indulgente a la hora de valorar alguno de los comentarios desagradables que, en un arrebato de sinceridad, le hice en mi anterior carta. No le quepa duda de que lo echo de menos, señor Luis. Bueno, no voy a repetirle ahora lo que usted ya ha sabido interpretar perfectamente. No obstante, perdóneme si, aunque usted trate de disimularlo, en realidad le he ofendido.

Por cierto, ahora que me acuerdo, ¿de verdad piensa que debería ser menos sutil a la hora de transmitirles a mis primos mis intenciones? Me sugiere que, dado que ellos se muestran tan displicentes, lo mejor que puedo hacer es asaltarlos directamente, manifestarles mi enfado por el trato poco cordial que me están deparando y, de este modo, despertar en ellos un sentimiento de culpabilidad. No le niego que ya había barajado esa posibilidad; yo también he llegado a pensar que, a pesar de su brusquedad, esa era la única forma que tenía de lograr que ellos, aun a regañadientes, me dieran una oportunidad de demostrarles que soy una persona válida que puede aportarles mucho. Pero ya sabe que mi carácter y mi orgullo me impiden comportarme de esa manera, razón por la cual, quizá, hago menos amistades de las que debería hacer. Estaba dispuesto, pues, a resignarme. Y he de reconocer que, durante unos días —al comprobar que, a pesar del traslado, mi vida iba a seguir siendo tan insulsa como siempre—, lo he pasado realmente mal. Pero, señor Luis, ¡mi alarmante situación ha dado, repentinamente, un giro de ciento ochenta grados! Cuando ya había perdido toda esperanza, mi estrategia ha dado sus frutos. ¡Y qué frutos!

Como ya se estará imaginando, hace un par de días recibí la visita de mi primo Antonio, que me invitó a ir a la playa con sus amigos. En un principio, me propuse rechazar su invitación, pues aprecié en su comportamiento un indicio de falsedad (ya sabe, mi orgullo se encargó de nuevo de interponer obstáculos); pero pronto emergieron de mi memoria, para auxiliarme, sus consejos; así que decidí no conferirle importancia a aquel aspecto contra el que arremetía mi orgullo y, por tanto, acepté la invitación de mi primo. Ahora me pongo a temblar al pensar que, por soberbia, estuve a punto de echar a perder todo lo que he conseguido a raíz de su invitación: en primer lugar, ganarme el respeto y la confianza de sus amigos, que, por lo que me ha dicho mi primo, desean que me una a su pandilla; y, en segundo lugar, encontrarme, por segunda vez, con la preciosa muchacha que, desde hace un par de días, ocupa buena parte de mis pensamientos. De esto último le hablaré más tarde. En cuanto al buen recibimiento que me han deparado los amigos de mi primo, le diré que, a mi entender, se debe, por una parte, a que les ha impresionado el hecho de que yo, en tan poco tiempo, haya logrado acercarme a la muchacha que le acabo de mencionar mucho más de lo que ellos lo han hecho en toda su vida; y, por otra, a que, contrariamente a lo que cabría esperar, han sabido apreciar mis cualidades intelectuales, de las que yo, por descontado, no he hablado en ningún momento. ¿Se acuerda de que le comenté que, probablemente, mi madre les había hablado a mis tíos de mi superdotación? Pues mi sospecha se ha visto confirmada: dicha información había llegado ya, antes de que yo los conociera, a los amigos de mi primo, que, maliciosos, me tendieron una emboscada hace un par de días en la playa. ¡Pues no me obligaron a resolver un cubo de Rubik! Podrá imaginarse lo enfadado que yo estaba y lo que me costó disimularlo. Aunque no llegaron a reconocerlo, estoy convencido de que, previamente, los amigos de mi primo habían establecido apuestas. Así que, por un momento, me temí que aquellos muchachos –incluido mi primo–, por carecer de otra distracción mejor, hubieran decidido divertirse a mi costa y que, por tanto, no tuvieran la más mínima intención de concederme su amistad. Como comprenderá, aquella situación me pareció intolerable. De todos modos, decidí resolver el rompecabezas para poder analizar las reacciones de aquellos muchachos y, a partir de éstas, determinar si, a lo largo de la tarde, iban a seguir incordiándome. Afortunadamente, no fue así; es más, ellos se interesaron por el modo en que yo había resuelto el cubo y, a partir de entonces, ya no me hicieron ningún comentario hiriente –como yo, desconfiado, esperaba–; y, lo que es mejor, me pidieron en varias ocasiones mi opinión sobre algunos aspectos relacionados con unas muchachas, situadas a una treintena de metros de nosotros, a las que pretendían cortejar.

Por la noche, acompañé a mi primo y a sus amigos a la disco-teca en la que trabaja de portero el hermano de Mario (uno de los amigos de mi primo). Estuvimos allí hasta la una. La verdad, no fue una experiencia agradable. Ya sabe que no soporto el ambiente opresivo y contaminado de las discotecas ni la frialdad y futilidad con las que la gente se relaciona en estas atmósferas artificiales. Bueno, lo importante es que en ningún momento me sentí desplazado ni despreciado por los amigos de mi primo. ¿No le parece fantástico? Hacía mucho tiempo que no experimentaba una sensación parecida, una sensación que, por el momento, no soy capaz de describirle. Y es que no hay nada más reconfortante que sentirse aceptado y valorado por los demás. Ya ve, señor Luis, todo indica que los amigos de mi primo son buenos chicos; desde luego, no deben de tener vicios, porque ni siquiera fuman, lo cual dice mucho a su favor. Y aún me queda por explicarle lo mejor de todo: mi incipiente relación de amistad con la muchacha de la cinta amarilla. Pero, para llegar hasta ella –lo más jugoso de mi carta–, he de relatarle antes lo que aconteció en aquella jornada de pesca que tenía concertada con mi tío (¿la recuerda?), ya que, gracias a ésta, me fue posible mantener un primer contacto con la muchacha.

La primera sorpresa que me proporcionó aquella jornada de pesca tiene que ver con mi tío, el cual superó con creces mis expec-tativas. Y es que el hermano de mi madre posee innumerables y apreciables virtudes: es extremadamente inteligente, ingenioso, meticuloso, observador, perseverante y paciente; tiene, además, una gran capacidad comunicativa y pedagógica. En este sentido, me recuerda mucho a usted. Para demostrárselo, bastará con que le diga que, en unas pocas horas, logró insuflarme una pequeña cantidad de la desmedida pasión que él siente por la pesca depor-tiva, actividad que, como sabe, nunca he visto con buenos ojos. Hasta ahora, yo era de la opinión de que una actividad tan simple, tan elemental –que consiste en cebar un anzuelo, depositarlo en el lecho marino y esperar a que el azar proporcione alguna presa–, no podía tener ningún tipo de atractivo para una persona inquieta e inteligente. A día de hoy, estoy en condiciones de garantizarle que yo tenía un concepto demasiado ramplón de lo que, en realidad, es una actividad compleja, exigente y, por consiguiente, sumamente atractiva; una actividad que –al menos en la modalidad que practica mi tío– alcanza altos niveles de sofisticación. Ésta se debe, en gran medida, a que mi tío practica una pesca selectiva que requiere un conocimiento pleno del comportamiento vital de sus presas. En este sentido, resulta impresionante escuchar, de la boca de mi disciplinado tío, las conclusiones a las que ha llegado después de muchos años de minuciosa observación; sus deducciones son tan brillantes, que realmente me siento pequeño a su lado. Créame, señor Luis: no es el azar el que determina el éxito o el fracaso de un pescador (y mucho menos cuando éste está tratando de capturar doradas); todo lo contrario, depende de su sabiduría y de la metodología que emplee. Y le puedo asegurar que las de mi tío rozan la perfección. Pues bien, es precisamente ese meticuloso proceso que desemboca irremediablemente en el éxito lo que me ha cautivado. También lo ha hecho el poético modo en que mi tío me describió la idiosincrasia de las doradas. Y digo idiosincrasia porque éste les ha conferido a estos bellos animales atributos humanos: habla de ellos como si realmente fueran inteligentes y suspicaces; como si, dotados de una capacidad de aprendizaje similar a la de nuestra especie, fueran capaces de ingeniar estrategias para burlar nuestras trampas y engaños; de hecho, mi tío utiliza el género femenino para referirse a ellos, como si estuviera hablando de bellas mujeres que ofrecen una tenaz resistencia a aquellos que las intentan seducir. Dicho así, quizá le resulte ridículo. Pero, en boca de mi tío, toda esta parafernalia se hace muy estimulante. Como estimulante resulta la pesca en sí de este fascinante espárido: ¡si viera la sutileza con la que toma, tritura e ingiere el cebo! Y, en cuanto a la fuerza que desarrolla una vez que ha sido prendido por el anzuelo, qué le voy a contar, es increíble. No me cercioré de ambas cosas hasta que mi tío no me dio la oportunidad de enfrentarme a estas criaturas. Nunca me había sentido tan impotente, de verdad. Jugaron conmigo como lo haría una muchacha inteligente y caprichosa. Y eso que, después de muchos intentos frustrados, estuve a punto de lograr la victoria sobre una de aquellas damiselas de plata (¿lo ve?, mi tío me está contagiando su retórica). Pero, en el último momento, debido a un despiste, la perdí. Afortunadamente, mi tío

ya había capturado dos magníficos ejemplares. Como compren-
derá, estoy deseando volver al rompeolas para resarcirme de la
derrota. No obstante, ayer no pude acompañar a mi tío porque
ya había quedado previamente con mi primo y sus amigos para
acudir a la cita en potencia que Roberto (otro amigo de mi primo)
había concertado con las muchachas que le mencioné anterior-
mente (como he de explicarle otros asuntos más importantes, he
decidido no referirle lo que aconteció ayer en la playa. Tal vez lo
haga –si no tengo nada mejor que contarle– en mi próxima carta).
Mi tío, por supuesto, no me reprochó la deserción. En fin, ya iré a
pescar el fin de semana que viene. Ya le contaré cómo me ha ido.

Me imagino que, a estas alturas de mi carta, usted estará ansio-
so por que yo comience a hablarle de la muchacha de la cinta
amarilla, la primera amistad (una amistad que, no obstante, aún
no se ha consolidado) que he conseguido en este pueblo por mí
mismo, sin la intervención de intermediario alguno. Por extraño
que le parezca, la conocí en el rompeolas el mismo día en que fui
a pescar. Aunque a ella no le gusta la pesca, había acompañado a
su padre ese día (desconozco la razón por la que lo hizo), el cual
se había situado a unos cien metros de nuestro puesto. La mucha-
cha, aburrida de la inactividad a la que la sometía la impericia
de su padre, se desplazó a nuestra posición al final de la jorna-
da para comprobar si, como ella sospechaba, habíamos pescado
algo. Llegó en el momento en que yo estaba trabajando, torpemen-
te, esa dorada que se me escapó en el último momento. Cuando,
al reclamo de la voz de la muchacha, me giré y la vi detrás de mí,
erguido su voluptuoso cuerpo sobre una de las rocas planas, se
desvaneció la frustración que había comenzado a brotar en mí a
raíz de la súbita pérdida de la primera pieza que había conseguido
clavar. No obstante, me sentí avergonzado en cuanto comprendí
que la muchacha había sido testigo de mi torpeza. Pero sus prime-
ras palabras, condescendientes, me aliviaron. Para satisfacer
su petición, le mostré a aquella encantadora desconocida, sin el
consentimiento de mi tío –que, aunque no cesaba de reprenderme,
no recibía mi atención– las dos doradas que habíamos pescado.
Entonces mi tío dio rienda suelta a su mal genio y, con algunos
comentarios fuera de lugar, ahuyentó a la muchacha, que se

despidió de mí educadamente. Recuperada nuestra intimidad, mi tío me explicó los motivos por los cuales había sido tan grosero: al parecer, yo no debía enseñarle a nadie –aunque se tratase de una encantadora muchacha– lo que habíamos pescado, y mucho menos hacer comentarios al respecto. Según él, si yo cometía este error de principiante, el rumor de que habían entrado doradas en la zona se divulgaría rápidamente y, por consiguiente, el rompeolas –los aledaños de nuestra plataforma, en concreto– se llenaría de pescadores que, al comprobar que nuestro sistema de pesca era mucho más efectivo que el suyo, no dejarían, en el mejor de los casos, de incordiarnos con preguntas de todo tipo; y, según me manifestó mi tío, él no estaba dispuesto a transmitir sus conocimientos a desconocidos que, con el tiempo, podían hacerle la competencia. Así que mi tío me sugirió que, a partir de entonces, fuera más reservado y que, si era necesario, mintiera a todo aquel que quisiera saber más de la cuenta. Cuando terminó su parrafada, yo le dije que, puesto que el mal estaba ya hecho, podría haber sido más considerado y haber permitido que yo continuara hablando con una muchacha tan hermosa y simpática. Mi tío, que supo interpretar mis palabras, me dijo, sonriente, que no fuera tan ingenuo, que el padre de la muchacha, consciente de que a él no le haríamos ningún caso, había enviado a su hija para que, haciendo buen uso de sus encantos de mujer, recabara la información que a mí, precisamente, acababa de sustraerme. Aquella revelación me dio que pensar. Usted qué opina, señor Luis; ¿piensa, como mi tío, que me dejé engatusar por la muchacha? He de reconocer que ella se mostró bastante coqueta (me dejó ver, por ejemplo, el canalillo de sus pechos). Ahora bien, me cuesta creer que no se tratara de un comportamiento espontáneo, sobre todo ahora que ya he mantenido con ella una conversación relativamente larga, después de la cual tengo la impresión de que es una persona noble y extrovertida. Por tanto, me inclino a pensar que mi tío, cuando está practicando su afición favorita, es tan desconfiado y receloso como las doradas que captura.

En fin, no me voy a demorar más en esta cuestión. Lo que voy a hacer, acto seguido, es detallarle la conversación que mantuve con la muchacha en la playa el día en que quedé, por primera vez, con mi primo y sus amigos. Pero antes permítame que le aclare que ella no es amiga de ellos, si bien éstos, como ella vive en el pueblo durante todo el año, la conocen; de hecho, me consta que algunos de los amigos de mi primo han intentado ligársela sin éxito.

Bueno, volvamos a lo importante: fue ella –que nos había pasado a todos desapercibida– la que me divisó, llamó mi atención y, finalmente, me hizo una señal para que yo fuera a hacerle compañía. Cuando llegué al lugar de la playa donde la muchacha había depositado su toalla, ella me preguntó si yo era el chico del rompeolas. Le contesté que sí. Entonces me dijo que eso le había parecido.

Considero conveniente abandonar el estilo indirecto en este preciso instante. Será mejor que le refiera el diálogo directamente, como suelo hacer en los relatos que escribo:

«El otro día se me olvidó preguntarte cómo te llamabas. Como tu padre se puso tan borde...», me dijo, recostada sobre su toalla, la muchacha. «No es mi padre. Es mi tío. Y me llamo Marcos», la informé. «Encantada. Yo me llamo Dora». Ella se levantó y me dio un dulce beso en cada mejilla; el contacto de su incandescente mano sobre mi hombro me causó un placentero escalofrío. «Siéntate conmigo», me propuso, y me hizo un sitio en su toalla. «No eres de aquí, ¿verdad? ¿Has venido a pasar las vacaciones?», me preguntó. «Soy de Barcelona. Bueno, era. A partir de ahora viviré aquí. Mis padres han vendido el piso de la ciudad y se han comprado uno en el centro del pueblo». «Vaya. ¿Y eso?», se extrañó Dora, que, con la ayuda de sus brazos anudados, atraía sus rodillas hacia su vientre. «Cosas de negocios. A mi padre lo despidieron; y, como ahora a las personas sin formación como él les resulta muy difícil encontrar un trabajo satisfactorio, mis padres decidieron venirse aquí, junto a mis tíos, y montar una pescadería». «¿Ah, sí? Y dónde, ¿en el mercado?». «No, está cerca de la Plaza de la Concepción». «Pues no me había fijado. Mira que últimamente he pasado varias veces por allí. Bueno, le diré a mi madre que se acerque. Así ya tendréis un cliente más». «Te lo agradezco. La verdad es que nos hace falta aumentar la clientela». Dora acortó la distancia que nos separaba. Yo, instintivamente, me desplacé algunos centímetros en dirección contraria a la de ella. «Y dime,

¿tienes ya muchos amigos?», se interesó Dora, que se atusaba el cabello mientras me miraba sin tapujos a los ojos; como el día del rompeolas, una cinta amarilla le coronaba la cabeza. «Pues prácticamente ninguno, la verdad», le contesté. «Entonces, ¿aquellos quiénes se supone que son?». Dora señaló el lugar de donde yo había venido. «Mi primo y sus amigos. Pero ellos no cuentan. Los he conocido esta misma tarde», le aclaré. «¿Cuál es tu primo?». «El del pelo largo. El más corpulento». «Pues no os parecéis en nada», apuntó Dora. «En nada», le confirmé. «¿Y tú vas del mismo rollo que ellos?». «¿A qué te refieres?». «A que si eres un buitre; ya me entiendes». «No, qué va. Yo no sirvo para esas cosas», acerté a decir. «Pues esos son unos maestros. Ten cuidado, que todo lo malo se pega. Fíjate, no paran de mirar a aquellas chicas. Y hay uno que se ha pasado un buen rato comiéndoles la cabeza. El de la gomina, el que va de guaperas». (Como ve, señor Luis, la muchacha no tiene pelos en la lengua). «Ese es Roberto. Yo ya le he dicho que no fuera, que, si ellas querían algo, ya harían alguna señal». «Es que no se enteran. Van detrás de todo lo que tiene tetas y culo. Y eso no puede ser». (A mi entender, señor Luis, Dora me estaba informando de forma tácita de cuáles eran los motivos por los que ella había repelido a los amigos de mi primo en varias ocasiones. La verdad es que me satisficieron). «De todos modos, no me han parecido malos chicos», le comenté. «Seguro que no lo son. Yo solo digo que son unos buitres. Pero que conste que no tengo nada en contra de ellos». Determiné que era el momento de cambiar de tema: «Una curiosidad, ¿qué nombre es Dora?, ¿de dónde procede?». «En realidad me llamo Adoración. Pero, como es tan cursi, todo el mundo me llama Dora», me aclaró la muchacha. «Es un nombre muy bonito. Y la cinta amarilla, ¿tiene algo que ver con el nombre?». Dora, un tanto extrañada por mi pregunta, se llevó la mano a la cabeza y me dijo: «No, nada. En realidad, no sé por qué la llevo. Me gusta, simplemente. Ya sabes, cuando te acostumbras a llevar algo...». «Vamos, que es como una seña de identidad, algo que va contigo a todas partes». «Eso mismo». «Pues te queda muy bien», la adulé. «¿De verdad? Muchas gracias. ¿Ves?, tú sí que eres un chico educado; no como esos, que son unos brutos y unos fanfarrones». Le agradecí a Dora su comentario con una sonrisa. Entonces ella cambió de tercio: «¿Vas mucho a pescar con tu tío?». «Solo he ido una vez. Pero pienso ir cada semana. Me ha gustado lo de la pesca». «No me extraña. Tu tío es una máquina. ¡Menudas doradas! Cuando se lo conté a mi padre, no se lo creía. Ahora que él dice que es suerte. Pero de suerte nada, ¿verdad?». «Nada de nada. Es más, ¿sabes por qué se enfadó tanto mi tío? Porque no le gusta que nadie venga a husmear y vea lo que hace y lo que deja de hacer. Me metió un buen rapapolvo por enseñarte el pescado», le confesé. «Ya. Pero tampoco era para ponerse así». «Estoy de acuerdo. No creas que no le recriminé cuando te fuiste. Y a ti qué, ¿te gusta la pesca?». «Qué va, yo paso. Ese día no tenía más remedio que acompañar a mi padre porque... Bueno, no viene al caso. Pero que no, que no le veo la gracia a lo de la pesca». «¿Eso quiere decir que no te voy a ver mañana por el rompeolas?», me temí. «No lo creo. Además, los domingos estoy muy ocupada». Permanecimos callados durante algunos segundos, transcurridos los cuales Dora me advirtió que mi primo me estaba llamando. «Que se espere», le dije a la muchacha. «No, ve. Si yo ya me tengo que ir. Se me ha hecho tarde». «Bueno, pues ya nos veremos», me despedí, a la espera de que ella concretara algo más mis palabras. «Sí, claro, ya nos veremos por el pueblo. Encantada de haberte conocido, Marcos. Y ya sabes que ahora tienes una nueva amiga». Como despedida, Dora me estampó dos besos en las mejillas que, en esta ocasión, no me supieron tan dulces.

Bueno, señor Luis, ¿qué le ha parecido? Nunca me había resultado tan fácil hablar con una chica. Nunca me había topado con una chica tan bella, tan agradable y, aparentemente, tan sensata. Nunca había conocido a ninguna muchacha que me hubiera valorado por encima de otros chicos comunes. ¿No es para estar realmente contento? De todos modos, no me voy a dejar llevar por la euforia, pues lo cierto es que no sé ni cuándo ni dónde la volveré a ver y, lo que es peor, si ella querrá, realmente, volver a verme.

Me despido de usted con la esperanza de que esta carta le agrade tanto como la anterior. Me despido, asimismo, con la seguridad de que la suya volverá a servirme de gran ayuda en mi nuevo peregrinaje.

3

La misma excitación que provocó que, el sábado por la noche, yo conciliara el sueño más tarde de lo habitual fue la causante de que, aquel domingo, me despertase mucho antes de que sonara el despertador, cuando nuestro piso, ajeno a la alborada exterior, era todavía una cueva oscura y silenciosa. Aunque se me ocurrió que podía invertir aquel tiempo que le había robado al sueño en escribir, finalmente, al recordar uno de los últimos consejos del señor Luis, resolví permanecer en la cama, al abrigo de mi ligera sábana, para seguir escuchando, en mi cabeza, el pálpito pertinaz de los acontecimientos del día anterior. Así pues, pasaron frente a mis ojos cerrados las muchachas distantes con las que quizá, antes del mediodía, mantendría contacto físico y verbal; también los estupefactos amigos de mi primo, que se habían fabricado la ilusión –la cual, no me cabía duda, tarde o temprano se desvane-cería– de que yo, además de una inteligencia superior, poseía el don de atraer a las jóvenes más difíciles; y, sobre todo, se presentó frente a mis ojos, cándida y carnal, Dora, la agradable adolescente que se había inmiscuido en mis sueños durante el letargo: yo la había visto nadando como una grácil sirena sobre las aguas del rompeolas, en las que se sumergía de cuando en cuando, con lo cual su figura, distorsionada, se me antojaba una mancha platea-da similar a la que, en la realidad, había logrado engañarme; la había visto mirar, acaramelada, a un hombre sin rostro; la había visto huir, por el paseo marítimo, de algo o alguien indetermina-do. Por supuesto, aquellas imágenes que mi mente, liberada de la censura de la conciencia, había proyectado de forma inconexa no tenían, por sí mismas, ningún significado. Así que traté de conferírselo: la primera imagen simplemente evocaba, de forma más desarrollada, algo que realmente había sucedido; deduje que en la segunda imagen se encarnaba mi deseo de que la muchacha, indiferente a la realidad exterior –la de mi rostro de adolescente–, se viera atraída por mi madurez interior –representada por el cuerpo adulto–; a partir de este juicio llegué a la conclusión de que, en la tercera imagen, Dora huía de mi primo y sus amigos, carentes de ese interior adulto que a ella le fascinaba. Aquella interpretación me proporcionó más confianza en mí mismo. Y lo hizo porque en ese momento no pensé que, aunque la interpretación que había dado a mis sueños fuera factible, las conclusiones a las que había llegado en la realidad a través de un proceso de inferencias, las mismas conclusiones que habían motivado la proyección de aquellas imágenes oníricas, podían ser erróneas. En otras palabras, la idea de que Dora se sentía atraída por los chicos maduros e inteligentes no era más que una entelequia que yo había fabricado a raíz de algunos de los comentarios de la muchacha; una conclusión esta que, refrendada por los sueños que ella misma había generado, se convirtió, aquella mañana, prácticamente en una certeza. Esto me hizo concebir esperanzas. Por tanto, la excitación que había recortado mi sueño no estaba motivada por las muchachas con las que Roberto había concertado una cita en potencia, sino por la posibilidad de que Dora, acuciada por una necesidad idéntica a la mía, acudiera también a la playa.

Estas divagaciones me mantuvieron abstraído como mínimo un par de horas. Y lo habrían hecho durante más tiempo si mi madre, a la que antes de acostarme le había mencionado mis planes, no hubiera entrado en mi habitación, como hacía cuando yo era un estudiante de primaria, para avisarme de que se me hacía tarde (por lo visto, yo había acallado la sirena del despertador y, a continuación, había seguido embebido en mis pensamientos). Su voz firme y resonante me arrancó de ese mundo abstracto al que con tanta asiduidad me aferraba. En cuanto me zahirió el cuchillo apremiante de la realidad, me aseé y me vestí con una celeridad a la que no estaba acostumbrado (siempre he sido muy parsimonioso). Cuando estuve listo, crucé el pasillo en dirección al comedor, donde me esperaba el desayuno. Al llegar a la altura de la sala de estar –cuya puerta estaba abierta–, miré de reojo en su interior: la disposición de los constituyentes de uno de sus elementos llamó mi atención; me pareció que, en aquel cuadrilátero de baldosas negras y blancas, se había producido, después de varios días de inmovilidad, un cambio significativo. Atraído por lo que podía ser un espejismo, entré en la habitación y me acerqué a la mesa sobre la que descansaba el tablero de ajedrez. Entonces comprobé que, efectivamente, uno de los alfiles negros rivales había realizado una peligrosa incursión en mi territorio, amenazando la continuidad en la batalla de uno de mis caballos, que resguardaba a la reina en espera de que ésta estuviera preparada para el asalto definitivo. Aquel movimiento me desconcertó; pero no porque yo no lo hubiera previsto, sino porque el hecho de que mi padre hubiese invertido tanto tiempo en decidirse por una alternativa en principio estéril, me hizo pensar que, si yo desbarataba su alfil con mi torre, tal vez facilitaría la ejecución de una estrategia que mi padre había urdido durante aquellos días de inactividad bien para darle el golpe de gracia a mi rey, bien para frenar la implacable táctica –una variante personal de una inteligente secuencia de movimientos que había aprendido en un libro– que yo ya había puesto en marcha. Entonces pensé en la posibilidad de que mi padre estuviera recibiendo ayuda. Como, hasta el momento, todos sus movimientos en la partida vigente –que se había iniciado en Barcelona– habían sido rápidos y más que previsibles, deduje que su supuesto tutor oculto –mi rival, a fin de cuentas– residía en el pueblo y que no hacía demasiado tiempo que mi padre lo había conocido. No obstante, cabía la posibilidad de que, tras aquel movimiento, no subyaciese ninguna estrategia premeditada o que, si la había, la hubiera fraguado mi padre por sí mismo, en cuyo caso yo no debía preocuparme demasiado, pues conocía perfectamente sus limitaciones. En cualquier caso, resolví no precipitarme en mi próximo movimiento (mi primer impulso fue el de apisonar, con mi torre, a aquel presuntuoso alfil); debía analizar con calma la disposición de las piezas –que ya había memorizado– y prever las consecuencias que se derivarían de todos y cada uno de los movimientos posibles a partir de aquella posición. Entusiasmado por el nuevo reto, entré en el comedor y me vi sorprendido, en actitud meditativa, por el rostro resplandeciente de mi padre, que, desde la mesa –donde degustaba unas tostadas cuyo aceite había salpicado el periódico deportivo que yacía a su lado–, me miró con ojos de victoria. Mi padre no solía madrugar los domingos. Pero aquella mañana, por lo visto, había procurado levantarse antes que yo para realizar su misterioso movimiento (o quizá movió el alfil por la noche, cuando yo ya estaba acostado) y, sobre todo, para poder deleitarse con mi primera reacción y regodearse seguidamente en mi desconcierto. Aquel acto de soberbia, sin embargo, no beneficiaba los intereses de mi padre (que no eran otros que los de lograr por fin una victoria), puesto que me había alertado de que cabía la posibilidad de que estuviera recibiendo asesoramiento de algún jugador experto al que había conocido recientemente. Por tanto determiné que, a partir de entonces, yo me volvería un jugador implacable, inmisericorde, que daría al traste con la deseada victoria de mi progenitor.

Ocupé mi lugar en la mesa. Me fue imposible reprimir una sonrisa que sin duda inquietó a mi padre, el cual debía de estar convencido de que, después de su magistral movimiento, yo no tenía ningún motivo para sonreír. Aprovechando la satisfacción con la que en esos momentos se estaba sin duda alimentando su ego, traté de que él sacara el tema del ajedrez a colación: «¿Qué haces levantado tan temprano?». «No tenía sueño. Esta noche he dormido muy mal», me contestó. «Pues se te ve muy contento. Conociéndote, deberías tener un humor de mil demonios». Pude adivinar en el rostro de mi padre que estaba deseando manifestarme el motivo por el cual se encontraba de tan buen humor; pero, como seguramente advirtió que yo estaba tratando de provocar esa reacción, logró reprimirse. «Qué pasa, ¿vais a hacer un nuevo fichaje, uno de esos que tanto te gusta?», le pregunté, señalándole el periódico deportivo (mi padre era un seguidor acérrimo del FC. Barcelona). «No. No es eso…». Lo asalté antes de que terminara la frase: «¿Entonces qué es? Porque no me negarás que, si no has pegado ojo en toda la noche, esa sonrisa que tienes no viene a cuento. Si hasta has bajado a comprar el periódico…». «Pues sí, estoy contento, qué pasa. Además, si ya sabes por qué. Y que sepas que esta vez te voy a machacar. No tienes nada que hacer», reaccionó mi padre, que no había podido soportar por más tiempo mi presión. Yo fingí incredulidad: «Pero bueno, ¿esto a qué viene?». «No te hagas el tonto. Te has cagado patas abajo cuando has entrado en la habitación y has visto el tablero». «Mira que eres vulgar, papá», le reprendí. «Sí, sí, todo lo que tú quieras. Pero esta vez te voy a noquear, con todo lo listo que eres». Yo había atentado contra el orgullo de mi padre –que era muy vanidoso– en demasiadas ocasiones; de ahí que él me hablara de una manera que, a un extraño, podría parecerle impropia de un padre. Pero aquella rivalidad no se trataba más que de un juego inofensivo e inocente que nos permitía afianzar nuestra relación de amistad. Como no podíamos rivalizar en el fútbol –porque a mí no me gustaba el deporte rey–, lo hacíamos en el tablero de ajedrez. «Supongo que te referirás a ese alfil insignificante que te crees que has colado en mi defensa. ¿Por eso estás tan contento? Con qué poco se conforman algunos, la verdad», me pavoneé. No obstante, la seguridad de la que yo alardeaba era una impostura. «Mira que eres chulito. A ver, ¿has movido ya alguna pieza?», indagó mi padre, que, con una cucharilla, removía el café frío de su taza. «Pues no. Pero tranquilo, que ya la moveré. Desde luego, no voy a tardar tanto tiempo como tú». «¡Vamos, que no lo tienes tan claro como otras veces! No sabes lo que te espera», me advirtió, imprudentemente, mi exaltado progenitor. «Bueno, bueno, ya veremos quién es el último que ríe. Después no me llores». Hasta tal punto yo me encontraba inmerso en un tablero de ajedrez virtual que flotaba en el aire, que, desde que descubriera el nuevo movimiento de mi padre, no me había acordado de los planes que tenía para esa mañana; lo hice cuando éste me dijo: «Me han dicho que hoy te vas otra vez a la playa con tu primo». «Te lo han dicho bien», le confirmé. «Eso tienes que hacer, salir más a menudo y olvidarte un poco del ajedrez. A ver si así te despistas y me facilitas las cosas». «No te hagas ilusiones: no me voy a despistar», le aseguré. «Entonces qué, ¿te llevas bien con tu primo? Y sus amigos, ¿son buenos chicos?», indagó mi padre. «Sí, parece que a Antonio le comienzo a caer bien. Y a sus amigos también». «Pero, ¿son buenos chicos o no?», insistió. «Hombre, tienen sus cosillas. Pero sí que parecen buenos chicos». «¿No fumarán porros? Te lo digo porque eso está ahora muy de moda. Y ya sabes lo que pienso al respecto: mejor solo que mal acompañado, ¿estamos?». «Que no, papá, que no fuman porros. De hecho, yo no los he visto fumar nada de nada», lo tranquilicé. «Bueno, pero estate al tanto, que yo de tu primo Antonio, con la pinta que tiene y lo que se ha desmadrado este año en el instituto, no me fío ni un pelo». «¿Qué pasa, ¿tienes miedo de que me perviertan? Quizá no me conoces tan bien como pensaba». «Te conozco perfectamente. Pero sé más de la vida que tú. Y, créeme, todo lo malo se pega». Como me percaté de que aquella frase era el inicio de uno de los largos discursos a los que mi padre me tenía acostumbrado (que versaban sobre temas como la falsa amistad, lo poco que valía la juventud de hoy en día, etc.), lo atajé de inmediato: «No me sermonees de buena mañana, por favor. Te prometo que iré con cuidado». «Ya sé que a veces me pongo muy pesado. Pero lo hago por tu bien. No quiero que nadie te haga cambiar».

Se hizo el silencio. Durante un par de minutos, mi padre y yo nos dedicamos a ingerir el desayuno. Mi padre mantenía la mirada fija en uno de los reportajes del periódico deportivo. Yo, en cambio, miraba al frente, al imaginario tablero de ajedrez cuyas piezas se movían a una velocidad vertiginosa. «¿A qué hora has quedado?», me preguntó, de repente, mi progenitor. «A las diez y media», le contesté. «Pues queda un cuarto de hora», me advirtió después de consultar su reloj de pulsera. «No te preocupes: ya tengo la mochila hecha». «Yo me voy a acercar al rompeolas, que ya hace dos semanas que le dije a tu tío que me pasaría algún día. No quiero que piense mal de mí. En esta vida hay que ser agradecidos, ¿no te parece?». Asentí con la cabeza. «Ya habrá cogido unas cuantas, ¿verdad?». «Seguro». «El martes me las quitarán de las manos. A este paso, le voy a tener que proponer a tu tío que pesque mañana, tarde y noche. Bueno, ve preparándote, que te acompaño hasta la casa de tus tíos». «No, he quedado en el paseo», le hice saber. «Pues mejor. Así no tengo que dar tanta vuelta».

Antes de salir de casa, entré en la habitación de mi madre –que, después de despertarme, se había vuelto a acostar– para avisarla de que nos íbamos. Ella se recostó sobre la almohada y, desde esa posición, inclinó el cuello para darme un beso en la mejilla. Acto seguido, me preguntó si yo ya había leído la carta del señor Luis (probablemente, ella había estado pensando en él –y, en definitiva, en todo lo que habíamos dejado atrás– durante el tiempo que había permanecido a medio camino entre el sueño y la vigilia). Le contesté que sí, que ya la había leído. «Y ¿cómo está? ¿Te echa mucho de menos?», se interesó mi madre. Yo le contesté afirmativamente y, a continuación, le dije que no tenía tiempo de entrar en detalles. Por último, mi madre me aconsejó que no tardara mucho en escribirle de nuevo, ya que, a su juicio, ahora que yo me había ido de su lado, el señor Luis debía de sentirse muy solo. Le garanticé que le escribiría la segunda carta al día siguiente.

Mi padre se despidió de mí antes de que yo alcanzara el banco en el que esperaban Roberto, Ismael y mi primo Toni; Mario y Enrique llegaron cinco minutos más tarde. Cuando estuvimos todos reunidos, pronto salió a relucir el temor de que, dada la aparición en el cielo de unos espesos nubarrones que amenazaban con descargar agua sobre los cuerpos de los malhumorados bañistas, las chicas por las que estábamos allí no hicieran acto de presencia. Tal vez pueda resultar sorprendente que, imperioso, apareciese en mí, como en mis compañeros, el deseo de que aquellos nubarrones se disiparan y, en definitiva, de que las muchachas –a las que quizá no fuera el mal tiempo el que las mantuviera alejadas de nosotros– decidieran venir a la playa. Y es que, después de los logros que yo había alcanzado en las últimas veinticuatro horas, se había volatilizado esa inseguridad que le manifesté a mi primo cuando el día anterior, en el trayecto hacia la playa, me mencionó que pretendían ligar con un grupo de muchachas; es más, ahora que yo, por mediación de Dora –la cual, todo hay que decirlo, ocupaba en mi jerárquica mente un escalón muy superior al de aquellas chicas ignotas–, había saboreado, después de tanto tiempo, los encantos de la comunicación prolongada con una chica, deseaba entrar en contacto con el mayor número posible de hembras adolescentes para experimentar la diversidad de dichos encantos. En este sentido, el posible encuentro simultáneo con las cuatro muchachas podía convertirse en un suculento y excitante bombardeo de sensaciones. Ahora bien, por encima de este deseo, latía el de que Dora llegase a la playa como un vendaval y enterrase bajo la arena a aquellas muchachas, si bien no descarté la posibilidad de que, al cabo de unas horas, alguna de aquellas chicas –la pelirroja o la rubia, probablemente;

o, por qué no, alguna de las otras dos– ocupase, en mis meninges piramidales, el privilegiado lugar que ahora ocupaba la muchacha de la cinta amarilla.

Cuando, ingenuamente, le dije a Roberto que a lo mejor las muchachas ya estaban en la playa, éste, mostrándome unos pequeños prismáticos en los que yo no había reparado, me aseguró que aún no habían llegado. Así que, como el día anterior, nos resignamos a esperarlas. Instalamos nuestro campamento en el mismo sitio. Transcurrida media hora, el cielo se había despejado casi por completo. Las muchachas, sin embargo, no habían aparecido, por lo que decidimos unánimemente sumergirnos en las gruesas y espumosas olas. Cuando nos adentramos, algunos con más estilo que otros, en aquellas aguas erizadas, yo me pregunté si aquella violencia con la que el mar golpeaba las piedras del rompeolas estaría beneficiando o no a mi tío. El sentido común me hizo llegar a la conclusión de que a las delicadas doradas –como a las muchachas– no les apetecía surcar un mar tan turbio y movedizo, razón por la cual estarían cobijadas en las hendiduras de las rocas sumergidas del mismo modo que las adolescentes lo estarían en el interior de sus apartamentos. Horas más tarde, yo descubriría que me había equivocado al pronosticar un comportamiento conservador, poco arriscado, por parte de las doradas. Como me equivoqué al prever el de las muchachas, pues, a pesar de los nubarrones que se habían cernido durante bastante tiempo sobre la playa, a pesar del mal estado de la mar, cuando mis compañeros y yo salimos del agua y regresamos a nuestro campamento, éste había sido colonizado por unas atrevidas adolescentes que se habían tomado la libertad de hojear algunas de nuestras revistas e, incluso, de encender la radio que Ismael había encadenado a su bicicleta; se habían aposentado, eso sí, sobre sus propias toallas, desde las cuales mostraban todas, sobre todo la rubia y la pelirroja, una bruñida, turgente y proporcionada anatomía cuya súbita contemplación me provocó una tímida erección que pude reprimir antes de que alcanzara dimensiones preocupantes.

«¿Qué se supone que estáis haciendo?», les preguntó a las muchachas Enrique, ofendido por aquella intrusión que violaba nuestra intimidad. Sus compañeros, sobre todo Roberto, le dedicaron un gesto de reproche, ya que, con toda seguridad, consideraban que la reprimenda de Enrique podía incomodar a las adolescentes y, lo que es peor, ahuyentarlas definitivamente. Yo, sin embargo, era de la misma opinión que Enrique, por lo que no me pareció que su amonestación estuviera fuera de lugar. Aquellas chicas, que tenían todo el derecho –e, incluso, nuestra aprobación tácita– a instalar sus toallas junto a las nuestras, habían obrado mal al hurgar entre nuestras pertenencias. De modo que, de ninguna de las maneras, debíamos ahorrarles a las descaradas muchachas –como querían, a excepción de Enrique, mis compañeros– una pequeña reprimenda. Y es que ellas, en nuestro lugar, no habrían pasado por alto una intromisión tan abrupta. No nos convenía, en fin, ofrecer una imagen de hombres sumisos. No obstante, yo no esgrimí una amonestación similar a la de Enrique, pues aún estaba demasiado ocupado intentando contener mi erección. «¿No os han enseñado que no hay que coger sin permiso lo que no es de uno?», las regañó de nuevo Enrique. Las muchachas, que –por creerse objetos de nuestro deseo– no esperaban aquella reacción, permanecieron calladas. Probablemente, ellas se estarían preguntando si Enrique les estaba sugiriendo o no que se fueran. Roberto disipó de inmediato sus dudas: «No le hagáis caso. Está bromeando. Habéis hecho bien. Las cosas hay que compartirlas, ¿no?». Las chicas asintieron; sin embargo, lanzaron tímidamente las revistas que estaban ojeando sobre nuestras toallas. Mientras nosotros ocupábamos atropelladamente nuestros puestos, me consta que Enrique recibió algunos codazos. Entretanto, Roberto siguió ejerciendo su papel de portavoz del grupo: «Ya pensábamos que no ibais a venir. Como ha estado toda la mañana nublado…». «Pues mira, sí que hemos venido. Aunque no sé si ha sido buena idea», dijo la rubia. «¿Por qué?», se preocupó Roberto. «No sé. Pregúntaselo a tu amigo», le contestó la rubia, señalando a Enrique con el dedo. «Ya os he dicho que estaba bromeando. ¿No os habréis enfadado por eso?». «A ti qué te parece, encima que no estabais donde teníais que estar y que os hemos esperado… Pero que si queréis nos vamos. A nosotras nos da igual», intervino una de las muchachas morenas. «Cómo vamos a querer que os vayáis. Venga, que os voy a presentar a mis amigos», les dijo, conciliador, Roberto. Se formaron dos filas desordenadas entre las que se interpuso Roberto, que fue pronunciando los nombres de cada uno de sus integrantes. Yo nunca había dado tantos besos seguidos. La muchacha rubia se llamaba Mónica; Nuria, la pelirroja; Silvia, la más esbelta de las morenas; y Alba, la morena más mona. Finalizadas las presentaciones, cada uno regresó a su toalla. La de Alba se encontraba contigua a la mía; de modo que existía la posibilidad de que, en cualquier despiste, mi cuerpo rozara el suyo o viceversa. La posibilidad de que ese contacto hipotético se hiciese realidad me causaba tal rubor, que me acurruqué en uno de los bordes de mi toalla, concretamente en el que estaba más alejado de la de Alba, a la que, teniendo en cuenta lo mucho que se había acercado al borde de mi toalla, no parecía preocuparle lo más mínimo que se produjera un contacto físico entre nuestras recalentadas pieles. No era de extrañar, pues ella no tenía que reprimir erecciones. Mi excitación, en cualquier caso, no estaba motivada tanto por la belleza física de las muchachas como por su descarado comportamiento, del que se podía deducir fácilmente lo que querían obtener de nosotros. Ante aquellas inmejorables expectativas que las adolescentes nos brindaban, mis compañeros debían de estar tan excitados como yo. Ellos, sin duda, porque deseaban poseerlas. Yo, en cambio, no tenía nada claro si quería fundirme –al menos en un beso– con alguna de aquellas chicas que, tendidas sobre sus toallas como modelos de revista, nos mostraban unos muslos y unos glúteos ya maduros y jugosos. Yo, para desearlas, necesitaba algo más que aquellos encantos de los que ellas, disimuladamente, se vanagloriaban.

«O sea, que habéis venido a pasar las vacaciones», dijo Mario, buscando una confirmación por parte de las muchachas. «Sí, llegamos el jueves. Yo aún no he vaciado del todo las maletas», contestó Mónica, que no cesaba de atusarse el cabello. «Y ¿hasta cuándo os quedaréis?», se interesó Toni, en cuyo semblante se adivinaba la necesidad que tenía de hacerles saber a las adolescentes que no carecía de iniciativa. «Hasta el treinta de julio», le contestó Nuria, con una voz tenue y sensual. «Roberto nos ha dicho que sois de Barcelona», intervino Ismael. «Marcos también es de Barcelona», las informó Mario, señalándome. «Era», maticé yo. «¿Cómo que eras?», me preguntó Alba, que, invadiendo mi toalla con su torso, me obligó a recular un poco más. «Bueno, quiero decir que ya no vivo allí. Mis padres y yo nos hemos empadronado aquí. Por cierto, que sepáis que tenemos una pescadería al lado de la Plaza de la Concepción. Decidles a vuestros padres que vayan a comprar allí: tenemos el mejor género y al mejor precio». «¿Cómo se llama la pescadería?», quiso saber Mónica. «Pescadería Santonja». «Oye, ¿en qué barrio de Barcelona vivías?», me preguntó Alba. «En la Barceloneta», le contesté yo; me di cuenta de que a mis compañeros no les hacía ninguna gracia que estuviera acaparando la atención de las muchachas. «Qué suerte, al lado de la playa. Aunque todo aquello está lleno de chusma», me comentó Alba. «Sí que hay bastante chusma. Pero también hay muy buena gente». «Pues nosotras somos de Horta», me informó Alba, que ya había culminado la colonización de mi toalla, detalle este que no le pasó desapercibido a nadie. Tanto es así que mi primo, que estaba junto a mí, me dio un discreto codazo en el costado; y, cuando yo me giré hacia él –apartando, por consiguiente, mis ojos de las lunas negras de Alba, que me miraban candorosamente–, mi primo me dedicó una pícara sonrisa.

Roberto, para evitar que la conversación continuase girando en torno a mi persona, formuló una pregunta tópica: «¿Estudiáis o trabajáis?». «Silvia y yo vamos al mismo curso. En septiembre empezaremos COU. Alba empezará tercero de Bachillerato y Nuria cuarto de FP de la rama administrativa», nos informó Mónica. «Y ¿sois muy empollonas o qué?, las interpeló Enrique, que, desde que reprendiera a las muchachas, no había vuelto a hablar. «Qué va, vamos siempre de culo. Pero es porque no damos ni golpe. Aquí la única que saca buenas notas es Alba. Y vosotros qué, ¿sois tan gandules como nosotras? Desde luego, no tenéis pinta de empollones», dijo nuevamente Mónica. Los amigos de mi primo se miraron, sonrientes, entre sí. Acto seguido, me miraron a mí y, por último, a Toni, como si trataran de obtener su aprobación para suministrarles a las chicas cierta información restringida. Ignoro si, tácitamente, consiguieron dicha aprobación. En cualquier caso, lo cierto es que Ismael les proporcionó a las adolescentes más información de la que a mí me habría gustado: «Somos todos malos estudiantes. Todos menos Marcos, que saca unas notas para caerse de espaldas. Tendríais que ver lo que hace con un cubo de Rubik. Es más, creo que va un par de cursos adelantado». En cuanto Ismael dejó de hablar, mi primo Toni, que esquivó mi furiosa mirada, se sonrojó. A las muchachas, por su parte, no les llamaron la atención mis cualidades intelectuales; ni siquiera manifestaron curiosidad por saber qué era exactamente lo que yo podía hacer con un cubo de Rubik; probablemente, porque ni siquiera fueron capaces de asociar aquel nombre al popular objeto al que designaba. Esto, por una parte, me desagradó, pues podía constituir un síntoma de que la inteligencia no era una cualidad que interesara a aquellas chicas que se habían tachado a sí mismas de holgazanas (en cuyo caso pronto recibirían, irremediablemente, mi indiferencia); por otra parte, me satisfizo, ya que no me apetecía nada que las muchachas indagaran demasiado en mi vida académica y que, de súbito, alguno de los amigos de mi primo, en un despiste, pronunciase la maldita palabra: superdotado. De todos modos, Roberto desvió rápidamente la atención de las adolescentes de mi circunstancia mediante una pregunta que emulaba el descaro con el que ellas, insinuantes, exhibían las partes más turgentes de su cuerpo: «Pero vamos a lo que nos interesa, ¿vosotras tenéis novio o no?». Las chicas no pudieron contener la risa, que no era despectiva; todo lo contrario, emanaba de ella erotismo y conformidad. «Sí que tenemos novio. Pero a mí mi novio me da igual», nos reveló Mónica. El mensaje implícito en aquel enunciado magistral (desde el punto de vista de su capacidad seductora) nos sacudió como un maremoto de eróticas turbulencias. Y es que, mientras que la primera parte de aquel enunciado cercenaba, de un certero hachazo, todas las ilusiones que mis compañeros y yo nos podíamos haber hecho de llegar a lamer las pieles de aquellas atractivas muchachas (que conste que yo no me había hecho ninguna, pues aún no las deseaba), la segunda parte las hacía renacer de sus cenizas y, al mismo tiempo, triplicaba su intensidad. Aquel enunciado era, en definitiva, una declaración de concupiscencia e infidelidad que convertía a la muchacha que lo había pronunciado –y, por extensión, a sus compañeras, que, al permanecer en silencio, refrendaban las palabras de Mónica– en un morboso objeto que deseaba ser poseído por manos distintas a las únicas que, por derecho, gozaban de tal privilegio. He de reconocer que, a pesar de que me invadió un profundo desprecio por aquellas adolescentes, me vi en la obligación de tumbarme boca abajo sobre mi toalla para ocultar una erección que, en esta segunda ocasión, se presentaba desproporcionada e indomable; para colmo, la pierna de Alba estaba ya rozando el erizado vello de la mía. «Tenemos que salir una noche de marcha. Nosotros conocemos perfectamente todos los garitos de por aquí», se apresuró a decir Mario. «No te tires el rollo, que me juego cualquier cosa a que todavía sois menores de edad», arremetió Silvia, que hasta entonces –ocupada en escrutarnos y analizarnos detenidamente– había permanecido callada. «No te preocupes. La edad no es un problema. Tenemos buenos contactos entre los *seguratas*», le aseguró mi primo.

La conversación continuó, como mínimo, durante una hora más. A medida que transcurrían los minutos, iba disminuyendo mi interés por las muchachas, que volvieron a insinuarse, de un modo nada elegante, en varias ocasiones. Alba, por ejemplo, cuando su disimulado avance se vio obstruido definitivamente por la muralla de mi cuerpo, se atrevió a posarme el brazo sobre la espalda e, incluso, llegó a acariciármela, durante un breve instante, con sus dedos de tarántula exploradora. En ese momento, a pesar del éxtasis en el que me sumían las irreprimibles reacciones químicas que se desencadenaban en mi organismo, fui capaz de compadecerme del novio de la muchacha. Por descontado, yo no tardé en ladearme para desprenderme de aquellos dedos que pretendían atraparme en su telaraña. Por lo visto, para evitar que ninguna de sus amigas se le anticipara, Alba había decidido manifestar de inmediato su elección. Me sentí halagado y, a la vez, sorprendido, ya que, si bien mi madre siempre me había dicho que tenía una cara muy guapa, yo siempre había creído que mi escuálido cuerpo –que, en cualquier caso, era preferible al cuerpo rollizo que poseía en mi niñez– no podía resultarles atractivo a las chicas de mi edad. Y, en aquel contexto playero, no había modo alguno de ocultarlo; como no había modo de que no se produjesen agravios comparativos. Por tanto, me extrañaba que Alba, apenas sin conocerme, se hubiera decantado por mí. Aunque ella –por motivos obvios– no me interesara, su elección me llenó de orgullo. Mas mi satisfacción decayó considerablemente cuando mi raciocinio, en otro de sus habituales alardes analíticos, me persuadió de que la muchacha, consciente de que no podía competir con sus exuberantes compañeras en la conquista de los chicos más guapos y fornidos del grupo, había optado por asegurarse a aquel que estaba más a su alcance, a aquel que no dudaría en aceptarla porque, aunque prefiriera a Mónica y a Nuria, sabía, como ella, que no ocupaba el primer lugar en la escala de preferencias de éstas.

De todos modos, los pensamientos de este tipo –los relacionados con las muchachas– fueron abandonándome a medida que transcurría el tiempo, a medida que mi memoria iba recomponiendo la imagen de Dora, una imagen que, desafortunadamente, no había cobrado forma aquel domingo en aquella playa carente de estímulos. Una imagen que, como un ángel de la guarda, estuvo en todo momento a mi vera cuando mis amigos y yo, acompañados ahora por las adolescentes, nos adentramos de nuevo en unas aguas que comenzaban a amansarse. Una imagen que se interpuso, como una barrera invisible a los ojos de los demás, entre mi cuerpo y el de Alba, que se afanaba, como sus compañeras hacían con mis amigos –los cuales, por supuesto, no ofrecieron resistencia alguna– en encaramarse a mi espalda para que sus piernas, como gruesas y lúbricas sierpes de agua, esposaran mi cintura y para que, de este modo, yo me viese obligado a estampar mis manos, bulliciosas de tentáculos adhesivos, en sus maleables nalgas. Alba, sin embargo, fue víctima de varias ahogadillas que frustraron todos sus intentos de frotarse contra mi cuerpo. Y, si ella no se enfadó, fue porque no sabía que en realidad eran los brazos de Dora los que la sumergían, una y otra vez, en el agua.

Por la tarde, después de ensayar varias jugadas en uno de los muchos tableros de ajedrez que yo poseía (concretamente, en el que me regaló el señor Luis en mi duodécimo cumpleaños, que presentaba una preciosa superficie cristalina), me dediqué a buscar a Dora por todos los rincones de aquella reducida geografía costera. Con la esperanza de avistarla recorrí –equipado con unos prismáticos que acababa de comprar– todas las calles interiores del pueblo; me adentré en la zona situada por encima de la vía del tren; acudí, a continuación, a la playa de San Cristóbal; estuve, durante un buen rato, sentado en uno de los bancos del paseo marítimo a la espera de que Dora pasara frente a mis ojos; me desplacé, acto seguido, hasta la playa de San José y, tras recorrer su primer tramo, me adentré en las calles de la zona residencial; por último, deambulé por la bulliciosa y sinuosa calle de los comercios al aire libre. Pero el azar no recompensó mi tenacidad. A medida que –caminando por uno de los márgenes de la carretera del rompeolas– me acercaba al faro verde, iba creciendo en mí la ausencia de Dora; iba creciendo mi necesidad de ver confirmadas todas las cualidades que yo, guiado por la intuición, le había atribuido a la muchacha de la cinta amarilla. Necesitaba saber si aquel pueblo albergaba algún alma femenina que eclipsara, con su belleza, la vulgaridad de las almas de las muchachas que, al final de la jornada playera de la mañana, nos habían propuesto a mis compañeros y a mí que hiciéramos una fiesta en el apartamento de una de ellas (sus padres, a los que les había surgido un compromiso ineludible en Barcelona, estarían ausentes durante unos cuantos días). Necesitaba saber, en definitiva, si Dora era o no todo aquello que yo siempre había deseado. La contemplación de la explosión anaranjada del ocaso, cuyas llamas se reflejaban en un mar volcánico, avivó en mí esta inquietud.

4

Hasta entonces, las relaciones que yo había mantenido con las pocas muchachas por las que me había sentido atraído no habían sido nada gratificantes. En gran medida, porque habían sido relaciones ficticias, virtuales, no consumadas, que habían ido creciendo en la hermética parcela de mi mente gracias al sustento que les proporcionaba mi imaginación. Las chicas reales, en efecto, habían permanecido siempre distantes, alejadas de mi centro de atracción, cuya fuerza gravitatoria se había mostrado inoperante. Y, si bien yo sí me había sentido atraído –aunque en contadas ocasiones– por la fuerza gravitatoria que ejercían algunas muchachas, nunca me había resultado posible penetrar en el núcleo del que procedía dicha fuerza; como mucho, había permanecido en su periferia a la espera de que, milagrosamente, se abriera en él una grieta que, ciertamente, nunca llegaba a abrirse. Los motivos por los cuales no había podido consumar ninguna relación sentimental con alguna de aquellas pocas muchachas que me atraían son varios: en la mayoría de ocasiones, aquellas chicas ya estaban comprometidas o, si no lo estaban, no me prestaban la más mínima atención; en otras ocasiones, aquellas muchachas que no estaban comprometidas y que, además, no me repelían, no poseían –como yo, en un principio, había intuido– las cualidades necesarias para que, en mi caso concreto, se desencadenase el proceso de enamoramiento. En resumidas cuentas, mi imaginación iba tallando, a mi gusto, los modelos ficticios de aquellas muchachas hasta que yo, bien porque comprobaba que éstas no se correspondían con sus modelos ideales, bien porque las muchachas reales me rechazaban, me veía obligado a desestimarlos, lo que me causaba una frustración y una desolación inconmensurables.

Resulta comprensible, pues, que, a pesar de que mi intuición había errado siempre, cada vez que me topaba con una muchacha que me atraía, que me atendía, en la que yo intuía esas cualidades que eran capaces de enamorarme, me aferrara a ella con inusitada fuerza y obstinación (lo que, en mi caso, acentuaba la vulnerabilidad a la que este proceso de absorción somete a toda persona). Y es que eran tan escasas las muchachas en las que yo me podía ver reflejado, que, cuando intuía que alguna de aquellas criaturas prácticamente extintas se estaba asomando a mi vida, no podía permitirme el lujo de dejarla escapar. Por esta razón, yo había invertido toda la tarde de aquel domingo de julio, la tarde del lunes y la mañana del martes en buscar a Dora.

Las dos últimas salidas fueron tan infructuosas como la primera. Así que, asaltado por un arrebato de pesimismo, pensé que no volvería a ver a la muchacha o que, cuando lo hiciera, ya sería demasiado tarde, puesto que una chica tan hermosa como Dora gozaría sin duda de la admiración de muchos muchachos, con alguno de los cuales mantendría quizá un contacto diario que podía propiciar que se terminasen uniendo. Inmediatamente, se me ocurrió que, con toda probabilidad, Dora ya estaría comprometida (hasta entonces yo no había contemplado –no sé por qué– esa posibilidad). Este pensamiento derribó las ilusiones que, precipitadamente, había depositado en la muchacha. Tras muchas divagaciones, llegué a la conclusión de que, si realmente Dora había concentrado su atención en mí (del mismo modo que yo había concentrado la mía en ella), la muchacha acudiría en mi busca en cuanto tuviera ocasión. Al fin y al cabo, ella disponía de un punto de referencia: la pescadería de mis padres. Pero si nuestros dos únicos encuentros no habían logrado que, por el momento, su atención me destacara del resto de muchachos que pululaban diariamente por su vida, entonces Dora permanecería oculta entre la muchedumbre que atestaba el pueblo hasta que el azar, misericordioso, me enfrentase de nuevo con sus profundos y vertiginosos ojos negros.

Para mi sorpresa, fue la primera de mis predicciones la que se cumplió: la mañana del miércoles, Dora acudió a la pescadería de mis padres, compró algo de marisco y, antes de irse, le preguntó a mi madre por mí. Mi progenitora –a la que debió de asaltarla la urgencia de que yo consolidara mi amistad con aquella bella muchacha– la sometió a un breve interrogatorio para desentrañar el origen de nuestra relación; acto seguido, le proporcionó la dirección de nuestro domicilio. No recuerdo en qué estaba ocupado aquella mañana; no sé si estaba escribiendo, leyendo algún libro, ensayando jugadas en mis tableros de ajedrez o si, simplemente, estaba tratando de averiguar si realmente me apetecía acudir, aquella noche, a la fiesta que se celebraba en casa de Alba. Lo que sí recuerdo con toda claridad, como una afilada, penetrante y sonora hoja de navaja, es el reclamo del timbre, asociado ya para siempre, como tantas otras cosas (de las que, en su mayoría, ya no me puedo desprender), a la voz de Dora –que me sorprendió desde el otro lado del interfono–, la cual está, ahora que la recuerdo, cargada de multitud de matices que no poseía cuando la escuché por primera vez y me pareció tan cálida e inocente. Yo había buscado a la muchacha con tanta insistencia durante los últimos días, había pensado tanto en ella, que, al comprender la trascendencia que tenía el hecho de que ella hubiera reaparecido en mi vida por voluntad propia, un hondo temor, un súbito vértigo, una extraña sensación de vulnerabilidad me dejaron sin aliento.

Arrellanado en aquel sofá estampado en el que, entrada la noche, se revolcarían dos cuerpos adolescentes, rememoré –abstraído durante unos minutos del ambiente festivo que me rodeaba– lo que había ocurrido por la mañana después de que yo invitara a Dora a subir a mi casa: la muchacha, seguramente más por prudencia que por timidez (probablemente se había dado cuenta, en el último momento, de que era demasiado precipitado presentarse, sin invitación previa, en el domicilio de una persona a la que apenas conocía), me había dicho, con una voz melosa que pretendía agradecerme la invitación, que no podía entretenerse, que tenía prisa. Ahora que yo recordaba serenamente la escena, estimé que no debería haber insistido tanto en que Dora subiera a mi piso ni, por descontado, debería haberme ofrecido, después de que ella me informara de que su madre la estaba esperando en casa y de que lo que quería era que quedáramos al día siguiente, a acompañarla hasta su domicilio. La necesidad que yo tenía de verla, de asomarme al ventanal de su límpido cutis, me había llevado a comportarme ansiosamente. Me pregunté, pues, si Dora habría detectado o no dicha ansiedad y, en caso afirmativo, si ésta la habría molestado. Me temí que así fuera y que, por tanto, aquel detalle insignificante pudiera sumarse a otros en el futuro y que, con todos ellos, Dora se formase una mala impresión de mí que me alejase de ella para siempre. De modo que, para vencer la afilada suspicacia que, como toda mujer, Dora debía de poseer (esa suspicacia extrema que, en ocasiones, lleva a las mujeres a incurrir en errores con respecto a la valoración de determinados varones), me propuse comportarme, en lo sucesivo, de manera más cautelosa y comedida para que no saliesen a la luz más detalles de esos que, aunque poseen individualmente una difuminada coloración grisácea que, si bien las alerta, no llega a espantar a las mujeres, cobran, una vez reunidos en numeroso grupo, una vez fundidos en una única y espesa textura, un intenso color negro del que las mujeres huyen despavoridas; me propuse, en definitiva, borrar del pensamiento de Dora, al día siguiente, la ansiedad que yo había mostrado por la mañana. De todos modos, ahora que rememoraba la sonrisa que había iluminado el gesto plácido de la cara de la muchacha y el suave contoneo que había protagonizado su mano cuando, para despedirse de mí, había alzado su mirada hacia el balcón al que yo me había desplazado, me dio la impresión de que mi ansioso comportamiento, que delataba mi interés por ella, le había agradado tanto como a mí me había entusiasmado que ella, después de las indagaciones pertinentes, hubiese acudido a mi domicilio. Por tanto, si Dora había declinado mi propuesta de que diéramos un paseo hasta su casa (mi compañía no la iba a retrasar lo suficiente como para desatar la furia de su madre), parecía poco probable que se debiera a que la considerara una intromisión por mi parte; por el contrario, había muchas posibilidades de que ella, al igual que yo, no quisiera hacer demasiado evidente su interés por mí; un interés que, fuese de la naturaleza que fuese, ya había dejado entrever con su súbita y premeditada aparición. Y es que las mujeres, con más frecuencia y mayor habilidad que los hombres, suelen emplear este paradójico mecanismo de ofrecimiento y displicencia para sorber, poco a poco, la atención de los hombres que les interesan (esta habilidad es innata en las mujeres; los hombres, en cambio, la adquieren a partir del contacto que tienen con sus complementarias y del análisis que hacen de su comportamiento). Estimé que eso mismo era lo que, si bien de forma inconsciente, podía haber hecho Dora: proponerme una cita para el día siguiente y, a continuación, negarse a que yo la acompañase hasta su casa, con lo cual conseguiría –como, efectivamente, había sucedido– sembrar en mí la duda y, por consiguiente, que yo no lograra arrancar su rostro de mi mente ni un solo momento, ni siquiera ahora, en mi actual situación, en la que había tantos elementos a mi alrededor que debían llamar poderosamente mi atención.

«Ya estoy aquí». La voz de Alba deshizo la burbuja temporal en la que me encontraba suspendido. La imagen de Dora, superpuesta a la realidad del lugar donde me hallaba, se fue volatilizando lentamente. Alba ahuyentó las últimas briznas vaporosas cuando acomodó sus glúteos sedosos en mis muslos y rodeó mi cuello con su brazo de enredadera. «Estás muy serio. ¿En qué estabas pensando?», me dijo la muchacha al oído, pues el volumen de la música impedía comunicarse de la manera habitual. «En nada. No tiene importancia», le contesté, reservado. «¿No me lo quieres contar? No quieres bailar. No quieres beber alcohol. Venga, dime qué te pasa». «No me pasa nada. Simplemente, no me gusta el alcohol y ahora no tengo ganas de bailar. Prefiero escuchar la música». En realidad, yo había huido de la improvisada pista de baile –que ocupaba la mitad del salón– con la esperanza de que Alba, que no cesaba de buscar mi cintura y de arrimarse a mi cuerpo, continuase moviendo sus caderas junto a Ismael, que no tenía pareja de baile. No obstante, había sido en vano, ya que Alba, en cuanto se había dado cuenta de que yo la había abandonado sin darle ninguna explicación (había aprovechado un momento en que ella me había dado la espalda), como si el ritmo musical que provocaba la contorsión de su cuerpo perdiera todo su encanto sin mi presencia, se había detenido y, confundida, había mirado en todas direcciones tratando de localizarme. Lo había hecho antes de que yo, avieso, pudiera llevar a cabo mi intención de recluirme, sin ser visto, en el servicio. Sin pensar demasiado en las consecuencias, yo me había sentado en el sofá. Y, cuando Alba había llegado a mi altura, yo había fingido un gesto de agotamiento. Entonces ella se había ausentado al servicio. Y ahora descansaba sobre mis muslos y me susurraba al oído mientras sus uñas puntiagudas y esmaltadas tamborileaban sobre la superficie de mi sensible cuello. Por lo visto, Alba no había interpretado mi retirada como un desplante; todo lo contrario, había entendido que yo me había retirado para buscar un recodo apartado del bullicio que nos proporcionase intimidad. Ahora me daba yo cuenta de que había obrado torpemente, de que el modo en que había procedido ofrecía una lectura ambigua, de que, en lugar de atemperar el fuego de Alba, lo había avivado y de que me encontraba cercado por él. Y el problema que me planteaba esta situación era que, mientras que mi raciocinio tiraba de mí como un caballo asustado y desbocado, mi cuerpo, dinamitado de sensaciones, se anclaba al sofá como un pesado e inamovible yunque. Mis ojos, aves de rapiña, caían vertiginosamente desde la cúspide hasta la llanura rosada de los muslos de la muchacha, la sobrevolaban a escasos centímetros de su superficie y, tímidos, avergonzados, remontaban el vuelo de aquella tierra volcánica que amenazaba con abrasarles las alas. Mis manos, unidas a las sogas de mi reluctante raciocinio –que no estaba dispuesto a consentir que yo me entregara a aquella hembra inmoral–, se esforzaban en vencer su resistencia para llegar a alcanzar aquellos muslos que se ensanchaban por debajo de la retraída minifalda. Mientras tanto, Alba seguía deslizando su cálido aliento por mi oído: «Ya sé lo que te pasa. Echas de menos a tus amigos de Barcelona. A lo mejor hasta tenías una novia allí. Es eso, ¿verdad?». «No. Prácticamente no tengo amigos en Barcelona. Y menos una novia. Tú, en cambio, sí que tienes un novio esperándote», le recordé. «¿Y qué?», me contestó mientras me atusaba el cabello. Probablemente, ella notó cómo se incrementaba mi ritmo cardiaco. Auné fuerzas y le dije: «¿Crees que a tu novio le haría gracia verte en esta situación?». «No le haría ni pizca de gracia. Por eso mismo», me contestó la muchacha con ojos rencorosos. «Esto no está bien». «Oye, que lo de mi novio no es nada serio, ¿vale?». Alba –sus piernas abiertas en arco sobre mis muslos– me miró profundamente a los ojos logrando paralizarme como lo haría la más hábil de las sierpes hipnotizadoras. Acercó lentamente sus labios a los míos, unos labios que tanto me parecían dos valvas envenenadas de las que quería escapar a toda costa como dos sabrosas frutas que deseaba desgajar. Creo que, cuando ya estaba a punto de producirse el contacto, mis manos, liberadas de las sogas que las retenían, penetraron, torpes, desorientadas, por debajo de la minifalda. Pero, en el último momento, un fogonazo de soberbia, que emergió del rincón más hondo de mi alma, impidió que Alba, aquella muchacha despreciable, fuese la primera mujer que probase mis labios: mediante un suave empujón, me desprendí de su cuerpo, que cayó sobre el sofá. Apresuradamente, regresé a la pista de baile.

Sin percatarme de lo que estaba ocurriendo a mi alrededor, me hice un hueco entre mis compañeros y me dejé llevar por la música. Durante algunos angustiosos minutos, me fue imposible reflexionar sobre lo que había sucedido en el sofá: la imagen de Alba acercándose a mis labios y la de mis manos palpando su más íntima lencería –imágenes que se repetían ininterrumpidamente, como la estridencia de un disco rayado– bloqueaban mi pensamiento, bombardeado a la vez por el volumen atronador de la música. En varias ocasiones, me vi tentado de dirigir la mirada –que vagaba por el suelo hacia el sofá para comprobar si Alba, que afortunadamente no había regresado a mi lado, seguía o no recostada sobre él, tal vez estupefacta, tal vez avergonzada, tal vez herida. Pero no me atreví a hacerlo, pues no deseaba que, por el momento, nuestros ojos volviesen a enfrentarse. De súbito, choqué bruscamente contra un obstáculo móvil. Fue entonces cuando me di cuenta de que estaba deambulando por una fogosa lumbre: recuerdo perfectamente cómo ondeaban las melenas de Mónica y Toni y cómo sus lenguas, lúbricas, se entrelazaban; al girarme, me di de bruces con el cuerpo siamés de Nuria y Roberto. Mario e Ismael habían desaparecido (Enrique se había puesto enfermo por la mañana). Sentado a la mesa que había sido desplazada hacia un rincón del salón, divisé a Ismael, entretenido con las bebidas alcohólicas. Decidí hacerle compañía y, de este modo, contener aquella sed sexual que, a falta de una mujer, el muchacho trataba de saciar mediante el alcohol, ese lenitivo engañoso que, durante poco tiempo, nos hace creer que somos menos infelices de lo que en realidad somos. Cuando me senté a su vera, desplacé las botellas a mi izquierda para, por un lado, depositar mis brazos en el lugar que ocupaban; y, por otro, interponerme entre ellas e Ismael, que acababa de llenar de nuevo su esbelto vaso con una mezcla de vodka y limonada. Le pregunté entonces por Mario. Sin mediar palabra, Ismael me señaló el sofá, en el que, antes de avistarlo, me temí encontrar a Alba entregándole a Mario la sanguijuela húmeda que yo había rechazado. Aquella posibilidad me pareció tan repulsiva, tan aberrante, que, cuando divisé a Silvia, exploradora, adherida a Mario, sentí un gran alivio. «Joder, tío, me he quedado sin nada», se lamentó Ismael. «Bueno, todavía hay una libre», le revelé. «¿Cuál? Yo no veo a ninguna». «Alba. Lo que no sé es dónde se ha metido». «¿Alba? Pero si esa te ha echado el ojo a ti. ¿Te estás quedando conmigo?». «A mí no me interesa. Así que tienes vía libre», le dije, ya que me convenía que Ismael alejase a Alba de mí durante el resto de la noche. No obstante, yo no estaba seguro de que la muchacha, después de mi rechazo, aceptase la compañía de Ismael. «Cómo que no te interesa. Os he visto muy cariñosos en el sofá». «Pero no ha pasado nada. Me la he tenido que quitar de encima», le aseguré. «Entonces, ¿crees que debería entrarle?». «Si te apetece, sí. Además, yo diría que tiene ganas de divertirse. Y conmigo, desde luego, no lo va a hacer». «Qué pasa, ¿no te gusta? Pues está bien buena». «Sí que lo está». «¿Entonces?». «Es que no me van las chicas fáciles. Tío, las acabamos de conocer y mira cómo están ya las cosas. Y encima tienen novio», le dije, moralizador, a Ismael. «Pues eso a mí me da un morbo… Qué quieres que te diga, cuanto más cachondas, cuanto más fulanas, mejor. ¿Tú crees que follarán? ¿Te ha dicho Alba algo de eso?». Para que no se agravara el mal concepto que yo me estaba formando de Ismael –y, por extensión, de sus amigos, que, visto lo visto, debían de pensar del mismo modo que él– atribuí aquella obscenidad que acababa de proferir al caos neurológico que le estaría causando la elevada dosis de alcohol que circulaba por sus venas. Realmente no me podía creer que Ismael aspirara a obtener, aquella misma noche, un coito de alguna de aquellas muchachas. Para mí, eso era inconcebible; y la posibilidad de que llegara a producirse, repugnante. Por descontado, no contesté la pregunta de Ismael.

De repente, la música cesó. Alba, reaparecida, había acallado los altavoces. En ese momento, todos los cuerpos siameses se separaron. Entonces la anfitriona, a la que no parecía haberle afectado mi rechazo, reclamó nuestra atención: «Ha llegado la hora de echar unas partiditas de póquer. Venga, chicas contra chicos. Os vamos a dejar en pelotas. Qué me decís, ¿os atrevéis?». La reacción de mis amigos no se hizo esperar: entusiasmados, excitados y ebrios, comenzaron a gritar al unísono; era su forma de manifestar que aceptaban el desafío. «Pero si jugamos, jugamos de verdad. No hay límites, ¿de acuerdo? Después no me digáis que no os pensáis quitar ni las bragas ni el sujetador», les advirtió mi primo Toni a las muchachas, que, licenciosas, ya estaban despejando la mesa que iba a servir de tapete y, a la vez, de pasarela. «¿Con quiénes te crees que estás tratando, chaval? Nosotras hace tiempo que perdimos la vergüenza. A ver si al final resulta que los que os echáis atrás sois vosotros», nos provocó Mónica. En breve, estuvimos todos sentados a la mesa. Ismael y yo no nos movimos de nuestro sitio. «¿Y cómo se decide quién se quita una prenda y quién no?», se interesó Mario. Alba, mientras mezclaba la baraja, nos lo explicó: «El que gane una ronda decide quién se quita una prenda. Si todos se retiran y solo quedan dos, el que pierda, porque ya no podrá abandonar, se quitará una prenda; y el que gane, por supuesto, elegirá a otra persona para que se la quite. ¿Os parece bien?». Todos asintieron.

Aquello había ocurrido de forma tan rápida, que yo no había tenido tiempo de urdir una excusa verosímil que me permitiera ausentarme de aquella mesa en la que, desde mi punto de vista, íbamos a ser los protagonistas de un juego infantil. A mi entender, si alguna persona de aquella mesa deseaba ver el cuerpo desnudo de alguno de sus compañeros, debía hacerlo, una vez obtenido el consentimiento de éste, en privado. De esta forma, las personas que –como yo–, por la razón que fuera, no compartieran el mismo deseo, no se verían sumidas irremediablemente en una situación harto comprometedora. En cualquier caso, yo ya estaba atrapado en aquel libidinoso conciliábulo; nada podía hacer ya –nada que no despertara la maliciosa suspicacia de aquellos adolescentes– para evitar mi participación en aquel *striptease* azaroso. Porque, ¿cómo iba a explicarles a aquellos adolescentes dipsómanos que yo no podía permitir que los pensamientos abigarrados que sin duda me asaltarían cuando contemplara los cuerpos desnudos de aquellas muchachas me confundieran más de lo que ya lo habían hecho las agradables sensaciones que Alba, una de esas mujeres inaceptables, me había proporcionado? ¿Cómo iba a explicarles, asimismo, que yo no era un exhibicionista, sino una persona muy pudorosa que no podía consentir que aquellas muchachas me desnudaran y asistieran a una de mis incontrolables erecciones, ya que esto me provocaría, en ese momento, un gran sofoco que me impediría volver a mirarlas a la cara; y, más tarde, pesadillas y remordimientos de conciencia? De modo que, aunque no me gustara aprovecharme de mis conocimientos de cartomagia, no me quedaba más remedio que enfundarme los guantes de tahúr y manipular la partida para que se desarrollase a favor de mis intereses, que no eran otros que los de conservar mis atuendos y evitar que las muchachas se desprendieran de las pocas prendas que llevaban encima. Y, en gran medida, logré mi objetivo. (Al lector escéptico le diré que un tahúr hábil –aunque sea un aficionado como yo– puede robar y esconder cartas sin que el resto de jugadores se percaten y, además, repartir determinadas cartas a las personas que elija; con estos dos mecanismos y una buena dosis de inteligencia, el tahúr está en condiciones de decantar la partida a su favor. Por descontado, no voy a desvelar los métodos que permiten llevar a cabo estas artimañas). Como venía diciendo, conseguí que el grupo de los chicos no ganara las rondas suficientes como para que las muchachas se vieran despojadas de sus atuendos por completo (a excepción de los zapatos, Mónica, Silvia y Alba conservaban todas sus prendas. Nuria había perdido también la blusa; no obstante, sus voluminosos pechos seguían guarecidos por el sujetador). Logré, además, que Alba no ganara ni una sola ronda, por lo que yo permanecí, al igual que Ismael, intacto. Así pues, llegó un momento en que Roberto –primero– y Toni –después– perdieron la última de sus prendas: el calzoncillo. Esto desencadenó todo tipo de reacciones entre las muchachas. El espectáculo era bochornoso. Toni, en lugar de ocultar –como había hecho Roberto– su incipiente erección con las manos, dejó que su miembro creciera desproporcionadamente; acto seguido, abandonó el salón y, al parecer, se metió en una de las habitaciones. Sin pensárselo dos veces, Mónica siguió sus pasos. A continuación, fue Roberto –acompañado por Nuria– el que siguió el ejemplo de mi primo. Cuando Mario y Silvia ya se adentraban en la habitación de matrimonio –cuya entrada estaba situada en una de las paredes del salón–, Alba les dijo: «Eh, ¿adónde vais? Esa habitación es nuestra». «¿Y nosotros dónde nos metemos?», se quejó Silvia. «Ahí tenéis el sofá. Es muy cómodo. O, si queréis algo más de intimidad, podéis iros al servicio», les propuso Alba mientras se dirigía al lugar de la mesa donde Ismael y yo nos encontrábamos. Cuando todo indicaba que la muchacha iba a agarrar el brazo de mi pletórico compañero, afianzó el mío invitándome, con la pícara expresión de su rostro –en el que no había restos de rencor–, a acompañarla hasta el interior de la habitación de sus padres, esa madriguera sagrada. La rigidez de mi brazo y la frialdad de mi semblante le dieron a entender a Alba que yo no estaba dispuesto a acompañarla. Así que ella esgrimió su último recurso: «Qué pasa, ¿eres marica?». Miré fijamente a Ismael –cuyos ojos me decían que debía salvaguardar mi hombría– y, sin saber muy bien el porqué, me dejé llevar, confundido, asustado de mí mismo, por la cálida y obstinada mano de Alba.

La habitación, en la que nos adentramos a oscuras, emanaba un frío invernal que la hacía poco acogedora. A pesar de que las gotas de sudor resbalaban por mis sienes, sospecho que ese frío paralizador que yo sentía, que entumecía mis miembros y ralentizaba mi pensamiento, en realidad tenía su origen en mi propio cuerpo. La silueta de Alba era una sombra vaga, un ángel negro de ojos luminiscentes superpuesto a la oscuridad de aquella habitación que nos convertía en seres anónimos a los que nada les importaba la identidad del otro. Pero a mí sí me importaba. De ahí la irrupción, en plena estación estival, de aquel frío que era como una llamada de alerta, como un voto de censura liberado por mi inconsciente. De súbito, perdí el contacto físico con Alba; su sombra camaleónica escapó al escrutinio de mis ojos. Poco después, la amarillenta luz de una lamparilla dibujó, con todo lujo de detalles, la silueta de Alba junto a una mesita de noche. La muchacha gateó sobre la cama, enmarañando premeditadamente la sábana que la cubría, y encendió una segunda lámpara que, en colaboración con la primera, iluminó, como el foco selectivo de un teatro, el lecho de sábanas erizadas en el que Alba –la melena ondeante, los ojos felinos, los labios humedecidos– pretendía que nos despojásemos de nuestras identidades, de nuestros sentimientos, de nuestros reparos, y nos revolcásemos y nos fundiésemos como dos miserables amasijos de carne impelidos por la fuerza motriz del deseo. En ese momento, se adueñó de mí uno de los pavores más intensos que he sentido jamás. Tuve la impresión de que, si avanzaba un solo paso hacia delante, hacia aquella muchacha que era la antítesis de la mujer a la que yo anhelaba, iba a traicionar todo aquello en lo que creía. Arrastrado por dos fuerzas contrarias que me estaban descoyuntando el alma, pude al fin darle la espalda a Alba y abrir la puerta: estaba decidido a rechazar a la muchacha por segunda vez. Mas la tórrida escena que me brindó el inoportuno sofá que había en el exterior removió nuevamente los instintos que tanto me había costado amansar: Mario era una jadeante montura sobre la que Silvia, desmelenada, trotaba salvajemente. Avergonzado, no pude más que retroceder y cerrar la puerta de golpe, ignorante de que el espectáculo que me esperaba dentro no difería demasiado del que acababa de contemplar afuera. La voz serena de Alba me dijo que me girara. Temeroso, hice lo que me pedía. Alba, completamente desnuda, estaba de pie junto al borde de la cama. Tenía unos magníficos pechos, del tamaño de una naranja, que caían levemente hasta la mitad del torso y que, desde esa posición, como suspendidos en el aire, miraban hacia arriba desafiando milagrosamente las leyes de la gravedad; una fina, delicada y elegante línea de vello negro recubría la hendidura de su pubis. «Ahora sí que te gusto, ¿verdad?», me provocó la muchacha. Conteniendo a todos los demonios que avivaban por momentos mi deseo de entregarme a aquella fuente de placer, le contesté: «Apenas te conozco. Así que aún no sé si me gustas». «Pero bueno, tú de dónde has salido. ¿Es que acaso eres gilipollas?», me insultó Alba, visiblemente ofendida por mi impasibilidad. Su despectivo comentario no me molestó, pues yo estaba concentrando todas mis fuerzas en reprimirme; no resultar vencido por aquella funesta tentación –la más poderosa a la que me había enfrentado– era lo único que me importaba. «¿Te vas a quedar ahí parado sin hacer nada? ¿Me vas a dejar con las ganas? ¡Di algo, joder!». Decidido a irme, no le contesté; pero no pude dar ni un paso en ninguna dirección. «¡Vaya, ahora caigo! ¡Eres virgen! Eso es lo que te pasa, que no lo has hecho nunca». La muchacha estaba en lo cierto; pero se equivocaba al pensar que mi virginidad me ocasionaba una especie de temor a lo desconocido que, a su vez, era el responsable de mi comportamiento retraído e indeciso. En realidad, yo no trataba más que de preservar los principios morales que había erigido durante toda una vida de meditación y de los que tan orgulloso estaba. Como, en esta ocasión, tampoco obtuvo respuesta, Alba se acercó a mí contoneando sus caderas; agarró mis livianas y dóciles manos y las posó sobre sus graníticos senos, unos senos que yo acaricié con delectación palpando con los pulgares sus rugosos pezones. Entonces Alba se puso de puntillas y, mientras mis manos la agarraban por la cintura y resbalaban lentamente por la pendiente de sus nalgas, hurgó con su ardiente lengua en mi cuello. Aquella lengua viscosa que, zigzagueante, subía ya por mi barbilla logró doblegarme. Pero, cuando ya me imaginaba a mí mismo conduciendo a la muchacha en brazos hacia el lecho; cuando ya me imaginaba el orden en que iba a devorar cada una de las partes de su cuerpo; cuando mi cerebro ya estaba seleccionando todas las posturas que yo iba a adoptar en aquel enfrentamiento sexual, la tierna y adorable imagen de Dora –con la que tenía una cita al día siguiente– apareció súbitamente en mi mente y, expulsando bruscamente a sus habitantes, ocupó todo su espacio como una inmensa y luminosa estrella que me devolvió la lucidez. Me desprendí, pues, por segunda vez de Alba y, con la desazón de un prófugo carcelario, abandoné aquella habitación y, en última instancia, aquel apartamento licencioso.

5

A la mañana siguiente me desperté agotado, pues no había logrado conciliar el sueño en toda la noche. Las imágenes más comprometedoras de la fiesta, que acudían a mi mente en tropel, no habían dejado de martirizarme. Aunque yo había intentado vedarles el paso, ellas, como un poderoso zafarrancho de combate, habían conseguido derribar mis barreras; aunque había tratado de enterrarlas bajo otras imágenes más agradables –a pesar de que, en aquel momento, algunas no me interesaran especialmente–, las muy aviesas las habían horadado y habían emergido a la superficie de mi mente para que yo las contemplara de nuevo y pudiera juzgar, con cierta objetividad, los hechos que me mostraban. Y en eso precisamente había dilapidado yo la noche, en procurar analizar objetivamente el modo en que me había comportado en la fiesta de Alba. Obviamente, no había llegado a ninguna conclusión definitiva ni, por descontado, me había acercado a desvelar –como pretendía– la verdad que anidaba en el precipicio más hondo de mi alma, ya que, cada vez que había creído que había hallado la solución, la explicación única e irremplazable a cada una de mis reacciones, enseguida me había asaltado la sensación de que el proceso analítico por el que había llegado a ella –que quizá yo había falseado inconscientemente– era erróneo. De manera que, tras hacer y deshacer en infinidad de ocasiones todas mis hipótesis, me había dado cuenta de que, por mucho que me esforzara en distanciarme de los hechos que había protagonizado, por mucho que afinara y depurara mi análisis, jamás alcanzaría, sin ayuda, un juicio satisfactorio del que tuviera la certeza de que no había sido manipulado en favor de unos intereses oscuros que habitaban en un recóndito rincón de mí mismo que yo aún no conocía. Y es que la inteligencia no puede extraer, del mismo ser que la alimenta, los mismos frutos que extrae del mundo exterior. Consciente de esto, yo había decidido, en el momento en que la primera claridad del día se había colado por la ventana de mi habitación, no alimentar más aquellas imágenes y aquellos pensamientos que me habían sumido en una incertidumbre de la que solo me podía liberar un confidente cuya egregia inteligencia extrajera de mí aquellos frutos que a la mía le estaban vedados. Ese no era otro que el señor Luis, al que ya deseaba escribir de nuevo. Liberado, momentáneamente, de todas estas inquietudes, el sueño me había ido venciendo poco a poco.

El despertador, como le había ordenado antes de acostarme, sonó a las diez en punto y me arrancó de la acogedora extensión de hierba sobre la que yo hablaba plácidamente con una muchacha desconocida. Enseguida, recostado sobre la almohada, asocié a la adolescente anónima con Dora, que, por el momento, era la imagen de la mujer perfecta. En ese instante, sentí por primera vez que había estado a punto de traicionar a la muchacha, a punto de convertirme en un hipócrita indigno ya de su amistad. Incluso llegué a pensar que quizá ya no me la merecía, que el hecho de que me hubiera resistido a Alba –su antagonista– no era suficiente, pues el deseo de poseer a ésta, de anegarme en su sucio cuerpo, seguía todavía latente. Dora, por el contrario, no despertaba en mí este tipo de deseo: en ningún momento, a pesar de su excelsa belleza, me la había imaginado como un cuerpo desnudo que estimulase mi instinto sexual (probablemente porque, como yo intuía en ella la cualidad del decoro, no la creía capaz de provocarme con una lascivia similar a la que había exhibido Alba, cuyo descaro casi obsceno me tenía todavía fascinado); no, Dora me causaba un desmedido entusiasmo que, al contrario de lo que me ocurría con Alba, no dejaba espacio a sentimientos de culpabilidad; de Dora quería saberlo todo: cómo pensaba, cómo se expresaba, cómo sentía, qué tipo de educación había recibido, cuáles eran los principios morales que sustentaban su personalidad, cuáles eran sus aspiraciones, sus ambiciones y deseos más íntimos. Solo cuando todos estos datos se me desvelasen –siempre y cuando aparecieran aureolados por la beldad que yo preveía–, podría centrar mi atención en la belleza física de la muchacha y sentirme atraído sexualmente por ella. Mientras tanto, la muchacha de la cinta amarilla no era más que una alentadora promesa en la que yo había depositado una ilusión que me embriagaba y me mantenía alejado de pensamientos impuros y deshonestos. A Dora, en definitiva, la respetaba firmemente (a pesar de que aún no tenía pruebas fehacientes de que ella perteneciese a una categoría de mujer distinta a la de Alba y sus compañeras). Por todo esto, yo tenía la necesidad de ver a Dora cuanto antes para sumergirme en su mundo y alejarme definitivamente del entorno nocivo que se había generado en la fiesta. Necesitaba, en resumidas cuentas, entablar conversación con ella para reencontrarme a mí mismo.

Dora me había dicho el día anterior que pasaría a buscarme a las once. No me había concretado, no obstante, sus planes. De modo que yo no sabía si íbamos a dar un paseo o si ella había pensado en algo más interesante y divertido (mi opción preferida –aunque pueda parecer algo sosa– era la de sentarnos en un banco del paseo marítimo y conversar durante toda la mañana). Mientras me vestía apresuradamente, barajé todo tipo de opciones, incluida la de que Dora, huyendo del intenso calor, deseara que nos cobijásemos en mi deshabitada casa (mis padres estaban en la pescadería desde las ocho de la mañana). Aquella opción se me antojó incluso más apetecible que la que he mencionado anteriormente, puesto que, de una parte, nos permitiría gozar de mayor intimidad; y, de otra, facilitaría que la muchacha se adentrase, por mediación de las pertenencias que se acumulaban en mi habitación (mis libros, mis maquetas, mis tableros de ajedrez…), en el conocimiento de mi personalidad. Así, de la reacción que provocasen en ella tanto mis posesiones como los comentarios que yo hiciese acerca de ellas, podría deducir si Dora era o no la muchacha que me convenía, la muchacha por la que, una vez conquistada, estaba dispuesto a perder mi independencia, a abandonar la amplia perspectiva normal y a adoptar la reducida perspectiva del amor. Por descontado, cualquier deducción que yo pudiera hacer a partir de las reacciones de Dora sería provisional, puesto que es sabido que las primeras impresiones que extraen las personas de las cosas o de los individuos suelen ser bastante inexactas; impresiones que, en la mayoría de ocasiones, se ven modificadas –para bien o para mal– por posteriores aproximaciones a esos objetos o individuos que los enriquecen y revelan esos matices esenciales que, en un principio, habían pasado desapercibidos. Por tanto, no era conveniente otorgarles demasiada importancia ni a las reacciones incipientes de la muchacha ni a las primeras deducciones que yo extrajese de ellas hasta que, con el tiempo, éstas se completasen y adoptasen su forma verdadera. En cualquier caso, yo estaba ansioso de ser testigo de aquellas primeras reacciones de Dora, que sin duda me facilitarían una idea aproximada de hacia dónde iba a ir nuestra relación. Y, en este sentido, estimé que mi habitación –un microcosmos que me retrataba perfectamente– me proporcionaría muchas más de las que me podría suministrar cualquier otro entorno; además, las que me facilitara serían de altísima calidad, dado que una aproximación visual a mi personalidad estimularía sobremanera a la muchacha. De todos modos, yo no iba a cometer el mismo error de la mañana anterior (en la que me empeciné en acompañar a Dora hasta su domicilio); es decir, no iba a imponerle mi deseo de que pasásemos la mañana en mi casa. Ni siquiera pensaba sugerírselo. Pensé que, en esta primera ocasión, puesto que había sido ella la que había tomado la iniciativa, me convenía ceñirme a su plan. Así que decidí que, tan solo en el improbable caso de que ella no lo tuviera, yo me atrevería a proponerle el mío. Pero, finalmente, resolví que aquella proposición no traspasaría mis labios, pues, en ese caso, me arriesgaría a que Dora confundiese mis intenciones (quiero decir que tal vez dedujera que yo pretendía obtener de ella favores sexuales). Por tanto, llegué a la conclusión de que mi opción preferida solo sería factible si era Dora la que me la proponía.

A las diez y media, recibí la llamada telefónica de mi primo. «Marcos, soy Toni. ¿Te he despertado?», escuché en cuanto acerqué el auricular a mi oído. «No. Hace un rato que me he levantado. ¿Qué quieres?». «Tío, qué voy a querer. ¿Por qué te largaste de la fiesta así de repente, sin avisar?». «¿A quién se supone que debía avisar? Estabais todos demasiado ocupados. ¿O quizá habrías preferido que te interrumpiera? Además, Ismael también se fue», argumenté. «Bueno, sí; pero Ismael no tenía a una tía a punto de caramelo», me insinuó mi primo. «Ni yo tampoco», le mentí ingenuamente. «¿Cómo que no? Venga, tío, no te hagas el tonto, que Alba me lo contó todo. No sabes lo extrañada que estaba. Dice que eres un tío muy raro». «Bueno, algo de razón sí que tiene», reconocí. «Lo que quiero decir es que ella cree que no te gustan las mujeres. Entiéndeme, a mí me da igual si te van o no las tías; pero no me gustaría, y supongo que a ti tampoco, que circulase por ahí un rumor falso. Ya sabes cómo son estas cosas». Aunque me molestaba tener que dar explicaciones, me vi obligado a atajar cuanto antes las dudas de mi primo: «Te garantizo que no soy homosexual, si es eso lo que querías saber». «Me alegro, tío. No sabes el peso que me quitas de encima». «Pero ¿no decías que te daba igual?», me indigné. «Sí, claro. Pero comprende que, si fueras homosexual, ya no sería lo mismo; habría que mantener cierta distancia en algunos aspectos, ¿no te parece?». «Mira, vamos a dejar el tema, porque si no me voy a terminar enfadando», le advertí. «Pero, ¿seguro que no lo eres?». «Te he dicho que no. Y no insistas más». «Entonces explícame qué es lo que pasó, porque, la verdad, no entiendo nada». «¿Qué es lo que no entiendes?». «Joder, tío, tienes a una tía buena en pelota picada en una cama de matrimonio y no solo no le tocas ni un pelo, sino que, además, sales corriendo como si hubieras visto al demonio. Tienes que reconocer que no es muy normal». Mi primo, sin saberlo, había dado en el clavo: yo había visto en Alba a un subordinado del mismísimo Lucifer. «Vamos a ver, ¿a ti te parece normal que una chica que tiene novio se acueste con un chico al que acaba de conocer? ¿Te parecería normal que yo aceptase eso?». «Pero qué me estás contando. No te pillo, tío, de verdad que no te pillo». «Es muy fácil de entender: no me gustan las mujeres vulgares que se entregan a cualquiera. Yo no puedo ser cómplice de ese tipo de comportamiento». «¿Me estás hablando de moral?», se percató Toni. «Exactamente». «O sea, que tienes a una tía dispuesta a pegarte el polvazo de tu vida, y a ti solo se te ocurre pensar en si eso está bien o está mal. Tío, estoy flipando. Aceptaría que me dijeras que Alba no te pone, aunque eso es imposible; pero que me digas que no te parece bien lo que ella hace, ¡ni que fueras un cura reprimido! Tío, a nuestra edad lo que hay que hacer es follar todo lo que se pueda. No se pueden dejar pasar oportunidades así». «Yo no soy de la misma opinión. No estoy dispuesto a traicionar mis principios para conseguir sexo». «Lo que a ti te pasa es que todavía no lo has hecho y te cagaste de miedo. Reconócelo». «Te equivocas. No tiene nada que ver con eso. ¿Tanto te cuesta entender que no todos somos iguales, que no todos actuamos del mismo modo?». «Bueno, tío, ya me lo explicarás más tarde. Hemos quedado a las doce en el paseo marítimo para ir un rato a la playa; pero sin las tías. Hay muchas cosas de las que hablar», me informó Toni. «No puedo ir. He quedado a las once». «¿Que has quedado? Y ¿con quién has quedado?», se extrañó. «Con Dora, la chica de la playa; ¿la recuerdas?». «¿Quién, la maciza que conociste cuando fuiste a pescar con mi padre?». «La misma». «¡No me jodas! O sea, que estáis enrollados. Ahora lo entiendo todo. Podrías haber empezado por ahí y no contarme cuentos que no se cree nadie», dijo mi primo. «No estamos enrollados. Solo somos amigos. Bueno, ni siquiera eso. De hecho, es la primera vez que quedamos», le aclaré. «Vamos, que a ti, cabrón, lo que te gusta es la calidad suprema. De todos modos, sigo pensando que te tendrías que haber cepillado a Alba, por lo que pudiera pasar. Ten en cuenta que la tía con la que has quedado tiene fama de estrecha. Te arriesgas a quedarte sin nada. Mira que, como te descuides, Ismael va a ir a saco a por Alba, que está tan caliente como sus amigas. Y que conste que me parece bien que tengas aspiraciones más altas. Pero vigila y no te duermas en los laureles». «Asumiré el riesgo. Bueno, tengo que dejarte; si no, se me va a echar el tiempo encima». «Vale, ya nos contarás. Que tengas suerte», se despidió mi primo.

Como yo había previsto, las primeras consecuencias de mi huida de la fiesta no se habían hecho esperar: Alba, despechada, herida en su orgullo, había optado por poner en entredicho mi condición heterosexual, a pesar de que sabía perfectamente que me gustaban las mujeres (pues sin duda había detectado en mis ojos, en mi mirada, el deseo que me corroía mientras yo observaba su voluptuoso cuerpo desnudo). Se me ocurrieron dos motivos por los cuales la muchacha me había infligido semejante herida: por un lado, era probable que hubiera considerado imperdonable mi actitud y que, por tanto, hubiese decidido, vengativa, hacerme todo el daño posible en lo sucesivo; por otro, existía la posibilidad de que la muchacha, obstinada en conseguir lo que quería (cuanto más se nos resiste una persona, más se acrecienta nuestro deseo por ella), hubiese llegado a la conclusión de que tacharme públicamente de homosexual era la mejor manera de lograr que yo volviese a ella y, atrapado entre sus piernas, lo desmintiera una y otra vez. Por descontado, Alba no iba a conseguir esto último, pues su actitud desafiante me había fortalecido. En cuanto a la primera posibilidad, resultaba improbable que, después de la conversación que yo había mantenido con mi primo, la supuesta intención de Alba de dañarme (al menos mediante la falsificación de mi orientación sexual) llegase a buen puerto. Esto se debía a la ayuda que, en el último momento, me había prestado Dora. La simple pronunciación de su nombre había deshecho la reticencia de mi primo, que, sin necesidad de que yo le proporcionase detalles, se había imaginado una relación clandestina entre la muchacha y yo que había revalorizado mi virilidad. Y es que me había dado la impresión de que Toni no se había creído del todo que Dora y yo fuéramos solo amigos o simples conocidos y que la de hoy fuera nuestra primera cita. Pensé que, en tal caso, en mi próximo encuentro con mi primo y sus amigos me vería obligado a convencerlos de lo contrario. Sí, había logrado burlar la flecha envenenada de Alba, pero, a cambio, había tenido que hacer pública, en contra de lo que había previsto en un principio, mi incipiente relación de amistad con la muchacha de la cinta amarilla. Mi intención había sido siempre la de mantenerla en secreto, pues mis nuevos amigos no eran todavía merecedores de mi confianza y, además, no me interesaba llamar demasiado su atención por aquel motivo; por un lado, porque, debido a la creciente expectación que sin duda se generaría, yo estaría sometido a una insoportable presión que, tarde o temprano, originaría enfrentamientos indeseables; por otro lado, porque esa situación podría propiciar que alguno de mis amigos, en un alarde de torpeza y mala educación, le hiciera a Dora, en alguna de las ocasiones en que se topase con ella, algún comentario desagradable que pudiera menoscabar nuestra relación. No obstante, yo había preferido asumir todos estos riesgos a que fuera creciendo el rumor sobre mi condición homosexual y a que, cuando éste adquiriera –dada mi pasividad sexual– un valor axiomático, los únicos amigos que tenía en mi nuevo hogar me diesen la espalda. Porque no hay

113

nada más humillante que ser discriminado por ser algo que no eres. Pero tampoco resulta agradable que te valoren y te respeten por ser algo que no eres, es decir, un conquistador de muchachas de belleza superlativa. Así que me propuse –no recuerdo en qué momento del día– disolver ese nuevo rol que se me había adjudicado, si bien me di cuenta de que realmente me sería imposible si mi relación con Dora conseguía traspasar los lindes de la amistad. Por todos estos motivos, reflexioné –creo que después de mi cita con Dora– sobre si me convenía o no prolongar mi relación de amistad con los amigos de mi primo. Pero no llegué a una conclusión definitiva.

Decidí esperar a Dora apoyado en la barandilla del balcón de mi casa. Desde allí, veía perfectamente todo lo que ocurría en los alrededores de la esquina por la que, presumiblemente, debía aparecer la muchacha (la misma esquina por la que había desaparecido la mañana anterior). El principal motivo por el que yo me había apostado en mi atalaya era que, desde aquella posición, podría observar el comportamiento espontáneo de Dora antes de que éste, frente a mí, se formalizara y, por tanto, se tornara opaco. Yo podría –por ejemplo– comprobar si, mientras ella se acercaba a mi portal, su rostro mostraba un gesto de ansiedad y emoción; o si la muchacha se detenía por un instante para componerse el peinado y ajustarse la blusa o la camiseta que se ciñese a su torso; o si caminaba lentamente, dubitativa, o, por el contrario, avanzaba prestamente, con determinación. Esta clase de detalles me suministrarían pistas acerca del tipo de interés que la muchacha tenía por mí; detalles que no saldrían a flote tan fácilmente cuando Dora y yo estuviéramos el uno frente al otro.

No hará falta decir que yo deseaba presenciar algún movimiento que delatase la coquetería de la adolescente. A la espera de que esto se produjese, me dediqué a observar –pertrechado con mis prismáticos– a los viandantes que más me llamaban la atención. De cuando en cuando, me recomponía el peinado que la brisa había enmarañado o despojaba a mis prendas de cualquier arruga o buscaba en ellas cualquier mancha, por insignificante que fuera, que hasta entonces me hubiera pasado desapercibida. Cuando dieron las once en punto en mi reloj de pulsera, me abstraje de los viandantes, de mi peinado, de mi ropa y me concentré en la esquina

114

por la que iba a aparecer Dora de un momento a otro. Durante los cinco primeros minutos de la undécima hora del día, vi corporeizarse a la muchacha al menos durante una decena de ocasiones; pero, en cuanto me parecía que ella acababa de girar la esquina, su cuerpo –mera ilusión– se evaporaba. Al principio, no me sobrevino la ansiedad, esa dolencia fustigadora y persistente. Me dije a mí mismo que no era extraño que la muchacha se demorase algunos minutos, que había cientos de circunstancias azarosas que podían provocar un pequeño retraso. A las once y veinte comencé ya a sentirme ansioso: todas las muchachas a las que avistaba a gran distancia se parecían a Dora; pero, cuando las enfocaba con los prismáticos, comprobaba, decepcionado, que ninguna de ellas era la adolescente a la que estaba esperando. Cuando mi reloj de pulsera marcó las once y media, la ansiedad se transformó en angustia, pues el sentido común me decía que Dora ya no acudiría a la cita. Este pesimista pensamiento desencadenó un agresivo movimiento centrífugo en mi estómago que me provocó, momentáneamente, náuseas y un ligero mareo. Me impresionó sobremanera esta súbita reacción de mi cuerpo (que siempre hacía acto de presencia en los momentos más traumáticos de mi vida), ya que su aparición significaba, sin lugar a dudas, que aquella cita era para mí más importante de lo que yo creía. Enseguida inventé decenas de motivos por los cuales a la muchacha le iba a resultar imposible acudir a mi domicilio; el más doloroso, el que pronto encabezó la larga fila, me sugería que Dora, en el último momento, había decidido que ya no quería conocerme. Para justificar esta ficticia decisión, me vi obligado a imaginar que, de algún modo, Dora se había enterado de que yo había asistido a una fiesta organizada por muchachas indecentes. Pero pronto liberé mi mente de estos pensamientos absurdos. Recuperada la coherencia, comprendí que, si no venía hoy, Dora acudiría a mi domicilio al día siguiente para darme una explicación. Aun así, mi aflicción fue aumentando; y hubiera alcanzado límites insoportables si, cuando yo ya había decidido permanecer el resto de la mañana acurrucado en el interior de mi cama, Dora no hubiera girado, contra todo pronóstico, la divina esquina mostrándome su magnífica cabellera morena coronada por la elegante cinta amarilla. Recuerdo perfectamente la sensación de euforia que me embargó en ese momento (pues la he sentido pocas veces y, la mayoría de ellas, durante aquellos meses estivales de mi adolescencia que ahora estoy relatando). Me aferré a la barandilla y, expectante, enfoqué a la muchacha con los prismáticos. Me topé con un semblante malhumorado y con una boca que resoplaba. Dora parecía agobiada, como el que se dirige, muerto de sueño, a un monótono trabajo por el que cobra un sueldo irrisorio y en el que, para colmo, la compañía no es grata. Pensé que nadie que había promovido una cita que, por consiguiente, le interesaba, acudía a ésta con un ánimo tan débil y apagado como el que Dora mostraba. Así que, como es lógico, me temí que, bien en su casa, bien a lo largo del trayecto hacia la mía, a la muchacha le hubiese ocurrido algo desagradable. También contemplé la posibilidad de que, debido a su retraso, tanto su rostro como su ánimo estuviesen teñidos de culpabilidad. Ansioso de conocer los verdaderos motivos del decaído aspecto que presentaba la muchacha, me dirigí al interfono, que ya anunciaba, con su pitido estridente, la presencia de Dora en la puerta de mi portal.

«¿Estás listo?», fue lo primero que Dora me dijo. Extrañado –pues yo esperaba que ella comenzara con una disculpa–, le contesté: «Sí, ya bajo». Como la muchacha no articuló palabra, descarté definitivamente que hubiese planeado pasar la mañana en mi casa. Cuando abrí la puerta del portal, Dora me recibió con una sonrisa resplandeciente y unos ojos expresivos de los que irradiaba entusiasmo. Pensé que aquella no podía ser la misma persona que, hacía apenas unos minutos, se había arrastrado hasta la entrada del portal como un alma en pena. Antes de que yo pudiese reaccionar a tan desconcertante contraste, Dora se precipitó sobre mí y me estampó dos delicados besos en las mejillas. Acto seguido, asió mi mano suavemente, estiró de mi brazo y me dijo: «¿Nos vamos?». Yo, todavía aturdido, no me moví de mi sitio. «Estás muy serio. ¿Pasa algo?». «Es que pensaba que ya no vendrías», le contesté, con la intención de que me expusiera los motivos por los cuales se había retrasado; unos motivos que quizá me revelaran, por un lado, el porqué de aquel rostro malhumorado del que yo había sido testigo; y, por otro, el porqué de ese rostro risueño que ahora lo suplantaba. «¿Y eso por qué?», me interrogó Dora, aparentemente

116

extrañada por el hecho de que yo hubiese dudado de su asistencia a la cita. «Habíamos quedado a las once. Y ya son prácticamente las doce», le recordé. «¿A las once? No, imposible, habíamos quedado a las doce. Me acuerdo perfectamente. Además, que no puede ser que te dijera a las once, porque ayer ya sabía que hoy iba a estar ocupada hasta esa hora. Seguramente, no me escuchaste bien desde el balcón». La convincente declaración de Dora me hizo dudar. Entonces mi memoria –que es capaz de retener hasta el último detalle de aquellas imágenes o conversaciones que son para mí de máximo interés– rescató de su saco sin fondo el momento exacto en que Dora, mientras yo la despedía desde el balcón, había retrocedido unos cuantos pasos –porque, como a mí, se le había olvidado concretar un detalle importante– y me había gritado: «¡Quedamos a las once!». Pronunciado por la evocada voz de Dora, el dichoso número resonó varias veces en mis oídos. De todos modos, colegí que la información que me proporcionaba mi memoria no demostraba que la muchacha estuviera equivocada (o, lo que es peor, que mintiera), pues, si era mi percepción la que había errado, el registro de mi memoria tenía que ser obligatoriamente falso. Por tanto, llegué a la conclusión de que la explicación más razonable era la de que yo, desde las alturas, había escuchado una hora distinta de la que realmente había pronunciado la muchacha. Y pensé que, de no ser así, a Dora le habría resultado más cómodo justificar su retraso que urdir una mentira innecesaria. En cuanto al hecho de que ella estuviera, indudablemente, disimulando su malhumor, se me ocurrió que, probablemente, la muchacha no quería que yo la viera decaída y enfurruñada y que, por consiguiente, hurgara en sus problemas. Esto me pareció de lo más sensato, ya que todavía era demasiado pronto para que ninguno de los dos nos hiciéramos confidencias embarazosas. De modo que, dispuesto a no entrometerme en su vida más de lo conveniente, recuperé mi entusiasmo antes de que ella comenzara a sentirse incómoda: «Bueno, qué más da, lo importante es que ya estás aquí. La próxima vez afinaré más el oído». «Qué malentendido más tonto. Puedes estar tranquilo, yo nunca te daría plantón. Mira, dame tu teléfono, por si alguna vez que quedemos me retraso más de la cuenta». Dora extrajo un bolígrafo y una pequeña agenda de un florido bolso que llevaba colgado del hombro. Inmediatamente, le di mi número de teléfono. La muchacha lo apuntó en la agenda y, antes de que yo pudiera pedirle el suyo, me dijo: «Lo siento, yo no puedo darte el mío. Es que mi padre me tiene terminantemente prohibido que vayan chicos a casa o que llamen por teléfono». «¿Y eso por qué?», me interesé yo. «Es muy estricto con esas cosas. Se piensa que todavía soy una niña». «Por muy estricto que sea, no puede prohibirte que te relaciones con chicos. Vamos, eso es intolerable», me indigné. Esta información me llevó a relacionar el malhumor que Dora disimulaba tan bien con una supuesta discusión que hubiera tenido con su padre antes de salir de casa. «Bueno, es un tema complicado. Ahora no tengo ganas de hablar de eso. ¿Nos vamos?». «Como quieras. ¿Tienes algún plan?». «Había pensado en pasar un rato en la playa. ¿Te apetece?». «Sí, claro». «Pero vas a necesitar un bañador». «Lo llevo puesto debajo del pantalón». «Pues vamos, que hoy hace un día estupendo».

De todos los destinos posibles, el de la playa era el que menos me apetecía; en primer lugar, porque, si los amigos de mi primo nos localizaban, podían entretenerse en observarnos o, a lo peor, atreverse a instalar sus toallas junto a las nuestras; y, en segundo lugar, porque la excesiva proximidad del cuerpo semidesnudo de Dora –como había comprobado yo la mañana del sábado– me ponía nervioso y no me dejaba pensar con claridad. Pero, como le había dado el visto bueno a la muchacha, ya no me podía echar atrás. Así que me conciencié de que tendría que enfrentarme de nuevo al aroma subyugador que exhalaba su piel bronceada, a su terso vientre, a su estrecha cintura y a sus estilizadas piernas, largas y luminosas como rascacielos de carne. Yo sabía, además, que en esta ocasión (daba por hecho que nos bañaríamos) vería el cuerpo perfecto de Dora embellecido por el agua del mar, que lubricaría su piel y dejaría sobre ella sabrosos chorretones de salitre. Pronto sabría yo qué tipo de reacción desencadenaría en mi organismo semejante visión.

No fue necesario darle a Dora ningún tipo de explicación para que aceptara que nos aposentásemos doscientos metros más allá de la zona de la playa donde solían apostarse mi primo y sus amigos. En cuanto estuvimos acomodados, ella me preguntó: «¿Cómo te va con tus nuevos amigos?». «Regular. Me temo que no tenemos demasiadas cosas en común. Aunque supongo que me terminaré adaptando a ellos», le contesté. «¿Por qué dices que no tenéis cosas en común? Todos los hombres las tenéis». «Quiero decir que nuestra forma de ser y de pensar es muy diferente». «¿En qué sentido?». «Ellos son demasiado frívolos. Digamos que nuestros principios morales son incompatibles. Y, claro, me resulta muy difícil comunicarme con ellos satisfactoriamente». «¿Sabes que hablas muy bien? Eso es lo que más me llamó la atención de ti el otro día», me aduló Dora. «Muchas gracias. La verdad es que a mucha gente le parezco pedante». «No eres nada pedante, te lo aseguro». «Bueno, pero si alguna vez lo soy, me avisas, ¿vale?». «Vale», sonrió la muchacha. «¿De qué estábamos hablando?», le pregunté, perdido en su preciosa mirada abisal. «De que no te pareces en nada a tus amigos. Oye, ¿me puedes poner un ejemplo práctico? Es que en abstracto…». Aquella era sin duda una petición comprometedora. En lugar de soslayarla, decidí ser sincero con Dora, pues, al fin y al cabo, yo pretendía ganarme su confianza. «Un ejemplo, dices. Bueno, a ver… Digamos que mis amigos y yo tenemos una concepción distinta de cómo debemos relacionarnos con las mujeres». Permanecí unos segundos en silencio. «¿Ese es el ejemplo? Pues me has dejado intrigada. Ahora necesito saber más. Me imagino que habrá pasado algo que te haya hecho pensar eso», indagó, inteligente y curiosa, la muchacha. «Conocimos a unas chicas el sábado por la mañana. ¿Te acuerdas?». En pocos segundos, yo había decidido que, como la carta del señor Luis aún tardaría algunos días en llegar, Dora me haría de confidente. En circunstancias normales, yo jamás le habría revelado mi intimidad a un desconocido, sobre todo si se trataba de una mujer. Pero el modo en que Dora me miraba y me escuchaba me transmitía serenidad y confianza. «¿Las chicas de la playa?», recordó Dora. «Esas mismas. Pues bien, qué te parece si te digo que, aunque apenas las conocemos, algunos de mis amigos ya se han acostado con ellas. ¡Y encima tienen novio!». «¡Qué dices!», exclamó Dora, escandalizada. «Lo que oyes. Ayer fuimos a una fiesta en casa de una de ellas y, si yo te contara…». «¡Qué fuerte! Si es que el mundo está lleno de zorras. Bueno, deduzco que a ti no te gustan ese tipo de chicas». «No, las mujeres indecentes no me van. Eso es precisamente lo que mis amigos no entienden. Porque, verás, había una chica en la fiesta que no dejaba de atosigarme; y, como no se salió con la suya, ahora resulta que mi hombría está en entredicho. ¿No te parece ridículo? Para mis amigos no hay ningún motivo por el cual se deba renunciar a un buen polvo. Dime, ¿qué manera de pensar es esa?». «Te entiendo», se limitó a decir Dora, posiblemente abrumada por mi discurso. «Pues a cosas como esa me refería cuando te decía que mis amigos y yo somos muy diferentes. De todos modos, voy a hacer un esfuerzo por adaptarme a ellos, aunque, por supuesto, no voy a practicar, por mucho que me presionen, ese libertinaje que tanto defienden». «Di que sí. No les hagas caso. Aquí cada uno es libre de pensar como quiera y de hacer lo que quiera», me animó Dora. «Vaya, por fin encuentro a alguien que me comprende. Es un alivio». «Y yo me alegro de no haberme equivocado contigo. Me alegro de que no seas un buitre como tus amigos. Aunque quizá estés interpretando el papel de buen chico para engatusarme». «Te aseguro que no estoy interpretando ningún papel», le respondí, severo. «¿No te habrás enfadado? Estaba bromeando, hombre. Ya se ve que eres un tío legal», me tranquilizó la muchacha. «Y tú, ¿eres una tía legal?», le pregunté. Dora tardó más de lo normal en responder: «Yo creo que sí». «No lo dices muy convencida». «Claro que sí. Soy una buena chica. Lo que pasa es que últimamente he pasado por una mala racha y no me he portado muy bien». «¿Has sido una chica mala? A ver, cuéntame con quién te has portado mal y por qué. Si quieres, claro. Tampoco pretendo meterme donde no me llaman». «No me importa contártelo. Además, tú me has contado cosas de ti. Bueno, a ver por dónde empiezo. Es que es muy largo y muy complicado». «No hace falta que me cuentes todos los detalles. Hazme un resumen». Nuestra conversación era tan absorbente, que hacía ya algunos minutos que el cuerpo de Dora había dejado de llamar mi atención. «Lo intentaré». La muchacha se quedó pensativa. «Vale, ya lo tengo. Resulta que yo he sido siempre muy buena estudiante y una chica muy modosita. Pero el verano pasado conocí a un chico y me enamoré de él. Y me enamoré tanto, que hice todo lo que él me pedía: comencé a faltar a clase, a estar más pendiente de la juerga que de los estudios, a mentirles a mis padres, a mis amigos de siempre…; vamos, un desastre. El resultado ha sido que me han quedado seis asignaturas pendientes. Así que voy a tener que repetir curso. Y encima mis padres prácticamente no me dejan salir a la calle; solo algunos días por la mañana. ¿Comprendes ahora por qué no te podía dar mi número de teléfono?». Asentí con la cabeza. «¿Y qué ha sido del chico?», me interesé. «No quiero ni verlo. El cabrón estaba con varias chicas a la vez. ¿Te lo puedes creer? He perdido un año de mi vida por culpa de un tío que me estaba engañando. Si te cuento todo esto es porque estoy muy arrepentida y no quiero engañar a nadie más. Ya he perdido a casi todos mis amigos por culpa de las mentiras», me confesó la cándida e irresistible muchacha. Sentí entonces un placer espiritual inconmensurable. Por lo visto, había encontrado un alma tan desamparada como la mía. En ese instante pensé que, si yo me afanaba en restañar las heridas de Dora, ella terminaría restañando las mías.

III

viernes 14 de julio

He de confesarle que, desde que le escribí la última carta, en varias ocasiones me he visto tentado de incumplir mi promesa de no llamarlo por teléfono. Pero, como sé que solo debo llamarlo en caso de extrema urgencia, me he visto obligado a reprimir mis impulsos de comunicarme con usted por la vía rápida, ya que, si hubiera hecho lo contrario, usted se habría enfadado conmigo en cuanto yo le hubiese expuesto los motivos por los cuales le había obligado a utilizar un aparato que tanto detesta. También he llegado a barajar la posibilidad de enviarle esta carta antes de recibir la suya; pero la desestimé, pues esa opción habría entorpecido nuestra comunicación. Así que se podrá imaginar la necesidad que tenía de hablar con usted. Pero no se preocupe: no me ha pasado nada grave (en ese caso, una llamada telefónica habría sido legítima). Sin embargo, sí han tenido lugar acontecimientos que no me dejan conciliar el sueño, que me han arrojado a un mar de dudas y confusos espejismos en el que no encuentro asidero alguno. Y, a pesar de la confianza que tengo con mis padres, no se trata de algo que pueda contarles a ellos, pues se alarmarían demasiado; de hecho, se preocuparían tanto, que hasta podría darse el caso de que consideraran que necesito acudir a un sicólogo, lo que, ciertamente, no me vendría nada mal (¿qué persona de este mundo no necesita recibir la atención de un experto en el comportamiento humano que le proporcione un punto de vista objetivo sobre sus devaneos existenciales?). Pero es mejor que mis progenitores sigan pensando que mi inteligencia me convierte en una perso-

na autosuficiente. Respecto a esto, ¿sabe, señor Luis, que durante estos últimos días me he dado cuenta de que no lo soy? Ese es uno de los motivos por los que estoy tan asustado. Por una vez, mi inteligencia, en lugar de iluminar los rincones sombríos de mi alma, ha tejido una embrollada tela de araña que me impide acceder a ellos. Pocas veces he experimentado una impotencia semejante. Así pues, necesito que su sabiduría me haga de guía por este tortuoso y accidentado camino que estoy recorriendo un tanto a ciegas. (Por cierto, me he asegurado de que los empleados de Correos le hagan llegar esta carta antes de lo que usted espera. Así que le ruego que haga lo mismo con su contestación).

Después de esta introducción, no sé muy bien por dónde comenzar a exponerle mis preocupaciones. Se trata de una tarea compleja, dado que éstas tienen muchas ramificaciones y, además, están ligadas a hechos que, por razones de espacio y tiempo, no puedo relatarle detalladamente por escrito (¡con lo importantes que son los detalles para que usted pueda formarse una idea exacta de lo que ha ocurrido!). De modo que lo que voy a hacer es reducir los hechos a su esencia y, a continuación, exponerle los conflictos que me han originado. Para ello, creo que lo más coherente es seguir un orden de prioridades.

Comenzaré, por tanto, hablándole de la sibilina Eva que me ha tentado con su suculenta manzana. Me refiero a Alba, una de las integrantes del grupo de muchachas con las que los amigos de mi primo flirtearon en la playa (¿las recuerda? Se las mencioné superficialmente en mi anterior carta). El mismo día en que estas muchachas acudieron a la cita que Roberto había concertado con ellas (en su momento no le aclaré que fue él el que tuvo el valor de acercarse a su campamento y el que consiguió seducirlas), Alba nos propuso que organizáramos una fiesta en el apartamento que habían alquilado sus padres, del que éstos, debido a un compromiso de última hora, estarían ausentes durante varios días. ¿A que le sorprende que la muchacha invitara a unos desconocidos a su apartamento? Pues no le sorprendería lo más mínimo si usted hubiera sido testigo del indecoroso comportamiento que tanto ella como sus amigas exhibieron durante toda la mañana: se nos insinuaron de todas las maneras posibles y, para colmo, reconocieron, sin ningún tipo de escrúpulo, que tenían novio; además, nos informaron tácitamente de que, si atentaban contra la fidelidad que les debían a sus novios, no iban a tener remordimientos de conciencia. No será necesario que le diga que, en cuanto yo conocí el talante de estas muchachas, dejé de interesarme por ellas. No obstante, aunque le cueste creerlo, acudí a aquella fiesta. Lo hice, por un lado, porque no quería despertar suspicacias entre los amigos de mi primo (además, ya sabe que no soy partidario de urdir mentiras); y, por otro, porque, impelido por la curiosidad, quería ver con mis propios ojos hasta dónde eran capaces de llegar las muchachas (pues mis amigos me habrían contado sin duda una versión distorsionada de los hechos). En resumidas cuentas, si yo hubiera repudiado a aquellas muchachas y hubiera declinado su invitación, habría vulnerado mi propósito de adaptarme al comportamiento y a las costumbres del adolescente prototípico (le hablo de adaptarme a ellas, no de adoptarlas); es decir, me habría boicoteado a mí mismo (tal vez haya sido yo el único culpable de los males de los que he estado aquejado hasta ahora). Pero me temo, señor Luis, que estos motivos que le he señalado son solo secundarios. Aunque durante estos últimos días me he resistido a reconocerlo, finalmente he llegado a la conclusión de que la principal motivación que me condujo hasta aquella fiesta está estrechamente relacionada con la atracción sexual que, derrumbando –sin estruendo alguno– sólidos pilares en mi interior, despertaron en mí aquellas morbosas y licenciosas adolescentes. Sí, señor Luis, creo que, en el fondo, yo fui a aquella fiesta en busca de lo mismo que buscaban mis compañeros. ¿Comienza a comprender ya por qué me siento tan mal y, en definitiva, por qué necesito su opinión?

Bueno, antes de adentrarme en el conflicto en sí, permítame que le explique lo que ocurrió en la fiesta: Alba no cesó de provocarme sexualmente durante toda la noche. Y su acoso casi consiguió arrancarme un húmedo beso; pero logré resistirme. Después de varios rituales de seducción, las muchachas destaparon sus cartas: se recluyeron con algunos de mis amigos en las habitaciones para jugar a los médicos. Alba logró llevarme a la de sus padres con malas artes. Allí me ofrendó su cuerpo para que yo hiciese con él lo que me apeteciera. Se desencadenó entonces en mi interior una

124

cruenta batalla entre mi razón y mi instinto. Y, a pesar de que huí de aquel apartamento sin probar el néctar de Alba, mucho me temo que el vencedor de la contienda fue mi rastrero instinto.

Se estará preguntando que, si yo fui capaz de rechazar a la muchacha, por qué motivo estimo que mi razón no se sobrepuso a mi instinto. Señor Luis, voy a serle sincero, aun a riesgo de decepcionarlo: yo deseaba con una intensidad desmedida hacer el amor con Alba. Tanto es así que, después de la fiesta, desvelado en mi lecho, se precipitó en mi mente una caudalosa y atronadora cascada de imágenes en las que yo ensalivaba, besaba, palpaba y penetraba el cuerpo de la muchacha; imágenes en las que me regodeaba y que me excitaban sobremanera. ¿Se da cuenta de la magnitud de la tragedia? ¿Cómo es posible que deseara acostarme con una muchacha a la que realmente detesto? Eso es lo relevante, que deseara hacerlo; poco importa, pues, que no lo hiciera. Yo, interiormente, le recriminaba a Alba su comportamiento por considerarlo inmoral; y, sin embargo, estaba deseando comportarme como ella y entregarle mi virginidad. ¿Sabe lo que eso significa? Pues que quizá todos esos principios morales de los que estoy tan orgulloso no son más que una máscara tras la que se esconde una persona que no es mejor que aquellas a las que critica y censura. Me he sentido sucio e hipócrita, señor Luis. Tal vez yo no sea tan egregio, tan excepcional como todo el mundo piensa. Tal vez solo soy un reprimido que le tiene miedo al sexo y que, para ocultárselo a sí mismo, se escuda en una sarta de principios morales en los que no cree. Tal vez sea Alba el tipo de mujer que realmente me atrae, y no el tipo al que Dora representa (de esta última le hablaré más adelante). De todos modos, quiero que conste que no creo que ninguna de estas posibilidades sea cierta. Pero, ¿cómo puedo estar completamente seguro de que no me engaño a mí mismo? Porque, en efecto, yo escapé de aquel apartamento sin probar el ominoso manjar que se me ofrecía; pero, señor Luis, ¡esa misma noche, tras aceleradas divagaciones, descubrí, aterrado, que me arrepentía de no haberlo hecho! No obstante, en cuanto desperté aquel arrepentimiento se había esfumado. Poco a poco, he comenzado a sentirme bien conmigo mismo. Pero, de cuando en cuando, rememoro aquel aciago episodio y, entonces, vuelvo a caer en la trampa de *las dudas y las preguntas sin respuesta. Qué opina, señor Luis, ¿no es para estar preocupado?*

Relacionada con todo esto, está mi segunda preocupación: ¿Cree usted que mi primo y sus amigos son buenas compañías para mí? ¿Cree que pueden aportarme algo positivo? Se lo pregunto porque no estoy seguro de que así sea. Me temo que la distancia que nos separa resulta insalvable. Ellos son adolescentes díscolos. Yo, en cambio, soy –para bien o para mal– una persona recta y madura que tiene una visión del mundo más adulta y conservadora que la de ellos. ¿Que en qué me baso para hacer esta rotunda afirmación? A los hechos que le he relatado me remito, señor Luis. Ellos no pueden concebir que yo desestimara a Alba simplemente porque me parece una persona inmoral. Y es que ellos no entienden de moralidad. El sexo y la diversión son los únicos principios que rigen sus actos. ¿Cómo voy entonces a integrarme en su grupo? Tarde o temprano se van a dar cuenta de que soy un elemento discordante que debe ser expulsado. Porque, después de pensar mucho en ello, he decidido que no voy a fingir ser algo que no soy, ya que, en ese caso, la soledad y la impotencia, más letales que nunca, me irían devorando por dentro. Además, ¿quién me dice que, si me visto de impostor y sigo saliendo frecuentemente con mi primo y sus amigos, con el paso del tiempo, apenas sin advertir la progresiva transformación, no voy a convertirme en uno de ellos? ¿Y si, como les ocurre a muchos actores, llega un momento en que soy incapaz de disociar mi verdadera personalidad de la del personaje al que represento? ¿Y si no consigo soportar esta alienación y me dejo vencer y, sin darme cuenta, comienzo a comportarme de un modo del que ahora me escandalizaría? Pero, si me separo de mi primo y sus amigos, ¿qué voy a hacer, señor Luis? ¿Es que estoy condenado a estar solo de por vida? ¿Acaso voy a encontrar en este lugar un grupo de personas de mi edad que se parezcan a mí? Lo dudo. Así que no me atrevo a tomar una decisión en un sentido u otro. A veces pienso que esta vida que llevo es miserable, que, por culpa del empeño que pongo en racionalizarlo todo, me estoy perdiendo cosas verdaderamente hermosas. ¿Por qué no debería dejarme llevar, de vez en cuando, por mis instintos? ¿Qué tendría de malo convertirme en un adolescente normal? Quizá sea esa la única forma de obtener la felicidad.

Como ve, señor Luis, mi exposición está repleta de contradicciones; contradicciones que no son sino producto de la nebulosa que colapsa mi mente. Ahora bien, creo haber avistado un brillante faro entre esa neblina. Su nombre es Dora. La bella muchacha de la cinta amarilla ha entrado de lleno en mi vida. Y, lo que es mejor, lo ha hecho por voluntad propia; en otras palabras, no ha sido el azar el que ha unido nuestras trayectorias vitales, pues fue ella la que se pasó por la pescadería de mis padres para pedirles la dirección de nuestro domicilio. (¿Sorprendido? No es para menos). Pues bien, desde entonces la muchacha y yo hemos quedado en varias ocasiones.

Estas citas con Dora, siempre matutinas, me han servido de justificación para no reunirme con mi primo y sus amigos. Pero no voy a conseguir evitarlos por mucho tiempo, ya que están ansiosos por saber de qué modo está prosperando mi relación con una muchacha a la que ellos consideran inalcanzable. De hecho, me he visto obligado a suministrarle algunos datos a mi primo, que no se cansa de llamarme por teléfono. En fin, tendré que decidir pronto si voy a seguir reuniéndome o no con mis nuevos amigos. Pero no se le ocurra pensar que voy a tomar una decisión en función de cómo me vaya con Dora; no, mis dudas sobre si debo prolongar por más tiempo mi amistad con mi primo y sus amigos no han sido motivadas por la súbita irrupción de la muchacha en mi vida (los verdaderos motivos ya han sido expuestos). Ahora bien, en el caso de que finalmente decida soslayar la compañía de mis nuevos amigos, no me cabe duda de que Dora (a menos que me haya equivocado al valorarla como persona; como mujer es, indubitablemente, una auténtica ambrosía) me va a rescatar de la soledad a la que tanto temo. Pero soy consciente de que la realidad no es siempre como la perciben nuestros sentidos y, por consiguiente, de que Dora puede decepcionarme en cualquier momento (ya sabe que hay precedentes al respecto). Sin embargo, por ahora no lo ha hecho, si bien he de reconocer que, en nuestra primera cita, descubrí que la Dora real no encaja bien en el molde que yo le había fabricado. Esto se debe a que las cualidades que mi intuición ha percibido en ella entran en contradicción con los datos más recientes de su biografía: hace un año, la muchacha cometió el error de enamorarse de la persona equivocada (quizá no sea apropiado hablar de error, sino de fatalidad). Esta persona apartó a la muchacha del buen camino y, mientras la mantenía engañada (al parecer, Dora no era la única con la que esa persona mantenía una relación sentimental), le contagió hábitos nocivos que la llevaron a descuidar en exceso su formación académica, a alejarse de sus amigos y, cómo no, a enfrentarse a sus padres. Afortunadamente, ella ya ha dejado a esa persona deleznable. Ahora, convaleciente, está tratando de rehacer lo que ha deshecho durante tantos meses de existencia errante y descontrolada. Evidentemente, no le va a resultar fácil, ya que son graves las consecuencias que se han derivado de sus actos imprudentes: sus padres –que han adoptado una actitud extremadamente recelosa– la tienen sometida a un estricto control, muchos de sus amigos se resisten a tenderle de nuevo la mano y, para colmo, le han quedado seis asignaturas pendientes, circunstancia esta que, a menos que ocurra un milagro (aunque es posible que ya haya ocurrido), va a obligar a Dora a repetir curso.

Como puede apreciar, señor Luis, Dora no es la chica modélica que yo había imaginado. Pero, hace algo más de un año, lo era. Y eso, al fin y al cabo, es lo importante, ¿no? Ella se vio arrastrada por la fuerza indomeñable del amor –que nos convierte en personas débiles, dóciles y maleables– y, encima, tuvo la mala suerte de que el destinatario de dicho amor fuese uno de esos chicos que merecen el calificativo de calaveras (seguramente, Dora se enamoró de él porque intuía que era todo lo contrario a un sinvergüenza; pero, cuando comenzó a darse cuenta de su error, ya estaba atrapada en la absorbente espiral del amor, que, sin que ella pudiera resistirse, la mantenía subordinada a su novio). Por tanto, creo que la muchacha no se merece que yo la juzgue por lo que ha hecho en este último año, sobre todo porque ha demostrado un firme propósito de enmienda. Además, el hecho de que se haya sincerado conmigo desde el primer momento, a pesar de que no estaba obligada a hacerlo, dice mucho a su favor. Por eso mi ilusión permanece intacta, porque es obvio que, después de un año aciago, Dora sigue conservando las cualidades de la persona educada y disci-

128

plinada que me ha dicho que era (tengo razones suficientes para creerla). Supongo, señor Luis, que terminaré convenciéndolo si le digo que, afortunadamente, la muchacha no fuma. Cuando se lo pregunté, Dora se quedó pensativa durante algunos segundos y, finalmente, me dijo que no. De su titubeo deduje que el de fumar era uno de los hábitos nocivos que le había contagiado su antiguo novio. Efectivamente, cuando yo se lo insinué, ella me lo confirmó. A continuación, me aseguró que ya no fumaba y que nunca más volvería a ponerse un cigarrillo entre los labios.

Todo esto, sumado a su apoteósica belleza, despertó en mí la necesidad de ayudar a la muchacha. ¿Que cómo puedo yo ayudarla? Pues, en primer lugar, ofreciéndole una amistad incondicional. Y, en segundo lugar, comprometiéndome a impartirle clases durante el verano de forma gratuita y desinteresada (bueno, he de reconocer que, si yo no me hubiera sentido irremisiblemente atraído por ella, tal vez no habría tomado esta decisión, o al menos no lo habría hecho con tanta determinación y tanto entusiasmo. En cualquier caso, le aseguro que no espero obtener nada a cambio. Me conformo con la oportunidad que me brindan las clases de conocer a fondo a la muchacha).

Cuando este lunes le propuse a Dora lo de las clases, ella pensó que le estaba tomando el pelo. Así que me vi obligado a decirle que yo iba un par de cursos adelantado y que, en octubre, empezaría a estudiar en la universidad. Así pues, Dora pronto se convenció de que realmente estaba preparado para hacer de su profesor. Pero, como era de esperar, ella me dijo que no podía consentir que yo invirtiera buena parte de mi tiempo libre en ayudarla y que, además, después de haber estado estudiando todos los días desde principios del mes de junio, se había dado cuenta de que no iba a poder aprobar, de las seis asignaturas que había suspendido, las cinco que necesitaba para pasar de curso. A pesar de todo, no me costó convencer a la muchacha de que, si yo la ayudaba y ella no desfallecía, tendría muchas posibilidades de aprobar el curso y, por tanto, de recuperar instantáneamente la confianza de sus padres. De manera que, tras una larga conversación que giró en torno a mi itinerario académico (me habría gustado no entrar en detalles sobre esta faceta de mi vida, pero no pude eludir las muchas preguntas que me formuló Dora al respecto), decidimos que yo la ayudaría con las asignaturas que le resultaban más difíciles, esto es: la física, la química y las matemáticas; decidimos, asimismo, que de las asignaturas de letras se encargaría ella. Dora me lo agradeció con un abrazo húmedo (estaba en biquini e impregnada de sudor) que se me hizo deleitosamente eterno (aún hoy, tengo la sensación de que su piel no se ha separado de la mía).

Supongo, señor Luis, que querrá saber si han comenzado ya las clases; pues sí, empezaron el miércoles. Ese día Dora llegó a mi casa a las diez con sus libros y unos apuntes caóticos e incompletos que le había prestado una amiga. Invertimos tres cuartos de hora en el estudio de cada una de las asignaturas. Durante los descansos, la muchacha se dedicó a curiosear por mi habitación (habíamos instalado el centro de estudio en mi escritorio) y a hacerme todo tipo de preguntas —la mayoría de ellas acertadas y pertinentes— acerca de los objetos que llamaban su atención: algunos de mis libros, mis tableros de ajedrez, mi colección de consolas y videojuegos o los trofeos que gané en los certámenes escolares de debate y de literatura; preguntas que yo, deseoso de darme a conocer, respondí con agrado. De modo que Dora ya debe de tener una idea aproximada de quién soy y de cómo soy. Espero que ésta la satisfaga tanto como ella me ha satisfecho a mí. Y es que he podido comprobar que la muchacha, además de bella, es una persona sensible, disciplinada e inteligente. Entiende todo lo que le explico a la primera y ni olvida lo que ya ha aprendido ni incurre en el mismo error en más de una ocasión. Esto nos ha permitido avanzar en el temario mucho más rápido de lo que yo había previsto. Así pues, no me cabe la más mínima duda de que, a principios de septiembre, Dora estará preparada para, como mínimo, aprobar las tres asignaturas de ciencias que le estoy impartiendo.

Podría proporcionarle muchos detalles sobre los tres días de clase que llevamos ya, pero la verdad es que la redacción de esta carta me está dejando exhausto. Lo último que le diré sobre Dora es que, si estoy escribiendo esta carta a esta hora del día, es porque no puedo ver a la muchacha por las tardes: sus padres, que solo le permitían salir algunos días por la mañana, al cerciorarse de que su hija iba a ir a estudiar a casa de una de sus antiguas amigas, han accedido a que salga todas las mañanas. Sí, señor Luis, a mí tampoco me gusta que Dora les haya mentido a sus padres y que, además, haya involucrado en esa mentira a una de sus amigas; pero, por lo visto, esa era la única manera que había de que ella pudiera acudir diariamente a mi casa, pues sus padres le tienen prohibido que, por el momento, se relacione con chicos (me imagino que pretenden evitar que vuelva a enamorarse). Y estará de acuerdo conmigo en que lo más importante es que la muchacha apruebe los exámenes. Por tanto la mentira, en este caso, está justificada. Y, según me ha asegurado Dora, no hay riesgo de que sus padres descubran este pequeño e inofensivo engaño, puesto que éstos, que han hablado personalmente con su amiga, confían totalmente en ella –dado que la consideran una chica prudente y responsable–, por lo que no le han pedido su teléfono para comprobar si su hija, efectivamente, iba a estudiar a su casa; además, los padres de Dora no conocen a los de su amiga. De manera que no tienen por qué enterarse de que su hija les ha mentido. Como ya le he dicho de forma indirecta anteriormente, por las tardes Dora permanece confinada en su casa, excepto los días en que tiene que acudir a la consulta del sicólogo. Es una lástima, ¿verdad? Bueno, me conformo con verla por las mañanas, aunque no sea en biquini.

En fin, señor Luis, mis fuerzas ya se han agotado. Siento no dar respuesta a algunos comentarios interesantes que me hace en su carta; siento, del mismo modo, no satisfacer su petición de que le explique detalladamente mi progresión como pescador de doradas. Pero no se preocupe: lo haré la próxima vez que le escriba. Como anticipo, le diré que ya he capturado mi primera dorada. ¡Ah, se me olvidaba! Me complace comunicarle que he comenzado a leer a Proust. Me topé con los tres primeros volúmenes de 'En busca del tiempo perdido' por casualidad y me decidí a comprarlos. Esta inmensa novela es tan maravillosa como usted me había asegurado. Ahora me arrepiento de no haber leído a Proust mucho antes, cuando usted me lo recomendó. Bueno, hasta muy pronto. Y no se olvide de responderme urgentemente.

Segunda parte

6

Desde que se iniciaran las clases, los días laborables, cuando me acostaba por la noche, era Dora –un hada hermosa y minúscula que se colaba en alguno de mis oídos– la que me susurraba dulces palabras que me anegaban en un sueño breve, intenso y reconfortante plagado de imágenes exquisitas. Cuando la mañana se escurría por los intersticios de la persiana de mi habitación era Dora, asimismo, la que, en sueños, tras acariciarme el rostro feliz con sus manos volátiles y acogedoras, me abría los ojos con suma delicadeza y dejaba caer sobre mi frente un fogoso aliento que lograba despertarme.

En cuanto abría los ojos, me alegraba de haber abandonado los sueños en los que la réplica gaseosa de la muchacha de la cinta amarilla me agasajaba porque sabía que, transcurridas un par de horas, la Dora real penetraría, pertrechada con sus libros, en aquella habitación silenciosa en la que yo me encontraba. De hecho, aquel momento en el que, recuperada la consciencia, me imaginaba cómo iba a ser mi nuevo encuentro con la muchacha resultaba mucho más satisfactorio que el momento en que la veía aparecer e, incluso, que los momentos que compartía con ella a lo largo de la mañana. Esto era así porque, cuando yo estaba sentado en mi escritorio al lado de Dora, viendo mi rostro reflejado en sus pupilas de cuando en cuando, explicándole cómo debía resolver una integral especialmente complicada o, simplemente, hablando con ella de cualquier tema en uno de los descansos, no era consciente del placer que estaba experimentando, pues no podía detener el tiempo y recrearme en la contemplación de la belleza de la adolescente ni en analizar algo interesante que ella me hubiera dicho ni en tratar de desentrañar el significado tácito de algún movimiento que hubiera hecho o de alguna mirada que me hubiera dirigido. Esto, en cambio, sí que podía hacerlo a lo largo del día, cuando Dora ya no estaba presente: durante las horas posteriores a su partida, recurriendo a la memoria; y, durante las dos horas previas a su llegada, construyendo con mi imaginación, a partir de elementos que ya conocía, un modelo hipotético de nuestro próximo e inminente encuentro. De manera que era en los momentos en los que Dora no estaba a mi lado cuando yo disfrutaba más de ella. No obstante, en las mismas circunstancias, esa felicidad plena, ese gozo inconmensurable habría sido sustituido por la más lacerante de las angustias –como había ocurrido cuando Dora no era sino una sombra agazapada en algún recodo del pueblo– si yo no hubiera tenido la seguridad de que la muchacha acudiría a mi casa día tras día. Y es que, cuando no has conseguido un objeto que deseas intensamente, el periodo de tiempo que permaneces apartado de él se hace insufrible; por el contrario, cuando obtienes un objeto que anhelabas, los momentos en los que éste no está presente a tu lado físicamente son extraordinariamente deleitosos. Esto último era, precisamente, lo que a mí me ocurría: el tiempo que pasaba con Dora me servía de estímulo para alimentar las horas –las verdaderamente importantes, las que me hacían pensar que la vida merecía la pena– que faltaban para que se produjese nuestro próximo encuentro.

Así pues, mientras abandonaba mi lecho para asearme y dedicarme a adecentar tanto mi habitación como el resto de la casa, iba tejiendo las hebras que, a mi juicio, iban a constituir mi cita de aquella mañana con Dora. Lo cierto es que yo no tenía la costumbre de colaborar en las tareas de la casa, pues, cuando vivía en la ciudad, era mi madre la que –liberada de cualquier otro tipo de trabajo– ejercía de ama de casa durante las quince horas que solía permanecer despierta. Así que, en mi recién estrenada etapa en el pueblo, a pesar de que mi progenitora ya no disponía del mismo tiempo que antes porque tenía que atender la pescadería, yo, malacostumbrado, tampoco le prestaba la ayuda que ella sin duda se merecía. Sin embargo, desde que comenzaran las clases con Dora en mi habitación, me afanaba en que todos y cada uno de los rincones de mi domicilio –que, por razones obvias, se encontraban algo descuidados– estuviesen impolutos para que, cuando la muchacha llegase, se maravillara de lo limpia, pulcra y ordenada que era mi familia; yo deseaba, en definitiva, causarle la mejor impresión posible a mi alumna. Para lograrlo, comenzaba ordenando mi habitación, el lugar donde pasaba más tiempo con Dora y al que ésta, por tanto, sometía a un escrutinio más cuidadoso: en primer lugar, me concentraba en la complicada labor de hacerme la cama; y digo complicada porque, hasta entonces, me limitaba a cubrir el lecho –que no era plegable– con la sábana, consciente de que mi madre, en cuanto regresase de la pescadería, se encargaría de meterla por debajo del colchón, de hacerle un perfecto dobladillo a la altura de la almohada y de liberarla de todas las arrugas que la afeaban; por descontado, mis torpes manos tenían que invertir mucho tiempo y esfuerzo para lograr acercarse al resultado casi perfecto que conseguían las de mi madre. En segundo lugar, despejaba la superficie de mi escritorio, que solía ser un batiburrillo de hojas desparramadas (algunas convertidas en arrugadas bolas desiguales), libros abiertos, bolígrafos, revistas, piezas de alguna maqueta que estuviera montando y pequeños tableros de ajedrez magnéticos en los que ensayaba, a partir de la posición en que se encontraran las piezas en el tablero principal, múltiples jugadas que pudieran proporcionarme la victoria en la reñida contienda que mantenía con mi padre. Todos estos objetos –a excepción de los tableros de ajedrez, que iban a parar a una estantería– los depositaba en una pequeña caja de cartón que escondía debajo de la cama; objetos que, cuando Dora se marchaba, volvían a ocupar la superficie de mi escritorio (aunque yo estuviera ocupado en algo que me mantuviera alejado de éste, aunque no estuviera en casa, me gustaba que mi escritorio estuviese repleto de todo tipo de elementos que delatasen mi hiperactividad intelectual). Acto seguido, si no detectaba ninguna mancha ostensible en el suelo o en el mobiliario que hubiera que limpiar, me despojaba del pijama de verano y, en lugar de lanzarlo sobre la cama como solía hacer antes de que Dora me encandilase, lo doblaba cuidadosamente y lo introducía en uno de los cajones inferiores de mi armario. Sin dilación, iba hasta el lavadero, encendía y regulaba el calentador del agua y, acto seguido, me desplazaba al cuarto de baño, donde me daba una ducha que me arrancaba el sudor reseco que se había atrincherado en mi piel durante la calurosa noche (he de reconocer que, hasta entonces, yo no tenía la costumbre de ducharme tan temprano; solía hacerlo después de cenar); y, si me hacía falta, también me afeitaba. Después de la reconfortante ducha –durante la cual, mientras el agua tibia caía sobre mi cuerpo, me asaltaban imágenes eróticas de Dora cuya contemplación rechazaba en cuanto se me aparecían–, regresaba a mi cuarto para vestirme con la ropa que mi madre me había planchado la noche anterior (aunque mi repertorio era escaso, procuraba no repetir la misma combinación de jersey y pantalón dos días seguidos). A continuación, volvía al aseo para peinarme y embadurnarme con una colonia suave y agradable que no solía usar en ninguna otra circunstancia (pero la presencia de Dora a escasos centímetros de mi cuerpo la requería). Seguidamente, enjugaba los azulejos húmedos del baño con un trapo seco y eliminaba cualquier resto de orina que hubiese sobre la superficie de la taza del váter (pues, dado que resultaba previsible que la muchacha tuviese la necesidad de acudir al aseo en alguna ocasión a lo largo de las tres horas que duraba la clase, yo tenía que asegurarme de que se la encontraría inmaculada). Finalizada esta tarea, me trasladaba a la cocina para comprobar si quedaban, en el fregadero, platos, vasos y cubiertos por limpiar (mi madre, a la que se le acumulaba el trabajo, no siempre había tenido tiempo de fregarlos el día anterior); en caso afirmativo, me enfundaba los guantes de goma de mi progenitora –que me iban algo pequeños–, destapaba el bote del lavavajillas, agarraba el estropajo y, en pocos minutos, formaba una montaña de impolutos cacharros en el escurridero. Antes de abandonar la cocina, tiraba a la basura los restos de comida, las servilletas usadas o los envases vacíos de productos que hubiera desperdigados sobre la superficie del falso mármol (restos, todos ellos, del desayuno de mis padres que mi madre no había tenido tiempo de recoger); y si, entre estos restos, me encontraba el azucarero o el recipiente del café (en fin, descuidos de mi padre), los devolvía al lugar que les correspondía en el armario que hacía de despensa. Mi meticulosa tarea de limpieza finalizaba en el salón: guardaba los periódicos deportivos que mi padre había dejado tirados sobre el sofá, recluía en la habitación de mis padres los monto-

138

nes de ropa limpia que mi madre acostumbraba a depositar sobre algunas sillas y, por último, vaciaba los ceniceros y los escondía (a mi pesar, mi padre era un fumador empedernido que, paradójicamente, nunca se aplicó a sí mismo el consejo que siempre me había dado de que no me acercara al tabaco) para que Dora no pudiera verlos y, de esta forma, no se acordase de aquellas miles de sustancias a las que había permanecido sometida durante muchos meses y, por asociación de ideas, tampoco lo hiciera de su ex novio, que había sido para ella tan nocivo como lo es el tabaco para cualquier persona. Tras esto, cerraba las puertas de todas las habitaciones que no había limpiado y ordenado, seguro de que, como se trataba de estancias secundarias, Dora no tendría la necesidad de adentrarse en ellas. Cuando ya me parecía que todo estaba preparado para recibir a mi aplicada y adorable alumna, me sentaba a la mesa de la cocina a degustar el desayuno. Mientras tanto, mi imaginación seguía especulando sobre mi próxima cita con Dora.

Cuando el reloj digital del horno de la cocina me indicaba que solo faltaban diez minutos para que mi alumna llegase, el nerviosismo hacía acto de presencia en mi estómago como un tumultuoso batallón de hormigas. Acometido por pertinaces temblores (a pesar del paso de los días, la costumbre no los disipaba), recogía los restos del desayuno y los tiraba a la basura. Acto seguido, temeroso de que la muchacha hubiese alcanzado ya la puerta de mi portal (un temor infundado, pues Dora siempre se retrasaba algunos minutos), iba corriendo hasta el balcón –equipado con mis prismáticos– como si me persiguieran las voraces llamas de un incendio que hubiese surgido repentinamente de la nada.

Afianzado a la barandilla, tras echar una rápida ojeada al pavimento para comprobar que mi alumna aún no había llegado, inhalaba la brisa marina que, aunque me llegaba un tanto debilitada, oxigenaba mis pulmones y, gracias a sus propiedades balsámicas, lograba paralizar al batallón de hormigas que se agitaba en mi estómago. Como el día de nuestra primera cita, cuando todavía no se habían iniciado las clases, yo, desde mi deífica posición, pretendía sorprender en el rostro de Dora cualquier gesto que me delatase su verdadero estado de ánimo. Y no había ni un solo día en que el gesto que el semblante de la muchacha exhibía –severo y malhumorado– mientras se acercaba a mi portal no contrastase con el que me mostraba a mí –risueño y resplandeciente– cuando yo le abría la puerta de mi casa. Dora, en efecto, fingía ante mí un estado de ánimo que distaba mucho del verdadero. Intrigado, me decía a mí mismo que, probablemente, ella lo hacía para no preocuparme, para que yo no indagara en sus preocupaciones; pensaba, en resumidas cuentas, que quizá la forma de recompensarme por lo que estaba haciendo por ella que la muchacha había elegido era la de entregarme a una Dora alegre, divertida y encantadora. Pero ella no sabía que yo invadía su intimidad desde mi atalaya y que, por tanto, con el paso de los días se iba agravando mi preocupación e incrementando mi curiosidad. Tanto es así que, incapaz de soportar por más tiempo la incertidumbre, un día (creo que fue a mediados de agosto) yo le había dicho a Dora que la había visto llegar desde mi balcón y que me había parecido que la expresión de su cara fluctuaba entre el enfado y la tristeza (por descontado, no le había revelado que tenía la costumbre de espiarla desde el balcón), a lo que ella, imperturbable, me había contestado que no, que estaba en perfectas condiciones, que irradiaba felicidad por todos los poros de su piel porque la vida le estaba dando una segunda oportunidad y porque ahora sí confiaba en que podía aprobar los exámenes y, por consiguiente, comenzar el próximo curso junto a sus compañeros de siempre, aquellos a los que había desatendido a lo largo del último año; la muchacha me había dicho finalmente que, siempre que permanecía pensativa, su rostro se constreñía y se tornaba serio y grave (había empleado unas palabras parecidas a estas), lo que no significaba necesariamente que estuviera preocupada o triste o que estuviera pensando en cosas angustiosas. Evidentemente, aquella justificación no me había convencido. Yo seguía pensando que a Dora le ocurría algo que ella no quería –o no podía– contarme, algo que le embrutecía el semblante cuando, todos los días, tras cruzar una esquina, se acercaba a la puerta de mi portal, ignorante de que yo, sigilosa ave de rapiña, la observaba desde mi nido.

Cuando sonaba el timbre, yo me desplazaba lentamente hasta la puerta con el objetivo de hacer esperar a la muchacha más de lo normal; lo hacía para que ella no sospechara que estaba ansioso por verla de nuevo y, por tanto, no se le ocurriera pensar que me sentía atraído por ella; pero tampoco la hacía esperar demasiado, pues, en ese caso, Dora habría pensado que me había olvidado de ella, de lo cual seguramente inferiría que comenzaba a arrepentirme de haberme comprometido a dedicar todas las mañanas del verano a impartirle clases de ciencias. El momento en el que yo –después de inspirar una buena cantidad de aire– le abría la puerta a Dora era, junto a aquel en que me despedía de la muchacha, el que más estimulaba, más tarde, mis fantasías y, en resumidas cuentas, el que me proporcionaba más satisfacciones ulteriores. Porque, solo en esos dos momentos privilegiados, entraba yo en contacto (me refiero a un contacto que durase más de un segundo) con el primoroso cuerpo de la adolescente: cordial y educada, ésta se inclinaba hacia mí para entregarles sus agradecidos labios a mis ruborizadas mejillas; entonces yo –si Dora llevaba puesta una prenda con tirantes– posaba mis manos delicadamente sobre sus desnudos hombros o extendía una sola mano sobre su omoplato; y, en el caso de que la muchacha vistiese su torso con una escurridiza prenda que dejaba a la intemperie un ombligo diminuto y profundo, desplazaba tímidamente mi mano hacia uno de los costados de su perfecta cintura, aunque solo llegaba a rozarlo. (Los primeros días, no obstante, mis tímidas manos habían permanecido inmóviles junto a mi cuerpo; era Dora, por tanto, la que extendía las suyas hacia mis hombros enclenques. A lo largo de los últimos días del mes de agosto, ya había brotado en mí el deseo, casi irreprimible, de abarcar su delicado cuello de garza con mi mano; pero yo, consciente de que aquel movimiento era a menudo el preludio de un beso en los labios, ante la posibilidad de que los de Dora no se acercasen a los míos –sino que se depositaran, como siempre, en mis mejillas–, nunca me había atrevido a hacerlo). Son indescriptibles las sensaciones que me provocaba el contacto simultáneo de la piel y de los labios de la muchacha, que desprendían un olor dulzón que yo captaba perfectamente; como indescriptibles son, por la cantidad ingente que había y la complejidad que entrañaban, las sensaciones y reflexiones que me suscitaba, a lo largo del día, el recuerdo de aquel contacto y de aquel olor.

Cuando nuestros cuerpos se separaban para no volver a estrecharse hasta el final de la jornada, yo le cedía el paso a Dora, que, en ocasiones, antes de entrar en mi habitación, me decía que estaba sedienta y que si podía hacerle el favor de darle un vaso de agua. Para que se sintiera lo más cómoda posible, la invitaba a que entrara en la cocina y a que se sirviera ella misma el vaso de agua o si, lo prefería, cualquier otra bebida que le apeteciera de las que encontrara en la nevera. (Transcurridos los primeros días, cuando Dora llegaba sedienta, en lugar de pedirme el vaso de agua como hacía al principio, me decía directamente que iba a la cocina y, a continuación, me preguntaba si quería que ella me trajese alguna cosa).

En mi habitación, sentados ya a la mesa de mi escritorio, yo le hacía a la muchacha algunas preguntas cordiales («¿cómo te fue ayer?», «¿va mejorando la relación con tus padres?», «¿tienes algún problema con las otras asignaturas?», etc.), en las que no me demoraba demasiado porque teníamos el tiempo justo, dado que Dora llegaba siempre algo tarde y, además, debía estar en casa –por dictamen de sus padres– a la una y media. En primer lugar, abordábamos el estudio de las matemáticas, puesto que se trataba de la asignatura más densa y abstracta y, por tanto, requería que Dora prestase la máxima atención, algo que ésta solo podía hacer a primera hora, cuando su mente estaba despejada y fresca; en segundo lugar, nos ocupábamos de la física, que, si bien no era menos compleja y difícil que las matemáticas, resultaba –porque sus principios y reglas podían aplicarse al mundo real– más amena para una mente agotada ya por los rigores de las funciones, derivadas e integrales; y, en tercer lugar, cuando las fuerzas de Dora ya flaqueaban, nos adentrábamos en el diáfano y ligero mundo de la química, que suponía para mi extenuada alumna un dulce bálsamo. Antes de comenzar una nueva lección, le preguntaba a la muchacha si tenía alguna duda acerca de algo que le hubiese explicado en la lección anterior. Tras resolverle esas dudas infrecuentes, Dora me sonreía eufórica, cargada de motivación para aprehender nuevos conocimientos. Entonces yo, consciente de que era el artífice de la felicidad que emanaba del rostro de mi alumna, me quedaba mirándola fijamente durante algunos segundos: absorto, embelesado, me la imaginaba acercándose lentamente –como una pluma blanca empujada por una brisa débil– a mis labios para estampar en su trémula superficie su agradecimiento. Pero algún comentario de la Dora real, que debía de contemplarme las primeras veces extrañada (después, supongo, ya se daría cuenta de que sus sonrisas me subyugaban), desvanecía siempre la ilusión que yo había erigido, la cual, si hubiera seguido creciendo, habría provocado consecuencias imprevisibles –quizá funestas– en la realidad en la que Dora, atenta exclusivamente a las complejidades de la asignatura, veía cómo yo, pensativo, me extraviaba en la espiral carnívora de sus ojos. Una vez que despertaba y me topaba con la mirada interrogante de la adolescente, me apresuraba a justificarme alegando, por ejemplo, que de repente se me había ocurrido una buena manera de explicarle la resolución de un determinado problema al que nos enfrentaríamos más adelante. Y creo que Dora, en un principio, se lo creía, si bien ignoro hasta qué punto mi semblante ruborizado (recuerdo perfectamente el intenso calor que se acumulaba en él) la alertaba de que le estaba mintiendo. En cualquier caso, si ella sospechaba el verdadero motivo de mi ensimismamiento, sabía disimularlo perfectamente en cada una de las muchas ocasiones en las que, a lo largo de una misma sesión, yo me demoraba en la contemplación de su rostro angelical. La presencia de Dora era, en definitiva, un placer y un martirio al mismo tiempo: era un placer porque el perfume natural de su piel inundaba mi olfato sibarita; porque su juguetona cabellera azabache, en alguno de sus continuos vaivenes, barría mi hombro o lamía mi cuello o besaba mi mejilla; porque su brazo electrificado rozaba muchas veces el mío, que, sudoroso, sentía un grato calambre provocado por su alto voltaje; porque, bajo el escritorio, nuestras piernas desnudas –que, desorientadas, no podían calcular la distancia que las separaba– se tocaban a veces e, incluso, llegaban a friccionarse levemente. Y era un martirio porque yo no podía prolongar todos aquellos contactos físicos todo el tiempo que mi insaciable deseo necesitaba y porque, a pesar de su fugacidad, éstos me distraían y me impedían concentrarme en mi tarea docente.

Los descansos que realizábamos entre cada asignatura me permitían ahondar en el conocimiento de la personalidad y el temperamento de la muchacha, que se mostraba siempre muy comunicativa. Dora y yo manteníamos conversaciones de todo tipo que, con el paso de los días, se iban adentrando cada vez más en territorios vedados de nosotros mismos o en territorios complejos de la vida. En esos intervalos de tiempo, yo solía recibir también los elogios de Dora por el perfecto conocimiento que tenía de las materias que le impartía y por mi gran capacidad pedagógica, la cual, según me había manifestado la muchacha en alguna que otra ocasión, era la responsable de que ella estuviera progresando tan rápidamente. Obviamente, Dora se interesaba por mi vida académica y por mis planes de futuro. Respecto a lo primero, yo siempre había procurado proporcionarle una información lo más objetiva posible y hacerlo de una manera humilde que anulara la posibilidad de que la muchacha pensara que estaba tratando con un engreído que disfrutaba hablando de sus virtudes; respecto a lo segundo, le había dicho que, aunque había muchas actividades a las que me interesaría dedicarme, no había nada que me atrajese y me sedujese más que la literatura (aparte, claro está, de la propia Dora; pero eso no podía decírselo). Recuerdo que ella, al conocer este dato, había fruncido un poco el ceño, como si desaprobara que yo consagrara mi inteligencia a una actividad tan fútil como la de la literatura; de hecho, ella nunca me había pedido que le enseñara nada de lo que escribía (yo quería pensar que se debía a que no tenía tiempo de leer literatura, sobre todo si se trataba de la de un escritor todavía inmaduro).

Una de las cosas que más le gustaba hacer a Dora en aquellos descansos –pues nunca se privaba de ella– era deambular por mi habitación e inspeccionar todos los rincones en busca de objetos que pudiera observar detenidamente o acerca de los cuales me pudiese formular preguntas cuyas respuestas saciasen su curiosidad. «Pensarás que soy una cotilla», me decía a veces. Yo, por supuesto, le contestaba que no, que no me importaba que ella husmease entre mis pertenencias (en realidad me encantaba). De todo lo que había en mi habitación, lo que más llamaba la atención de la muchacha era la presencia, en una amplia repisa, de mis consolas y de mi numerosa colección de videojuegos. Por algunos comentarios que Dora me había hecho, yo había deducido desde un primer momento que ella pensaba que aquellos instrumentos de ocio no concordaban con mi perfil de intelectual. Evidentemente, se equivocaba. Así que un día en que ella se había decidido a comentarme abiertamente que le extrañaba que me gustaran los videojuegos (dándome a entender, mediante su tono de voz, que éstos estaban destinados a los niños o a las personas inmaduras), yo le había dicho que, si a mí ya me fascinaba ser testigo de una historia relatada por otra persona –fuese cual fuese el formato que ésta escogiese para hacerlo–, más aún me fascinaba poder intervenir en esa historia como protagonista e interactuar con todos sus elementos; también había añadido a mi comentario que solo me interesaban los juegos complejos y profundos que suponían un reto para mi inteligencia y mi habilidad.

En fin, como se ha podido comprobar, no desaprovechábamos aquellos breves descansos cuya llegada esperaba yo con más ansia que la propia muchacha, ya que, durante el resto del día, mi memoria se nutría, en gran medida, de lo que había ocurrido en aquellos lapsos de tiempo que yo me afanaba en eternizar.

Cuando en el reloj de pulsera de Dora pasaban algunos minutos de la una del mediodía (yo, para no asistir constantemente al lacerante paso del tiempo, nunca llevaba el mío puesto), ella me avisaba de que debíamos posponer para el día siguiente la explicación de cualquier problema en el que nos encontrásemos enfrascados. Entonces –porque no me gustaba dejar nada a medias y porque me resistía a despegarme del cuerpo de la muchacha– le pedía a ésta (petición que más bien debía de sonar a súplica) que me concediera algunos minutos más. Ella, si no se encontraba demasiado cansada, accedía. Pero, tarde o temprano, llegaba el momento en que no quedaba más remedio que cerrar los libros, ordenar y recoger los apuntes y, en definitiva, dar la sesión por finalizada. Entonces Dora se levantaba –rociándome con una ráfaga de su perfume natural, que me mantenía inmóvil en mi silla, mirando hacia arriba como el que espera un bautismo divino– y estiraba sus miembros entumecidos (maniobra esta que a veces me permitía ver, a través de la hendidura que ofrecía a la altura de la axila la prenda que cubría su torso, una pequeña porción de alguno de sus pechos, la cual, más tarde, servía de estímulo para mi imaginación). Antes de que la adolescente se percatara de que la estaba observando, me levantaba y la acompañaba hasta la salida. Allí Dora me daba dos besos de despedida. Y, cuando ésta desaparecía de mi vista, nunca me privaba yo de ir al balcón para contemplarla de nuevo: su rostro, siempre malhumorado, se perdía tras una esquina.

IV

Miércoles 19 de julio

Sabía que no me defraudaría, señor Luis; sabía que, si yo era capaz de plasmar en el papel la angustia que me corroía, usted – que es, de todas las personas a las que conozco, la que está dotada de un mayor grado de empatía– haría todo lo que estuviera en sus manos para auxiliarme. Ahora bien, soy consciente de que me he comportado de un modo egoísta al obligarlo a que me contestase con tanta urgencia. Supongo que, aunque le agrade recibir noticias de mí, habrá tenido que abandonar, para atenderme, otras tareas que también le deben de resultar muy gratas. Por eso le agradezco fervorosamente que haya analizado los problemas que le expuse con tanta minuciosidad, que haya meditado incansablemente sobre ellos y que, finalmente, me haya brindado una respuesta tan exhaustiva y, sobre todo, tan exacta y diáfana. En su lugar, cualquier otro (entre los que me incluyo) se habría visto abrumado por la complejidad de mis consultas e, incapaz de resolver lo irresoluble, me habría regalado una breve e insatisfactoria respuesta que me habría sumido en una desesperación que, en estos momentos, me impediría escribir esta carta. Usted, sin embargo, parece poseer el don de allanar los senderos más tortuosos y abruptos. Porque sigo pensando que la primera parte de mi anterior carta, por mucho que usted se empeñe en hacerme creer que posee una textura cristalina que ha facilitado su tarea, es bastante opaca. No obstante, no le niego que me gustaría equivocarme. Con esto, por descontado, no quiero decir que sea usted el que se equivoca (dado que eso es prácticamente imposible), sino que lo que pretende es darme ánimos porque sabe que, aunque el resultado no haya sido óptimo, he hecho un gran esfuerzo para explicarle lo que pasa en mi interior. Le agradezco su generosidad. Pero ya sabe que no resulta fácil engañarme. En cualquier caso, lo relevante es que sus acertados comentarios han aclarado bastante mis ideas; afortunadamente, no lo han hecho del todo, pues ya sabe que tampoco conviene tener las ideas demasiado claras (la duda es una consecuencia de la inteligencia). Pero sus palabras sí me han mostrado el camino que debo seguir. Trataré, a continuación, de hacerle partícipe de las reflexiones y conclusiones a las que me han llevado sus comentarios.

Ya sabía yo que usted lograría exprimirle todo su jugo al tema de Alba. Me dice que, en efecto, las muchachas que le describí no merecen otro calificativo que el de detestables. Me consuela que comparta mi opinión y, sobre todo, que no considere que yo, tras un disfraz de buen chico, escondo un fondo tan despreciable como el de ellas. Me ha parecido muy acertada su apreciación de que lo que convierte a estas muchachas en personas execrables no es su promiscuidad, sino su infidelidad (estoy de acuerdo en que la promiscuidad, si no se establecen compromisos simultáneos, es una opción válida que admite pocos reproches). Sí, la infidelidad premeditada de las muchachas a sus novios es la que las hace inmorales. Y, a pesar de que usted ha llegado a la misma conclusión a la que llegué yo, ¿de veras le parece normal que acudiera a aquella fiesta? Me dice, incluso, que lo anormal habría sido que no hubiera ido a la fiesta; añade que, en ese caso, sí tendría motivos para preocuparme. ¡Yo pensaba que usted, al conocer ese dato, adoptaría una actitud implacablemente sancionadora! No voy a negar que, al principio, su comentario me desconcertó. Pero, después de haber leído su carta en varias ocasiones, he comprendido el porqué de esa rotunda afirmación: usted piensa que nadie exento de compromisos sentimentales –a no ser que tuviera algún desajuste psíquico que se lo impidiera– se privaría de acudir a una fiesta en la que sospecha que unas muchachas atractivas le podrían proporcionar aquello a lo que ningún hombre puede resistirse: sexo. Así pues, según usted, yo hice lo que se esperaría que hiciera cualquier persona en mi lugar, fuese cual fuese su carácter,

148

inteligencia o condición moral. No se imagina cuánto me alivia que me confirme algo que ya había pensado pero que, por considerarlo una falsedad urdida para engañarme a mí mismo, me empeñaba en rechazar.

También me tranquiliza que le parezca normal que yo deseara hacer el amor con Alba y que no le extrañe que reprimiera ese deseo. Pero, lo que más me alivia, son sus contundentes argumentos. Y es que no se me había ocurrido pensar que la manifiesta infidelidad de la muchacha era un elemento morboso que, de forma irracional, incrementó mi deseo. De modo que, si no he entendido mal, esa infidelidad hizo brotar en mí dos fuerzas contrarias: una racional que, amparándose en la moralidad, me obligaba a rechazar a Alba; y otra irracional que acrecentaba mi deseo y que, lentamente, se iba imponiendo a la anterior (pues las fuerzas irracionales son siempre más poderosas que las racionales, ¿verdad?). Así que, a su juicio, si no hubiera existido un elemento aún más poderoso que el morbo –también de origen irracional– ejerciendo de agente represor sobre mí, yo, ante la solicitud de la muchacha, habría terminado satisfaciendo mi deseo. La naturaleza de ese elemento represivo me sorprendió sobremanera, hasta el punto de que, al principio, lo rechacé. Pensé que, en esta ocasión, usted sí se había equivocado. Pero apenas he necesitado unas horas de reflexión para darme cuenta de que, una vez más, ha dado en el clavo. Lo cierto es que, poco antes de que usted me revelara en su carta la identidad de dicho elemento, sospeché que éste estaba relacionado con lo que le dije en mi anterior misiva acerca de que quizá fue el miedo al sexo lo que me impidió acostarme con Alba. Pero me encontré con algo distinto e inesperado. Vamos, que usted opina que, si no hice el amor con Alba, fue porque, aunque no era consciente de ello, yo ya me había comprometido sentimentalmente con Dora; es decir, que si hubiera consumado el deseo puramente sexual de acostarme con Alba, le habría sido infiel al ignoto sentimiento hacia Dora que, por entonces, ya había brotado en mi interior; habría cometido, en resumidas cuentas, una inmoralidad. Por tanto, ¿lo que me insinúa, señor Luis, es que el hecho de no haber traicionado ese inconsciente compromiso sentimental constituye una prueba fehaciente de que no soy, como Alba, una persona execrable? Así lo he entendido; corríjame si me equivoco.

Le agradezco que me haya revelado que lo que siento por Dora va más allá de la amistad y del deseo sexual. Ahora bien, dígame una cosa, ¿cómo ha sido capaz de deducirlo a partir de lo poco que le he contado de mi relación con la muchacha? ¿Tan evidente era? Tenga en cuenta que yo –que soy el protagonista de esta historia– no me había percatado de la existencia de ese sentimiento del que me habla. Yo pensaba que lo que me atraía hacia Dora no era más que un afán de conocer algo que me había llamado la atención; pensaba, en definitiva, que, solo cuando conociese a Dora a fondo –y solo si lo que descubría me satisfacía–, surgiría en mí un sentimiento de adhesión hacia ella. Pero, ahora que miro hacia atrás y me descubro pensando en Dora en momentos puntuales en los que dicho pensamiento no debía tener cabida (por ejemplo, cuando, en la habitación de los padres de Alba, contemplaba el cuerpo desnudo de la muchacha), me doy cuenta de que, en efecto, antes de que la personalidad y la biografía de Dora se corporeizaran ante mis ojos, yo ya me había comprometido sentimentalmente con ella. Sí, señor Luis, es Dora realmente la mujer que me interesa. Esta revelación me ha llevado a plantearme la siguiente pregunta: ¿Me estaré enamorando de ella? ¿A usted qué le parece, señor Luis?

Cambiando de tema, después de leer la segunda parte de su carta, me avergüenzo de haberme planteado la posibilidad de rechazar la amistad de mi primo y de sus amigos. Tiene razón al afirmar que he incurrido en el mismo desprecio del que he sido víctima durante muchos años: me he visto tentado a discriminarlos porque son diferentes a mí. Respecto a esto, me ha soliviantado su opinión de que he de aceptar que yo, inmune a cualquier tipo de influencia (a su juicio, porque mi personalidad es demasiado fuerte, consideración que me halaga), jamás seré un adolescente normal ni, a la postre, un adulto normal. Y es que me está diciendo que nunca voy a sentirme integrado en ningún sitio, que siempre voy a sentirme como un extraño. ¿Ese es el precio que he de pagar por el don que he recibido? Por lo visto, sí. De acuerdo, lo acepto. Tal vez, como usted dice, sea preferible vivir entre extraños –que, tarde o temprano, aprenderán a apreciarme– a vivir agónicamente en una tierra deshabitada como si fuera el último ejemplar de una especie abocada a la extinción. Además, como confío en usted, quiero creer que, como me comenta, mi primo y sus amigos no pueden influir negativamente en mí y que, en cambio, yo sí puedo hacerlo positivamente en ellos. Así que le prometo que lo intentaré; le prometo que conviviré con ellos y que trataré de transmitirles mi visión del mundo. Espero que, algún día, sean capaces de comprenderla y, por qué no, de apreciarla. Quizá en ese aprecio y en esa comprensión resida la felicidad que tanto anhelo. Respecto a todo esto, quiero que sepa que ya he telefoneado a mi primo para unirme de nuevo al grupo (he quedado con ellos esta tarde). Me consta que tanto mi primo como sus amigos ya comenzaban a echarme de menos, lo cual, no voy a negarlo, me ha sorprendido gratamente.

Veo que usted, como mis amigos y mis propios padres –los cuales, en cuanto tienen una oportunidad, me someten a largos interrogatorios–, está deseoso de que le dé nuevos datos sobre mi relación con Dora. No obstante, me temo que no voy a poder satisfacer su curiosidad por completo, pues, durante los cinco días que han transcurrido desde que le envié mi última carta, no ha ocurrido nada digno de mención. Eso sí, la muchacha sigue tan encantadora y aplicada como siempre. Y, además, cada día que pasa está más hermosa. Al menos es eso lo que yo percibo: un creciente resplandor en su rostro, un progresivo perfeccionamiento de sus facciones y un paulatino aumento de la voluptuosidad de su cuerpo. No sé si mis ojos van descubriendo nuevos detalles de su belleza que, debido a la presencia de otros más evidentes, pasan desapercibidos en exploraciones precedentes; o si, por el contrario, en cada nuevo escrutinio mis ojos van añadiendo a la belleza previa e inmutable de la muchacha esos nuevos detalles que solo la adornan cuando soy yo el que la contempla. En cualquier caso, resulta obvio que la belleza de Dora (solo la suya, pues con otras chicas que me han gustado no ha ocurrido lo mismo) puede prolongarse hasta el infinito y que, por tanto, puede hacerlo también, paralela a su trayectoria, mi fascinación por ella. Asimismo, cada día descubro una nueva gema en la inteligencia de Dora. Cada día, en definitiva, encaja mejor la muchacha en el molde que *yo le había fabricado. Tanto es así que, si sigue perfeccionándose a este ritmo, es posible que lo desborde.*

Como puede comprobar, señor Luis, hasta el momento mi relación con Dora es idílica. Ahora bien, hay algo que no le he contado de la muchacha que me preocupa: cuando la espío desde mi balcón mientras se acerca a mi portal o mientras se aleja de él (ella no sabe que lo hago), su semblante está visiblemente malhumorado, como si, cuando viene a mi domicilio, la muchacha fuese consciente de que va a ser sometida a una insoportable tortura y, cuando se va de él, maldijera al que la ha torturado. Sin embargo, cuando Dora y yo estamos juntos, nadie diría que mis explicaciones, mis comentarios o mi sola presencia constituyen para ella una tortura; todo lo contrario, auténtico gozo es lo que se aprecia en su semblante. Por tanto, he llegado a la conclusión de que lo que atormenta a Dora son sus pensamientos, que solo dejan de incordiarla mientras está conmigo, concentrada en mis explicaciones. Así pues, lo más probable es que el malhumor que se agazapa en el rostro de la muchacha se deba a que, durante el trayecto que tiene que recorrer para llegar hasta mi casa, brote en su interior ese infierno que la atormenta; y a que, cuando sale del portal de mi edificio, ella cobre conciencia de que es muy amplio el espacio de tiempo que la separa del paraíso que acaba de abandonar. Supongo que estará de acuerdo conmigo en que debería hablar con ella de este tema; pero no me atrevo a hacerlo, ya que, en ese caso, tendría que revelarle que la espío desde el balcón y, además, correría el riesgo de que ella pensara que me estoy inmiscuyendo en su vida más de lo que me corresponde. De modo que creo que lo más prudente será esperar a un momento en que nuestra amistad se encuentre más afianzada.

Me pregunta usted qué piensan mis padres de que yo esté ejerciendo de profesor de Dora. Pues están encantados. Sinceramente, no esperaba que reaccionasen tan positivamente. Y es que, antes de contarles que iba a ayudar a una amiga con los estudios y de pedirles que me permitieran que fuese la muchacha la que viniese a casa todas las mañanas, me temía que no les sedujera nada la idea de que Dora y yo nos quedáramos solos durante varias horas y que, en cualquier momento, se nos ocurriera interrumpir la clase

152

para, aprovechando que nadie nos vigilaba, dedicarnos a besarnos o, a lo peor, a fundir nuestros cuerpos por completo. Ya sé que esto es absurdo. Pero los padres, desconfiados, suelen dar cabida en su mente a este tipo de pensamientos. Porque son conscientes de que, aunque los hayan criado y educado, hay facetas de la personalidad de sus hijos que desconocen. Por tanto, ante una petición como la mía, los padres no pueden estar absolutamente seguros de que su hijo no esté sirviéndose del clásico pretexto de la sesión de estudio para procurarse un espacio íntimo en el que juguetear con una de sus amigas preferidas, jugueteo que ellos consideran que puede acarrearles graves consecuencias a las partes implicadas. De todos modos, mis padres accedieron a mi petición sin someterla a condiciones; además, no mostraron ningún tipo de recelo. No sé si confían en mí más de lo que yo imaginaba, si me creen demasiado tímido e inseguro en el terreno de las relaciones sentimentales como para mantener relaciones sexuales con la muchacha mientras ellos están ausentes o si, por el contrario, sabedores de lo que me cuesta relacionarme con las chicas, han decidido allanarme el terreno. De estas tres posibilidades, la última es la que se me antoja la más probable, pues tanto mi madre como mi padre me han hecho sutiles comentarios de los que se deduce, por un lado, que les gustaría que Dora se convirtiese en mi novia; y, por otro, que no les molestaría demasiado que, en la intimidad que nos brinda su estancia en la pescadería, hiciéramos lo que suelen hacer todos los novios y, en definitiva, todas las personas que se gustan. Sí, creo que mis padres están ilusionados con la posibilidad de que me eche por fin una novia. No obstante, ya les he dicho en numerosas ocasiones que Dora y yo solo somos amigos, y les he dado a entender que, probablemente, no iremos más allá de la frontera de la amistad. Y si he atajado el crecimiento de sus ilusiones ha sido porque, si bien existe la posibilidad de que yo me enamore de Dora, me parece improbable que ella se enamore de mí, pues, después de lo que le ha ocurrido en el último año, no creo que, en este momento, se encuentre en condiciones de enamorarse de nadie.

No crea que se me ha olvidado lo que le prometí en mi última carta. Ha llegado el momento de que le hable de las emocionantes jornadas de pesca que he compartido con mi tío. ¿Recuerda lo que ocurrió en la primera? Por si lo ha olvidado, le refrescaré la memoria: perdí una hermosa dorada cuando mi tío estaba a punto de meterla en el salabre. Pues bien, como le aseguré que haría, enmendé mi error la segunda vez que acudí al rompeolas:

El sábado por la tarde de esa semana, recibí la llamada telefónica de mi tío, que, después de asegurarse de que yo iba a acompañarlo al día siguiente, me dijo que, si no estaba muy ocupado, me pasara un momento por su casa para recoger algo que él había comprado expresamente para mí. Intrigado, acudí al domicilio de mis tíos; y, cuando recibí mi regalo, a punto estuvieron de saltárseme las lágrimas, no tanto por la naturaleza del regalo como por el hecho de ser el destinatario de la generosidad y el aprecio de mi tío. ¿Puede imaginarse, señor Luis, qué es lo que me entregó el hermano de mi madre? ¡Un fantástico equipo de pesca compuesto de caña, carrete y accesorios! Y todo de primera calidad. Soy consciente de que, mediante este regalo, mi tío pretendía lograr que yo, para corresponder a su generosidad, me viera obligado a no faltar ni un solo domingo a mi cita con él. Pero, si lo ha hecho, es porque, indudablemente, aprecia mi compañía.

En fin, al día siguiente, tras asimilar las instrucciones que, pacientemente, me dio mi tío acerca de cómo debía manejar el equipo para poder disfrutar de todas sus prestaciones, tardé bastante tiempo en dominar la técnica de lanzado que permitía depositar el cebo en la zona que mi instructor había sembrado de mejillones. Entretanto, él capturó dos doradas que apenas pesaban un kilo. Cuando adquirí algo de pericia y logré encadenar varios lances precisos, comenzó para mí el calvario de las picadas invisibles que, dada mi inexperiencia, me impidieron clavar algún ejemplar. Según mi tío –que era capaz de atender la puntera de su caña y, al mismo tiempo, de observar mis movimientos–, mis continuos fallos se debían a que unas veces clavaba demasiado pronto y otras lo hacía demasiado tarde; vamos, que nunca clavaba en el momento preciso. Mientras yo erraba una y otra vez, él, en cambio, iba capturando pequeños ejemplares (no debían de alcanzar el medio kilo de peso) que eran, precisamente, los que me estaban haciendo a mí la vida imposible; alevines de dorada que mi tío devolvía, en

154

cuanto los desprendía del anzuelo, a su medio natural. Pero, a las doce del mediodía, cuando estos alevines ya se habían alejado de nuestro pesquil y la inactividad me tenía amodorrado, la puntera de mi caña se precipitó bruscamente hacia el agua; esta vez supe reaccionar a tiempo (la contundencia de la picada no dejaba lugar al error): mediante un enérgico cachete, conseguí que mi caña se convirtiera en un arco estridente. Como usted podrá imaginarse lo que me costó reducir a aquel ejemplar, no voy a entrar en detalles. Pero lo doblegué y, gracias a la ayuda inestimable de mi tío –que lo introdujo en el salabre en el momento más adecuado–, esta vez pude acariciar el bello lomo de mi presa, que dio en la báscula un kilo y medio de peso. Y la cosa no se queda ahí, porque este domingo capturé dos ejemplares más (aunque de tamaño más discreto), si bien es cierto que debería haber capturado al menos media docena.

Para terminar, ¿sabe que, cuando contemplo y acaricio una dorada, me acuerdo de mi alumna? ¿Será porque comparten nombre y, además, poseen ambas una belleza que me fascina?

Bien, señor Luis, eso es todo. Espero haber satisfecho su curiosidad. Gracias de nuevo por su ayuda. Ahora entiendo por qué no hay ni un solo día en que no me acuerde de usted. Hasta pronto.

7

Por la mañana había telefoneado a mi primo –del que no sabía nada desde hacía unos cuantos días– para intentar reconciliarme con él y proponerle que nos viéramos aquella tarde. Después de reprenderme cariñosamente por haberme mantenido apartado de su círculo amistoso durante las dos últimas semanas, Toni me había informado de que había quedado con sus amigos en un salón recreativo cercano a mi casa para jugar al billar y al futbolín y, mientras tanto, examinar a las guiris que solían deambular por allí en busca, la mayoría de las veces, de entablar una torpe conversación con algún chico español que les gustara. De este comentario yo había deducido que, o bien la relación de mi primo y sus amigos con las amigas de Alba había terminado y, por tanto, éstos estaban ya al acecho de nuevas presas, o bien la compañía de las muchachas no saciaba del todo su apetito sexual. Por supuesto, yo no le había pedido a Toni que me sacara de dudas, ya que estaba convencido de que, por la tarde, él y sus amigos me pondrían al corriente de cómo iba su relación con aquellas muchachas a las que algunos ya habían catado en la fiesta.

Premeditadamente, llegué al salón recreativo con algo de retraso, pues no me apetecía permanecer ni un solo minuto, sin saber cómo entretener la espera, en aquel lugar ruidoso en el que, como había previsto, había individuos de aspecto bastante hostil. No tardé en divisar a mi grupo, cuyos integrantes, en lugar de circundar alguno de los billares o futbolines, permanecían apoyados en una pared a la espera de que alguno de aquéllos quedase libre. Mantenían una conversación acalorada que, a pesar de mi sigilo, se disipó en cuanto me acerqué a ellos. Con toda probabilidad, habían estado hablando de mí.

«Buenas tardes», los saludé. «Vaya, qué sorpresa. Ya pensábamos que no ibas a venir», me dijo Toni mientras miraba la hora en su reloj de pulsera. «Te aseguré que vendría, ¿no? ¿Es que no confías en mi palabra?», le dije bromeando. «Claro que sí. Pero he supuesto que Dora te habría llamado. Ya se sabe: dos tetas tiran más que dos carretas», me contestó Toni, esbozando una sonrisa pícara. Aquel comentario vulgar de mi primo me abochornó. «Desde luego, tío, te lo tienes que estar pasando en grande, porque no se te ve el pelo», intervino Mario. «Seguro que, en el sentido que tú insinúas, vosotros os lo habéis pasado mucho mejor que yo», le contesté. Por el silencio que se produjo, deduje que mis interlocutores no habían entendido mi comentario; pero ninguno me pidió que lo aclarase. «Tendrás muchas cosas que contarnos», me dijo Ismael. «Y vosotros también, ¿no?», le dije yo, tratando de dirigir la conversación hacia un tema que no fuese el de Dora. Yo sabía, no obstante, que este propósito era absurdo, pues resultaba evidente que no podría soslayar el tema de Dora indefinidamente. Así que, para evitar que mis amigos se enojasen, decidí abordarlo lo antes posible. Pero cambié de opinión al instante. Supongo que porque me repugnaba hablar de la cándida muchacha en un lugar tan sórdido como aquel. Pero, en cuanto escuché la voz punzante de Ismael, comprendí que, si me mostraba demasiado reticente, provocaría una desagradable e indeseable discusión: «Qué pasa, tío, ¿es que no quieres contarnos nada? ¿No confías en nosotros?». «No es eso, hombre. Pero pensaba que habíamos venido a jugar. Ya os lo contaré en otro momento». «Para jugar vamos a tener que esperar un buen rato. No somos precisamente los primeros de la cola. Así que, ¿por qué no aprovechas ahora para ponernos al día?», me sugirió, insistente, Ismael. «Venga, Marcos, enróllate un poco, que nos tienes a todos en ascuas desde hace días», me rogó Toni. «Vale. Pero tampoco sé qué queréis que os cuente. No ha pasado nada del otro mundo», accedí, quitándole importancia al asunto. Mi indiferencia espoleó a Roberto: «Vamos a ver, estás saliendo con la tía que está más buena del pueblo y se te ocurre decir que no ha pasado nada del otro mundo. ¿Nos estás tomando el pelo o qué? ¿Sabes que esa tía me ha mandado a la mierda cada vez que he intentado acercarme a ella? A mí, tío, a mí. Anda que no tiene mala leche. Y tú, en cuatro días, ya la tienes comiendo de tu mano. Hay que joderse. Me tienes que contar el secreto, tío». «Veo que os habéis hecho una idea equivocada de la realidad. En primer lugar, no estoy saliendo con Dora; solo somos amigos. Y, en segundo lugar, ella ni come ni va a comer de mi mano, más que nada porque la chica no tiene vocación de sumisa. Por favor, a ver si tratamos a las personas con un poco más de respeto», reprendí a Roberto, que no rechistó. «¿Quieres hacernos creer que no te has enrollado con ella? ¿Qué se supone entonces que has estado haciendo durante todo este tiempo?», me interpeló Ismael. «Pues lo que hacen dos buenos amigos: pasear, charlar… ¿O es que vosotros no hacéis esas cosas con las mujeres?». «Tío, tu primo me está empezando a mosquear», le dijo Roberto a Toni. «No tienes por qué enfadarte. Lo que quiero decir es que Dora no es como las chicas que conocimos en la playa. Ella no va buscando enrollarse con nadie, ni yo tampoco», traté de hacerle entender a Roberto y, por extensión, al resto de mis interlocutores. «O sea, que es verdad que todavía no le has tocado ni un pelo. Pues no lo entiendo. Si queda contigo será porque le gustas, digo yo. Por eso me cuesta creer que, después de tantas citas, ni siquiera le hayas dado un beso. A ver si vamos a tener que hacerle caso a Alba, y resulta que no te gustan las mujeres…», me punzó Mario. «Claro que le gustan, imbécil. Lo que pasa es que es un tío reservado; no le gusta hablar de lo que hace con las mujeres», me defendió Toni, un tanto a ciegas. «Tú lo has dicho. No penséis que, si alguna vez tengo alguna relación sexual con Dora o con cualquier otra chica, os voy a relatar los detalles. Eso sería una falta de respeto hacia ella y hacia mí mismo», les advertí. «Pues no sé qué tiene eso de malo. Cuando se trata de mujeres, tenemos que contarnos las cosas para aprender de los errores y los aciertos de cada uno. Si no estamos perdidos», opinó Enrique. «Estoy de acuerdo. Pero las experiencias más íntimas hay que reservárselas», maticé. Nadie se atrevió a contradecirme. «Entonces, ¿sí que te has enrollado con Dora y te lo estás reservando?», dedujo, erróneamente, Roberto. «No me has entendido. Si me hubiera enrollado con ella, os lo diría; pero no entraría en detalles; por ejemplo, no os explicaría cómo besa o cuáles son sus preferencias sexuales. A eso me refería cuando hablaba de experiencias íntimas».

En el rostro de todos y cada uno de mis nuevos amigos vi un atisbo de decepción. Pero solo Roberto se aventuró a manifestarla: «Pues nos acabas de chafar la fiesta, tío. Si no nos vas a contar lo más interesante…». «Bueno, cada uno es como es. Si no quiere contarnos esas cosas, no lo podemos obligar a hacerlo. Hay que respetarlo», me apoyó mi primo. En el semblante de mis interlocutores, la decepción se tornó resignación. «Entonces quedamos en que, de momento, sois solo amigos», me interpeló Mario. «Eso es, solo amigos», le confirmé. «Pero a ti te gusta, ¿no?», se interesó Ismael. «Vaya pregunta. ¡Cómo no le va a gustar!», exclamó Mario. «De momento, lo que conozco de ella me gusta: es guapa, educada e inteligente. ¿Qué más se puede pedir? Ahora bien, aún no la conozco lo suficiente como para saber hasta qué punto puede llegar a gustarme». «¿Qué quieres decir?», me preguntó Toni. «Pues que todavía me puedo llevar una decepción. Aunque es improbable que ocurra, puede que, a medida que vaya conociendo a Dora más a fondo, descubra que no era como yo me imaginaba», le aclaré. «¡Pero qué tonterías estás diciendo! ¡Esa tía no tiene precio! ¡Es mucho más de lo que te mereces!», se indignó Roberto. «Tío, tiene razón. Yo tampoco te entiendo», reconoció Ismael. «Es que eres muy complicado, tío», se sumó Enrique. «Veamos, creo que sé por qué no me entendéis. Me temo que tenéis la mala costumbre de juzgar a las mujeres solo por su belleza física. Es evidente que Dora no puede estar más buena de lo que está; en ese sentido, es excepcional. Pero, decidme, ¿acaso eso es suficiente? ¿De qué nos serviría tanta belleza si la chica fuese estúpida, vulgar, mentirosa o malvada? Aparte de la belleza, hay otros valores que no se deben menospreciar». Mi breve discurso aleccionador dejó a mis amigos estupefactos. De nuevo, fue Roberto el único que reaccionó y el único que me opuso resistencia: «Vamos a ver, ¿es que tú, cuando conoces a una tía, estás pensando en casarte con ella, en formar una familia y en todas esas chorradas? Tío, lo único que importa es que Dora está buenísima, que no vas a encontrar a otra como ella que te haga caso y, joder, que tienes la oportunidad de pasártela por la piedra. ¿Qué coño importa que sea de una manera o de otra? Hay que disfrutar mientras dure. En mi opinión, como no le metas mano ya, se va a pensar que eres maricón o que no le gustas y al final te va a mandar a paseo. Ella está esperando a que seas tú el que dé el primer paso; las tías buenas son muy orgullosas y no se rebajan. Hazme caso. Conozco a las tías perfectamente». «Veo que estás hecho un romántico», ironicé. En ese momento, me di cuenta de que me iba a resultar casi imposible doblegar el pensamiento primario de Roberto, que se había revelado como una persona carente de sensibilidad y escrúpulos. Pero yo era consciente de que, como me había aconsejado el señor Luis, debía intentarlo hasta la extenuación. Así que le dije a Roberto: «No me extraña que Dora no te hiciera el más mínimo caso». «¿Por qué, listillo?», quiso saber éste. «Porque tu actitud solo sirve para ligar con mujeres indecentes, como, por ejemplo, Alba y sus amigas», le contesté. «¿Indecentes? ¿De qué me estás hablando, tío?». «¿A ti no te parece indecente que unas chicas que tienen novio se acuesten con unos desconocidos?», concreté. «A mí me parece cojonudo. Si lo hacen es porque no están satisfechas con sus novios y porque quieren saber si hay algún tío que pueda hacerlas disfrutar de verdad. O sea, que por eso no te tiraste a Alba, porque, según tú, es indecente. Tío, qué quieres que te diga, me parece que no eres tan listo como dice tu primo».

Aquella descalificación personal que Roberto acababa de proferir presagiaba el inicio de un violento enfrentamiento dialéctico que, a la postre, podía poner en peligro mi integridad física (pues Roberto, visiblemente enfurecido, daba la sensación de ser de ese tipo de personas que, cuando se ven arrollados por alguien que esgrime argumentos contundentes, zanjan la discusión con una agresión física con la que delatan su impotencia). Por eso mi primo –que, al comprobar que yo no me arredraba, debió de imaginarse cómo iban a precipitarse los acontecimientos– medió entre los dos antes de que la sangre hiciera acto de presencia: «Bueno, basta ya. No merece la pena discutir por tonterías. Cada uno que piense como quiera y que haga lo que le dé la gana». Roberto me dirigió una mirada despreciativa y desafiante que me decidió a no seguir provocándolo. Mi punto de vista ya había quedado suficientemente claro. Mario tomó entonces el relevo de Roberto: «Lo que quieres decir es que Dora no es una guarrilla». Asentí. «Tienes razón: Alba y sus amigas son unas putitas. Pero, tío, para qué nos vamos a engañar, las putitas son las mejores», reconoció Mario. «¿Mejores para qué, para tirárselas? Contéstame, ¿tú te enamorarías de una putita?», contraataqué. Mario, después de varios segundos durante los cuales permaneció pensativo, respondió: «No lo sé. No me lo había planteado. Pero bueno, ahora no busco enamorarme. Ya lo estuve una vez y no me trajo más que complicaciones. No, tío, nada de eso. ¿Es que tú quieres que Dora se enamore de ti?». Le contesté una obviedad: «Si me enamoro de ella, claro que querré que ella se enamore de mí». No quise revelarles a mis amigos que, posiblemente, yo ya me había involucrado en ese proceso. «¿Y quedas con ella todos los días?», me preguntó Enrique. «Ahora sí. La estoy ayudando con los estudios», le contesté, aportando un nuevo dato que turbó a mis amigos. «No me habías dicho nada de eso», me recriminó Toni. «Os lo digo ahora. De todos modos, hace poco tiempo que la estoy ayudando». «Y ¿cómo es eso?», se interesó Ismael. «Este año no le ha ido muy bien y le han quedado algunas asignaturas pendientes. Así que le doy clases todas las mañanas. Está progresando mucho». «¡Qué bien te lo montas, tío! Tú sí que sabes. ¡Fijo que ya la tienes en el bote!», exclamó Enrique. «O no. Quizá solo quiere aprovecharse de ti», se entrometió Roberto. «Qué insinúas, ¿que solo está conmigo porque la estoy ayudando con los estudios? Como se nota que no la conoces. Además, que fui yo el que me ofrecí a ayudarla; y, por supuesto, ella no se imaginaba que yo podía prestarle ayuda», argüí. Roberto no replicó. «Y dónde quedáis, ¿en su casa?», me preguntó Toni. «No, en la mía. Viene todas las mañanas», le respondí, convencido de que aquel nuevo dato iba a enfervorizar a mis amigos. «¡No jodas! ¡No me digas que te quedas a solas con ella toda la mañana!», dedujo mi primo. «¿A solas?», se extrañó Mario. «Claro, tío; no ves que a esas horas sus padres están en la pescadería», lo informó Toni. «¡Vaya chollo!», exclamó Ismael. «Menudo cabroncete estás hecho. Y parecías una mosquita muerta», comentó Enrique. «Ahora sí que no cuela que no la hayas tocado. ¡Os tenéis que pegar unos revolcones de escándalo!», estimó Mario. «Mira que sois pesados. ¿Cuántas veces os tengo que repetir que solo somos amigos?», insistí. «Sí, pero amigos con derecho a roce. Reconócelo, tío: mientras estudiáis os magreáis por debajo de la mesa». El comentario de Enrique provocó un estallido de carcajadas. Yo me ruboricé, pues, mientras permanecía sentado junto a Dora en mi habitación, solía asaltarme la tentación de acariciar los muslos de la muchacha mediante un movimiento soterrado de mi mano. Pero no podía permitir que mis amigos dieran por sentado que aquello –o cualquier otra cosa– había ocurrido: «Sois muy graciosos. Pero no sabéis lo que estáis diciendo. De momento, entre Dora y yo no hay nada. Creedme, no hacemos otra cosa que no sea estudiar. Ella sola no puede con todo. Realmente necesita a alguien que la ayude». «¿Y si está deseando que le metas mano?», comentó Toni. «Aunque necesite ayuda, no es normal que vaya todos los días a estudiar a tu casa. Yo creo que Toni tiene razón: esa tía quiere que le pegues un viaje», opinó Roberto. «Sí, Marcos, tienes que tomar la iniciativa. Inténtalo mañana: acaríciale una pierna o, mejor, dale un beso suave en la boca cuando menos se lo espere, a ver qué pasa», me propuso Ismael. «Desde luego, estáis obsesionados con el sexo. ¿Es que pensáis que la única forma válida y satisfactoria de relacionarse con una chica es hacerlo sexualmente? Por supuesto que me gustaría tener una relación sexual con Dora; pero no se trata de una prioridad ni del objetivo exclusivo que persigo, como hacéis vosotros. Y, con respecto a que ella esté deseando o no que intimemos, si lo está, ya me lo hará saber de algún modo; las mujeres son muy hábiles para esas cosas. Porque, teniendo en cuanta que Dora no es una chica indecente, si yo me tomara la libertad de tocarla o besarla antes de que ella me diera su consentimiento tácito, me arriesgaría a ofenderla y, por tanto, a estropear nuestra amistad quizá de forma irremediable». En cuanto terminé de hablar y escruté los rostros de mis amigos, me di cuenta de que mi discurso había sido demasiado formal. «¿Qué significa tácito?», se atrevió a preguntarme Enrique. «Tácito es un adjetivo que se aplica a algo de lo que tenemos noticia de un modo implícito. Por ejemplo, se dice que un mensaje es tácito cuando alguien, en lugar de comunicárnoslo directamente, nos lo sugiere mediante un gesto, una mirada o cualquier otra acción indirecta». «O sea, que hasta que Dora no te insinúe de algún modo que la puedes besar, no pien-

162

sas hacerlo», dedujo Enrique. «Exacto», le confirmé. «Y si tu objetivo, como dices, no es tirártela, ¿cuál se supone que es?», indagó Roberto, que, por lo visto, aún no había comprendido nada de lo que yo les había explicado a él y a sus compañeros. «Ya deberías saberlo. Mi objetivo es conocerla como persona y, si me satisface como tal, conocerla, en última instancia, como mujer; si ella me lo permite, claro». «Así se habla, Marcos», me felicitó Toni. «Por lo que veo, Alba no tiene nada que hacer contigo», coligió Mario. «Nada de nada», le ratifiqué yo. «Desde luego, hay que tener las cosas muy claras y un par de cojones para resistirse. Porque Alba está como un queso. Yo, aunque estuviera pendiente de otra tía, me la comería enterita», reconoció Ismael. «Por cierto, ¿las seguís viendo?», me interesé. «Pues claro, unas tías así no se pueden dejar escapar. Quedamos con ellas casi todos los días. Toni está liado con Mónica, Roberto con Nuria y Mario con Silvia. Enrique y yo nos estamos disputando a Alba. Pero de momento no nos hace ningún caso. No para de preguntar por ti. Tío, de verdad, no sé qué les das», me informó Ismael. «Y qué le habéis dicho, ¿que estoy con otra chica?». «Qué va. Toni no nos ha dejado», me contestó Enrique. «¿Por qué?», le pregunté a mi primo. «Tío, estaba mirando por tus intereses. No quería que alguno de estos te la levantara. Le hemos dicho que te habías ido unos días a Barcelona a arreglar unos asuntos pendientes». «Supongo que debo darte las gracias. Pero ya ves que no era necesario que le dijeras eso: Alba no me interesa lo más mínimo». «Pues a ver si hablas con ella y le dices claramente que no quieres nada, porque, macho, Enrique y yo estamos a dos velas», me sugirió Ismael. «Ahora que me acuerdo, ¿no conocéis a Dora del instituto? Me ha dicho que está matriculada en el del pueblo», les pregunté a los amigos de mi primo. «No, nosotros vamos a un instituto privado de Tarragona», me informó Toni. «Yo pensaba que tú eras el único que estudiaba en ese instituto», le dije a mi primo. «Qué va. Somos todos compañeros de clase», añadió Mario. «¡Eh, tíos, hay una mesa libre!», nos advirtió, en ese instante, Roberto.

8

Durante las tardes de aquellos días laborables en los que yo ayudaba a Dora a estudiar, me resultaba imposible arrancar la imagen de la muchacha de mi mente.

A la una y media, cuando Dora ya había desaparecido tras la esquina de la calle donde estaba situado mi domicilio, yo abandonaba el balcón y regresaba a mi habitación para, tumbado en la cama con los ojos cerrados, inhalar las partículas del embriagador perfume que, a lo largo de la mañana, se habían ido desprendiendo del cuello y de las muñecas de la muchacha y que ahora, como astros que irradiaban una energía vital que yo necesitaba, vagaban por el universo finito de la habitación hasta que entraban en mi campo gravitatorio y se veían atraídas irremisiblemente hacia mí. Estimulado por estas partículas, permanecía un periodo de tiempo indeterminado pensando en Dora y en todo lo que estuviese relacionado con ella. Hasta que algún ruido lo suficientemente poderoso como para traspasar el cristal de la ventana de la habitación –el claxon de un coche, por ejemplo– rasgaba la fina tela de mi imaginación o hasta que lo hacían, al cabo de una hora, las voces inconfundibles de mis padres, yo no cesaba de pensar en la muchacha y de elaborar escenas en las que ella –pletórica de belleza– era la auténtica protagonista. Si despertaba del trance antes de que mis padres llegaran, me sentaba a la mesa del escritorio, cogía el bolígrafo que Dora había utilizado, acariciaba con la yema de los dedos la superficie de sus caras poliédricas –en cada una de las cuales estaba enjaulado el rostro sonriente de la muchacha– y, acto seguido, redactaba el enunciado de los problemas que, tras recibir las explicaciones de rigor, tendría que resolver Dora a la mañana siguiente. Cuando terminaba, sentía una gran satisfacción e, inmediatamente, una adormecedora nostalgia, como si hubiesen transcurrido ya muchos años desde la última vez que había visto a la muchacha a la que estaba destinado mi trabajo. A continuación, devolvía el bolígrafo al recipiente del que lo había extraído (en el que brillaba mucho más que sus compañeros); entonces detenía mi mirada en aquel espacio vacío que había junto a él: yo pensaba, día tras día, que ese espacio debería estar ocupado por una fotografía enmarcada de Dora. Y es que no había nada que me hiciese más ilusión que poseer un fragmento de la belleza de la muchacha en cuya contemplación me pudiese regodear durante las interminables horas en que ella estuviese lejos de mí, confinada en un mundo cuyos horrores yo desconocía y al que, desafortunadamente, no tenía acceso. Porque la posesión de una fotografía que retratara a Dora era la única forma de estar en contacto con ella a la que podía acceder por el momento. No obstante, era consciente de que se trataba de una vía de comunicación inoperante que, por consiguiente, no me permitiría involucrarme en la vida de la muchacha, una inmensa y joven estrella que, debido a la insondable distancia que la separaba de mí, cobraba la forma de una mota de polvo engullida por la oscuridad. Pero esta certeza no impedía que, cada día, intentara convencerme a mí mismo de que, al siguiente, tendría el valor suficiente para pedirle a Dora que se dejase capturar en una fotografía.

A las dos y media, aproximadamente, llegaban mis padres a casa. Desde el recibidor, mi madre exclamaba: «¡Ya estamos aquí, Marcos!». Casi al instante, yo aparecía en el pasillo y, sin importarme el desagradable olor a pescado que ellos desprendían, avanzaba unos cuantos metros para darles un beso de bienvenida. «Qué, ¿cómo ha ido?», me preguntaba, a veces, mi padre. «Bien», le contestaba yo. Acto seguido, si el cansancio no se lo impedía, ellos me formulaban varias preguntas sobre Dora y sobre la clase que yo le había impartido. Las preguntas que consideraba demasiado indiscretas no obtenían respuesta; y, cuando alguno de mis padres, recalcitrante, me la exigía, yo, molesto, le decía que lo que quería saber no le incumbía. Si era mi madre la que había incurrido en la indiscreción, ésta exclamaba: «¡A veces eres más arisco, hijo mío!»; y, si era mi padre, me decía: «A ver si hablas con un poco más de respeto, ¿estamos?». Ignorando aquellos comentarios, me dirigía hacia la cocina. Mientras mis progenitores se duchaban, yo disponía las servilletas y los cubiertos sobre el mantel de la mesa del comedor y, al mismo tiempo, me preguntaba por qué razón ellos –que sabían que su hijo era una persona extremadamente reservada– se empeñaban en conocer datos sobre mi relación con la muchacha que formaban parte de mi intimidad si, cada día, les proporcionaba pruebas fehacientes de que me irritaban aquellas preguntas que pretendían sustraerme una información que, de momento, era inconfesable. No lo era, por supuesto, para el señor Luis, que, por méritos propios, hacía tiempo que se había ganado un billete de entrada a los recovecos de mi alma; lo había hecho porque, cuando él tenía noticia de que una nueva inquietud había nacido en mí, no incurría en el error del interrogatorio; sabio, paciente, el anciano esperaba a que ésta creciese, a que ella sola, desbordándome, sobreponiéndose a todos mis esfuerzos de contención, se le ofreciera de manera espontánea. Así, cuando esto ocurría, yo sentía un gran alivio que incrementaba mi confianza en el señor Luis. Mis padres, por el contrario, habían tratado siempre de horadar la coraza de mi alma mediante un torpe y agresivo estilete que no hacía más que acrecentar su resistencia. Este comportamiento primario de mis padres, propiciado por su escasa sensibilidad psicológica, me había distanciado de ellos con el paso de los años. Ellos, de todos modos, lo hacían con buena intención; al fin y al cabo, su actitud acosadora constituía una demostración de amor: solo pretendían acercarse y ser partícipes de mis inquietudes y preocupaciones. Pero, al no percatarse de que trataban con una persona susceptible y recelosa, erraban en el modo de hacerlo.

Durante la comida, nuestra conversación solía centrarse en aspectos relacionados con el recién inaugurado negocio familiar, que, por el momento, nos proporcionaba el dinero suficiente para vivir sin demasiadas privaciones. Mi padre también solía aprovechar este momento para restregarme por la cara lo mucho que me estaba costando progresar en la partida de ajedrez que nos mantenía enfrentados desde hacía varias semanas. A menudo me decía que mis movimientos eran cada día más torpes y que, si seguía así,

166

pronto llegaría el momento en que mi derrota sería inevitable (en una ocasión había añadido, con sorna, que quizá mi nueva amiguita me impedía concentrarme debidamente en el ajedrez). Yo no sabía si mi padre estaba realmente tan seguro de que él saldría victorioso o si solo intentaba intimidarme y desmoralizarme para que, de este modo, aumentaran las posibilidades de que su victoria se consumase. Sin embargo, de lo que sí estaba cada vez más convencido era de que me estaba enfrentando a una persona de identidad desconocida y de que, por tanto, mi padre no desempeñaba más que un papel de intermediario entre ella y yo, pues la maestría de las últimas maniobras que mi progenitor había realizado no podía haber surgido de la repentina inspiración de un individuo de poco talento como él, sino de un intelecto superior curtido por la experiencia de años de competición.

Después de comer, mis padres –que tenían que volver a la pescadería a las cinco en punto– se entregaban a una breve siesta que los liberaba de las espinas de cansancio que tenían clavadas en varias partes de sus cuerpos. Yo me veía siempre tentado a imitarlos, pues la larga sesión de estudio matutina me infligía un leve agotamiento neurológico que, secundado por el efecto aletargador de la comida, lograba arrancarme algunos bostezos que reclamaban el descanso; pero siempre me resistía a hacerlo, sabedor de que, cuando despertase, al contrario que mis padres, me encontraría todavía más cansado que antes de la siesta y me vería asaltado por dolorosos retortijones de estómago que, a lo peor, podían desembocar en náuseas y vómitos que me arruinaran el resto del día. Por esta razón, reprimía mis bostezos y me recluía en mi habitación para dedicarme a la lectura, noble actividad que sacaba a mis neuronas de su amodorramiento.

Durante aquel mes y medio en que estuve ayudando a Dora, era a la lectura de los tres primeros volúmenes de *En busca del tiempo perdido* a la que le dedicaba un par de horas después de comer. Pocos días antes de que comenzasen las clases, yo había entrado en un quiosco de prensa para comprar un periódico y, para mi sorpresa, había encontrado, en una estantería rotatoria con varios niveles, los tres primeros volúmenes –en edición de bolsillo– de la obra maestra de Proust. Afortunadamente, había logrado convencer a mis padres de que me los comprasen. Hasta entonces, a pesar de que conocía la obra de Proust y de que en innumerables ocasiones había escuchado al señor Luis hablar de sus excelencias, me había resistido a leerla: en parte, porque su descomunal extensión me abrumaba (siempre había sido partidario de las obras breves y sintéticas); pero, sobre todo, porque, como el generosísimo señor Luis tenía por costumbre regalarme, si me entusiasmaban, todos los libros de su biblioteca que leía (desde siempre, yo había tenido la necesidad de conservar todos lo libros cuya lectura me había apasionado, razón por la cual no frecuentaba las bibliotecas públicas), no quería que, impelido por su altruismo, el anciano se viese obligado a desprenderse de la que, para él, era una de las piezas más valiosas de su colección.

Desde el primer momento, la obra del genial francés enfermizo me había producido un deslumbramiento que carecía de precedentes en mi itinerario de lector. Yo, como una pequeña embarcación de pocos recursos, navegaba tambaleante por el mar caudaloso, compacto y zigzagueante de la sintaxis proustiana, que, con sus fluidas y constantes ondulaciones, me sumía en un placentero estado hipnótico que intensificaba la capacidad receptora de los sensores de mi sensibilidad. Me asombraba el modo en que Proust se demoraba en los aspectos más nimios de la vida externa e interna del ser humano; me resultaba fascinante asistir al espectáculo en el que el escritor desmenuzaba un elemento cualquiera —aparentemente indivisible— en miles de minúsculas partículas que, bañadas por el barniz de su sensibilidad, entrañaban, cada una de ellas, la complejidad de un universo plagado de verdades incontestables. Proust –como muchas personas, entre las que podría incluirme– era capaz de aislar de la realidad un objeto o un sentimiento y, al escrutarlo, descubrir todos esos detalles microscópicos en los que se esconde el secreto de su verdadera esencia; pero Proust, a diferencia de la mayoría de los mortales, tenía la capacidad de hacer comprensibles, mediante el látigo de su inteligencia, esos detalles invisibles a sus lectores. No obstante, a pesar de sus incontables virtudes, lo cierto es que muchos fragmentos de la obra me parecían monótonos y aburridos, quizá porque, aunque estilísticamente eran impecables, trataban temas que de ningún modo despertaban mi interés. Por descontado, yo –que ya había idealizado la obra– me atribuía a mí mismo la culpabilidad de aquel desinterés por algunos fragmentos; pensaba, por tanto, que con el paso del tiempo, cuando mis intereses intelectuales y culturales se hubiesen expandido, apreciaría esos fragmentos tanto como los que me entusiasmaban por entonces. Sin embargo, hoy en día he llegado a la conclusión de que la labor del lector de la hipertrófica obra de Proust es similar a la del buscador de pepitas de oro: ha de filtrar, con el cedazo de su paciencia, la gruesa y compacta arenisca en busca de los fragmentos diamantinos, que, una vez avistados, lo deslumbran y lo sacuden con una fuerza artística que no tiene parangón en este mundo. Recuerdo que, de todos los diamantes que yo había descubierto por aquel entonces, mis preferidos eran aquel en el que el protagonista relataba la necesidad indomeñable que tenía en su más tierna infancia de sentir, calurosa y cercana, la presencia de su madre; aquel en el que se narraba, de forma magistral, la relación amorosa entre Swann y Odette; y aquel que, al final del segundo volumen, contaba la incipiente relación de amistad que estableció el protagonista con Albertina y sus amigas. Mientras me hallaba enfrascado en la lectura de estas y de otras páginas memorables, siempre acudía a mi memoria, como una mariposa que regresa a su jardín preferido, la vívida imagen de Dora, que, cuando no reclamaba toda mi atención –dificultándome, por consiguiente, la lectura–, se convertía bien en una espectadora que, arrellanada en un fastuoso trono imaginario que yo le fabricaba, asistía a la maravillosa función teatral que Proust estaba representando en el escenario de mi mente, bien se inmiscuía en la obra, donde se transfiguraba en mi Odette o en mi Albertina particulares. Así, por ejemplo, yo podía ver pasear a Dora por los alrededores de Balbec, que, a su paso, cobraban una forma y una belleza distintas a las que Proust les había conferido. Y es que Dora era ya la perpetua inquilina de mi mente.

Cuando daba por finalizada la sesión de lectura, depositaba de nuevo sobre mi escritorio todos los objetos que, por la mañana, antes de que llegara Dora, había guardado en la caja que solía esconder debajo de la cama. A continuación, si no los había escuchado despedirse de mí, me acordaba de mis padres; y, temiendo que se hubiesen quedado dormidos, iba corriendo a su dormitorio para despertarlos; pero normalmente me encontraba la cama vacía. Enseguida comprendía que, en aquella ocasión, había estado yo tan embebido en la lectura, que no me había dado cuenta de que mis padres (que, apresurados, habrían decidido no entrar en mi habitación para despedirse) ya se habían marchado. Por lo general, en cuanto tenía la certeza de que estaba solo, volvía a mi escritorio para diseñar estrategias en mis tableros de ajedrez portátiles (antes de esto, los días en que me encontraba a la espera de que mi padre moviese ficha en el tablero de ajedrez principal, iba presuroso a la habitación en la que éste se encontraba para comprobar si lo había hecho antes de irse). No invertía más de una hora en esta tarea. De modo que el resto de la tarde, si no tenía que escribirle una carta al señor Luis –en cuyo caso, yo no veía la luz del día hasta la tarde siguiente– la pasaba con mis amigos.

Cuando me reunía con ellos –en la playa, en el salón recreativo o en cualquier otro lugar– lo primero que hacía –siempre y cuando no tuviéramos compañía femenina– era hablarles de Dora. Aquello –superada una primera etapa en la que me resistía a hablarles de la muchacha– se había convertido en una costumbre, en un ritual al que mis amigos, insaciables, ya no podían renunciar. Me formulaban tantas preguntas, era tanta la curiosidad que mostraban, tanta la necesidad que tenían de conocer nuevos datos, que yo, halagado, orgulloso de poseer un auditorio para mí solo, no podía sino entregarme, con esmero y delectación, a la narración de mi relato real, al que, de vez en cuando, le añadía alguna que otra pincelada ficticia que no modificaba, no obstante, la verdad de los hechos. El poder de las palabras es tan grande –y tan hermoso–, que mis amigos estaban a merced de mi voz, la cual, en cualquier momento, podía elegir entre interesarlos, inquietarlos, entusiasmarlos, desazonarlos, fascinarlos o decepcionarlos; podía lograr incluso, si se callaba, que ellos me suplicaran como niños angustiados o como reos desesperados; mi narración, en definitiva, les ocasionaba a mis amigos la misma dependencia que podría provocarles la más potente de las drogas. Tanto es así que estoy convencido de que ellos ya no deseaban que mi relación con Dora se resolviese en un sentido o en otro, sino que permaneciese, indefinidamente, en la etapa de ambigüedad en la que se encontraba por entonces; me imagino que

170

pensaban que, de este modo, el relato del que tanto disfrutaban no se acabaría nunca. Así pues, Dora se había convertido en un personaje novelesco cuya biografía, personalidad y comportamiento iban conociendo mis amigos a partir de mis sucesivas descripciones. De modo que, como el retrato que éstos se habían formado de ella había sido pintado con las acuarelas de mi subjetividad, yo era el sumo creador de la Dora que ellos conocían.

En fin, durante aquellas semanas yo había experimentado, por primera vez en mi vida, ese placer ignoto, celosamente guardado, al que solo puede acceder el narrador de raza, esa criatura privilegiada que se convierte –milagro de la naturaleza– en el aire que sus oyentes o lectores necesitan para seguir viviendo.

Solía regresar a casa a las nueve en punto, aunque mis amigos hubieran decidido no hacerlo todavía. A pesar de que mis padres –que sabían que mi primo me hacía compañía– no me obligaban a regresar tan pronto, a mí no me gustaba que, durante la cena –que se servía puntualmente a las nueve y media–, mis progenitores se vieran privados de mi compañía ni, sobre todo, que mi madre –que después de cenar se dedicaba a ver la televisión tumbada en el sofá– tuviera que interrumpir su descanso, en el momento en que yo llegara, para prepararme la cena o para calentarme la comida que ya había preparado. Además, antes de irme a la cama para soñar con Dora, solía consagrar un par de horas a la escritura (a menos que, en la televisión, diesen algún programa o alguna película ineludible). Por tanto, por mucho que mis amigos insistieran en que me quedara con ellos –con el propósito, supongo, de que les siguiera aportando datos sobre Dora que se me hubieran quedado en el tintero–, por mucho que me tentara su invitación, yo cumplía siempre con el que consideraba que era mi deber.

Cuando entraba en casa, mi madre, desde la bulliciosa cocina, me decía que me lavara las manos y, acto seguido, me apremiaba a que la ayudara a poner la mesa. Mientras yo la cubría con un florido mantel de plástico, depositaba sobre ella los cubiertos, las servilletas de papel y el recipiente que contenía las madejas de pan, mi padre, desde su silla, levantaba de cuando en cuando la mirada del periódico deportivo que estaba leyendo y esbozaba una sonrisa sarcástica que me irritaba y que menoscababa la confianza que tenía en mis dotes de ajedrecista. Yo, para tratar de hacerle creer a mi progenitor que sus burlas no me afectaban, fingía indiferencia; y si, a pesar de esto, él seguía insistiendo, lo miraba con aires de superioridad para intentar arredrarlo. De todos modos, ambos sabíamos que aquellas confrontaciones calladas no eran más que un juego carente de malicia. Enseguida llegaba mi madre con los aromáticos platos de la comida; y, si sorprendía en el arrogante semblante de mi padre una de esas sonrisas burlonas que trataban de herir mi orgullo, ella le pedía que me dejara en paz y le decía, por ejemplo, que a veces se comportaba como un crío. Mi padre, avergonzado, se escondía detrás del periódico, fingía que estaba terminando de leer un reportaje sobre su equipo y, cuando ya se había recuperado de la reprimenda que le había infligido mi madre, se desprendía de su parapeto y, adusto, comenzaba a deglutir los alimentos.

En mi casa teníamos la mala costumbre de conversar mientras comíamos. Si bien yo, desde un principio, me afanaba en conducir la conversación hacia el tema del próspero negocio familiar y de nuestra agradable vida en aquel pueblo pesquero de la costa catalana, mis padres conseguían siempre arrastrarla hacia su tema favorito: Dora. Sobrepasado este escollo, ellos me pedían que les hablara de mi primo y de mis nuevos amigos o que les resumiera lo que el señor Luis me contaba en sus cartas. Y, a veces –cuando ya se habían apagado todas las brasas del fuego de nuestra última discusión–, salía a relucir el polémico tema de los estudios universitarios por los que yo, satisfaciendo mi vocación, había optado contra viento y marea.

A mis padres, en fin, no les hacía ninguna gracia que, pudiendo yo aspirar a convertirme en un adinerado empresario, un juez del Estado o un prestigioso médico, hubiera decidido estudiar lengua y literatura. Para ellos, mediante aquella decisión idealista, temeraria e ingenua, yo estaba, incuestionablemente, dilapidando el talento que el Señor (mis padres sí creían en la Providencia) me había dado para, sin duda, emplearlo en actividades más importantes que la que había escogido. Porque, a su juicio, la literatura no era más que el refugio de los fracasados o de los perturbados mentales. En innumerables ocasiones, mis padres me habían dado a entender que la literatura no servía para nada, que, como mucho, servía para entretener a personas desocupadas que vivían aisladas de la vida real, la única vida importante y, por consiguiente, admisible. Consideraban, además, que la vida del escritor era una vida ingrata, irreal e injustificable. Así pues, mis progenitores intentaban desvincularme del futuro de escritor y crítico literario que yo había planificado mediante argumentos que creían incontestables: me decían, por ejemplo, que, aunque yo triunfara (y matizaban que el éxito en ese campo dependía más del azar que del talento), jamás ganaría el dinero que merecía y que, por tanto, tendría que soportar la humillación de que otras personas (amigos y familiares, entre ellas), mediocres a mi lado, llevaran una vida más cómoda y lujosa que la mía; y añadían que, si algún día llegaba a ganar mucho dinero, sería cuando las canas cubrieran ya por completo mi cabeza, es decir, cuando ya no pudiera disfrutar de él. En cuanto al reconocimiento del que gozaban los buenos escritores, mis padres alegaban que solo era una pantomima, que las personas que los alababan y aparentaban que los respetaban lo hacían por obligación, para mantener una actitud políticamente correcta que salvaguardase su imagen social; de modo que opinaban que ese prestigio del que muchos escritores se jactaban era, en realidad, espurio; y me decían que, aunque fuera verdadero, yo estaba muy equivocado si pensaba que con el prestigio iba a poder comprar un buen coche o una casa a la altura de ese prestigio o costearles a mis hijos colegios privados que les garantizasen la mejor educación. Todo esto me decían –de una forma más simple y tosca que la que yo he empleado– mis padres. Y maldecían al señor Luis porque, en su opinión, él me había inculcado aquella idea absurda de ser escritor (éste, en realidad, no me la había inculcado, sino que, al comprobar que mi vocación era fuerte y sincera y que, además, yo contaba con el talento necesario, me había espoleado). Por eso, a pesar del aprecio que le tenían al anciano y de que le estaban agradecidos por todo lo que había hecho por mí, mis padres debían de opinar que era bueno que el cambio de domicilio me hubiese alejado de él (si bien sabían que no podían prohibirme que me carteara con el anciano. De todos modos, supongo que mis padres –que no eran inquisitivos– tampoco deseaban cortar de raíz mi comunicación con una persona a la que sabían que quería casi tanto como a ellos). Yo, para consolar a mis progenitores –sobre todo a mi madre, que había derramado lágrimas de impotencia sobre su plato después de alguna acalorada discusión–, les había prometido finalmente que, si bien no pensaba renunciar a mi carrera de escritor, cuando terminase mis estudios de letras en un tiempo máximo de dos años, me matricularía en la facultad que ellos creyesen adecuada.

Evidentemente, en algunas ocasiones la fuerte presión que mis padres ejercían sobre mí me hacía desfallecer cuando, después de cenar, intentaba escribir algunos fragmentos de literatura. Cuando, vapuleada por varios agresores (mis padres, mis propias dudas…), mi voluntad de ser escritor se desmoronaba, yo era incapaz de deslizar el bolígrafo sobre la hoja en blanco. Durante un par de horas, me gobernaba una profunda aflicción de la que siempre me rescataba la mano incandescente de mi musa, acogedora como una enorme fogata en mitad de una tundra inhóspita. Ella me devolvía a la vida. Ella me devolvía mi autoestima. Ella me recordaba la conversación sobre la oposición de mis padres a mi vocación que yo había mantenido con el señor Luis un par de meses antes del traslado. Ella me devolvía la ambición de ser un gran hombre de letras del que tanto ella como mis padres se pudieran sentir orgullosos. Ella me acompañaba hasta la cama, me desvestía y me arropaba. Ella me daba un dulce beso en la comisura de los labios y, con un aliento que resucitaría a centenares de muertos, me susurraba al oído: «Hasta mañana».

V

Martes 1 de agosto

No deja de sorprenderme, señor Luis. Yo esperaba que usted, tras analizar mi situación, me diera su opinión acerca de si me estoy o no enamorando de Dora. Pero, en lugar de hacerlo, ¿me envía un libro cuya lectura, a su parecer, podría resolver mis dudas? Me dice que, para saber si estoy enamorado, antes debo conocer, con todo lujo de detalles, en qué consiste el enamoramiento. ¿Acaso estima que me he convertido, de la noche a la mañana, en un ignorante? ¿De verdad cree que no tengo una idea exacta de lo que es enamorarse de otra persona? Me temo que me subestima. A mi juicio, hasta las personas más incultas y obtusas saben perfectamente –aunque no puedan explicarlo– a qué llamamos enamoramiento, pues no hay ni un solo día de sus vidas en que, de una manera o de otra, no tengan conocimiento de él. De todos modos, no deduzca de mis palabras que me siento ofendido. En realidad, lo que me siento es intrigado. Siento una gran curiosidad por descubrir qué sublime sabiduría me aguarda en el libro de Ortega y Gasset que me ha enviado. Como usted me pide –casi me exige–, no comenzaré a leerlo hasta que no haya escrito esta carta. Pero, dígame, si este libro es tan bueno, si resulta tan clarividente, si realmente va a curarme de mi ignorancia con respecto al magno tema, ¿por qué no me ha hablado antes de estos 'Estudios sobre el amor'? ¿Por qué no me habló de este libro cuando me recomendó la lectura de 'La Rebelión de las masas' y de las 'Meditaciones del Quijote'? ¿Quizá porque estaba esperando el momento preciso para hacerlo? ¿Estaba esperando, tal vez, a que llegara el momento en que

175

yo lo necesitara, es decir, el momento en que me enamorara? De ser así, usted ya habrá dado por sentado que me he enamorado de Dora (o que pronto lo estaré) y, sin embargo, considerará que no me he enamorado de otras muchachas por las que me he interesado anteriormente (si bien, he de reconocerlo, no con tanto furor como ahora). En cualquier caso, voy a aceptar el reto que me plantea; voy a tratar de exponerle, antes de leer los ensayos de Ortega, lo que entiendo yo por enamoramiento. Ahora bien, le advierto que, después de invertir bastante tiempo en ordenar mis ideas, me he dado cuenta de que me va a resultar muy difícil transmitirle, mediante palabras, conceptos que, en mi mente, se entretejen con gran claridad. Es posible, por tanto, que mi exposición no alcance la altura de mis conocimientos sobre este tema tan abstracto. Aquí tiene la reflexión teórica que me solicita:

El enamoramiento es un estado de ánimo sublime que consiste en el irreprimible sentimiento de adhesión física y psicológica que experimenta el sujeto que ama por el sujeto amado. Así, el sujeto que ama tiene la necesidad física y psíquica de poseer la belleza que emana del sujeto amado y, asimismo, la necesidad –para ver calmada su irritación y su ansiedad– de que el sujeto amado lo reconozca también como una fuente de belleza de cuyas aguas precisa beber para prolongar indefinidamente un estado que excita sobremanera su sensibilidad y que le procura una felicidad plena. Así pues, en el proceso de enamoramiento ideal –en el que el amor es recíproco– tiene lugar la fusión de dos almas que se nutren mutuamente; en el imperfecto –en el que no hay más que un amor unidireccional–, el enamorado se ve desamparado por la belleza que anhela. Hay que matizar que la belleza que percibe el sujeto que ama es siempre una belleza binaria: constituida por un elemento físico y otro espiritual; cuando falta alguno de estos dos constituyentes, no se puede hablar ya de enamoramiento, sino, en el caso de que sea el constituyente espiritual el que se ausente, de atracción sexual; y, en el caso de que sea el elemento físico el que no esté presente, de amor idealizado o platónico. Por lo que respecta a esa belleza que advierte el sujeto que ama, no cabe duda de que se trata de una belleza subjetiva: la aureola que rodea al sujeto amado solo aparece revestida de belleza –al menos del tipo de belleza que enamora– para el sujeto que ama; tanto es así que, a los mortales no enamorados de ese sujeto, la aureola que lo circunda –en el improbable caso de que puedan verla– no les causa sino indiferencia; de hecho, podría decirse que son los ojos creadores del que ama los que, sobre la belleza primaria del sujeto amado, proyectan una belleza adicional que va perfeccionándolo y que, por tanto, lo hace cada vez más afín al sujeto que lo modela. Por otra parte, cabe mencionar que el enamoramiento, tanto en su forma ideal como en la imperfecta (pues, en este último caso, el enamorado, a pesar del rechazo, no desfallece nunca, nunca pierde la esperanza de ser correspondido) genera en el sujeto que ama una hiperactividad mental, un enriquecimiento interior que le permite afrontar la vida con más determinación y eficacia de las que es capaz en condiciones normales. La euforia y la exaltación que suscita el enamoramiento en el que ama intensifican su sensibilidad y, por consiguiente, le permiten captar detalles, matices de sí mismo, del prójimo y, en general, del entorno que lo rodea que antes permanecían ocultos en la penumbra; así, el hombre que antes era poco dado a pensar se convierte, al enamorarse, en una persona reflexiva que analiza con detenimiento su pasión y todo aquello que repercute en ella; o el hombre al que no se le erizaba el vello al escuchar una bella melodía o al leer un hermoso poema se transforma, incendiado por el amor, en un individuo al que hasta el canto de un pájaro o la caricia de una pluma pueden provocarle un leve llanto de emoción. Además, el sujeto amado se convierte, para el enamorado, en un estímulo y en un acicate para sobreponerse a cualquier obstáculo. Por tanto, el amor, como enriquece la mente y la sensibilidad del enamorado, convierte a éste en una persona mejor. De ahí que se encomie tanto este divino sentimiento que enaltece a nuestra especie, que nos sitúa en la cima de la pirámide de la existencia terrestre, a escasos centímetros de distancia del Olimpo de los dioses.

Después de todo, he conseguido que mi exposición teórica refleje con bastante fidelidad mis pensamientos. ¿No le parece, señor Luis, que la inspiración ha esparcido su aliento sobre mi texto? Lo siento. Discúlpeme por mi arrogancia, que es fruto de la sorpresa que me ha causado la facilidad y la eficacia con las que he aborda-

do un tema que, en un principio, había creído que me venía grande. Volviendo a éste, ¿sabe que, mientras redactaba la exposición teórica que acaba de leer, he llegado a una firme conclusión que ya había atisbado días atrás? Se la desvelaré: no estoy enamorado de Dora. Es obvio que, por el momento, todavía no me siento adherido a ella física y psíquicamente. No obstante, no puedo negarle que he descubierto en mí algunos síntomas muy similares a los que provoca el enamoramiento. Pero estas sensaciones que me asaltan nada tienen que ver con el arrobamiento amoroso. Lo que yo percibo cuando contemplo físicamente a Dora, cuando la recuerdo o cuando la proyecta mi imaginación es un enamoramiento en potencia. En otras palabras, intuyo que la muchacha podría poseer cualidades capaces de enamorarme; y es la ilusión que suscita en mí la esperanza de que mi intuición se confirme la que ha originado la aparición de esos síntomas livianos, frágiles y efímeros que no deben confundirse con los intensos, graníticos y perennes propios del enamoramiento. Soy consciente de que usted podría objetar que, si la posibilidad de que habiten en la muchacha cualidades que puedan enamorarme genera en mí ilusión, es porque deseo enamorarme de ella. Y, siguiendo este razonamiento, podría decirme que, si una persona desea enamorarse de otra, es porque ya está enamorada de ella. Pero usted incurriría, si lo hiciera, en un craso error. No voy a negarle que, ciertamente, me agradaría que Dora poseyese las cualidades necesarias para apoderarse de mí amorosamente. Pero eso no se debe a que yo ya esté enamorado de ella, pues aún no me han sido reveladas por completo esas cualidades (y el amor, como todo fenómeno, no puede preexistir a sus causas); ni se debe a que –como usted podría alegar– yo esté enamorado del amor (y, por tanto, la muchacha no constituya más que un pretexto para acceder a él), sino a que, por frívolo que parezca, el físico de Dora me atrae poderosamente, como ningún otro lo había hecho hasta ahora, a pesar de que he conocido a mujeres cuya belleza física, objetivamente, no era menos deslumbrante que la de Dora (supongo que nuestra preferencia por unos rasgos físicos concretos es innata, es decir, que las características que definen a esos rasgos están talladas a fuego en nuestros genes). Pues bien, es esa intensa atracción física la que me lleva a desear

178

que se produzca también la atracción espiritual (recuerde que, sin la comunión de ambos elementos, no puede tener lugar el enamoramiento). Pero claro, usted, para desmontar mi argumentación, podría recordarme que yo también me siento atraído por el físico de Alba y que, sin embargo, no quiero enamorarme de ella. Bueno, en primer lugar, como usted mismo me sugirió, lo que generó mi deseo de acostarme con Alba no fue la atracción física, sino la lujuria (provocada por su obsceno y morboso comportamiento); y estará de acuerdo conmigo en que la lujuria goza de la malévola capacidad de entregarnos a personas que detestamos o que no nos atraen físicamente. En segundo lugar, mi intuición no ha vislumbrado, sobre la superficie del alma de Alba, la punta de un iceberg integrado por hermosas cualidades. En la de Dora, en cambio, sí que lo ha avistado. Entre Dora y yo, además, no media la lujuria: soy incapaz de allanar su cuerpo con mi imaginación (a lo sumo, lo único que allano, inocentemente, son sus labios). Esto significa que mi instinto sexual está esperando, antes de desbordarse, a que se produzca, además de la adhesión física, la adhesión espiritual. Solo entonces, señor Luis, podré afirmar que estoy enamorado de Dora.

En fin, creo que ya he cumplido sobradamente con la tarea que usted me había encomendado. Es hora, pues, de que le ponga al corriente de lo más relevante que ha ocurrido en estos últimos días. Por descontado, voy a darles preferencia a los asuntos de Dora.

Voy a comenzar confesándole un capricho que me asedia constantemente: quiero tener una fotografía de Dora, una fotografía enmarcada que, cuando ella no esté junto a mí, pueda colocar sobre el escritorio. ¿Por qué?, se preguntará. Pues la verdad es que no lo sé exactamente. Simplemente, necesito tenerla. Supongo que deseo tener una instantánea imperecedera de esa belleza que tanto me atrae, del mismo modo que el entusiasta del arte, después de visitar un museo donde ha contemplado un cuadro que ha convulsionado su sensibilidad, compra una réplica del susodicho para compensar la ausencia de la imagen real. El problema es que no se me ocurre la forma apropiada de conseguir la instantánea. En un principio, había pensado en fotografiar a Dora desde el balcón con la cámara de mis padres. Pero no, no quiero ver *sobre mi escritorio el rostro malhumorado de la muchacha ni el color plomizo del asfalto. Quiero la imagen de una Dora sonriente sentada sobre mi cama. No quiero, en definitiva, una fotografía robada de Dora, sino que ella, complaciente, pose para mí, que me mire a los ojos mientras la cámara la retrata. Ya sé que esta pretensión es demasiado ambiciosa. Pero no puedo conformarme con menos, señor Luis. Así pues, para obtener el tipo de fotografía que tanto anhelo, necesito el consentimiento de la muchacha. Pero, ¿con qué justificación le voy a pedir que se deje fotografiar? Lo más sencillo, desde luego, es no esgrimir justificación alguna; pero también es esta la opción más comprometedora, porque Dora, a raíz de mi requerimiento, podría llegar a la acertada conclusión de que me gusta o, a lo peor, a la errónea de que me he enamorado de ella. Y, si bien no tengo muy claro si lo primero sería bueno o malo, lo segundo, sin duda, sería nefasto. Así que no sé qué hacer. Probablemente, me quedaré sin fotografía.*

Cambiando de tema, ya sé dónde vive Dora. No sea malpensado, no la he seguido, después de que ella abandonara mi casa, para descubrirlo. Eso habría sido muy rastrero. Ha sido una urgencia la que me ha permitido conocer el trayecto que la muchacha recorre todos los días. Le explico: ayer por la mañana, Dora llegó con más retraso del habitual. Durante la clase, ya me di cuenta de que le costaba concentrarse y de que, de vez en cuando, constreñía el semblante casi imperceptiblemente, como si quisiera ocultar algún tipo de dolor que la estuviese incordiando. En varias ocasiones, ella me pidió que le trajese un vaso de agua, de lo que deduje que no tenía fuerzas para levantarse y servirse ella misma, como suele hacer. Varias veces, al comprobar que erraba más de la cuenta en la resolución de los ejercicios, le pregunté a la muchacha si se encontraba bien, si quería que suspendiésemos la clase, a lo que ella, estoica, me contestó que no, que continuáramos, que solo estaba un poco acalorada. Pero, a las doce aproximadamente, mientras yo le estaba explicando la aplicación correcta de la fórmula de una importante ley física, Dora se desplomó ante mis ojos como una flor marchita y tronchada que arrastró en su caída algunos folios que la cubrieron como una mortaja. Asustado, me arrodillé e intenté, mientras la agarraba suavemente por el cuello, arran-

180

carle unas palabras que me aliviaran; pero Dora había perdido el conocimiento. Entonces la alcé en brazos y deposité su cuerpo desvaído sobre mi cama. La maniobra –que ejecuté torpemente– le levantó la minifalda, dejando a la intemperie unas bragas blancas que permitían entrever una frondosa oscuridad que me paralizó durante algunos segundos. Con dos dedos –procurando evitar el roce de su piel– le cubrí los muslos con la minifalda. No se puede imaginar lo hermosa que estaba, señor Luis. Más hermosa que nunca. En fin, entre preocupado y excitado, me senté a su vera y le propiné algunas palmaditas suaves en la mejilla que no obtuvieron respuesta. A continuación, no pude resistirme a acariciarle delicadamente la cara. Me dio entonces la impresión de que la muchacha no respiraba. Así que le levanté el brazo para encontrarle el pulso, pero el nerviosismo y la impericia me impidieron detectar la palpitación de sus venas. Temiéndome lo peor, apoyé un costado de mi cabeza sobre la esponjosa almohada de sus pechos con la esperanza de sorprender, en sus profundidades, un aliento de vida. Allí estaba, señor Luis, tímido pero incesante. Agarré entonces a Dora por sus hombros desnudos y comencé a zarandearla con algo de violencia y a pronunciar su nombre en voz alta de forma reiterada. La muchacha no tardó en abrir unos ojos perezosos que se anclaron en los míos. Por un momento, pensé que sus labios, a escasos centímetros de los míos, iban a besarme. Por un momento, sospeché que Dora había fingido el desmayo, que se había dejado llevar en brazos hasta la cama, que había contenido la respiración mientras yo, embelesado, contemplaba la premonición de su pubis, mientras le bajaba la minifalda, mientras le acariciaba la cara y mientras descansaba sobre sus pechos; y que lo había hecho impulsada por la esperanza de que yo, cómplice de su silencio, me decidiera a despertarla con un beso apasionado y profundo. Pero Dora no me besó. Todo lo contrario: confundida y asustada, me empujó levemente para poder incorporarse. Después de que yo le explicara lo que había sucedido, ella permaneció un buen rato tumbada en la cama, hasta que se le pasó el mareo. Entonces me ofrecí a acompañarla hasta su casa. Pero ella se empeñó en ir sola. Me costó mucho convencerla de que, dado que todavía no se encontraba bien del todo, era conveniente que la acompañara. Así que, *finalmente, la acompañé hasta la puerta de su domicilio. Me imagino que la reticencia de la muchacha estaba motivada por el temor que tenía a que, por un revés del azar, sus padres nos viesen juntos.*

En fin, señor Luis, ¿qué le ha parecido la historia? Yo le voy a decir una cosa: no he experimentado jamás una excitación erótica como la de ayer.

Por lo que respecta a mis amigos, por los que usted me pregunta, tengo que decirle que todo ha vuelto a la normalidad. Después de mi deserción, ellos se mostraron mucho más condescendientes de lo que yo esperaba. Apenas me hicieron reproches, ya que, a su parecer, mis desplantes tenían una buena justificación. Eso sí, me sometieron a un implacable interrogatorio mediante el que pretendían sonsacarme toda la información relacionada con Dora, incluso aquella que, por decoro, resulta inconfesable. Yo, por supuesto, no les conté más que lo imprescindible. A pesar de que me sentí acosado, aquella conversación fue muy edificante, tanto para mí como para ellos. La verdad, señor Luis, es que mis amigos son algo brutos; tienen una concepción del mundo (sobre todo de las relaciones entre hombres y mujeres) superficial y ramplona; pero, a su favor, puedo decir que no son, como cabría esperar, personas obcecadas; todo lo contrario, admiten –aunque sean contrarias a las suyas– ideas que reconocen respaldadas por argumentos coherentes y consistentes; incluso, cuando algún juicio insospechado agita en su interior el nervio de la incertidumbre, se entregan al noble ejercicio de la reflexión. Tanto es así que son ya muchas las ocasiones en las que, a lo largo de una conversación controvertida, después de una flexible resistencia, ellos me han dado la razón sobre aspectos de diversa índole. Sí, señor Luis, poco a poco, estoy atrayendo a mis amigos hacia mi terreno (prueba de ello es que, desde hace dos semanas, la mañana de los sábados se reúnen todos en mi casa). Por sorprendente que parezca, estos chicos de los que hace poco me quería desligar están empezando a ver el mundo a través de mis ojos. Y yo diría que lo que ven los fascina y los atemoriza al mismo tiempo.

Pero en todo rebaño hay una oveja negra: en el nuestro, el animal descarriado es Roberto. Éste, a diferencia de sus compañe-

ros, es inflexible, irreflexivo, obstinado, pueril, vanidoso y agresivo. Desde que le escribí la última carta, Roberto y yo hemos tenido algunos encontronazos verbales (no he podido evitarlo; ya sabe que no me dejo amedrentar por imbéciles). Está claro que Roberto no me soporta; hasta es posible que me deteste; es más, tengo la impresión de que, si yo no fuera primo de Toni, ya me habría dado un par de sopapos (contra los que, por qué negarlo, yo no habría podido hacer nada). Después de analizar el comportamiento de Roberto a lo largo de estos días, he llegado a la conclusión de que, por un lado, le repugna mi personalidad (antitética a la suya); y, por otro, no logra asimilar que sus amigos, en muchas ocasiones, se desmarquen de sus opiniones para adherirse a las mías. En resumidas cuentas, creo que se siente desplazado; creo que teme estar perdiendo su privilegiado rol de líder del grupo (aunque al principio no tuve esa impresión, no hay duda de que Roberto es el que lleva la batuta de esta orquesta de cuatro instrumentos). Debe de considerarme un intruso insoportable que viene a usurpar su legítimo trono. Yo, no se preocupe, no voy a entrar en disputas absurdas e improductivas. Si aguanto el chaparrón inicial, creo que Roberto terminará resignándose. Ahora bien, es evidente que nunca llegaremos a ser buenos amigos.

Al margen de esta mácula, mi relación con mis amigos, como le digo, se presenta muy próspera. Ahora mismo están literalmente enganchados al culebrón en que, según ellos, se ha convertido mi relación con Dora, culebrón que yo les relato, por capítulos, todos los días (como comprenderá, no les he narrado con detalle el capítulo del desmayo de la muchacha; simplemente, les he dicho que ésta se ha desmayado). ¡Cualquiera los deja un día sin su ración de 'Marcos y su aplicada alumna'! En fin, señor Luis, que estoy comenzando a apreciar a mis amigos. Quién lo iba a decir, ¿verdad? Ah, se me olvidaba decirle que me han puesto un mote (bueno, concretamente, me lo ha puesto Roberto). Estará pensando que, si ha sido idea de Roberto, se tratará de alguna aberración. En realidad, no es un mote demasiado desagradable: mis amigos me llaman Orador. Según ellos, porque, de vez en cuando, les doy discursos y porque, a veces, les hablo como si me hubiese tragado una enciclopedia. Tiene su gracia, ¿no le parece? No crea que el mote me molesta, pues, aunque Roberto lo ideó con fines perversos, me consta que el resto de sus compañeros lo emplean cariñosamente; además, no lo hacen de una manera sistemática; la mayoría de las veces recurren a mi nombre de pila para dirigirse a mí.

Bueno, llegamos ya al final. Solo me resta comentarle algo que sin duda juzgará interesante. Al parecer, Alba se ha encaprichado de mí. Yo pensaba que, después del flagrante modo en que la rechacé, ella no iba a volver a dirigirme la palabra. Pero mis amigos me han informado de que, durante los días en que estuve ausente, ella no cesó de preguntar por mí. Desde que me reconcilié con mis amigos, hemos quedado con las chicas –que siguen tan casquivanas como siempre– en varias ocasiones, la mayoría de ellas en la playa. En estos encuentros Alba, tímida y distante, apenas ha hablado conmigo. Pero este sábado (el último día que ella y sus amigas pasaron en este pueblo), cuando estábamos todos –casi todos– contemplando la puesta de sol desde la arena de la playa, la muchacha me propuso que diéramos un paseo por la orilla. Durante éste, en resumen, Alba me pidió disculpas por cómo se había comportado en la fiesta, arguyendo, para justificarse, argumentos que no considero falaces, pues, si lo fueran, ella, para beneficiarse de ellos, me los habría manifestado mucho antes. No, la muchacha no me mintió. Su arrepentimiento era sincero. La conversación que mantuve con ella me ha dado mucho que pensar. He aprendido que no se debe juzgar a la gente precipitadamente; a veces, los actos superficiales que ejecutan las personas no las definen con exactitud. Y ahora discúlpeme, porque no le voy a dar más información. Tras varias horas de reflexión, he llegado a la conclusión de que lo que más me conviene es olvidarme de Alba. No quiero complicarme aún más la existencia. Por eso he hecho pedazos el papel en que ella me apuntó su teléfono. Mi futuro está aquí, junto a Dora. Así que le ruego que, en sus próximas cartas, no me pregunte por este tema. Yo lo doy por zanjado.

Me despido ya, señor Luis. Porque, aunque podría contarle más cosas, estoy ansioso por comenzar a leer el libro de Ortega y Gasset. Hasta la próxima. Y le digo ahora lo que siempre me olvido de decirle: cuídese mucho.

9

No hay nada más insufrible que acoger en nuestro seno dos deseos que se contradicen; dos deseos que, como fieras salvajes de idéntico poder, salen despedidos después de cada embate furibundo, con lo cual la zona del impacto se convierte en el epicentro de un movimiento sísmico que, a medida que propaga su onda expansiva, va agrietando el terreno que esas fieras se disputan.

Desde que, a mi regreso triunfal, mis amigos me informaran de que mi prolongada ausencia había provocado en Alba una tristeza y una pesadumbre de las que sus propias amigas se asombraban, yo había sufrido la violenta confrontación de ese tipo de deseos antitéticos: por un lado, deseaba evadirme de la muchacha, de ese halo lujurioso que aún la circundaba en mis pensamientos, de la leve excitación que todavía me causaba la rememoración de su convulsa anatomía y de sus palabras salaces, las cuales, de cuando en cuando, ascendían desde el légamo abisal en que se encontraban para irritar la superficie de mi mente; por otro, deseaba acercarme a Alba para ver, para palpar, para saborear, por mí mismo, esa tristeza que decían mis amigos que le asolaba el rostro, esa tristeza que podía ser la manifestación visible de la culpabilidad, del arrepentimiento y, en definitiva, de la fermentación de un noble sentimiento que estuviese transformando a la muchacha.

De modo que, cuando mis amigos se reunían con las muchachas –normalmente en la playa–, yo no podía dejar de acudir a la cita. Pero, una vez que estaba allí, tampoco me era posible entablar una conversación con Alba o corresponderla con una mirada nada evasiva cuando ella buscaba mis ojos para comunicarme, veladamente, lo que no se atrevía a expresar con palabras. Yo siempre situaba mi toalla lo más lejos posible de la suya: por una parte, para evitar cualquier tipo de contacto físico involuntario; por otra, para que me resultara más fácil abstenerme de participar en las conversaciones en las que ella se inmiscuyera. A lo que no renunciaba, de todos modos, era a mirarla fugazmente cuando ella no podía percatarse de que mis ojos la estaban sobrevolando como veloces y sigilosos halcones. Aquellas miradas resbaladizas me confirmaban que, en efecto, la tristeza hacía palidecer el semblante de la muchacha, que, en la mayoría de ocasiones, parecía extraviada en otra realidad donde se agolpaban las más lacerantes melancolías. Aquella tristeza, que dignificaba su belleza y la recubría de una ingrávida gasa de inocencia, me impelía a indagar en las causas que la provocaban, ciertamente halagado –y, al mismo tiempo, horrorizado– por la posibilidad de que fuese mi desdén el que hubiese sumido a Alba en aquel ostensible desánimo que le estaba sustrayendo la vitalidad y la jovialidad que la muchacha había mostrado antes de la noche fatídica. Pero tan pronto como se me ocurría proponerle a Alba que buscásemos algún lugar íntimo en el que poder hablar, me acometían, como tenebrosos espectros, las escenas lúbricas de la fiesta; entonces me punzaba la sospecha de que la muchacha no podía haber experimentado, en tan poco tiempo, una conversión tan radical como la que sugería su semblante compungido. Por tanto, llegaba a la conclusión de que Alba estaba fingiendo su tribulación con el fin de arrastrarme a una nueva encrucijada libidinosa en la que pudiera sojuzgarme definitivamente; pero, a continuación, en cuanto volvía a contemplar a la adolescente por un instante, me dejaba amansar por aquella hermosa congoja que parecía tan sincera y que clamaba indulgencia. Entre estos dos polos me debatí durante las tardes que compartí, algunos días, con aquellas muchachas veraneantes, incapaz de dar un paso en una u otra dirección.

Pero aquella tarde era distinta a todas las demás; aquella tarde tenía, para mis amigos y las amigas de Alba, una consistencia mortecina, una faz pálida y afligida que se extendía ante sus ojos como un inmenso espejo en el que ellos se reflejaban. Aquella tarde era la última que las promiscuas muchachas pasarían en el pueblo. Era la tarde de las despedidas; era la tarde que precedía a la noche

186

en la que los más afortunados de mis amigos permanecerían en la playa para fundir sus cuerpos con las amigas de Alba en una última cópula acuática.

Aquella tarde nos desplazamos hasta un extremo de la playa que se desligaba del pueblo y que, por tanto, estaba siempre poco frecuentado. En el trayecto hacia aquel emplazamiento en el que la arena de la playa se encontraba salpicada de pequeñas palmeras cuyas hojas alicaídas se podían alcanzar de un salto, Mario, Toni, Roberto y sus respectivas parejas iban a la vanguardia; por detrás de ellos, Enrique e Ismael flanqueaban a Alba; yo, en la retaguardia, observaba el comportamiento de cada uno de ellos: Mario y Toni, mientras caminaban, se conformaban con agarrar a Silvia y a Mónica por la cintura o, a lo sumo, con afianzar sus manos de masajistas a los prietos traseros de las muchachas; en cambio Roberto –que no tenía el más mínimo respeto por los azorados compañeros a los que daba la espalda– se entretenía, desinhibido y exhibicionista, en magrear los pechos y los glúteos de Nuria de manera explícita y obscena, mientras le daba profundos besos que sonaban como pisotones en un charco o le susurraba cochinadas al oído que debían de erizar el sudoroso vello de la entrepierna de la permisiva adolescente; entretanto, Enrique e Ismael –excitados y a la vez ultrajados por el atrevimiento de Roberto– se esforzaban en desplegar todos sus encantos ante la triste y monosilábica Alba con el objetivo de que, cuando llegase el momento en que los afortunados se arrojasen a degustar la carne convulsa, la muchacha, en un acto más de generosidad que de lujuria, les entregase su cuerpo por primera y última vez. Alba parecía estar tan abatida, tan alejada del lugar físico en el que se encontraba, que yo pensé que, si alguno de aquellos dos buitres que la sobrevolaban terminaba cubriéndola con su cuerpo (al interpretar el silencio de la extraviada muchacha como una manifestación de su consentimiento), cabría la posibilidad de que ésta, insensible, desposeída de sí misma, no se percatase de que estaban penetrando en sus entrañas. Me dije a mí mismo que no podía consentir que aquello ocurriera, no sé si porque, vencidos ya mis recelos, realmente había llegado a creerme que Alba se encontraba en un penoso estado de desvalimiento; o, sin embargo, porque, aunque ella no me interesara como mujer, deseaba seguir siendo su preferido, el único para el que tenía abiertas las puertas de su sexualidad. Pero sabía que, para evitar que Enrique o Ismael la poseyeran, tendría que custodiarla. Y esa era una tarea demasiado arriesgada que no me atrevía a acometer.

Instalamos nuestro último campamento bajo la más frondosa de las palmeras. En aquella reducida zona, no había más de media docena de personas silenciosas que no prestaban atención a las demás. Enseguida Roberto y Nuria –que, apremiados por la concupiscencia, no podían esperar a que la noche tiñera de oscuridad aquel paraje y lo hiciera infranqueable a miradas morbosas– se despidieron lacónicamente de nosotros y, a continuación, se retiraron unos doscientos metros a una zona despoblada de la playa, desprotegida de palmeras, en la que, con perdón, iban a follar hasta deshidratarse por completo. El modo frenético en que, mientras se alejaban, Roberto metía la mano en el biquini de Nuria, estrujando la carnosidad de sus glúteos y buscando la hendidura mullida de su pubis, así lo indicaba. La atmósfera estaba tan cargada de sexualidad, que, cuando el recuerdo de Dora emergía voluntariamente del lecho en el que había estado dormitando, yo, para evitar que se contaminara de aquel aire lúbrico que nos abofeteaba a todos, lo obligaba a regresar a su duermevela.

«Anda que no van calientes», comentó Mario. «Lo van a hacer allí mismo. Roberto no se corta ni un pelo», añadió Toni. «¿Tú crees que Nuria se lo va a permitir?», intervino, escéptico, Ismael. «No te preocupes, ya la convencerá», sentenció Mario. «¿Vosotras creéis que Nuria se va a atrever a hacerlo a la luz del día?», les preguntó Toni a las muchachas. Fue Mónica, cuya nuca reposaba sobre el vientre nervudo de mi primo, la que manifestó su opinión en primer lugar: «Depende de lo caliente que vaya. Nuria se mueve por impulsos». «Yo creo que no. Como mucho se meterán mano. Nuria es un poco alocada, pero no se va a arriesgar a que cualquiera pueda verlos y decida grabarlos. ¿Os imagináis que luego salieran en algún programa de la tele y se enterara todo el mundo? ¡Qué horror!», dijo Silvia. Por la sonrisa pícara que esbozaron mis amigos, deduje que ellos estarían dispuestos a pagar una suma considerable de dinero para que, a cambio de ésta, un buen día, mientras estuvieran contemplando anodinamente la televisión, les sobreviniera la imagen de Roberto empitonando, insaciablemente, la ingle rebozada de arena de Nuria. He de reconocer que a mí también me atrajo la idea, pero por un motivo distinto al de mis morbosos amigos: me habría agradado que Roberto fuese sometido a semejante escarnio. «¡Hostia, tíos, ya le están dando!», nos avisó Enrique, cuya mirada, proyectada por unos pequeños prismáticos, prácticamente rozaba los cuerpos de Nuria y Roberto. Inmediatamente, Toni le arrebató el binocular a Enrique; y, cuando lo encajó en las cuencas de sus ojos, exclamó: «¡Joder, es verdad! ¡Están como una cabra! ¡Esto es mejor que una peli porno!». Los que carecíamos de lentes de aumento solo pudimos apreciar, tras aguzar la vista, que una figura delgada –que debía de ser la de Nuria– estaba sentada sobre la ingle de una figura más corpulenta que permanecía extendida sobre la arena. «¿Lo veis? Nuria está dando botes encima de Roberto. ¡Menuda pasada!», nos detalló Toni. «Yo no lo veo. Déjame los prismáticos», le pidió Mario, cuyas retinas, obnubiladas por una leve miopía que él se empeñaba en no corregir, no debían de apreciar más que un gurruño negro. Mónica se apropió de los anteojos y dijo: «De eso nada. Se acabó. ¿A vosotros os gustaría que os espiaran?». «Venga, nena, dame los prismáticos, que esto es de máximo interés», le ordenó Toni. «Eres un cochino. No te los voy a dar, así que no insistas. A ver si te vas a quedar a dos velas», lo amenazó Mónica, amenaza que apaciguó a mi primo. Yo, ruborizado por la situación, jugueteaba con la arena, como si todo aquello no fuera conmigo. Advertí, por el rabillo del ojo, cómo Ismael, aprovechando la cobertura que le brindaba el foco de atención de Nuria y Roberto, allanaba descaradamente la toalla de Alba. La muchacha no se inmutó, lo que sin duda envalentonó a Ismael, que le susurró algunas palabras al oído. El asedio había comenzado. Enrique, entretenido por un momento en recuperar los prismáticos que Mónica le había incautado a Toni, se percató de que había descuidado su objetivo principal y de que, mientras tanto, Ismael le había tomado la delantera; así que se arrimó a Alba y, esgrimiendo la justificación de que estaba cubierta de arena, le acarició la espalda baja. Alba le sonrió (pero yo detecté un componente de amargura en aquella sonrisa). Tanto Enrique como Ismael sabían que disponían de poco tiempo para camelar a Alba, como mucho, hasta que la noche borrase por completo las tonalidades ocres del ocaso, momento en que los adolescentes emparejados se adentrarían en el agua para saborear sus pieles sazonadas y resbaladizas; momento en que los adolescentes solitarios tendrían que regresar, cabizbajos, a sus casas, o, si les servía de consuelo, cobijarse bajo una palmera para masturbarse mientras sus compañeros chapoteaban como cachalotes encelados. Ismael y Enrique sabían, además, que yo era el único que gozaba del beneplácito de Alba, por lo que debían de temer que, en el último momento, contagiado por la lascivia asfixiante que se respiraba, me decidiera a tomar un último baño con la muchacha. Por estas razones, Ismael y Enrique se comportaban de un modo tan tosco. Lo que éstos ignoraban era que yo no constituía para ellos una amenaza, pues ya hacía bastante tiempo que yo sabía que la mujer a la que deseaba, la que monopolizaba mi atención, no se encontraba en aquella playa. De manera que a la única amenaza que debían enfrentarse era a la más que probable indiferencia de Alba; porque, cuanto más observaba yo a la mohína adolescente, más me convencía de que no tenía la intención de copular con nadie, ni siquiera conmigo. Sin embargo, aunque Alba no me mirara, aunque no me hablara, dirigía toda su fuerza vital hacia mí a través de un conducto invisible, quizá con la intención de ablandar mi actitud reluctante. Así, yo podía sentir la tristeza de la muchacha como si se tratase de un dolor físico que martillease mis músculos. No me cabía duda de que, aunque no se tratara de un coito salvaje de despedida, Alba quería algo de mí, algo que no se atrevía a demandar.

Transcurrieron un par de horas, de las que Nuria y Roberto, incansables, no desaprovecharon ni un solo minuto; dos horas durante las cuales Enrique e Ismael agotaron, infructuosamente, todos sus recursos de seducción; dos horas melancólicas a lo largo de las cuales las muchachas no cesaron de lamentarse de que sus vacaciones hubieran llegado a su fin y de que, por consiguiente, tuvieran que regresar a la anodina Barcelona del mes de agosto. Dos horas que le habían servido a Alba para armarse de valor: cuando el ocaso chorreaba ya sobre el cielo, la muchacha se zafó de los centinelas que la custodiaban, se acercó a mí y, resueltamente, me pidió que diéramos un paseo. Varios latigazos de nerviosismo me abrasaron el estómago. Como me vio indeciso, Alba me dijo que solo quería hablar conmigo.

Caminamos por la orilla de la playa en dirección contraria a la que se encontraban Nuria y Roberto; ambos procurábamos que nuestras pieles no se rozasen fortuitamente. Agotamos un par de minutos sin articular ni una sola palabra. Finalmente, fui yo el que resolvió iniciar el diálogo: «Querías hablar conmigo, ¿no?». «Sí… Pero no sé por dónde empezar», reconoció Alba tímidamente. «Qué pasa, ¿se trata de algo demasiado embarazoso?». La muchacha asintió, compungida. «¿Por eso estás tan triste últimamente? Cuando te conocí eras una chica muy alegre y extrovertida. ¿Qué es lo que te ha pasado?», indagué. Alba agachó la cabeza como un avestruz pusilánime. «Si hay algo que te angustia, es mejor que te desahogues. No sería bueno que guardases un mal recuerdo de tus vacaciones», le recomendé con tiento. «¿Qué piensas de mí?», me preguntó Alba, de súbito, sin alzar la mirada. «Bueno, esa es una pregunta demasiado amplia», me zafé. «Debes de pensar que soy una zorra», me dijo la muchacha con una crudeza que me sacudió violentamente. «No pienso eso», le mentí piadosamente. «No es verdad. Tú eres un chico muy expresivo. Se te nota que te provoco desprecio. Y no me extraña, porque me he comportado como una cualquiera. ¿Qué se puede pensar de una chica a la que, teniendo novio, no le importa acostarse con el primero que se presenta?». Mi silencio, nada conmiserativo, le otorgó la razón a la sincera y afligida muchacha. Entonces, como si hubiese rasgado la soga del lastre que encorvaba su cuello, Alba me miró fijamente a los ojos y me dijo: «Estoy muy avergonzada, de verdad. Quiero pedirte perdón». «¿Perdón por qué?». «Por todo. Pero en especial por haber dicho que eras maricón. Lo siento mucho. Estaba tan enfadada, que quise hacerte daño. Pero, compréndelo, me sentí menospreciada. Pensé que me rechazaste porque no te gustaba. Pero no fue por eso, ¿verdad?». «Pues no. De hecho, me pareces una chica muy atractiva», la consolé. Bajo el foco del arrepentimiento, Alba era desmesuradamente hermosa. «Está claro que no eres como los demás chicos. Por eso no quiero que te quedes con una idea equivocada de mí. Todo tiene una explicación: verás, poco antes de las vacaciones me enteré de que mi novio se había acostado con una que decía que era mi amiga. Estaba tan enrabietada, tan decepcionada y tan confundida, que vine aquí con la idea de vengarme de mi novio poniéndole los cuernos con todo el que pudiera. Ya sé que esa no es forma de solucionar las cosas. Pero, ya te digo, estaba muy enfadada. Entonces, cuando tú me rechazaste, me sentí como una mierda. Pero tú no tenías la culpa de nada. Yo no tenía derecho a pagarla contigo. Dime, ¿me vas a perdonar? Necesito que me perdones para no sentirme tan sucia». Las lágrimas se agolparon en la conjuntiva de los párpados de Alba. No pude sino apiadarme de aquella criatura desvalida: «Claro que te perdono, mujer». Alba me abrazó compulsivamente y derramó sobre mi pecho desnudo e imberbe un llanto oleaginoso. El contacto del cuerpo caliente de la muchacha me enterneció como lo haría el de un cachorro recién nacido. Acariciándole el cabello que recubría su nuca, le dije: «Tranquila, todos cometemos errores. No llores, por favor». Alba se separó de mí, se enjugó las lágrimas y, acto seguido, se agachó para enjuagarse la cara con el agua espumosa de la orilla. «Lo siento, no he podido evitarlo. Llevaba muchos días conteniéndome. Estas vacaciones podrían haber sido muy bonitas, pero yo lo he estropeado todo», me dijo Alba cuando hubo recompuesto su semblante. «No te lamentes más. Te aseguro que voy a guardar un buen recuerdo de ti. Demostraciones de sinceridad y franqueza como esta son las que te hacen pensar que el mundo no es tan repulsivo como parece». Alba me dio un casto beso en la mejilla. «Eres estupendo. Es una pena que ya no vivas en Barcelona». Para evitar que la muchacha siguiera halagándome, le pregunté algo que me tenía intrigado: «Tengo una curiosidad, ¿a tus amigas también les han puesto los cuernos sus novios?». «Pero si no tienen novio. Lo que pasa es que les gusta hacerse las interesantes. A los tíos os dan morbo esas cosas. Bueno, a la mayoría». «Vaya, mira que sois enrevesadas las mujeres». Alba me sonrió. Su belleza, purificada, resplandecía sobre las aguas –gobernadas ya por la noche– como una luna incorruptible, como una luna deseable que pronto se esfumaría.

10

Los sábados por la mañana me despertaba siempre malhumorado, pues, por un lado, era consciente de que no disfrutaría, en breve, de la compañía de Dora, que se había convertido en una fuente inagotable de placer de la que, cada día que pasaba, cuando llegaba la hora de la despedida, me resultaba más difícil prescindir; y, por otro, era consciente de que, aunque no dispusiese ya del incentivo de la muchacha, tendría que dejar, como hacía cada mañana, el piso de lo más reluciente para evitar así que mi madre, que estaba muy orgullosa de mí, descubriera que mi iniciativa no nacía del deseo de complacerla a ella, sino del de causarle una buena impresión a la adolescente que venía a estudiar a casa; porque, si mi madre descubría esto, se disgustaría mucho y, además, reafirmaría su sospecha de que mis ojos no veían a Dora a través del prisma de la simple amistad. Por descontado, sabía que mi madre se merecía, mucho más que Dora, ser la persona a la que yo quisiera complacer mediante tan meticuloso trabajo. Por esta razón, me avergonzaba que la pereza y la desgana me asaltaran, en cuanto me despegaba de las sábanas, aquellas mañanas de los sábados: poco a poco, mientras me aseaba y desayunaba, se iba gestando en mí un remordimiento de conciencia que era el que me impelía a adecentar nuestro piso con la misma minuciosidad de los días laborables. Pero el cumplimiento de este deber no acallaba mi remordimiento de conciencia, ya que era consciente de que, si realmente amaba a mi madre como creía que la amaba, debería acometer la tarea con un entusiasmo más intenso que el que brotaba en mí cuando estaba a la espera de que Dora llegase. Entonces, para espantar la constatación de que el amor que sentía por mi madre era espurio, intentaba provocar la aparición de ese entusiasmo; mas pronto me daba cuenta de que ese entusiasmo al que había dado forma tenía una entidad artificial y, por tanto, me sentía una persona vil y, sobre todo, un mal hijo que no amaba a su madre porque, sencillamente, la amaba, sino porque sabía que tenía la obligación de amarla. Pero yo, por entonces, incurría en un error propio de las personas que todavía no han madurado por completo: ignoraba que el amor que le profesaba a mi madre y el que le profesaba a Dora eran, por naturaleza, distintos. Así, como prueba de lo que los diferenciaba, el uno, por innato y desinteresado, admitía todo tipo de desatenciones, mientras que el otro, por advenedizo y codicioso, exigía una profusión de cuidados y cortesías.

Desde que me reconciliara con mis amigos a mediados del mes de julio, éstos acostumbraban a venir a mi casa todos los sábados por la mañana. La idea había sido de mi primo; mejor dicho, él había sido el encargado de manifestarme el deseo de todo el grupo, que consistía, básicamente, en que todos pudiéramos reunirnos en un recinto desprovisto de vigilantes y censores para practicar, refrescados por el aire acondicionado, diversas formas de entretenimiento que exigían el conciliábulo. Yo, temeroso de que mis amigos, una vez instalados en su refugio, se apropiaran de él y de que me resultara imposible imponer mi autoridad cuando ellos se desmadrasen, les había dicho, hipócritamente, que, aunque a mí me parecía una buena idea, quizá mis padres –que, al fin y al cabo, eran los que debían darme el consentimiento– no pensaran lo mismo. Por supuesto, yo había decidido soslayar la propuesta de mis amigos amparándome en la falsa respuesta negativa que había recibido mi solicitud por parte de mis progenitores. Pero pronto me había dado cuenta de que, mediante aquella estrategia ruin, estaba nuevamente adoptando la actitud insociable de la que, precisamente, me había propuesto renegar para convertirme en un individuo nuevo. De modo que, finalmente, yo les había pedido permiso a mis padres para reunirme con mis amigos en casa los sábados por la mañana. Mis progenitores, que estaban muy satisfechos del óptimo modo en que estaban evolucionando mis relaciones sociales en nuestro nuevo hogar –y que, por tanto, no querían interponer obstáculos–, habían accedido a mi petición y solo me habían puesto las condiciones de que mis amigos y yo limpiáramos todo lo que ensuciáramos y de que éstos se marcharan antes de que ellos regresaran de la pescadería. Cuando yo les había comunicado a mis amigos la buena noticia, ellos, por mediación de Roberto –del que, con toda seguridad, había brotado la idea–, me habían revelado el verdadero motivo por el que tenían tanto interés en hacer de mi casa su refugio privado: me habían pedido, procurando no utilizar un tono demasiado inquisitivo, que invitáramos a Alba y a sus amigas, a lo que yo, informándolos de que estaban muy confundidos si pensaban que mi casa podía convertirse en un picadero, me había negado rotundamente. Entonces sí se habían tornado inquisitivos, sobre todo Roberto, que, en un principio, había intentado convencerme aduciendo todo tipo de argumentos banales –como, por ejemplo, que todos íbamos a sacar buen provecho de esa situación– y que, después, cuando ya se había convencido de que yo no iba a dar mi brazo a torcer, me había regalado algunas descalificaciones que me tildaban de estrecho, desagradecido y aguafiestas. Pero finalmente mis amigos –a excepción de Roberto, cuyo rencor seguramente se había incrementado– habían comprendido que yo no quisiera que mi casa fuese la sede de sus bacanales. Así que se habían resignado a prescindir de las muchachas en las dos primeras reuniones (las únicas a las que éstas podían acudir, dado que debían regresar a Barcelona a final de mes).

Normalmente, a las diez y media de la mañana ya habían llegado todos mis amigos; Mario era siempre el que más se demoraba; tanto es así que, a veces, como tardaba más de la cuenta, había tenido yo que llamarlo por teléfono para rogarle a su madre, que no acogía con demasiada hospitalidad el tono acuciador de mi voz, que lo obligase a despegarse de las sábanas. Una vez que estábamos todos reunidos decidíamos –después de que mis amigos, aprovechándose de mi generosidad, se atiborrasen de magdalenas y otros productos de bollería– en qué íbamos a ocupar la mañana. La actividad por la que ellos se decantaban con más frecuencia (mis preferencias no solían ser las de la mayoría) era la de jugar con alguna de mis dos videoconsolas. Y, como mis videojuegos –demasiado complejos y profundos– no les satisfacían y, además, habían sido concebidos para un solo jugador (es decir, que mientras uno jugara los otros habrían tenido que conformarse con mirar), mis amigos traían sus propios videojuegos –más directos y sencillos que los míos–, que incluían siempre una opción multijugador que nos facilitaba la organización de torneos que fomentaban una divertida e intensa rivalidad entre nosotros. Los géneros a los que pertenecían estos juegos eran los del deporte, la lucha y la acción en primera persona; los que correspondían a estos dos últimos géneros gozaban de mi predilección; los prefería, por una parte, porque mi habilidad era mucho más competitiva en este tipo de juegos; y, por otra, porque, haciendo buen uso de mis adiestrados miembros virtuales o de una escopeta de cañón recortado de consistencia poligonal, dichos juegos me permitían propinarle una encarnizada paliza a Roberto sobre un cuadrilátero o, tras una intrincada persecución por un paraje laberíntico, reventarle la cabeza de un disparo certero. Cuando esto ocurría, yo me abstenía de adornar mi victoria virtual con comentarios burlescos que pudiesen zaherir aún más a Roberto, el cual, mirándome con ojos degolladores, escrutaba mi rostro en busca de algún indicio de mofa o prepotencia contra el que pudiera desatar su furia; pero se topaba siempre con un semblante hierático e imperturbable que lo sumía en una impotencia que era mucho más dolorosa que las pullas verbales que yo pudiera infligirle. El resto de mis compañeros, que solían incordiar al perdedor de cualquier enfrentamiento, al advertir que la faz de Roberto adoptaba los matices perturbados del esquizofrénico y al reparar en que sus manos apretaban el mando de control con el énfasis del estrangulador, guardaban, como yo, un prudente silencio; ni siquiera mi primo –que era el único que, físicamente, estaba capacitado para doblegar a un Roberto encolerizado– se atrevía a rechistar. Curiosamente, mis amigos solo se privaban de punzar a Roberto con las irreverencias que constituían la salsa de aquella forma de entretenimiento cuando era yo el que lo había derrotado. De modo que este cambio de actitud proclamaba la animadversión que Roberto sentía por mí. Esta inquina se hacía aún más patente en las pocas ocasiones en las que éste lograba vencerme, pues, como el volcán que es incapaz de retener por más tiempo la lava que incendia su vientre, su boca escupía alaridos de desmedida euforia y su cuerpo se agitaba convulsamente, como el del púgil que acaba

196

de asestarle un golpe definitivo a su oponente. El pobre ignorante no se daba cuenta de que se comportaba de forma ridícula. Así pues, vencer a Roberto me satisfacía tanto como ser derrotado por él. De todos modos, yo no disfrutaba durante demasiado tiempo de estos enfrentamientos que exasperaban al petulante y primitivo muchacho, ya que los simuladores de fútbol –en los que mi impericia ofrecía a Roberto una torpe y débil resistencia que no estimulaba sus arrebatos de euforia– acaparaban nuestra atención durante la mayor parte del tiempo que le dedicábamos a los videojuegos. Mis amigos, que adoraban aquel deporte multitudinario que a mí siempre me había causado indiferencia, demostraban poseer, sobre el césped virtual, el mismo dominio del balón y el mismo conocimiento estratégico de los que yo fui testigo en las canchas reales a mediados del mes de agosto de aquel verano que estoy rememorando. De modo que yo –que hasta entonces no había dirigido nunca un equipo de fútbol virtual y que, además, no podía incorporar a mi juego unos patrones estratégicos que desconocía, puesto que lo poco que sabía de fútbol sala no se podía aplicar directamente a una contienda de veintidós jugadores– siempre quedaba eliminado en la primera ronda del torneo, por lo que, desde ese momento, me tenía que convertir, para entretener la espera, en un espectador que vitoreaba moderadamente al equipo que controlaba mi primo.

Pero los videojuegos no monopolizaban siempre todo el tiempo del que mis amigos y yo disponíamos; es más, en ocasiones, hastiados de unos juegos a los que ya habíamos exprimido todo su jugo, prescindíamos de las videoconsolas como forma de entretenimiento. En su lugar, acostumbrábamos a mantener dilatadas conversaciones que versaban sobre temas como el del automovilismo, el del fútbol, el de los diferentes estilos de música discotequera (de los que mis amigos solían disfrutar la noche del sábado) y, sobre todo, el de las mujeres. Yo, nada instruido en aquellos temas que me parecían poco edificantes y que, por consiguiente, no me interesaban demasiado (con excepción, claro está, del de las mujeres, siempre fascinante), me limitaba a escuchar y, de vez en cuando, a intervenir con algún comentario intrascendente que, por un lado, recordaba a mis compañeros que yo estaba en la misma habitación que ellos; y, por otro, delataba mi aburrimiento, del que mis amigos, de gustos muy dispares a los míos, hacían caso omiso. En vano había intentado, alguna vez, que la conversación se adentrara en el vasto y decoroso territorio de la literatura: yo, por ejemplo, les había preguntado a mis amigos, en una demostración de suprema ingenuidad, quiénes eran sus autores preferidos o cuál era el último libro que habían leído, a lo que ellos me habían respondido, unánimemente, que no habían leído un libro entero en su vida, ni siquiera los que constituían una lectura obligatoria en el Bachillerato; y me habían dicho esto como si se enorgullecieran de ello, como si, a sus ojos, los libros fuesen viscosas alimañas de las que había que mantenerse alejado, razón por la cual, me imagino, cuando, algunas veces, ellos alzaban la vista hacia las bibliófilas estanterías de mi habitación, un escalofrío de temor o de asco les agitaba el cuerpo. Así que, para no desentonar en aquellas reuniones y para no convertirme en un anfitrión irritante, me veía obligado a soslayar los temas que más me interesaban, pues no había modo alguno de inculcarles mis pasiones a unos amigos a los que me sentía, por un lado, tan cercano y de los que me sentía, por otro, tan distante. Sin embargo, mi interés se despertaba de su modorra y mis intervenciones se hacían más prolijas cuando mis amigos centraban su conversación en todas aquellas mujeres que convivían en sus respectivos harenes imaginarios (y, en algunos casos, reales). Ellos hablaban —como el que habla de trofeos o de muñecas de compañía que solo sirven para ser penetradas por todos y cada uno de sus orificios— de las amigas de Alba, de las muchachas sin identidad con las que —cuando había fortuna— se enrollaban en la discoteca los sábados por la noche, de aquellas a las que les gustaría beneficiarse, de las actrices descocadas que atestaban las revistas pornográficas que ellos traían a mi casa, de las esculturales y simétricas atletas de fitness —cuya belleza, superior o no a la de las actrices, era motivo de controversia— que posaban en las páginas de las revistas de musculación a las que Toni era asiduo y, cómo no, de Dora. Pero de ésta hablaban con sumo respeto, como si la muchacha fuera el arquetipo de la mujer con la que, cuando fueran adultos, cuando el veneno impúdico de la adolescencia no contaminase ya su sangre, ellos desearan casarse y formar una familia. Una vez más, era Roberto el que disentía del comportamiento del resto de sus compañeros, de tal modo que acostumbraba a hacer comentarios inapropiados sobre Dora –sobre mi Dora– que yo, indulgente, pasaba por alto. Pero, en una ocasión (a principios del mes de septiembre), Roberto había traspasado límites inadmisibles: se había atrevido a olisquear y a lamer, como un pervertido, el taburete del escritorio en el que yo, ingenuamente, le había indicado que se sentaba mi alumna durante las clases; y lo había hecho para comprobar si a él habían quedado adheridos el olor y el sabor del pubis de la muchacha. Aquella pantomima obscena y vejatoria de Roberto había desencadenado las carcajadas del resto de mis amigos, que no habían calibrado, en ese momento, la gravedad de las consecuencias que acarrearía aquel episodio. Desde entonces, aquellos muchachos insolentes y desconsiderados habían dejado de acudir a mi casa los sábados por la mañana.

Los sábados por la tarde, si no había otra actividad que me reclamara (como, por ejemplo, la de despedir a las muchachas veraneantes), iba con mis padres a casa de mis tíos, donde me encontraba nuevamente con mi primo Toni, que, por dictamen de sus progenitores, se veía obligado a permanecer en casa durante nuestra visita para evitar –según me había dicho él– que sus padres le impusiesen el castigo de no ir a la discoteca por la noche. Aquella visita semanal a la que mis padres y yo nunca renunciábamos era la forma que habían elegido mis progenitores de agradecerles a mis tíos, con los que durante tanto tiempo habían estado enemistados, el apoyo anímico y económico que nos habían prestado desde que mi padre se viera desahuciado por la empresa a la que había dedicado quince años de su vida. No obstante, aunque jamás lo reconocieran explícitamente, yo me daba cuenta de que mis padres no se entregaban a aquella visita semanal gustosamente. Y es que, a pesar de que la muerte de mis abuelos maternos había reconciliado a nuestras familias, había permanecido en mis padres un resentimiento residual que moraba en sus almas como un reptil silencioso. Mis progenitores, aunque habían concedido el perdón, no podían olvidar el menosprecio clasista que les habían deparado en vida mis abuelos y su primogénito desde que mi madre –una joven aplicada que, en cuanto hubiera concluido los estudios de Derecho, se habría incorporado al prestigioso bufete de la familia–

decidiera, en un arrebato de amor y rebeldía, casarse con el novio poco instruido, de familia humilde, que sus padres no aprobaban; no podían olvidar, asimismo, que nadie de la orgullosa y elitista familia de mi progenitora había acudido a la boda y que, una vez consumada ésta, los padres de mi madre –a pesar de que sabían que, transcurridos unos meses, serían abuelos– se habían negado a pagarle los estudios de Derecho y a proporcionarle cualquier tipo de ayuda económica a la hija que había desatendido primero sus consejos y, después, desobedecido sus órdenes fulminantes, con lo cual la habían despojado del brillante futuro que, hasta entonces, había tenido asegurado. De modo que el hecho de que mis padres y yo –por falta de otras opciones satisfactorias– nos hubiésemos visto obligados a trasladarnos al pueblo y a aceptar la ayuda económica de mi tío era para mis progenitores –aunque ellos se afanaran en espantar ese fantasma– una dolorosa derrota que, tardíamente, cumplía el vaticinio que en su día habían hecho mis abuelos de que la familia de la hija insumisa que se había casado con un don nadie no podría subsistir por sus propios medios y que, por consiguiente, tarde o temprano tendría que demandar, suplicante, el socorro de la familia que la había denostado. Esto era lo que reconcomía a mis padres, que habían antepuesto la prosperidad de nuestra familia a su orgullo y que, por tanto, tenían que entregarse a servidumbres como la de la visita semanal a mis tíos, a los que, no obstante, habían comenzado a apreciar. Pero yo, su selecto hijo, era su bálsamo, el único fruto de su amor inquebrantable que rebatía todos los reproches que aún debían de escupir mis abuelos desde sus tumbas. Yo era una fastuosa perla que brillaba más que toda la fortuna que había heredado el hermano mayor de mi madre (ignorábamos por entonces que la desheredación de la que habíamos sido víctimas era ilegal y que mi tío la encubría; cuando lo descubrí todo cambió bruscamente. Pero esa otra historia).

A las seis de la tarde, mis padres y yo ya estábamos en casa de mis tíos. Como Laura –la mujer del servicio– terminaba su jornada laboral a las cuatro, era mi tía Dominga, que esperaba nuestra llegada, la que nos abría la puerta de roble de su chalet. Cuando nosotros traspasábamos el umbral, mi tía me daba un par de besos y me pedía que subiera al piso de arriba –al que se accedía desde el vasto salón– para avisar a mi primo de que ya habíamos llegado. A lo largo del trayecto hasta la habitación de Toni, me topaba con frecuencia con mi tío, que, al verme, se desentendía de lo que estuviera haciendo en ese momento, se acercaba a mí y, mientras me estrechaba la mano, me decía: «Cómo estamos, pescador. ¿Estás preparado para mañana?». Sin embargo, casi nunca me topaba con mi primo Ramón, que era, tanto para mí como para mis padres, un auténtico desconocido que no se había dignado hacernos una visita de cortesía desde que nos habíamos trasladado al pueblo; y, cuando raramente me encontraba yo con él, me saludaba de un modo apresurado y, como mucho, se detenía unos breves instantes para hacerme algunos comentarios mediante los cuales pretendía aparentar que se interesaba por mi vida. Cuando yo llegaba a la habitación de mi primo, picaba a la puerta cerrada con llave (mis tíos, demasiado condescendientes, permitían a sus hijos este tipo de libertades) y, enseguida, oía la voz de Toni, que, en cuanto reconocía la mía, desbloqueaba la cerradura que preservaba su intimidad. Normalmente, mi primo se encontraba jugando a alguno de sus videojuegos violentos y simples o releyendo alguna de sus manidas revistas de musculación (nunca estaba estudiando, como debía), de las que aprendía los ejercicios y las estrategias de nutrición que le estaban permitiendo moldear en el gimnasio un físico que, salvando las desproporcionadas diferencias de tamaño, mostraba ya algunos de los relieves que resplandecían en los cuerpos sobrehumanos de los culturistas profesionales, cuyas fotografías tapizaban la mitad de la habitación de mi primo; la otra mitad la recubrían las estampas en las que se retrataban a las voluptuosas y en extremo definidas atletas de fitness, que representaban el canon de belleza femenina de Toni. En aquella habitación infranqueable, mi primo podía –sin que el temor a ser sorprendido por cualquier miembro de su familia inhibiera sus actos– leer revistas pornográficas, ver películas de la misma índole e, incluso, retozar silenciosamente con las adolescentes más atrevidas (como, seguramente, podría haber atestiguado la propia Mónica).

Sin demorarnos demasiado, mi primo y yo bajábamos al salón para ocupar nuestros sitios en la mesa en la que los miembros de nuestras familias degustaban ya el café un tanto amargo –acompañado de un surtido de pastitas– que mi tía Dominga, poco acostumbrada a estos quehaceres, había preparado. En algunas ocasiones, nuestra llegada coincidía con la partida de mi primo Ramón, que, desatento, no les dedicaba a mis padres más tiempo del que me dedicaba a mí; se limitaba a repartir besos fugaces y a articular frases fútiles mientras miraba de reojo su reloj de pulsera para que mis padres se diesen cuenta de que tenía mucha prisa y, consiguientemente, no prolongasen por mucho tiempo una conversación atiborrada de preguntas legítimas a las que no le apetecía contestar. Por mediación de estas preguntas (ya que mis tíos jamás hablaban de la vida privada de mi primo Ramón, bien porque éste se lo había prohibido, bien porque nada sabían de ella), mis padres y yo nos habíamos enterado, por ejemplo, de que eran unos amigos motoristas los que le robaban a mi primo todo su tiempo y de que éste no tenía novia formal, sino muchas amigas con derecho a roce. Sus padres, al contrario que a su hijo menor, le permitían estos desplantes, quizá porque la fuerte personalidad que poseía mi primo Ramón –que se atisbaba en su mirada, en cada uno de sus movimientos, en cada una de las palabras que profería– los tenía intimidados (de hecho, Toni me había comentado que su hermano había disfrutado siempre, tuviese la edad que tuviese, de privilegios a los que él no tenía acceso). De modo que Ramón nunca compartía la merienda con nosotros, por lo que yo me veía privado de ahondar en el conocimiento de una personalidad que se preveía fascinante.

En su ausencia, los miembros de aquella mesa entablábamos variopintas conversaciones que aburrían a Toni y que a mí, en cambio, me resultaban sumamente interesantes, pues bajo la superficie explícita de aquéllas yo, acostumbrado a leer entre líneas, detectaba la presencia de intrincados mensajes implícitos con los que constituía el retrato del alma verdadera y desnuda de aquellas personas que se ataviaban con ropajes que mi mirada quirúrgica franqueaba con facilidad. Mis padres y mis tíos solían hablar de los pormenores de la pescadería, de la que mi tía Dominga, en ocasiones, hablaba como si ella fuera la propietaria, lo que provocaba en mis padres un resquemor que conseguían disimular durante el tiempo que permanecíamos en la casa de mis tíos (pero después, cuando estábamos ya en nuestro hogar, se manifestaba de forma ostensible). Inevitablemente, salían a colación las doradas de las que nos proveía mi tío; entonces, aprovechando esta mención, el hermano de mi madre, mi maestro pescador, ponía al día a mis padres (y, sobre todo, a mi primo Toni, al que en tantos años no había conseguido inculcarle el amor por la pesca deportiva) de mis progresos en el arte de clavar y derrotar espáridos de frente dorada. Mi tío no escatimaba elogios que me sonrojaban y que enardecían a mis padres, orgullosos de que se hablase en aquella mesa de mi valía. Esto no debía de agradar demasiado a mi tía Dominga –que, si bien no modificaba su semblante complaciente, se mantenía al margen de la conversación– ni a mi primo, que, tal vez celoso de que su padre me prestase tanta atención (no ya de que se hablara de mis cualidades, puesto que él también las apreciaba), arremetía contra la pesca diciendo, por ejemplo, que no entendía cómo su padre y yo podíamos pasarnos tantas horas expuestos al sol para capturar un puñado de peces insignificantes. Mis padres aprovechaban la situación propicia que se había generado a raíz de las lisonjas de mi tío para poner de manifiesto, sutilmente, la insondable distancia intelectual que había entre su hijo y su sobrino (lo que, más tarde, les costaba una reprimenda de mi parte). Así, mis progenitores solían preguntarle a mi primo si se estaba preparando concienzudamente para aprobar las asignaturas que le habían quedado pendientes, si ya había decidido qué carrera universitaria iba a estudiar, etc.; preguntas a las que Toni siempre daba respuestas dubitativas que irritaban y avergonzaban a mis tíos. En resumidas cuentas, podría decirse que, durante aquellas reuniones, mis tíos alardeaban de su fortuna y de su clase social; y mis padres, para contrarrestarlos, presumían de mí.

Cuando nuestros progenitores se sumían en conversaciones que nos excluían a mi primo y a mí, Toni pedía permiso para que nos retiráramos a su habitación, donde, mientras jugábamos a la videoconsola o veíamos una película pornográfica que me estremecía, mi primo intentaba persuadirme de que fuese aquella noche a la discoteca argumentando que, si lo hacía en varias ocasiones, aquel antro invernal y alucinado terminaría gustándome. Pero nunca lograba convencerme.

VI

Lunes 14 de agosto

Hace un par de semanas, sus lisonjas y felicitaciones me habrían complacido. Pero ahora, después de haber leído y releído el portentoso libro de Ortega, provocan en mí el efecto contrario, pues sé que no las merezco. Aunque tal vez los parabienes que usted me dedica sean irónicos. En ese caso, yo no se lo reprocharía, dado que mi ignorancia ha hecho méritos suficientes para ser zaherida por tan elegante punzón. Y es que la exposición teórica por la que usted me felicita, de la que estaba yo tan orgulloso –por creerla diáfana, precisa y, sobre todo, reveladora de la verdad–, es, comparada con la de Ortega, un ejercicio de ramplonería y superficialidad que pone de manifiesto mis limitaciones intelectuales. Sí, quizá yo sea una persona muy inteligente; pero no soy un genio. Ni lo soy ni lo seré, pues me temo que jamás podré analizar cualquier fenómeno con el supremo virtuosismo del que Ortega hace gala en sus 'Estudios sobre el amor'. Este libro, señor Luis, me ha abierto las puertas de la verdadera dimensión del amor, y el destello que de su interior emana aún me deslumbra. Ahora solo puedo retractarme de lo que, de un modo categórico, afirmé en mi anterior carta: la mayoría de personas –tanto las cultas como las incultas– no saben en qué consiste, realmente, el enamoramiento. Creemos que, porque lo sentimos, podemos entenderlo; y es precisamente lo contrario: porque lo sentimos, no podemos acceder a su comprensión por medios intelectivos; y, en nuestro empeño de hacerlo, lo disfrazamos de lo que no es. De modo que, para despojar al amor de los tópicos disfraces con los que se lo ha vestido a

204

lo largo de la Historia de la Humanidad, es necesario que, como dice el propio Ortega en su libro –retratándose involuntariamente a sí mismo–, un genio abra un poro de la niebla que nos ofusca y revele, a través de él, un pedazo desnudo y auténtico de realidad. Y eso es precisamente lo que hace el maestro en su libro: desnudar al amor y mostrar las auténticas facciones de la criatura. Por tanto, yo he podido ver en esas facciones los errores en los que incurría mi exposición teórica.

La parte de la teoría orteguiana que más me fascina –y la que me parece más inobjetable– es la que afirma que el enamoramiento se trata de un fenómeno de la atención, y que ésta es el instrumento supremo de nuestra personalidad. He de reconocer que este aserto me pareció abstruso la primera vez que lo leí. Pero la exposición de Ortega es tan clara y coherente que pronto se ganó mi reconocimiento. Por mucho que me devanara los sesos, yo jamás habría llegado a la conclusión de que el enamoramiento es un estado anómalo de la atención, es decir, una disfunción atencional. ¿No le parece magistral el modo en que Ortega describe el comportamiento atencional de nuestra mente? Es del todo cierto que, distribuidos jerárquicamente por la periferia de nuestra mente, hay multitud de objetos (en sentido estricto, las representaciones virtuales de los objetos físicos) que van ocupando, alternativamente, el centro de máxima iluminación de nuestra mente durante más o menos tiempo en función de nuestras necesidades vitales, pero sin detenerse en él indefinidamente. Yo, señor Luis, he echado un vistazo al interior de mi mente y, en efecto, he encontrado en su periferia, en esa zona de tenue penumbra, varios objetos perpetuos –a los que de vez en cuando se suman otros transitorios– en los que, uno a uno, se va concentrando mi atención a lo largo del día, esto es: la lectura, el ajedrez, los videojuegos, la escritura, los estudios, la pesca, mis padres, mis amigos, etc. (no, no voy a mencionar todavía el que usted se está imaginando). Es igualmente cierto que el enamoramiento introduce en nuestra mente un objeto que se agarra tenazmente al centro atencional y que lo colapsa y lo satura, desalojando al resto de los objetos de ese cónclave iluminado por el que transitaban ordenadamente y relegándolos a esa zona de penumbra en la que empequeñecen, palidecen e incluso desaparecen como si fueran planetas eclipsados por un astro fulgúreo situado a escasos centímetros de nuestros ojos. Así pues, ese objeto que obstruye nuestra atención sustituye al mundo que, hasta entonces, nutría nuestra mente. Ahora entiendo por qué los amantes llaman a sus amados «mi vida»; podrían llamarlos perfectamente «mi mundo», en tanto que es el único que, por excesivamente próximo y real, pueden avistar.

No se puede imaginar, señor Luis, cómo me ha convulsionado (aún me acometen los temblores) la revelación de que el proceso de enamoramiento tiene lugar gracias a una suerte de simples mecanismos automáticos. La cruda realidad es que el enamoramiento no posee espiritualidad verdadera. ¡Enamorarse es como someterse a los automatismos de una cadena de montaje! ¡Nuestra voluntad y nuestra espiritualidad no intervienen! ¿Sabe lo que eso significa? Claro que lo sabe; por eso me envió el libro, ¿verdad? La exposición a la que recurre Ortega para explicar el mecanismo automático del enamoramiento no puede ser más acertada: en la limitada parcela geográfica de nuestras vidas habitan personas compatibles con nuestra orientación sexual que, situadas en línea recta, reclaman nuestra atención durante un periodo de tiempo que nunca llega a ser desproporcionado, hasta que un día, por razones inextricables, nuestra atención se detiene anómalamente en una de esas personas, que sale de la fila recta, adelantándose y, por consiguiente, situándose a menor distancia atencional que el resto de personas; cada día, ese privilegiado se halla a menos distancia atencional y cada día ocupa más espacio en la mente atenta. Qué le parece, señor Luis, ¿lo he sintetizado bien? En fin, cuánta razón tiene el maestro. No hay persona en este mundo que no pueda aplicar el contenido de esta exposición a su vida. Yo, sin ir más lejos, ya lo he hecho (sospecho que era eso lo que usted, en última instancia, deseaba que hiciera): desde que estoy en el pueblo, he conocido a varias mujeres sobre las que se ha detenido, durante más o menos tiempo, mi atención; en un principio, esas mujeres (las dependientas de algunos comercios, algunas chicas que he visto en varias ocasiones en la playa, Alba, sus amigas y Dora) estaban situadas en línea recta, es decir, ninguna de ellas recibía un trato atencional preferente por mi parte. Pero he de reconocer que, en un momento que no he sabido determinar con exactitud, una de esas mujeres se desmarcó de la fila recta y, día a día, ha ido desalojando más espacio en mi alma atenta. Como usted ya sabe, le estoy hablando de Dora. ¿Que cómo se ha producido este fenómeno? Pues, como muy bien dice Ortega, mediante un mecanismo automático de presencia y ausencia, de desdén y de solicitud. ¿Recuerda cómo me entusiasmaban las repentinas apariciones de la muchacha y cómo me desazonaban sus prolongadas desapariciones? ¿Recuerda cómo, en la playa, ella me ofreció su amistad y, sin embargo, no me proporcionó ningún dato que me garantizara que volvería a verla? ¿Recuerda cómo Dora, después de haber hecho las pesquisas necesarias para averiguar la dirección de mi domicilio, estableció una cita y luego, el día acordado, se retrasó tanto que me hizo pensar que ya no acudiría a la cita? ¿Recuerda cómo, resurgida de su desmayo, la muchacha me dio a entender mediante su mirada que iba a besarme y, sin embargo, no solo no me besó, sino que, además, me propinó un empujón? ¿Lo recuerda, señor Luis? Pues estos ejemplos que le he mencionado son, a mi juicio, los engranajes de ese proceso mecánico de tira y afloja que ha ido vaciando mi mente de los objetos que la nutrían y que la ha ido saturando del objeto que ahora oprime mis meninges. Y es que he de confesarle que ya no puedo dejar de pensar en Dora ni un solo momento. Me resulta imposible arrancarla de mi cabeza. He de realizar un esfuerzo desmedido para desviar mi atención por un instante hacia las actividades cotidianas; y, cuando lo logro, ella siempre está ahí, omnipresente. Gracias a las revelaciones de Ortega, que ha espoleado mi inteligencia, me he dado cuenta de que mi rendimiento en muchas actividades (el ajedrez, por ejemplo) ha disminuido considerablemente y de que el tiempo que paso con mis amigos, con mis padres o con mi tío me gustaría pasarlo con Dora. Por tanto, he de retractarme de lo que, ingenuamente, le dije en mi anterior carta y afirmar rotundamente que me he enamorado de Dora.

He de admitir que la atmósfera del enamoramiento es, ciertamente, angustiosa y opresiva. Puedo sentir ese hermetismo del que habla Ortega. ¡Y pensar que me atreví a afirmar que el enamoramiento supone un enriquecimiento de la actividad mental y de la sensibilidad del enamorado! ¡Qué imperdonable error! ¡Cómo va a enriquecer el enamoramiento nuestra mente si ésta solo contiene un objeto, si la atención, paralítica, no avanza de una cosa a otra! Sí, la verdad es que, al estar enamorado, uno tiene la impresión de que su vida mental es más rica. Pero el maestro tiene razón: no se trata más que de una ilusión; como la diversidad del mundo mental del enamorado se reduce considerablemente, éste se concentra más, por lo que percibe su existencia revestida de un falso halo de desmesurada intensidad. ¡Soy prisionero de un objeto, señor Luis! ¡El estado vital por excelencia, al que tanto alabamos y al que todo ser humano, antes de sentirlo, aspira, no es, en realidad, más que un estado inferior del espíritu, una especie de imbecilidad transitoria! ¡Es terrible! Temo que el vértigo que me causa esta revelación me haga perder el conocimiento de un momento a otro.

Sin duda, los artículos que componen este libro de Ortega debieron de generar, en su día, una gran polémica. Y es que resulta muy difícil aceptar una desmitificación del enamoramiento como la que lleva a cabo el maestro en estos 'Estudios sobre el amor'. Yo, desde luego, no voy a desviar la mirada hacia otro lado, como habrán hecho muchos de los lectores de este libro magistral. A la Verdad hay que encararla siempre, por dolorosa que sea.

Creo, señor Luis, que ha llegado el momento de interrumpir mi disertación. En primer lugar, porque en estos momentos hay en mi mente un tumulto de ideas que necesito ordenar, de dudas que tengo que aclarar y de temores que debo aplacar; y, en segundo lugar, porque he de hablarle de algunos acontecimientos que han tenido lugar desde que le escribí la última vez:

Me complace comunicarle que ya tengo enmarcada en mi escritorio la ansiada fotografía de Dora (evidentemente, solo permanece sobre mi escritorio cuando estoy solo en casa). ¿Que cómo la he conseguido? Pues como se consigue todo en esta vida: con determinación y un poco de cara dura. Pero no se crea que la foto es el fruto de una estrategia premeditada. En realidad se la debo a un arrebato cuya rememoración aún me ruboriza. Fue un acto de desesperación el que me proporcionó la fotografía. Qué quiere que le diga, señor Luis, ya no podía soportar por más tiempo esa necesidad casi fisiológica que tenía de colmar mi deseo. Esa nece-

sidad, similar a la del hambre que acucia al indigente desnutrido, se impuso a la prudencia que, habitualmente, reprime muchos de mis actos potenciales. Afortunadamente, todo salió bien. Le explico lo que pasó:

Dora llegó el otro día a casa a la hora habitual. Calzaba unas sandalias celestes que dejaban ver las pulcras uñas de sus delicados y primorosos dedos, pintadas del mismo azul celeste de las sandalias; una minifalda blanca estrangulaba sus muslos bruñidos; una blusa de tirantes celeste, tras la que se adivinaban dos pechos de pezones erectos liberados del yugo de la lencería, le cubría el torso hasta el ombligo; la cinta amarilla había sido sustituida por una goma elástica que le recogía el pelo en una larga y frondosa coleta; por primera vez, sus labios estaban recubiertos de carmín. Yo nunca había visto a Dora tan guapa. En cuanto la vi entrar por la puerta, me asaltó el absurdo pensamiento de que la muchacha me había leído el pensamiento en días anteriores y que, por tanto, se había preparado a conciencia para que yo la fotografiara ese día. (Es que tendría que haberla visto, señor Luis. Estaba para comérsela). Supongo que fue ese irresistible aspecto el que despertó mi instinto. Así que, cuando los dos entramos en mi habitación, yo ya había decidido –si bien de modo impulsivo, sin intervención de la inteligencia– que tenía que hacerle a Dora la fotografía porque estaba preciosa y porque ella no se iba a oponer. En fin, sorprendiéndome a mí mismo, le pedí a la muchacha, cuando se disponía a acomodarse en su taburete, que se sentara un momento en el borde de la cama. Ella me pidió, extrañada, una justificación. Yo le dije que era una sorpresa. Ella me sonrió coquetamente y, acto seguido, se arrellanó en la cama. Con el corazón bombeando la sangre a una velocidad desmesurada, me apoyé en el escritorio y adopté una actitud reflexiva, mientras Dora me miraba expectante desde el lecho. Cuando decidí cuál era la postura ideal, le pedí que irguiese el tronco, que cruzase las piernas, que apoyase las palmas de las manos en la colcha de modo que quedasen retrasadas respecto a su cuerpo, que sacase pecho, que inclinase un poco la barbilla, que sonriese y, finalmente, que me mirase con dulzura, como si estuviese viendo algo que la enterneciera. Dora ejecutó, sin rechistar, cada una de mis peticiones. Entonces yo le

209

rogué que se quedase quieta, que ni siquiera respirase. Inmediatamente, fui corriendo a la habitación de mis padres para coger su cámara fotográfica. Cuando regresé a mi habitación, tuve que hacer algunos reajustes en la expresión del rostro de Dora –que se había alejado de esa dulzura que yo deseaba capturar– antes de enfocarla y realizar varias instantáneas. Finalizada la breve toma de fotografías, se hizo un largo silencio durante el que Dora y yo nos miramos fijamente, como si ambos quisiéramos penetrar en la mente del otro para sorprender sus pensamientos. Durante esos instantes eternos, tuve la vívida sensación de que lo que yo acababa de hacer iba a dar un relevante vuelco a mi relación con la muchacha, que permanecía inmóvil, paralizada quizá por su propia belleza, que mis ojos le transmitían. No fue necesario que yo me justificara, porque en la faz de la muchacha no había ni una sola evidencia de reproche; todo lo contrario, Dora me miraba complacida, como si, de súbito, se hubiese convertido en una maravillosa reina. Fue ella la que desbarató aquel silencio tan dulce y tan inquietante: sin moverse ni un ápice, me dijo que, si ella hubiese sabido que yo la iba a fotografiar, se habría puesto más guapa. Le dediqué entonces una mirada de incredulidad que le arrancó una sonrisa pizpireta. (¿Más guapa, señor Luis? Eso es imposible. En cualquier caso, la contemplación de una belleza superior me habría dejado inánime). Y ahí terminó todo. Dora no me dijo nada más sobre las fotografías. Simplemente, se incorporó, se sentó en su taburete y me propuso que comenzáramos la clase.

¿No le parece que la reacción de Dora es inequívocamente positiva? Ella ya tiene la confirmación de que me gusta como mujer. Eso está claro. Y todo indica que le complace que así sea. Entonces, ¿será porque yo también le gusto? ¿No es del todo probable? El hecho de que últimamente la muchacha esté cuidando tanto su aspecto físico tendrá algo que ver conmigo, ¿no cree? Ojalá sea así. En fin, nunca me había sentido tan bien, tan lleno de vida, tan henchido de ilusión. Es verdad que, objetivamente, el enamoramiento es un estado inferior del espíritu; ¡pero resulta tan placentero! Yo creo que no hay caricia más deliciosa, más acogedora y más intensa que la del enamoramiento. Pero no es ahora momento de ponerse empalagoso, señor Luis, pues aún me resta por contar-

le lo que pasó el día posterior al de la sesión fotográfica, cuando le estaba impartiendo a Dora la clase de física:

Durante toda la mañana noté que la muchacha estaba intranquila y despistada, por lo que me temí que, de un momento a otro, volviese a desmayarse. Para evitar que eso ocurriese, le pregunté si estaba mareada. Ella me respondió que no. Y, cuando le comenté que tenía mala cara, cara de funeral, me dijo algo que me dejó helado, que laceró mis entrañas como un alfanje oxidado. Me dijo, nada más y nada menos, que había estado pensando y que se había dado cuenta de que no iba a poder pasar de curso y que, por tanto, para no hacerme perder más tiempo, lo mejor era que se suspendiesen las clases. Tuve que agarrarme al escritorio para evitar que el mareo que me sobrevino me hiciera perder el equilibrio. Confundido, le pregunté a Dora por qué creía que no iba a aprobar el curso si ya dominaba las asignaturas más difíciles, a lo que ella me contestó que había surgido un problema que ya no tenía tiempo de resolver. Su voz se quedó entrecortada durante un momento. Yo la insté a que me revelara ese grave problema que tanto la preocupaba. Pero a mi pobre alumna la sorprendió un llanto torrencial que anegó todo su rostro. En ese momento constaté, por segunda vez desde que estoy en este pueblo, que hay pocas cosas tan hermosas y tan aterradoras como el llanto de una mujer desvalida. Más alterado que ella, yo le enjugué las lágrimas con un pañuelo de papel. A continuación, acuciada por mi mirada suplicante, Dora me dijo, entre sollozos, que una amiga a la que le habían quedado pendientes dos de las asignaturas de letras que ella también había suspendido le había asegurado que, para presentarse al examen de esas dos asignaturas, era obligatorio entregar sendos trabajos escritos de los que ella no había tenido noticia hasta entonces, trabajos que ya no tenía tiempo de hacer. ¡Cómo no iba a estar preocupada la muchacha! ¡Con lo que se había esforzado, con lo cerca que estaba de conseguir su objetivo! Pero no se intranquilice, señor Luis, porque no voy a permitir que la fatalidad eche por tierra el trabajo de Dora, que ha hecho méritos más que suficientes para aprobar el curso. Me comprometí a ayudarla y he de hacerlo hasta el final. Así que, como se estará imaginando, ya he comenzado a redactar los trabajos: uno de literatura –como el tema era de libre elección, he escogido las 'Novelas ejemplares' de Cervantes, lo que sin duda entusiasmará al profesor de Dora— y otro de historia sobre la Guerra Fría. No sabe lo que me costó convencer a la muchacha de que me permitiese encargarme de los trabajos. Estaba empecinada en no abusar más de mi generosidad. Eso demuestra que es una persona noble y orgullosa. Ahora bien, cuando comprendió que yo deseaba ayudarla tanto como ella deseaba aprobar el curso, me dio un fuerte abrazo y, mientras su cuerpo trémulo permanecía adherido al mío, me besó muy cerca de la comisura de los labios y me dijo que era un chico estupendo. Entonces, cohibidos por la intensidad de las sensaciones que nos asaltaban, Dora y yo nos separamos. Y ya no pasó nada más digno de mención.

Dígame una cosa, señor Luis, ¿qué es más probable, que Dora haya interpretado mi ofrecimiento como un acto de generosidad o que lo haya interpretado como un acto de amor?

Bueno, para terminar con este tema le confesaré que, una vez aliviada la de la fotografía, se ha instaurado en mí una nueva obsesión: desde hace unos días, no dejo de pensar en los labios de Dora, a los que deseo besar a toda costa. Sí, los de Dora tienen que ser los primeros labios que yo bese.

De mis amigos, solo le voy a contar que han conseguido convencerme de que sustituya a Mario como portero del equipo en el torneo de fútbol sala en el que se han inscrito. Y no es que Mario haya desertado del equipo, sino que se ha hecho un esguince en el tobillo y, por consiguiente, aunque puede andar, no está en condiciones de guardar la portería con la solvencia suficiente. De todos modos, sigo pensando que yo, a pesar de que he sido sometido por mis compañeros a un duro entrenamiento, no voy a hacerlo mejor de lo que lo habría hecho él lesionado. Dentro de un par de horas comienza el primer partido. Pocas veces en mi vida he estado tan nervioso como lo estoy ahora.

Por lo que respecta a mi primo Ramón, por el que usted me pregunta, me veo obligado a decirle que éste no se merece que yo le explique en estas cartas lo poco que sé de él.

Bueno, me despido ya, señor Luis, pues estoy muy atareado. Le mando un saludo de parte de Dora, que, en estos momentos, me está mirando con infinita ternura desde su marco.

11

Satisfacer a mis amigos, desamparados por la lesión de Mario, me costó incumplir una sagrada promesa que yo me había hecho en la infancia: la de no volver a acercarme a una portería de fútbol ni, sobre todo, a formar parte de ella. Aquella promesa se fraguó después de una frustrante experiencia que me propició una arrogante chiquilla que poseía las piernas más gráciles y hermosas que he visto jamás (la memoria engrandece todos los objetos que recubre con su pátina nostálgica). Para gozar impunemente de la contemplación de la belleza de aquella niña que tenía un año más que yo y que jugaba al fútbol con sus compañeros de clase durante el recreo haciendo gala de un inopinado talento que desbarataba las más férreas defensas, me propuse, un día en que la razón no pudo contener al instinto, convencer a aquellos intransigentes muchachitos de que me permitieran unirme, a pesar de mi impericia, a sus contiendas futbolísticas. Obviamente, mi petición fue interpretada como una osadía por parte de aquellos chiquillos que custodiaban su tesoro femenino con recelo. De modo que, si no hubiera sido por la providencial intervención de la chiquilla de las tersas y estilizadas pantorrillas –que sugirió a sus compañeros que yo sustituyera a la silla rota que, hasta entonces, había sido el poste de una de las rudimentarias porterías–, aquellos niños me habrían rechazado, en el mejor de los casos, mediante una sarta de insultos despiadados. Obnubilado por la contundente belleza de la chiquilla (ese resplandor superficial que siempre me ha arrastrado a los parajes más tortuosos), cuya propuesta interpreté de un modo del que ahora me avergüenzo (la belleza torna ingenuos hasta a los intelectos más brillantes), accedí a convertirme en un poste inmóvil contra el que se estrellasen los lanzamientos más escorados. Durante aquellas jornadas futbolísticas que se sucedieron a lo largo de varias semanas, descubrí la perversidad, arrogancia y prepotencia de aquella chiquilla a la que yo había mitificado apresuradamente; y, cuando se deshizo el hechizo que me mantenía postrado al suelo como un tótem que idolatraba a una diosa, me vi como un ser ridículo que había aceptado, de buena gana, un completo repertorio de humillaciones que, desde una perspectiva normal, resultaban inadmisibles. Desde entonces, cada vez que veía o escuchaba algo relacionado con el fútbol, acudía a mi memoria –con una cruel proliferación de detalles– aquel episodio imborrable, aquella insoportable sensación de pusilanimidad.

Así que, una vez más, tuve que hacer un sacrificio (éste, de grandes proporciones) para satisfacer a mis nuevos amigos, que, con toda seguridad, no habrían sido capaces de comprender –y, mucho menos, de admitir– que aquella aciaga circunstancia del pasado proyectaba una reverberación sobre el presente que me impedía convertirme en el improvisado portero de su mermado equipo de fútbol. Aun así, tanto me azuzaba aquel recuerdo, tanto pesaba la promesa que me había hecho a mí mismo, que, durante el poco tiempo del que dispuse para tomar una decisión, llegué a plantearme la posibilidad de confesarles a mis amigos el verdadero motivo por el que me resultaba imposible ser el guardameta del equipo; de hecho, tomé la resolución de hacerlo; pero, cuando me reuní con ellos para comunicárselo, cuando mis labios ya se entreabrían para articular la primera palabra, me sobrevino la certeza, al escrutar sus rostros, de que la sensibilidad de aquellos chicos, poco cincelada todavía, no estaba preparada para valorar e interpretar correctamente la justificación que yo iba a esgrimir. Inmediatamente me asaltó, como una revelación clarividente, una visión en la que mis amigos, recuperados del asombro que les había causado mi confidencia, se burlaban, en primer lugar, del contenido de la anécdota que yo les había contado; y, en segundo lugar, de que el recuerdo de aquélla me afectara de un modo tan ridículo; entonces me di cuenta de que, si aquello llegaba a suceder, el respeto y la admiración que aquellos muchachos me profesaban se verían seriamente dañados, circunstancia que Roberto aprovecharía para atraer nuevamente a

215

sus compañeros hacia su bando y, sin lugar a dudas, para zaherirme violentamente. De manera que, constatada una vez más la imposibilidad de transmitirles a mis semejantes la naturaleza de mis anhelos y frustraciones interiores, resolví, en aquel brevísimo instante que para mí se dilató como un insondable mar de eternidad, cancelar mi primera resolución y, por consiguiente, acceder a convertirme en el guardameta del equipo, a pesar de que era consciente de que, durante la semana que duraba el torneo de fútbol sala (o, probablemente, durante más tiempo), el pasado emergería de la fosa donde estaba retenido para fustigarme la espalda con su látigo pestilente. Así, no me cabía duda ya de que, a lo largo de mi vida, para integrarme en aquel mundo que era tan incompatible con el que se erigía en mi mente –en el cual, a pesar de sus virtudes, no podía vivir indefinidamente porque resultaba demasiado hermético, demasiado asfixiante–, tendría que hacer todo tipo de concesiones que, poco a poco, irían debilitando mi personalidad. Y, para colmo, yo, como el mítico Prometeo, tendría que contemplar, anulado por el dolor –pero consciente, siempre consciente–, cómo los avatares de la vida desmenuzaban las entrañas de dicha personalidad.

En los días anteriores al torneo de fútbol sala, fui sometido por mis compañeros a un duro y tortuoso entrenamiento que dejó mi musculatura tan maltrecha (pues no estaba acostumbrada al ejercicio físico), que brotó en mí el temor de que no pudiera recuperarme a tiempo para participar en el torneo; afortunadamente para los intereses de mis compañeros de equipo –que, por la tranquilidad con la que recibieron algunas de mis quejas, ocasionadas por los calambres que me acometían, debían de haberlo previsto–, los dolores fueron disminuyendo paulatinamente (lo que indicaba que mi musculatura se estaba fortaleciendo), hasta que desaparecieron por completo un par de días antes de la competición. El entrenamiento en sí fue dirigido por Mario, que se encargó de transmitirme los conocimientos teóricos (indispensables tanto para custodiar la portería del equipo con eficacia como para facilitar el juego defensivo y ofensivo del equipo) y, en la medida de lo posible, los prácticos, que fueron los que más me costó llevar a cabo. El primer objetivo de estas clases prácticas consistía en hacerme perder el

216

miedo al balón, esa bala esférica por la que todo jugador de campo, cuando se ve obligado a guardar una meta, teme ser golpeado. De eso se encargaron los artilleros del equipo, de los cuales era mi primo el más temible, dada la potencia de disparo que podían desarrollar sus hercúleos cuadriceps. Para lograr endurecerme en tan poco tiempo, mis amigos me sometieron, día tras día, a una larga serie de lanzamientos a bocajarro que yo trataba de interceptar, preferentemente, con alguna de mis extremidades. En un principio, me protegía instintivamente del balón, por lo que, cuando me daba cuenta de que éste no me iba a golpear, el esférico se estrellaba siempre contra las mallas antes de que yo pudiera atajarlo; más adelante, fui capaz de interceptar algunos lanzamientos, pero la poca convicción con la que realizaba mis movimientos restaba fuerza a mis extremidades, que siempre cedían a la potencia del balón y, por consiguiente, no lograban evitar que éste traspasase la línea de meta; a los pocos días, tras recibir un duro golpe en la nariz que hizo brotar las lágrimas de mis ojos, un hilillo de sangre de la nariz y que, además, me hizo cobrar conciencia de que el balón no resultaba tan peligroso como yo pensaba, mi eficacia bajo los palos mejoró mucho, lo suficiente como para que mis compañeros, satisfechos de mi perseverancia y entereza, dieran aquella primera etapa del entrenamiento por terminada. Las siguientes fueron menos duras y más breves: Mario me enseñó a deslizarme por el suelo para atajar pases peligrosos que, de no ser frustrados, me enfrentarían a un delantero que dispondría de muchas posibilidades de anotar un tanto a favor de su equipo; a lanzarme a los pies de un jugador que había penetrado en mi área para robarle el balón; a lanzar con celeridad el esférico al jugador más adelantado para, de este modo, favorecer un contraataque; a colocar correctamente las barreras; o a actuar de un modo adecuado en las peligrosas situaciones que se podían dar tras el saque de un córner. Mi formación práctica concluyó un día antes de que se iniciase el torneo. Ese último día, mis compañeros lo dedicaron a confeccionar las sofisticadas tácticas que iban a emplear con algunos equipos (a la mayoría ya los conocían del año anterior) y a explicarme –aunque su conocimiento no resultara imprescindible para desempeñar mi tarea con acierto– el funcionamiento del sistema de rotación de jugadores que iban a emplear, propio de los equipos profesionales.

El torneo comenzó un lunes por la tarde. Aquel primer día, a lo largo del prolongado y empinado camino –gobernado por la desembocadura de una riera desaguada– que conducía al complejo deportivo, experimenté un tipo de excitación, constituida por varios ingredientes (unos identificados, como la ansiedad, el deseo o el miedo; otros sin nombre ni rostro), que yo no había sentido jamás; ciertamente, se parecía a la excitación que me acometía cada mañana desde una hora antes de que Dora cruzase la puerta de mi casa; pero la excitación del día de mi estreno como portero –que, si bien bastante atenuada, no dejó de visitarme en los días sucesivos– era mucho más compleja y, al contrario que la que estaba relacionada con la muchacha, poseía un carácter contradictorio: me resultaba tan desazonadora como placentera. La indagación en aquella excitación inédita a la que me entregué mientras mis amigos y yo subíamos por la cuesta de la riera me mantuvo al margen de las conversaciones de mis compañeros de equipo, centradas exclusivamente en todo lo que estaba relacionado con el torneo; así, yo escuchaba las voces de mis amigos débiles y deshilachadas, como si se proyectaran hacia mí desde una considerable distancia. Ellos se percataron de que, aunque mi cuerpo los acompañaba, mi mente se había evadido, pues no tardaron en preguntarme qué me pasaba. Como yo no acerté a responder, se temieron que me encontrara indispuesto. Enseguida los tranquilicé: les dije que no me encontraba mal, que solo estaba un poco nervioso, ya que nunca había jugado un partido de fútbol, y que el que íbamos a jugar suponía para mí, dada su trascendencia y el importante papel que iba a desempeñar en él, demasiada responsabilidad. Evidentemente, aquella explicación precipitada que únicamente esgrimí para atajar los temores de mis amigos solo definía parcialmente la excitación ignota que me embargaba; una excitación que –ahora lo sé– acomete con más frecuencia y más intensidad a los hombres que viven y actúan que a los que solo se dedican a pensar. Mis compañeros, capitaneados por mi primo, me arroparon y me agasajaron mediante frases que pretendían desproveerme de esa responsabilidad que tanto me pesaba; en cuanto al nerviosismo que yo sentía (que, según ellos, se manifestaba por medio de un incesante cosquilleo en el estómago; pero yo notaba una fuerte presión en el pecho), reconocieron que ellos también lo sufrían; me aseguraron que desaparecería en cuanto comenzase el partido. Pude constatar, tras fijarme en la leve transformación que habían experimentado el tono de sus voces, los movimientos de sus brazos y las expresiones de sus rostros, que, efectivamente, mis amigos también se encontraban bajo el influjo de aquella excitación tan deleitosa y aterradora. Pero ellos ya habían aprendido a sobrellevarla, a paladearla como un vino que, a pesar de su sabor amargo, inunda nuestra lengua de agradables sensaciones. En ese momento, me sentí unido a mis amigos fuertemente. En aquel instante se comenzó a gestar, además, la nueva concepción que yo me formaría del deporte.

La instalación deportiva donde se celebraba el torneo, situada en el extrarradio del pueblo (más allá de la estación ferroviaria), estaba constituida por un pequeño y recoleto pabellón –donde se jugaría la final– rodeado de cuatro campos de fútbol sala que se encontraban flanqueados por dos rudimentarias gradas de cemento que solo podían albergar, aproximadamente, a una treintena de personas; dichas gradas habían sido pintadas con colores diferentes, lo que permitía diferenciar los cuatro campos de fútbol, que, en lo demás, eran exactamente iguales. Recuerdo perfectamente que jugamos el primer partido en el campo de las gradas azules. En el vestuario, algunos minutos antes de que se iniciase el encuentro, mis compañeros comentaron las dificultades que entrañaban los equipos que nos habían tocado en la fase previa de clasificación y, concretamente, lo duro y correoso que resultaba el primer conjunto al que nos enfrentaríamos aquella tarde: se trataba de un equipo de una decena de jugadores cuya edad, según las estimaciones de mis amigos, oscilaba entre los veinte y los veinticinco años; al parecer, aunque su disposición táctica sobre el terreno de juego no era ni la más adecuada ni la más efectiva, la mayoría de jugadores poseían una buena técnica y, además, todos ellos, sin excepción, tenían un físico imponente que propiciaba que, durante los partidos, hubiese entradas de gran dureza que, aunque siempre recibían una justa sanción, intimidaban a sus rivales. Creo que fue Ismael quien me dijo que yo había tenido mala suerte, que no iba a disfrutar precisamente de un estreno apacible; así, me aseguró que el encuentro sería muy reñido, posiblemente bastante sucio y que mi portería se vería amenazada constantemente; por último, como si no se percatara de que mi tez estaba adquiriendo una coloración amarillenta, me informó de que, el año anterior, en la semifinal, recién terminado el partido –que mis compañeros ganaron por los pelos–, se organizó una buena trifulca entre los jugadores de la que mis amigos habían salido bastante malparados. Antes de que Ismael pudiera seguir proporcionándome más detalles escabrosos, Roberto le propinó una colleja que lo disuadió de continuar informándome. «¿Eres imbécil? ¿No ves que le vas a meter el miedo en el cuerpo?», le recriminó Roberto, que, por una vez, había actuado sensatamente. Pero ya era demasiado tarde: debido a la posibilidad que existía de que, a lo largo del encuentro, se desatasen situaciones violentas en las que me pudiese ver inmiscuido, la ambigua excitación que yo había experimentado hasta entonces se esfumó súbitamente y, en su lugar, apareció un pavor informe que me provocó una pequeña crisis de ansiedad. Con ostensible dificultad para respirar, comencé a decirles a mis compañeros que no quería jugar, que no estaba preparado, que no estaba acostumbrado a las situaciones extremas que deparaba el deporte, que no me apetecía pelearme con nadie y que, por tanto, ellos tendrían que salir al terreno de juego sin mí. «¿Estás loco? No nos puedes hacer esto», me espetó Roberto. Entonces mi primo se acercó a mí, se arrodilló, me agarró las rodillas con sus manos poderosas –que infundían confianza y coraje–, me miró a los ojos y, acto seguido, me dijo que no me preocupara, que lo iba a hacer muy bien y que, si la cosa se ponía fea, él mismo se encargaría de que a mí no me tocaran ni un pelo; para terminar de tranquilizarme, me informó de que, de todos modos, era poco probable que nuestros rivales empleasen la violencia para aplacar sus ansias de revancha o su furia en caso de que nosotros les infligiésemos una derrota, ya que le constaba que los organizadores del torneo les habían advertido que, si se repetía lo del año pasado, serían expulsados de la competición. Las palabras de mi primo me infundieron sosiego. Así que, fortalecido y avergonzado al mismo tiempo, les aseguré a mis compañeros de equipo que haría todo lo que estuviera en mis manos para que ganásemos aquel partido.

Cuando salimos a la cancha y contemplé a nuestros rivales, que calentaban en las cercanías de una de las porterías, me di cuenta de que aquella contienda estaba más desequilibrada de lo que había imaginado: nos íbamos a enfrentar a adultos muy fornidos que nos doblaban en número y que contaban con un portero que interceptaba, con sus enormes manos, todos los lanzamientos –de una potencia sobrecogedora– que realizaban sus compañeros. De inmediato me asaltó la convicción de que yo no podría detener chutes tan brutales y de que mis amigos no podrían zafarse del marcaje de aquellos cuerpos nervudos. Desmoralizado, ocupé mi posición bajo los palos, momento en el que el árbitro reclamó a los dos capitanes para que escogiesen el anverso o el reverso de la moneda que determinaría qué equipo contaría con la posesión del esférico al iniciarse el encuentro. Así que nosotros, que nos habíamos demorado en salir al terreno de juego debido a mi arrebato de pánico, no dispusimos de tiempo para calentar la musculatura. Por lo menos Roberto –nuestro capitán– ganó la posesión del balón. En cuanto éste cedió el esférico, desde el círculo central, a Enrique, que era nuestro jugador más retrasado, mis compañeros comenzaron a rotar a tanta velocidad y a pasarse el balón con tanta precisión, que, durante un minuto aproximadamente, nuestros rivales, como torpes galgos a los que una liebre huidiza quiebra constantemente, fueron incapaces de arrebatárnoslo. La jugada la finalizó Roberto, que, tras realizar una pared con Ismael al borde del área contraria, colocó el balón, mediante un lanzamiento parabólico de gran suavidad y precisión, en la mismísima escuadra derecha de la portería rival. Aquel impecable gol presagiaba, contra todo pronóstico, que venceríamos de forma contundente. Y, en efecto, así fue: nos hicimos con los dos puntos. Nuestros rivales fueron incapaces de contrarrestar el perfecto sistema de rotaciones que mis compañeros habían ensayado durante todo el año con el fin de que, cuando volviesen a enfrentarse a un equipo que también lo practicase (como había ocurrido en la final del año anterior, en la que mis amigos habían sido derrotados), pudiesen hacerlo en igualdad de condiciones. Gracias a este sistema y a la incuestionable calidad técnica de mis compañeros, yo no tuve que intervenir más que en un par de ocasiones que, contagiado por el talento de mis amigos, resolví con acierto. Para mi sorpresa, durante el partido no me martirizaron los recuerdos de la mala experiencia que, en mi infancia, me había deparado la chiquilla futbolista. Al parecer, la capacidad asociativa de mi mente había sido bloqueada por el deleitoso espectáculo que contemplé desde la meta que yo custodiaba.

12

Los domingos tenía que realizar un gran esfuerzo para conseguir levantarme a las seis de la mañana. Consciente de que el cansancio que se había acumulado en mi cuerpo a lo largo de toda la semana lograría retenerme en la cama durante bastante tiempo, por la noche, antes de acostarme, reunía los cuatro despertadores de los que disponíamos en casa y programaba sus mecanismos de alarma para que, uno a uno, se activasen, cada cuarto de hora, desde las cinco en punto de la mañana. Así, cuando sonaba el primero, yo me despertaba y, como un anciano reumático y anquilosado, lograba extender mi brazo hacia la mesita de noche y aplacar su cantinela; a continuación, como si estuviera levantando una pesada losa que aplastara mi cuerpo, me inclinaba un poco para accionar el interruptor de la luz; en cuanto ésta brotaba de los fluorescentes y agredía mis ojos, se activaba en mi mente la voluntad de levantarme, que luchaba, en situación de clara desventaja, con el poderoso deseo de seguir durmiendo, que, poco a poco, iba inoculándome su placentero somnífero y devolviéndome al mullido mundo de los sueños; pero, cuando ya estaba yo cómodamente instalado en él, sonaba el segundo despertador; entonces volvía a abrir los ojos y a acallar, ahora mediante un movimiento más fluido de mi brazo, el canto estridente de aquel gallo mecánico. A medida que las alarmas se activaban sucesivamente y este ritual se repetía, mi voluntad se fortalecía y, por el contrario, mi deseo de anegarme en las profundidades de mi lecho se debilitaba. De modo que, poco antes de que las agujas de los relojes marcasen las seis de la mañana, mi cuerpo y mi mente disponían, respectivamente, de la fuerza y la claridad suficientes para impulsarme fuera de la cama, lo que me permitía llegar puntual, una hora más tarde, a la entrada de la carretera que conducía al rompeolas, donde, normalmente, había quedado con mi tío (a menos que, por algún motivo determinado, me hubiese visto obligado a cancelar la cita el día anterior), el cual no admitía la impuntualidad en ninguna circunstancia y mucho menos cuando se trataba de ir a pescar. Tanto es así que, en una ocasión en la que yo me había retrasado una media hora, él se había enfadado tanto que no solo no me había seguido esperando en el lugar acordado, sino que, además, cuando yo había llegado a la plataforma donde él ya estaba instalado, me había reprochado severamente mi retraso y me había advertido que, si éste volvía a repetirse, en lo sucesivo cada uno iría a pescar por su cuenta. Yo, ciertamente ofendido, había acatado el rapapolvo de mi tío con estoicismo y educación no tanto porque el tipo de pesca que él me estaba enseñando se hubiera convertido en una pasión irrenunciable como porque, para disfrutar de las muchas virtudes que poseía el hermano de mi madre, estaba dispuesto a pasar por alto sus defectos, entre los cuales destacaba aquel carácter irascible que, en algunas ocasiones, llevaba a mi tío a adoptar una actitud intransigente y a tratar a las personas con poca delicadeza.

Cuando llegábamos a la plataforma, lo suficientemente amplia como para acoger a dos pescadores y sus respectivos aparejos, yo me situaba en el extremo izquierdo –desde el que se podía maniobrar con más facilidad– y mi tío en el derecho, desde el que, debido a una gran piedra puntiaguda que sobresalía del agua, resultaba más difícil cobrar las piezas. Mientras conversábamos sobre el estado del agua y del cielo, sobre la fuerza y la dirección del viento y sobre el modo en que todos estos factores podían influir en el comportamiento de las doradas, cada uno iba montando sus aparejos, tarea en la que yo, menos maniático y meticuloso que mi tío (al menos en lo que a la pesca se refiere), empleaba la mitad de tiempo que mi maestro, el cual, concentrado en su labor, parecía disfrutar más con aquella anodina faena –que a mí me exasperaba– que con el propio ejercicio de la pesca. Y, cuando mi tío advertía que yo ya había terminado y que, sentado en mi mullido cajón de madera, lo miraba dejando entrever cierta ansiedad e, incluso, cierta altanería no premeditada, éste ni se inmutaba, como si no le molestara que un principiante realizara con mayor celeridad la tarea que él llevaba haciendo ya tantos años. Ahora bien, si él se daba cuenta de que yo, en lugar de observar atentamente sus movimientos para tratar de detectar detalles que me hubiesen pasado desapercibidos en jornadas anteriores, me distraía en actividades banales –como, por ejemplo, la de escrutar el horizonte–, entonces me preguntaba si estaba seguro de que había montado mi aparejo y dispuesto mis utensilios en las inmediaciones de mi banco de la manera correcta; yo le contestaba que sí, que tampoco se trataba de una faena tan complicada, a lo que mi tío, que sabía leer los mensajes implícitos en muchas de mis frases, me respondía que yo no haría mal en revisar mi aparejo, por si había pasado algo importante por alto. Para que mi tío no pensara que sus consejos ya no me parecían útiles y, por tanto, llegara a la conclusión de que yo, acostumbrado a superar en poco tiempo a mis instructores, creía haberlo rebasado a él también, lo obedecía sin rechistar: comprobaba que todo lo que había hecho coincidía con las instrucciones que mi tío me había dado en su día, si bien no me demoraba demasiado en ello, ya que, como ya he dicho, aquellos preparativos me hastiaban. De manera que, cuando yo daba por concluida mi superficial revisión, mi tío aún no había terminado, lo que me obligaba a fingir, para no irritarlo, que prestaba suma atención a todos y cada uno de sus movimientos.

Terminado el montaje de los aparejos, mi tío hurgaba en la malla que contenía los mejillones –que, con un largo rastrillo de fabricación casera, arrancaba de las rocas sumergidas del rompeolas– y seleccionaba, en primer lugar, los que me iba a dar a mí (aquellos que poseían un tamaño más adecuado y una forma más atractiva); en segundo lugar, los que iba a emplear él (aquellos que, además de no tener el tamaño ideal, estaban recubiertos de musgo y de pequeñas piedras); y, en tercer lugar, los destinados a atraer a las doradas a nuestro *pesquil*. (En mi segunda o tercera jornada de pesca, le había propuesto a mi tío que, antes de realizar la ardua selección de los mejillones, cebáramos los anzuelos y los sumergiéramos en el agua, puesto que, si lo hacíamos, cabría la posibilidad de que, mientras él estaba ocupado, se produjese alguna picada que yo, atento a las punteras de las cañas, me encargaría de no desperdiciar.

Pero mi tío se había negado rotundamente. Y cuando yo, extrañado, había indagado en el porqué de su negativa, él me había dicho, simplemente, que había que hacer las cosas ordenadamente, que solo podíamos empezar a pescar cuando todas las tareas previas hubiesen finalizado. A pesar de lo irracional de su argumentación, yo no había tratado de convencer a mi tío de que se equivocaba, de que malgastábamos un preciado tiempo que podía proporcionarnos capturas extra, pues me había dado cuenta de que este comportamiento en concreto poseía un talante maniático que impediría a mi tío escuchar la voz de su razón). Finalizada la criba, el obstinado hermano de mi madre situaba un buen montón de mejillones en el espacio que separaba su silla y mi cajón, al que tanto él como yo acudíamos sucesivamente para recolectar una decena de mejillones que depositábamos en nuestras respectivas hondas. Mis lanzamientos, al contrario que los de mi instructor –sin los cuales pocas piezas se habrían acercado a nuestro *pesquil*–, eran bastante torpes, tanto que, la mayoría de las veces, los bivalvos salían despedidos hacia atrás, razón por la que mi tío, para salvaguardarse, se situaba siempre por delante de mí. A pesar de que, debido a mi impericia, yo dilapidaba buena parte de los moluscos (que se escurrían por las grietas de las rocas); a pesar de que esa pérdida me irritaba tanto que, en cada nueva jornada, yo me resistía a hacer silbar mi honda, mi tío insistía en que debía hacerlo porque consideraba que era la única forma que había de que aprendiera y, en definitiva, de que me convirtiera en un pescador autosuficiente. Así que yo –que, por un lado, no quería defraudar a una persona tan exigente como mi tío; y, por otro, aspiraba a igualar e incluso superar su maestría– terminaba recogiendo la simbólica toalla que había tirado precipitadamente y me dejaba la piel en cada lanzamiento. A veces los dos, como bailarines que ejecutan una danza sincronizada, lanzábamos al mismo tiempo; entonces, durante una fracción de segundo, sobre el manto azul del cielo dos enjambres negros se fundían en uno que, como una enorme, boscosa y atronadora tormenta, caía sobre el agua provocando una armónica explosión. Aquella imagen tan bella es una de las joyas estéticas de aquella época que aún guardo en mi memoria.

Era mi tío –en cuya expresión se adivinaba que él, a medida que lanzaba, se confeccionaba una imagen imaginaria de cómo se diseminaban los mejillones en el lecho marino– el que decidía cuándo debían cesar los lanzamientos. Solo entonces me concedía el permiso de comenzar a pescar. Yo, ansioso por clavar ya la primera pieza y por sentir en mi antebrazo su rabia, su orgullo, su obstinación, su enorme potencia, me arrellanaba en el asiento de cuero de mi cajón y, sin demorarme en comprobaciones de última hora, proyectaba el sedal de mi caña a un lugar de nuestro *pesquil* un tanto alejado de aquel que había estimado el más adecuado para obtener picadas, pues mi técnica de lanzamiento aún no era tan depurada como la de mi maestro, que siempre lograba situar su plomo donde se le antojaba. Cuando yo ya estaba totalmente concentrado en la vigilancia de la puntera de la caña, mi tío, en cambio, se entretenía en dibujar, en una libreta que había extraído de su chaleco impermeable, un croquis que trataba de reproducir la imagen de los mejillones diseminados por el lecho marino que él se había confeccionado mentalmente. Esta libreta –y otras muchas que mi tío almacenaba en una estantería de su despacho– estaba plagada de bocetos que, si bien a primera vista parecían muy similares, poseían sutiles matices –que solo podían ser detectados por una mirada experta– que establecían notables diferencias entre ellos. En estos croquis que mi tío diseñaba en cada jornada de pesca, un cuadrado que ocupaba la mitad de la cuartilla representaba el *pesquil*; en su interior, pequeños círculos negros suplían a los mejillones; cruces de diferente tamaño marcaban el lugar exacto donde se habían producido las picadas (mi tío dibujaba las primeras a medida que se producían las segundas); y, en función de la disposición de estas cruces, había una serie de líneas discontinuas que representaban la trayectoria hipotética que habían realizado dentro del *pesquil* las doradas capturadas; bajo el cuadrado que constituía el *pesquil*, había varias anotaciones que recogían las conclusiones a las que había llegado mi tío después de analizar el croquis. El objetivo de estos bocetos no era otro que el de elaborar, a partir de las deducciones realizadas sobre el comportamiento de las doradas en cada uno de los *pesquiles* posibles, un *pesquil* ideal que garantizaría un número de picadas y de capturas superior a los restantes. Así pues, la pesca, filtrada por el tamiz del meticuloso y analítico cerebro de mi tío, se transformaba en una actividad de gran rigor científico.

Durante el mes de julio, las doradas comenzaban a picar a las diez de la mañana y dejaban de hacerlo a la una del mediodía, momento en que mi tío y yo, convencidos de que no volverían a picar, recogíamos nuestros aparejos; por tanto, la pesca me mantenía tan entretenido y ajetreado, que apenas tenía tiempo de entregarme a la rememoración y a la reflexión. Pero, desde el mes de agosto, las picadas habían comenzado a demorarse paulatinamente, por lo que las esperas resultaban cada vez más largas. Así que, durante estas esperas –que formaban parte de una espera mayor que se prolongaba a lo largo de todo el fin de semana–, yo pensaba constantemente en Dora, esa dulce y lenta espina que llevaba clavada en el pecho desde la tarde del viernes. Solía regocijarme con el recuerdo de aquella primera jornada de pesca en la que había conocido a la muchacha; no podía evitarlo: en cuanto cedía a la tentación de recorrer el rompeolas con la mirada para comprobar si mi alumna había decidido acompañar de nuevo a su padre y, de este modo, darme una grata sorpresa, acudía de inmediato a mi memoria aquella imagen de una Dora distante, inapreciable e inalcanzable que, en unas pocas horas, se había convertido en una conmovedora presencia con la que yo había podido interactuar y que ahora, varias semanas después, era una sobrecogedora realidad que se había instalado cómodamente en mi vida y, sobre todo, en el fondo de mi alma. No había jornada en que yo no pensara que, si no hubiera ido a pescar aquel domingo con mi tío, no habría tenido la oportunidad de conocer a Dora; no había jornada en que no me preguntara qué habría sido lo que la muchacha había apreciado en mí que tanto la había atraído, algo que, antes de que Dora conociera mi personalidad y la naturaleza de mi inteligencia, había propiciado que ella sintiera la necesidad de llamar mi atención en la playa y, posteriormente, de enterarse de dónde vivía y de acudir a mi domicilio. «¿Qué habrá visto en mí, qué la habrá llevado a concederme la atención que, con toda seguridad, les habrá negado a muchos muchachos a los que habrá conocido en circunstancias más favorables?», me preguntaba mientras observaba la puntera inmóvil de mi caña. Y, como me resultaba imposible hallar una respuesta satisfactoria, me decía a mí mismo que lo más probable era que nada de lo que concernía a mi persona hubiera ejercido, desde nuestro primer encuentro, una fuerza gravitatoria sobre Dora, sino que, simplemente, la muchacha, llevada por su carácter amable y extrovertido, hubiese decidido hacerme más llevadera la adaptación a mi nuevo hogar con su compañía (pues nadie sabía mejor que ella el sufrimiento que implicaba sentirse solo y desamparado). Pero entonces me sobrevenía un comentario que me había hecho mi tío en la primera jornada de pesca que compartimos: en su opinión, las mujeres eran muy parecidas a las doradas. Y, como a mí este comentario no me parecía nada desacertado, yo enseguida advertía que, del mismo modo que las doradas –cuya belleza nada tenía que envidiar a la de la muchacha– jamás penetrarían en un *pesquil* que no contuviese objetos interesantes, Dora tampoco concentraría nunca su atención en un muchacho que no le resultase atractivo en algún sentido. Por tanto, yo recuperaba de inmediato la certidumbre de que, desde que me viera por primera vez, la muchacha había observado o percibido en mí algo que le interesaba por su poderoso atractivo. Me atrevía entonces a pensar que por qué no podía tratarse de mi físico. Me repetía a mí mismo, una y otra vez, que, aunque mi belleza física no fuera ni mucho menos excepcional, existía la posibilidad de que ésta, de todos modos, hubiera fascinado a Dora desde el primer momento tanto como a mí me había fascinado la suya. Y, para reforzar esta posibilidad, esgrimía el argumento de que yo me había sentido atraído, en varias ocasiones, por el físico de algunas chicas que, objetivamente, no eran demasiado bellas. Pero tan pronto como me agarraba a esta ilusión compuesta de débil arcilla, venía mi razón a desbaratarla como una ola de pesimismo: pensaba que, si yo me había sentido atraído por físicos de una belleza moderada, se debía a que en el fondo de mi mente latía la certeza de que las bellezas excepcionales no estaban a mi alcance. Y, al percatarme de que Dora no se encontraba en esa tesitura; al percatarme, en definitiva, de que la muchacha sí podía aspirar a una belleza extraordinaria –puesto que ella poseía una del mismo tipo–, yo me preguntaba por qué iba a conformarse Dora con una belleza moderada. Así que llegaba a la conclusión de que no tenía ningún sentido que fuese mi físico el elemento que había despertado el interés de la muchacha por mí.

Era en este tipo de complejas reflexiones, siempre relacionadas con Dora (pues cuanto más me acercaba yo a la mañana del lunes, más me costaba pensar en otra cosa), en las que invertía el tiempo que transcurría desde que sumergía por primera vez el sedal en el agua hasta que se producía la primera picada (ya fuera en mi caña o en la de mi tío). Normalmente, si era la puntera de mi caña la primera que se movía, la súbita disolución de estas reflexiones no estaba provocada por la visualización de la picada (porque yo, totalmente abstraído, aunque miraba la puntera de mi caña, en realidad no la veía), sino por una tenue vibración –transmitida por la vara de grafito a mi asiento de cuero– que, a pesar de su débil intensidad, conseguía rescatarme de mi ensimismada meditación; aquella vibración actuaba como ese lejano y casi imperceptible ruido que activa una alarma en nuestro cerebro que, con brusquedad, nos despierta de un sueño profundo. En el mismo instante en el que despertaba, mi brazo reaccionaba automáticamente: levantaba la liviana caña mediante un movimiento rápido y seco. Y por mucho que, al comienzo de cada jornada de pesca, me recordara a mí mismo que debía controlar esta primera e impulsiva reacción, siempre cometía el error de no esperar a que la puntera se moviese por segunda vez (pues la dorada, bien al notar en su paladar la afilada muerte del anzuelo, bien al advertir que el cebo estaba prendido a algo que le ofrecía resistencia, expulsaba el mejillón triturado a una gran velocidad), con lo cual, casi siempre, no lograba clavar la pieza que acababa de picar. Mi tío aprovechaba entonces mi error para burlarse de mí y para aconsejarme que estuviera atento porque, aunque su caña permaneciese inmóvil, resultaba probable que un banco de doradas se hubiera internado en nuestro *pesquil*. Efectivamente, las primeras picadas sucesivas no tardaban en llegar. Mi tío, por descontado, no fallaba ninguna. Yo, en cambio, necesitaba tener al menos media docena de picadas para clavar una pieza. Así, cada vez que erraba, mi maestro, que era capaz de observarme y de trabajar un ejemplar al mismo tiempo (por muy poderoso que éste fuera), me señalaba el motivo por el cual había fallado. Y, cuando yo por fin conseguía clavar una pieza, él abandonaba su puesto (si se encontraba en mitad de un combate, aceleraba la recuperación de su dorada más de lo recomendable) y se situaba a mi vera para dirigir mis maniobras y, sobre todo, para ayudarme en el caso de que me resultase difícil meter en el salabre un ejemplar especialmente combativo. Yo agradecía la supervisión y colaboración de mi tío, pues, para reducir a aquellos bravos y bellos animales que se aferraban con obstinación a la vida, se requerían ciertas cualidades y habilidades que yo todavía no poseía en su totalidad: en primer lugar, había que tener un gran aplomo y mucha sangre fría para salir airoso de las situaciones más difíciles; en segundo lugar, había que mostrarse contundente –para controlar las embestidas de la pieza y dirigir su trayectoria– y, al mismo tiempo, delicado y precavido para no comprometer la integridad de la caña y de la línea y para evitar que el anzuelo desgarrase la carne de la dorada; en tercer lugar, había que poseer la capacidad de recrear mentalmente la morfología del fondo marino por donde discurría la pieza y, además, la de anticiparse a los movimientos de ésta; por último, se necesitaba destreza y equilibrio para combinar los múltiples movimientos que permitían introducir el ejemplar en el salabre. Gracias a la ayuda de mi tío, yo lograba hacerme con una buena parte de las doradas que clavaba. De modo que prácticamente no había ni una jornada en la que no experimentara aquella torrencial excitación que me causaba la captura y la posesión de una belleza que parecía inalcanzable. Una adictiva excitación que, cuando mi tío decidía que había llegado la hora de irnos (dada la tranquilidad en la que, desde hacía tiempo, se habían sumido nuestras cañas), provocaba que yo, confiado en que las doradas volverían a picar, me resistiera a abandonar la plataforma; una plataforma que, de todos modos, abandonábamos en cuanto el hermano de mi madre se ponía serio y estricto.

Mi tío me llevaba hasta mi casa en su coche, el cual, durante toda la mañana, había permanecido aparcado en las inmediaciones del lugar donde me reunía con él (ignoro por qué mi tío no iba a buscarme a mi casa por la mañana en su flamante automóvil. El caso es que, cuando yo le había propuesto que lo hiciera, él me había dicho, sin más, que prefería reunirse conmigo en la entrada del rompeolas. Es probable que quisiera poner a prueba mi capacidad para ser puntual). Mi tío subía conmigo hasta el piso de mis padres para saludarlos y, sobre todo, para entregarles personalmente las doradas que habíamos capturado (si bien él se quedaba un par de ejemplares). Tras beberse la cerveza y engullir el piscolabis que mi madre solía ofrecerle, se despedía de nosotros. En cuanto se había ido, mi padre contaba las doradas que habíamos pescado y las examinaba una a una detalladamente, con delectación, como si albergase entre sus manos diamantes de incalculable valor; acto seguido, seleccionaba la que, a su juicio, podía tener una carne más sabrosa (las olisqueaba, como un perro sabueso, para determinarlo) y se la entregaba a mi madre, que, con sus utensilios de pescadera, la descamaba y la desproveía de las vísceras en un santiamén para, a continuación, sazonarla abundantemente y depositarla en el horno. El resto de las piezas, mientras nuestra dorada se cocinaba, las trasladaba mi padre a la nevera de nuestra pescadería, donde, al día siguiente, eran exhibidas a los clientes como magníficos trofeos que no tardaban en desaparecer de las vitrinas heladas. Cuando mi padre regresaba de la pescadería, la dorada que había cocinado mi madre ya ocupaba el centro de la mesa del salón; ésta exhalaba unos vapores aromáticos a los que resultaba imposible resistirse. Tanto es así que yo –a pesar de que sabía que mi madre me reprendería–, antes de que mi padre se sentara a la mesa, levantaba con el tenedor la tostada piel de aquel manjar y pinchaba un trozo de su maciza y jugosa carne que me llevaba ansiosamente a la boca. Durante la comida, yo les narraba apasionadamente a mis padres cómo había discurrido la jornada de pesca, tras lo cual ellos, por lo general, me hablaban del negocio familiar y de los progresos que estaba experimentando nuestra situación económica.

En cuanto terminaba de comer, se manifestaban en mi cuerpo las secuelas del mayúsculo esfuerzo físico que había realizado a lo largo de la mañana: me acometían leves pero incesantes dolores lumbares, mis hombros apenas podían levantar mis brazos, mis piernas temblaban a cada paso que daba, me escocían las ínfimas heridas que me había hecho en las manos al manipular los mejillones y las doradas capturadas, me picaba la irritada conjuntiva de los ojos, un intermitente dolor me aguijoneaba las sienes y todo mi cuerpo, en especial mi cabeza, se veía anegado por un intenso fogonazo de calor que no remitía en varias horas (la pesca, como la escritura, es una actividad devastadora: la primera aniquila el cuerpo; la segunda, la mente). Así que me pasaba la tarde del domingo bien observando la televisión arrellanado en el sofá del salón, bien escuchando mi colección de boleros tumbado sobre la cama de mi cuarto. Esta situación de absoluta relajación permitía que mi mente se concentrase nuevamente en la muchacha a la que, a pesar de que solo hacía dos días que no la veía, tanto echaba de menos. Pero, debido al agotamiento, no me enfrascaba en arduas reflexiones relacionadas con ella; simplemente, me la imaginaba de la manera más bella posible y me dedicaba a contemplarla ensimismadamente. Sin embargo, desde que me comprometiera a concebir y redactar los trabajos de mi atareada alumna, me había resultado imposible consagrar aquellas tardes del domingo a esta balsámica actividad contemplativa. Yo tenía que hacer un esfuerzo heroico para sobreponerme al cansancio y encadenarme al ordenador. Afortunadamente, la fotografía de Dora –que, a riesgo de que alguno de mis padres la viera, permanecía al lado del monitor mientras yo escribía– me proporcionaba el aliento que me faltaba. Trabajaba sin descanso hasta que la extenuación me vencía. Entonces, como un moribundo al que le sobrevienen los últimos estertores, me desplomaba sobre la cama, exangüe pero feliz porque sabía que, cuando despertase, no tardaría mucho en gozar de la presencia de mi musa.

VII

Viernes 25 de agosto

Sus cartas, señor Luis, son cada vez más escuetas. Su capacidad de síntesis y concentración es admirable. ¿Cómo logra decirme tantas cosas en tan poco espacio? ¿Cómo consigue que unas pocas palabras resuelvan muchas de mis dudas y, al mismo tiempo, engendren en mí tantos interrogantes? ¿Cómo es capaz de dar siempre en el centro de la diana? ¿Acaso corre por sus venas la misma sangre de Ortega? No me extrañaría que ambos formasen parte del mismo árbol genealógico. Le digo esto porque ya va siendo hora de que los elogios cambien de destinatario: si algunas cartas de las que conforman nuestra correspondencia merecen ser admiradas, esas son las suyas, señor Luis. Sus cartas gozan de la brevedad y la concisión de esos poemas en los que todos los elementos se encuentran en perfecta armonía. Las mías, en cambio, son largas retahílas desordenadas y reiterativas. Ojalá yo poseyera el talento de concentrar en un par de páginas todo lo que tengo la necesidad de contarle; ojalá pudiera conferirle a mi discurso la misma coherencia y cohesión de las que usted hace gala. Sí, ya sé que todavía soy un adolescente, un bisoño en el complicado arte de escribir. Soy consciente de que, con el tiempo, quizá alcance su maestría y, con menos probabilidad, la de Ortega. Pero guarde sus encomios para entonces. De lo contrario, voy a tener que pensar que se está burlando de mí o, lo que es peor, que el aprecio que me tiene le impide ser objetivo conmigo.

Después de este pequeño reproche, intentaré dar respuesta a algunas de sus peticiones. Empezaré por decirle que no se le pasa nada por alto. Al leerle, me da la sensación de que ha previsto hasta el más nimio detalle. La cuestión es que usted tiene razón: en mi glosa del libro de Ortega, no mencioné el que sin duda es el aspecto más interesante y más crucial del fenómeno del enamoramiento. Pero lo hice premeditadamente. Porque, de la misma manera que Ortega no supo determinar con exactitud qué cualidad –o cualidades– es la que enamora, yo tampoco tenía claro qué atributo de Dora –o atributos– es el que ha hecho que me enamore de ella. Antes de leer el libro de Ortega, creía saberlo. Pero ahora que mi concepción del enamoramiento ha cambiado diametralmente, ya no estoy tan seguro. Y es que la teoría del eximio filósofo ha originado en mí un auténtico cataclismo. De todos modos, he llegado a algunas conclusiones –que, por descontado, no considero definitivas– de cuya exposición no voy a privarlo.

He de comenzar por establecer qué cualidad de Dora es la que ha logrado enamorarme. Como muy bien afirma Ortega en su libro, el enamoramiento solo puede ser provocado por una persona que aparezca dotada de alguna perfección –independientemente de que ésta sea real o aparente–, puesto que solo lo perfecto, lo excelente, tiene capacidad de encantamiento. Resulta de suma importancia el matiz que hace Ortega de que, para que una persona suscite el enamoramiento, basta que en ésta haya solo alguna perfección. Es importante porque anula mi juicio de que el enamoramiento solo se consuma cuando se reconocen en la persona amada las perfecciones del cuerpo y las perfecciones del espíritu. Como proceso mecánico que es, el enamoramiento se produce, casi sin excepción, mucho antes de que transcurra el tiempo necesario para descubrir todas las perfecciones que entraña un determinado individuo. De modo que, en efecto, no hace falta más que una perfección, por insignificante o baladí que parezca, para irritar amorosamente el alma de una persona. No se equivoca el maestro cuando afirma que no hay una cualidad que enamore universalmente (pero, a mi juicio, sí hay una jerarquía de cualidades establecida en función de la mayor o menor capacidad de éstas para enamorar). Son muchas, pues, las perfecciones que pueden enamorarnos.

En mi caso, señor Luis, creo que han sido los impecables modales de Dora y, sobre todo, su extraordinario atractivo físico los que han logrado enamorarme; y, cuando le hablo de atractivo físico, no me refiero a la belleza estética global que cualquier persona puede contemplar desde la distancia, sino, como acertadamente apunta Ortega, a los pequeños detalles de la belleza de la muchacha, a aquellos que solo se perciben desde la proximidad que proporciona la convivencia, a saber: el brillo azabache de sus ojos, la uniformidad y limpidez de su piel, la blancura de sus dientes perfectamente alineados, la carnosidad de sus labios, la dulzura de su sonrisa, la melosidad de su tono de voz, la esbeltez de su cuello de garza o el perfecto equilibrio que existe entre la amplitud de sus hombros y caderas y la estrechez de su cintura, entre otros. Así que en esto, señor Luis, no me equivocaba. Ya intuía yo que era la belleza física de Dora –intensificada por sus loables modales– la que me atraía hacia ella. Pero por entonces ignoraba que el estado en que me había sumido esa belleza –esa perfección– no podía definirse más que como enamoramiento.

Llegado a este punto, me hago la siguiente pregunta, para la que no he hallado una respuesta directa en el libro de Ortega: ¿la cualidad excelente que suscita el enamoramiento posee poder suficiente para prolongarlo durante un largo periodo de tiempo (tanto como nuestro organismo nos permita, pues tengo entendido que éste solo puede segregar las sustancias químicas responsables del fenómeno durante algunos años)? En otras palabras, ¿la perfección que enamora puede sobreponerse a la revelación súbita o sucesiva de imperfecciones? Después de haber reflexionado sobre las apreciaciones que el filósofo realiza acerca de lo que él denomina 'la cuenca latente' –esa zona secreta situada en los sótanos de nuestra personalidad en la que se encuentran los valores auténticos que nos definen–, he deducido que, en la mayoría de los casos, la revelación en la persona que ha enamorado de una 'cuenca latente' totalmente incompatible con la de la persona enamorada cancela definitivamente el proceso de enamoramiento, bien de forma brusca, bien de forma progresiva. Por tanto, señor Luis, la prosperidad de una relación amorosa con Dora depende, además de que ella me corresponda, de que yo, cuando haya accedido al secreto de su 'cuenca latente', descubra, reflejados en su superficie de espejo, los mismos valores que se cobijan en la mía; obviamente, me llevará tiempo penetrar en esa zona íntima, pues, como señala Ortega, los actos y palabras son, la mayoría de las veces, actores de nosotros mismos que suplantan momentáneamente nuestra vida auténtica. En definitiva, si no descubro en Dora unos valores íntimos incompatibles con los míos, el enamoramiento en el que ya estoy sumido se prolongará durante mucho tiempo. Eso es lo que yo creo. Ahora bien, ¿es posible, señor Luis, que la revelación de una 'cuenca latente' ignominiosa o incompatible no quebrante siempre el enamoramiento? ¿No es verdad que todos hemos tenido noticia alguna vez de relaciones sentimentales en que esto se ha producido? Afirma Ortega que la incompatibilidad que siente el que ama con ciertos detalles de la otra persona es el anuncio de que en realidad no ama. Pues bien, yo, después de reflexionar con ahínco sobre estos casos particulares, me he decidido a corregir levemente el aserto del maestro: considero que esa incompatibilidad que siente el que ama hacia la persona amada es el anuncio de que, aunque realmente ama, no le va a resultar posible seguir haciéndolo durante mucho tiempo. A mi juicio, que, en esos casos, el enamoramiento se prolongue durante más o menos tiempo depende del grado de fortaleza que posea la voluntad de la persona que ama. Y es que la voluntad es la única fuerza capaz de ahogar el amor, el cual, como me ha revelado Ortega, no es más que un proceso mecánico que no entiende de incompatibilidades, que avanza por inercia. Dice el maestro que algunas personas se lanzan a un amor falso por obstinación. A mi entender, el que es obstinado es el amor en sí; es obstinado en su movimiento mecánico y repetitivo que solo puede ser detenido por un elemento ajeno a él: la voluntad. De todos modos, ahora mismo me doy cuenta de que la voluntad no puede, como he dicho anteriormente, ahogar el amor. Una vez que el amor ha brotado, jamás fenece. Por tanto, la voluntad solo puede apresarlo, contenerlo, reducirlo a un leve y minúsculo latido que nuestra conciencia no logra escuchar. Pero, al menor descuido de la voluntad –que debe ejercer de centinela de por vida–, el amor se libera de sus grilletes y, si la persona que fue amada sigue presente o reaparece en la vida del que la amó, inicia nuevamente su monótono movimiento. Así que, al aserto de Ortega de que solo se enamora el que desea enamorarse, añado yo el de que solo se desenamora el que posee la voluntad suficiente para desearlo.

Qué le parece, señor Luis, ¿está de acuerdo conmigo? Estoy siendo demasiado atrevido, ¿verdad? Menos mal que Ortega no está en disposición de rebatirme, porque si lo estuviera seguramente me dejaría en ridículo. Por eso voy a ir más allá en mi atrevimiento: he descubierto en estos 'Estudios sobre el amor' una gran carencia de la que, probablemente, el filósofo era consciente:

En uno de los primeros ensayos que constituyen el volumen, Ortega advierte al lector que no hay que confundir el enamoramiento con el amor 'estrictu sensu', al que dedica muchos elogios. Pues bien, el filósofo se afana a lo largo de sus ensayos en diseccionar el fenómeno del enamoramiento –el medio– y, sin embargo, ni siquiera da una definición somera del amor 'estrictu sensu' –el fin–, del Amor en mayúscula. ¿Por qué? ¿Por qué renunció a exponer en qué consiste ese estado superior de amor, esa obra de arte mayor –como él dice– que necesita recurrir a un proceso mecánico inferior como el enamoramiento para producirse? Yo sospecho el motivo: me temo que Ortega se dio cuenta de que el amor 'estrictu sensu', tal como él lo había imaginado, no existe. Vamos a ver, señor Luis, partamos de la base de que el enamoramiento y el Amor son, como insinúa Ortega, dos estados del alma distintos, es decir, que el segundo es producto del primero y que, por consiguiente, aquél comienza cuando éste termina. Si en el enamoramiento nuestra atención se detiene y se concentra en un objeto (llamémoslo así por razones pragmáticas) que estrecha y paraliza nuestra mente, es obvio que, cuando el proceso termina, se debe a que dicho objeto ha dejado de recibir un trato atencional preferente, a que ha regresado a la situación de relativa indiferencia (indiferencia que recibe de la mente que lo acoge) en la que se encuentran el resto de objetos. Entonces, ¿cómo puede producirse un estado amoroso en mayúscula en tales circunstancias? ¿Cómo se puede amar –o, mejor dicho, seguir amando de una manera superior– a un objeto que nos resulta relativamente indiferente o, mejor dicho, que recibe la misma atención –o incluso menos– que el resto de objetos que ocupan nuestra mente? No, señor Luis, no puede producirse un estado de amor de nivel superior en tales

238

circunstancias. Cuando ese estado hermético que es el enamoramiento concluye, cuando nuestro organismo deja de segregar las sustancias químicas que lo perpetúan, nuestra mente, liberada del objeto que ocupaba toda su superficie, se encuentra en condiciones de ser ocupada y paralizada por otro. Así pues, afirmo que no puede haber amor –amor por un mismo objeto– más allá del enamoramiento. Lo que tiene lugar después de este proceso es un estado de represión impuesto por la voluntad: la persona que ha dejado de amar (de fijar anómalamente su atención) a otra persona evita, mediante el ejercicio de la voluntad (la única fuerza que puede contener el amor), que otros individuos paralicen amorosamente su mente porque, junto a esa persona, ha constituido una relación simbiótica que le proporciona unos beneficios psicológicos, filiales, sociales o económicos a los que no desea renunciar. Obviamente, si la voluntad no es suficientemente fuerte –como ocurre en la mayoría de los casos–, otro individuo termina aprovechando esa debilidad para instalarse amorosamente en la mente desprotegida (para ser exacto, debo decir que ese nuevo individuo siempre se instala en la mente desprotegida, y que lo único que hace la voluntad férrea es impedir que ese amor se materialice, es decir, que la unión amorosa llegue a producirse). Por tanto, podríamos decir que amar 'estrictu sensu' consiste en ofrendar respeto, cariño y fidelidad a una persona a la que ya no se ama. Pero no debería usarse el término amor –ni ninguno de sus derivados– para definir este estado de represión voluntaria, pues esta palabra posee connotaciones antitéticas a las del susodicho. Estoy convencido de que Ortega, dueño de una inteligencia privilegiada, llegó a esta misma conclusión. Pero, consciente de que iba a desprestigiar el atributo del que más se ufana el ser humano, consciente de que iba a hundir en el barro a la especie a la que pertenecía, decidió callarse. Y es que la contundencia de algunas verdades resulta insoportable. Por eso, para evitar a sus lectores el sufrimiento que les depararía la verdad, Ortega ideó la aturdidora distinción entre enamoramiento y amor 'estrictu sensu', términos estos que son en realidad sinónimos que definen un mismo concepto. Qué me dice, señor Luis, ¿cree que mi reflexión admite reproches?

Bueno, voy a dejar ya las disertaciones y a dar paso a temas más prosaicos, porque esto, más que una carta, parece un tratado pedante de psicología.

Tengo buenas noticias que darle. ¿Recuerda que le comenté que iba a intervenir, como portero, en un torneo de fútbol sala? Pues me complace mucho anunciarle que, contra todo pronóstico, mis amigos y yo lo hemos ganado. Y no se piense que se trata de un torneo cutre para adolescentes. Todo lo contrario, es una competición cuyo prestigio ha traspasado las fronteras del pueblo y a la que, por tanto, acuden equipos muy potentes; de hecho, en esta edición hemos tenido que enfrentarnos a equipos semiprofesionales, algunos de ellos formados por jugadores mayores que nosotros; me refiero a conjuntos que militan en categorías inferiores del fútbol sala que compiten en ligas muy disputadas y que prácticamente entrenan a diario. Y no crea que estoy exagerando: es tal el prestigio que ha ido acumulando el torneo a lo largo de sus diez años de vida, que, para no dañarlo, la organización emplea un criterio de selección de equipos muy riguroso; vamos, que la mayoría de conjuntos 'aficionados' no tienen cabida en él. El nuestro, sin embargo, es un equipo de 'aficionados', pues mis amigos no compiten juntos en ninguna liga de fútbol sala. Así que se estará preguntando cómo han logrado inscribirse en el torneo. La explicación es muy sencilla: gracias a una recomendación de mi tío, que mantiene una estrecha amistad con uno de los organizadores de la competición. Y, como el año pasado, el equipo de mis compañeros, al alcanzar la final –en la que fue derrotado clamorosamente–, se convirtió en la revelación del torneo, este año mis amigos se han ganado el privilegio de volver a participar. Imagínese, pues, la responsabilidad que, sin yo sospecharlo, recayó sobre mí cuando accedí a ser el portero del equipo. Mis embaucadores amigos, muy astutos, no me hablaron de la categoría y trascendencia de la competición hasta que no estimaron que ya era demasiado tarde para que yo pudiera echarme atrás. Y esto, la verdad, les podría haber costado muy caro, porque, presa de un ataque de pánico, estuve a punto de abandonar en el último momento. Pero bueno, al final logré sobreponerme a tanta presión. Y no sabe cuánto me alegro de no haber renunciado, pues, si lo hubiera hecho, me habría perdido una experiencia única, excepcional, que ha desmoronado uno de mis prejuicios más sólidos: el de que el deporte es una forma anodina y superficial de entretenimiento que no aporta nada interesante al individuo que la practica. ¡Qué equivocado estaba, señor Luis! Después de esta experiencia, me siento mucho más vivo, mi autoestima se ha reforzado y, lo que es más importante, se han estrechado los vínculos entre mis amigos y yo. Sin lugar a dudas, la del deporte (al menos la del competitivo) es una de las experiencias más excitantes y satisfactorias que conozco. ¡Y pensar que la he ignorado durante tanto tiempo! No sé cómo describirle la complicidad que se establece entre unas personas que aúnan todas sus habilidades, fuerzas y anhelos para conseguir una victoria común; no sé, asimismo, cómo describirle la euforia que te acomete cuando logras una victoria y te das cuenta de que, en mayor o menor medida, eres responsable de ella. Y, hablando de victorias, supongo que le resultará extraño que un equipo de 'aficionados' haya ganado una competición que yo me afano en presentarle como muy prestigiosa. Bueno, hay un dato que se me ha olvidado darle: que mis amigos son 'aficionados' solo en lo que al fútbol sala se refiere. Pero, en realidad, son futbolistas expertos y muy curtidos. Lo que quiero decir es que todos juegan juntos en un equipo juvenil de once jugadores que compite en la División de Honor. Así que, si hemos ganado el torneo, se debe sin duda al impresionante talento que posee cada uno de ellos –entre los cuales destaca el de Roberto, que tiene una técnica y una visión de juego prodigiosas–, porque yo, la verdad, he cometido muchos errores que nos han puesto en situaciones muy complicadas. En fin, señor Luis, podría seguir hablándole del tema indefinidamente; pero, como comprenderá, no puedo –ni debo, ya que aspiro a alcanzar su capacidad de síntesis– prolongar esta carta demasiado. Por cierto, una última cuestión: mis amigos me han comunicado que vamos a emplear el premio en metálico del torneo en una actividad colectiva que, por el momento, se empeñan en mantener en secreto. A ver si puedo contarle de qué se trata la próxima vez que le escriba.

Bueno, antes de despedirme, voy a hablarle un poco de mi tema favorito. En realidad, no hay demasiado que contar, pues mi rela-

ción con Dora permanece estancada. No lo están, sin embargo, mis sentimientos: cada día que pasa tengo más necesidad de que lo que comenzó como una relación amistosa culmine en un noviazgo. Y es tanta la necesidad, que no concibo la posibilidad de que la muchacha rechace este amor volcánico que está anegando, gota a gota, los gélidos conductos de mi alma. (¿Usted cree que yo escribiría este tipo de frases si no estuviera enamorado?) Por otra parte, he comenzado a tener sueños eróticos de los que la muchacha es la protagonista. Hasta hace poco, los sueños en los que ella aparecía no eran más que reproducciones de escenas que yo ya había vivido. Pero eso ha cambiado: ahora, en mis sueños, no ceso de besar a Dora, de mesarle el cabello, de mordisquearle el cuello, de acariciarle los pechos... Pero, curiosamente, no voy más allá. Y, por extraño que le parezca, esto no me produce ningún tipo de insatisfacción. De hecho, tengo la impresión de que, si llegara al coito en estos sueños, lo que siento por Dora se vería enturbiado. Es más, el solo hecho de pensar en un coito me hace sentir culpable. ¿Por qué, señor Luis? ¿Conoce usted la respuesta? En fin, ya ve en la situación en la que me encuentro. Si este sentimiento no remite (¡y cómo va a remitir!), tarde o temprano tendré que sincerarme con la muchacha. Pero ¿cómo sabré cuándo es el momento idóneo para hacerlo? ¿He de esperar una señal inequívoca de Dora? ¿Y si ésta no llega?

Voy a despedirme ya, pues los trabajos de mi alumna, que se encuentran ya muy adelantados, me demandan. Por cierto, ahora que me acuerdo, ¿ha ido usted ya a la revisión médica? No se le olvide. A su edad hay que cuidar la salud con mimo. Así que acuérdese de contarme en su próxima carta qué le ha dicho el médico.

13

Lo que aconteció días después de que ganáramos el torneo de fútbol sala deterioró la buena relación que yo mantenía con mis amigos. Ellos, excluyéndome de la decisión, acordaron invertir la mayor parte del dinero que habíamos ganado en una actividad de la que, en su opinión, todos disfrutaríamos por igual. Como mi confianza en mis compañeros se había fortalecido a lo largo del campeonato y, además, consideraba que, después del esfuerzo que yo había hecho, me había ganado por completo su respeto, no albergué ninguna sospecha de que hubiera algún oscuro motivo por el que ellos prefirieran ocultarme en qué consistía exactamente esa actividad. Así que, como mis amigos manifestaron que les hacía mucha ilusión darme una sorpresa, deduje que habrían planeado algún tipo de homenaje festivo para agradecerme mi colaboración en la victoria del equipo, por lo que decidí no hacer preguntas acerca de en qué se iba a invertir mi parte del dinero.

Una semana después del campeonato, llegó el día en que me fue desvelada la sorpresa que mis amigos me tenían preparada. Haciendo caso de sus consejos, me vestí con la indumentaria más elegante que había en mi ropero, lustré mis zapatos negros y me embadurné de perfume. Tanta era mi ingenuidad, que ni siquiera estos requisitos me proporcionaron una idea aproximada del lugar al que íbamos a ir. Quedamos a las ocho de la tarde en la estación de tren, pues debíamos desplazarnos a un pueblo cercano al nuestro considerado el centro turístico de la provincia de Tarragona. Durante el breve viaje, mis amigos –que, además de vestirse de forma impecable, se habían dejado crecer una barba poco espesa para aparentar una edad mayor que la que en realidad tenían– me comentaron que ellos ya habían estado en varias ocasiones en el lugar al que nos dirigíamos; Ismael, imprudentemente, añadió un dato que me inquietó: dijo que la de hoy iba a ser una experiencia mucho más excitante que las anteriores. Y, ciertamente, el resto de mis amigos debían de compartir esta opinión, porque estaban muy alterados y eufóricos; además, en sus rostros acalorados se apreciaba que no podían contener la impaciencia. Obviamente, mis amigos consiguieron contagiarme su entusiasmo e incrementar mi curiosidad, por lo cual, a pesar de que yo sabía que no tardaría en descubrir el destino de nuestra excursión por mí mismo, atosigué a mis compañeros con una sarta de preguntas que ellos evadieron con habilidad. No obstante, pude sustraerles alguna información de la que deduje que íbamos a presenciar algún tipo de espectáculo y quizá a participar en él. Como sabía que la del automovilismo era una de las aficiones que mis amigos compartían, se me ocurrió que tal vez íbamos a presenciar una carrera de *karts* o, por qué no, a participar en ella. Pero descarté esta posibilidad en cuanto reparé en que, para acceder a un circuito, no era necesario (es más, era contraproducente) acicalarse tanto como nosotros lo habíamos hecho. De modo que traté de recordar qué otras aficiones comunes tenían mis amigos. Revisando toda la información que poseía de ellos, no tardé en toparme, más que con una afición, con una obsesión de la que son víctimas la mayoría de adolescentes. Inmediatamente, todas las piezas del puzle encajaron: supe, sin lugar a dudas, adónde nos dirigíamos. Maldije entonces –en silencio– mi ingenuidad y maldije a aquellos desconsiderados muchachos que pretendían abocarme a un ignominioso lugar. Y, como la aflicción era más fuerte que la cólera, me vi incapacitado para reprobarles a mis compañeros su comportamiento deshonesto y para desertar de aquella expedición al fondo de la noche.

Nos apeamos del tren a las ocho y media de la tarde. Como, por lo visto, aún era demasiado pronto para acudir a la boca del lobo, nos dirigimos hacia la feria, situada en la parte baja del pueblo, a unos quinientos metros de distancia de la playa. Una vez allí, nos montamos en varias atracciones y ganamos algunos peluches en una caseta en la que había que tronchar palillos con una escopeta que disparaba perdigones diminutos. Poco después, Roberto –

cómo no– ligó con unas chicas a las que regaló los peluches y con las que, insaciable, intentó quedar a la una de la madrugada al pie de la noria; afortunadamente, las muchachas no aceptaron la cita y se marcharon, sonrientes, con el peluche bajo el brazo; Roberto, disgustado, las increpó alzando la voz mientras ellas se alejaban; y, cuando las chicas ya no podían oírlo, mi descarado amigo se serenó y, sonriendo pícaramente, nos dijo que daba igual, que aquella noche no nos hacían falta niñatas. Durante el tiempo que estuvimos en la feria, yo, demolido por la zozobra, permanecí callado y abstraído. Mis amigos, sin duda, se percataron de la repentina transformación que habían experimentado mi estado de ánimo y mi actitud. Mas se comportaron –incluido mi primo– como si no hubieran advertido nada. Esto demostraba que ellos ya conocían el motivo de mi silencio y que, conscientes de que estaban obrando mal, habían decidido no preguntarme acerca de mis cuitas porque sabían que, si lo hacían, el cinismo al que tendrían que recurrir agravaría su culpa.

Poco antes de las diez de la noche, regresamos a la parte alta del pueblo. Tras atravesar varias calles poco concurridas, salimos a una explanada asfaltada en cuyo centro se erigía un pequeño edificio ovalado de dos plantas sobre cuya entrada, custodiada por cuatro hombres trajeados que se parapetaban tras una cuerda sujeta a dos pivotes metálicos, había un luminoso letrero donde se podía leer un nombre que no dejaba lugar a la ambigüedad. Mis compañeros, excitadísimos, se adentraron en el intrincado laberinto de vehículos que había aparcados en las inmediaciones del edificio. Yo, rezagado, los seguí como un títere que no tiene control sobre su cuerpo. Ellos se detuvieron, dicharacheros, frente a los hombres trajeados, que, en cuanto nos vieron, esbozaron una sonrisa que a mí se me antojó poco misericordiosa; me aferré, pues, a la esperanza de que aquellos centinelas no nos permitiesen entrar en aquel antro pernicioso. Pero, para mi sorpresa, mi primo Toni, sin titubear, se adelantó y le extendió la mano a uno de los fornidos porteros, que se la estrechó y le propinó una palmada amistosa en el hombro. Aquel hombre que, al parecer, entrenaba en el mismo gimnasio en el que lo hacía mi primo, le dijo a éste –refiriéndose a mí– que el nuevo no daba el pego, que tenía cara de niño y que eso podía causar problemas. Entonces mi primo le aseguró que hoy seríamos más discretos que nunca y le rogó que, una vez más, hiciese la vista gorda. Aquella reticencia del portero la podría haber aprovechado yo para sabotear aquella expedición y, de esta forma, infligirles a mis amigos el castigo que se merecían; para conseguirlo, me habría bastado con enfrentarme agresivamente al vigilante que había calificado mi aspecto de infantil. Sin embargo, yo no articulé ni una sola palabra, no sé si porque aún estaba bajo los efectos del aturdimiento o porque había una parte de mí que deseaba entrar en aquel recinto destinado exclusivamente a los adultos. Finalmente el amigo de Toni, tras consultarlo con sus compañeros, le dio a éste el visto bueno. Entonces los vigilantes nos cedieron el paso y nosotros, dirigidos por Roberto –que se había situado a la vanguardia del grupo–, dejando atrás la oxigenada y salobre oscuridad de aquella localidad ociosa, atravesamos la puerta del garito y penetramos en una oscuridad turbia y viscosa.

En aquella sala había muchas más personas de las que yo esperaba encontrar. A pesar de esto, reinaba en ella un silencio de velatorio: no se escuchaba un tumulto de voces amalgamadas, sino solo fugaces susurros, frágiles bisbiseos que eran como repentinos aleteos de murciélagos que recorrían en todas direcciones aquella estancia anegada en la penumbra. Una música débil y parsimoniosa que provenía de altavoces invisibles creaba una atmósfera sensual que traía a mi mente imágenes licenciosas cuya obscenidad me subyugaba. El condensado humo de los cigarros, una permeable neblina, desprendía un olor acre que me provocaba tímidas arcadas.

Nos detuvimos en la entrada. Desde allí, mis amigos escrutaron la sala en busca de un lugar donde pudiéramos aposentarnos discretamente. No eligieron ninguna de las dos barras que flanqueaban la estancia porque estaban atestadas de clientes que no charlaban con las atractivas camareras que les servían las copas. Decidieron ocupar una mesa vacía –situada en uno de los rincones más oscuros de la sala– desde la que se podía ver perfectamente el contorno de un estrado en el que dos barras metálicas desprendían tenues destellos que advertían a los espectadores de su presencia. Una vez allí, mis amigos se mantuvieron en silencio, pero se dirigieron miradas muy elocuentes. Yo fingí estar despistado. Fue Roberto el que se atrevió a romper el hielo: osadamente, me preguntó qué me parecía la sorpresa. Con el rostro desbordado por la cólera, clavé mis ojos en los suyos y continué prolongando mi silencio. «No me digas que no te ha gustado. Joder, tío, mira que eres raro. Deberías tener una sonrisa de oreja a oreja», me dijo Roberto. No pude callar por más tiempo; fingiendo serenidad, les pregunté a mis amigos: «¿Y qué se supone que hemos venido a hacer a aquí?». «¿Tú qué crees?», me contestó Roberto. «¿Por qué no me lo dijisteis desde un principio?», quise saber yo. De nuevo fue Roberto el que habló en nombre de sus compañeros: «Porque entonces ya no habría sido una sorpresa». El resto de mis amigos, que interpretaron la contestación de Roberto como una inoportuna provocación, me reclamaron indulgencia con sus miradas. Mi primo –que, debido al parentesco que nos unía, era el cómplice más rastrero de aquella encerrona– tomó el relevo de Roberto: «No te dijimos nada porque sabíamos que, si lo hacíamos, no habrías querido venir». «¡Pues más razones teníais entonces para contármelo!», exclamé indignado. «No grites», me rogó Enrique. «Si nos alteramos y nos ponemos a discutir, nos echarán a la calle», me advirtió Ismael. «Eso es lo que os merecéis, que os den a todos una buena patada en el culo». «No es para que te pongas así. Lo hemos hecho por tu bien», me dijo mi primo. «¿Por mi bien? Menuda panda de hipócritas estáis hechos». «Claro que lo hemos hecho por tu bien. Tampoco te gustaba el fútbol y no querías ser el portero del equipo. ¿Y ahora qué? ¿Verdad que no te arrepientes de haberlo hecho? ¿Me vas a decir que no estás deseando jugar otro partido? Pues lo de esta noche es lo mismo», argumentó Toni. «¡Pero cómo va a ser lo mismo!», exclamé yo, procurando no alzar la voz. En ese instante, una de las atractivas camareras se acercó a nuestra mesa y, agachándose un poco para que pudiéramos verle el canalillo de los pechos, anotó nuestro pedido en una libreta. Cuando se fue contoneando el trasero, Roberto reanudó la conversación: «Lo que queremos decir, hablando claro, es que tienes que probar el sexo lo antes posible». «¿Y quién te ha dicho a ti que no lo he probado ya?», me defendí yo, dejándome arrastrar así al pantanoso terreno al que mi interlocutor pretendía abocarme. «Por favor, ¿a quién quieres engañar? Salta a la vista que no has echado un polvo en tu vida. Si no, ahora no estarías tan incómodo», me zahirió Roberto. «Pero bueno, de qué vais. ¿Se puede saber quiénes sois vosotros para decidir cuándo y con quién debo mantener relaciones sexuales?». «Somos tus amigos. Aunque tú no lo veas así, solo queremos hacerte un favor», alegó Ismael. «O sea, que encima os tengo que estar agradecido». «No es eso. Pero seguro que terminarás dándonos la razón, lo mismo que con lo del fútbol», intervino mi primo. «¿Ah, sí? Vamos a ver, ¿qué necesidad tengo yo de acostarme con una prostituta, con una mujer por la que solo siento desprecio?», los interrogué. «Tienes que hacerlo porque estás encoñado con Dora y no quieres perderla», afirmó Mario con rotundidad. La estupefacción y el desconcierto me impidieron esgrimir una contestación. «Ahí es adonde queríamos llegar. Lo de hoy será como una sesión de entrenamiento. Así, cuando llegue la hora de la verdad con Dora, estarás a la altura de las circunstancias», me explicó Ismael. «Lo que queremos es ahorrarte el mal trago de hacer el ridículo», añadió mi primo. «Claro, tío. Si la primera vez le haces ver las estrellas, la tendrás comiendo de la palma de tu mano», comentó Mario. «Vuestro principal problema es que pensáis que todo el mundo se rige, o debería regirse, por las mismas reglas que rigen vuestro comportamiento. Para que me entendáis mejor, primero: ¿cómo estáis tan seguros de que Dora quiere acostarse conmigo?; y segundo: ¿qué os hace pensar que a ella solo le importan mis aptitudes sexuales?». «Pero tío, tú con quién te crees que estás tratando. Mira, una tía buena como esa está harta de follar. Y tiene que estar deseando que te la folles ya, porque, joder, tío, estáis solos en tu casa todos los días. De manera que si, encima que la estás haciendo esperar con todo ese absurdo rollo tuyo del cortejo, cuando llegue la hora de la verdad y se te abra de piernas, te entra el pánico o le haces una chapuza, te puedo asegurar que no la volverás a ver en tu vida. ¡Imagínate si te estamos haciendo un favor! Tío, por muy listo que seas, está claro que de mujeres no entiendes una mierda», se desahogó Roberto. «Los que no entendéis sois vosotros. Pero de ese tema ya hemos hablado largo y tendido en otra ocasión. Así que no voy a seguir malgastando saliva en algo que, por lo visto, no os entra en la cabeza. Por cierto, vigila tu vocabulario cuando hables de Dora», le advertí a Roberto. «A ver si lo que te pasa es que tienes miedo», me provocó éste, que no estaba dispuesto a dar el asunto por zanjado. «¿Miedo de qué?», lo interpelé yo. «De qué va a ser, de las mujeres, de lo que tienen entre las piernas», me aclaró mi zafio interlocutor. «Pues mira, tienes razón: las mujeres que hay aquí me dan mucho miedo, además de asco», le respondí. «No te vayas por las ramas, Orador. Sabes perfectamente lo que quiero decirte. Sabes que, si Dora se te insinúa, no te vas a atrever a tocarle ni un pelo. Te da miedo el sexo porque todavía no lo has probado. Yo apostaría cualquier cosa a que ni siquiera le has dado a nadie un beso con lengua. Tío, menos libros y más folleteo». Las palabras de Roberto me hirieron sobremanera, probablemente porque éste llevaba parte de razón. En ese momento –en el que comencé a experimentar leves e intermitentes mareos y mi saliva empezó a espesarse–, la camarera regresó con las copas que nosotros habíamos pedido. Roberto le pagó y, cuando la muchacha –que no debía de tener más de veinte años– se alejaba, se lamentó de que las camareras no estuvieran a disposición de los clientes. «Venga, Marcos, no te reprimas y date un buen revolcón, que aquí hay unas hembras de escándalo», me animó mi primo. «No insistáis más, porque no voy a ceder. No pienso acostarme con una cualquiera. Entiendo que todo esto no lo habéis hecho con mala intención, pues soy mucho más comprensivo que vosotros. Pero no consiento que nadie tome decisiones que me corresponde tomar a mí. Así que vosotros haced lo que queráis. Pero yo no me voy a mover de esta mesa en toda la noche».

De repente, cesó la suave melodía que hasta entonces creaba una atmósfera sensual; en su lugar, brotó de los altavoces una música atronadora que transmitía un erotismo mucho más explícito. A los pocos segundos, el estrado se iluminó revelando su forma triangular. «Empieza el espectáculo», me dijo mi primo. De los oscuros vértices de la base de aquel estrado triangular, surgieron dos voluptuosas mujeres –cubiertas únicamente por una agresiva lencería de color negro– que se abalanzaron sobre las barras metálicas como vigorosas felinas en celo. Comenzaron a restregar su túrgida y candente anatomía por el frío metal, que hacía vibrar sus pieles como lo haría un latigazo eléctrico. Las mujeres introducían aquel mástil de plata en la hendidura de sus voluminosos pechos, que lo apresaban como si desearan asfixiarlo, como si quisieran

249

que desfalleciera en aquella rebanada de placer. Entretanto, la parte inferior de la barra lamía las ingles de las meretrices como una lengua de hielo que lograba traspasar las telas y humedecer los pubis humeantes. Convulsionados por un placer fingido, los cuerpos de aquellas hembras descocadas trepaban por la resbaladiza barra como oscuras y ensortijadas enredaderas. Asidas al metal, aquellas mujeres parecían licenciosas y embaucadoras sierpes que mostraban unas lenguas lúbricas y emponzoñadas. Cuando éstas abandonaron las barras, empezaron a desprenderse de la lencería. Y, una vez que estuvieron desnudas, se abrazaron y se fundieron en un profundo beso de lenguas correosas, lo que desató un fervoroso rugido en la sala. Después de ellas, una veintena de mujeres no menos voluptuosas y obscenas fueron realizando sus respectivos números sobre el estrado.

«¿Qué te ha parecido el material? ¿Sigues pensando lo mismo? No nos puedes negar que se te ha puesto dura», me dijo Roberto en cuanto finalizó el espectáculo. «Ya te he dicho que esas golfas no me interesan», le contesté yo, intentando contener una dolorosa y pertinaz erección. Una llamarada de excitación sexual recorría mis entrañas. Las gotas de sudor que resbalaban por mis sienes debieron de revelar mi estado interior a mis amigos. «Bueno, ha llegado la hora de la verdad. Vamos a la barra. Allí nos verán mejor», propuso mi primo. Mis amigos se levantaron. Yo, contumaz, no me moví de mi asiento. «Qué pasa, ¿al final no vas a venir? Pero si se te ve en la cara que te has puesto cachondo», me dijo Mario. «Ya os he dicho que no me voy a mover de aquí. ¿Cuántas veces os lo tengo que repetir?». «Haz lo que quieras. Pero ten en cuenta que aquí tampoco estás a salvo de la tentación… No tardaremos más de una hora, ¿vale?», me informó mi primo.

Mis amigos se alejaron de mi trinchera y se agolparon en la esquina de una de las barras. A los pocos segundos, una de las mujeres que había desfilado por el estrado, como una fiera hambrienta que huele la carne joven y fresca desde la distancia, se acercó al grupo de adolescentes y se agarró, con determinación y descaro, al brazo de Roberto. Ella articuló algunas palabras. Entonces él le musitó al oído. La mujer se marchó. Al cabo de unos cuantos minutos, regresó acompañada de diez mujeres a las que, supongo que con poco esfuerzo, había conseguido reclutar. Éstas se aferraron, de dos en dos, a los brazos de mis amigos. Desaparecieron todos por un oscuro recodo de la sala que debía de conducir a la segunda planta del edificio. Casi simultáneamente, me asaltó una hermosa mujer morena que, sigilosamente, se había acercado a mí por la retaguardia. Sin pedirme permiso, la mujer se sentó sobre mis muslos, me rodeó el cuello con los brazos y estampó sus labios pegajosos en mi barbilla. «Ven conmigo, cariño, que te voy a hacer un hombre», me dijo. «¡No me toques, puta!», exclamé yo, y le propiné a aquella mujer un empujón que la estrelló contra el suelo. Ella, palpándose la dolorida cadera, se levantó y se perdió en la oscuridad de la estancia. A los pocos minutos, un par de vigilantes, entre los que se encontraba el amigo de mi primo, me invitaron amablemente a abandonar el local.

14

Cuando los porteros me expulsaron del burdel por agredir a una de las meretrices, decidí no esperar a que mis amigos terminasen su faena. Así que me dirigí hacia el paseo marítimo, donde cogí un autobús que, en poco más de media hora, me llevó hasta mi localidad. En el corto trayecto hacia mi casa, me asaltaron unas náuseas que no estaban causadas por ningún desorden fisiológico; incapaz de contenerlas, tuve que vomitar sobre el asfalto en un par de ocasiones. Cuando llegué a mi domicilio, sicológicamente abatido, rechacé la comida que me había preparado mi madre, que, sobresaltada, advirtió que yo estaba amarillento como una estatua de cera. Para tranquilizarla, le dije que, probablemente, me había sentado mal algo de lo que había comido en una hamburguesería. No obstante, ella se empeñó en tomarme la temperatura y, a pesar de que el mercurio del termómetro no sobrepasó los treinta y siete grados, insistió en que llamáramos a un médico de urgencias. Afortunadamente mi padre, como en tantas otras ocasiones, consiguió aplacar el desmesurado e infundado temor de mi progenitora; asimismo, logró convencerla de que no era necesario que, al día siguiente, ella se quedara en casa para cuidarme. De todos modos, tuve que prometerle a mi madre (aunque era consciente de que iba a incumplir la promesa) que, por la mañana, telefonearía a mi amiga para cancelar la clase de aquel día. Cuando mi progenitora dejó de atosigarme, me di una ducha tibia que arrancó de mi cuerpo el agrio y viscoso olor a tabaco; a continuación, me cobijé en la cama para evadirme, por unas horas, de la cruda y corrupta realidad que todavía palpitaba en mi cabeza. Pero no pude dormir en toda la noche.

A la mañana siguiente, fustigados mi mente y mi cuerpo por el insomnio y el ayuno respectivamente, abandoné el lecho en cuanto los destellos del alba iluminaron parcialmente mi habitación. En la cocina, me preparé un copioso desayuno que debía restablecer mi energía. Mientras devoraba los alimentos sentado a la mesa de la cocina, fijé mi atención en el ovalado frutero –repleto de manzanas y naranjas– que tenía enfrente de mí y en la manzana, más rosada y resplandeciente que el resto, que yo había colocado a su lado. Entonces mi mente sustituyó esta imagen por otra en la que yo, impoluto y sereno, alzaba la vista hacia la segunda planta del luminoso burdel. Comprendí de inmediato que aquella imagen que acababa de emerger, impelida por mi capacidad asociativa, de la epidermis de mi memoria constituía una perfecta metáfora de lo incompatibles que éramos mis amigos y yo y, en definitiva, de lo discordantes que eran los mundos cognitivos por los que discurrían nuestras existencias. De ahí que la expulsión del burdel no hubiera dañado mi orgullo; de ahí que yo hubiera acatado con soberbia y satisfacción la orden de los porteros. Lo había hecho porque lo que me dolía, lo que realmente me laceraba el alma era permanecer en contacto con aquel mundo al que no pertenecía, un mundo que no había tardado en reconocerme como un ente hostil.

De modo que, una vez más, me planteé seriamente la posibilidad de prescindir de la amistad de aquellos muchachos cuya naturaleza se había revelado, como la de la mayoría de las personas a las que yo había conocido, tan distinta a la mía. Pensé que, si permanecía a su lado, mi vida se teñiría de continuas frustraciones que terminarían sumiéndome en una profunda depresión de la que tal vez no me recuperaría jamás. Me dije a mí mismo, mientras acariciaba lánguidamente la manzana que ya no iba a comerme, que la soledad, a la que mi alma –que se nutría de sí misma– ya estaba acostumbrada, era preferible a vivir entre extraños con los que resultaba imposible comunicarse porque hablaban un lenguaje incomprensible. No obstante, había algo dentro de mí, como una pequeña vibración punzante, que me sugería que mi razonamiento era demasiado inflexible. Encolerizado por la impotencia y el desconcierto en los que me sumían la complejidad y dificultad que entrañaba aquel asunto, solté la manzana –que cayó al suelo– y, acto seguido, golpeé la mesa con el puño, lo que provocó que la leche rebasara violentamente los bordes del vaso que yo había situado cerca del frutero y se derramase por la madera como un charco de nieve. Entonces se adueñó de mí una tremenda agresividad que me impelía a golpear y destruir todo lo que me rodeaba. Con los codos apoyados sobre la superficie mojada de la mesa, me oprimí las sienes con las palmas de las manos y apreté los dientes para tratar de contener aquel vendaval de destrucción. Las lágrimas comenzaron a manar torrencialmente por mis ojos. A medida que éstas se fueron deslizando por mi rostro, se fue disolviendo esa agresividad que, si se hubiera desatado, habría alertado a mis padres de que, a pesar del traslado, yo seguía sintiendo el mismo desasosiego que me acuciaba en la ciudad. Cuando las lágrimas remitieron, enjugué la leche derramada con una bayeta y seguí desayunando. Mientras ingería con desgana los alimentos, llegué a la conclusión de que lo único que podía hacer para soslayar los pensamientos relacionados con mis amigos hasta que Dora llegase era mantenerme ocupado en una tarea lo suficientemente absorbente. Así que, cuando terminé de desayunar, regresé a mi habitación, encendí el ordenador y comencé a redactar la última parte del trabajo sobre las Novelas ejemplares de Cervantes que, al cabo de pocos días, le entregaría a mi agradecida alumna junto con el trabajo sobre la Guerra Fría.

Mi madre se llevó las manos a la cabeza cuando, sigilosamente, entró en mi habitación y, en lugar de escuchar en la oscuridad una suave y alentadora respiración, me vio pulsando las teclas del ordenador. Me preguntó, muy enfadada, qué se suponía que estaba haciendo. Yo le contesté que cosas mías; y, antes de que comenzara a reprenderme, la informé de que me encontraba perfectamente y de que ya había desayunado. Ella, de todos modos, me dijo que a veces me comportaba como un irresponsable y me ordenó que volviera de inmediato a la cama, argumentando que, si no lo hacía, podía enfermar de verdad. Yo le dije que no exagerara, que no tenía sueño y que estaba preparando unos ejercicios para la clase de hoy. Mi madre, asombrada, me recordó que le había prometido que hoy no habría clase, a lo que yo le contesté que los exámenes de Dora estaban a la vuelta de la esquina y que, como ya me había recuperado, no había por qué suspender la clase. Los ojos encendidos de mi progenitora me advirtieron que iba a zanjar aquella discusión de una forma brusca. De manera que, cuando ella se acercó a mí como poseída por un demonio, pude reaccionar a tiempo y evitar, sujetándole los brazos, que apagara el ordenador y se volatilizaran, así, los últimos párrafos que yo había escrito. Mi osada maniobra enfureció a mi madre aún más. Ella intentó zarandearme, pero yo no se lo permití. Cuando mi progenitora se percató de que había perdido los papeles, me soltó y, soliviantada, me dijo que la que mandaba era ella y que, por tanto, hoy no habría clase y que, además, yo no saldría de casa en todo el día. Sonriendo petulantemente, le dije que ella ya sabía que yo no acataba órdenes sin sentido y que se hiciera a la idea de que hoy habría clase. Entonces mi madre me dijo que era un tozudo y un desagradecido y salió de mi habitación dando un portazo.

La llegada de Dora no alivió mi pesadumbre. Si bien su candorosa presencia ejercía siempre un efecto balsámico sobre mí, aquella mañana sus efluvios curativos no consiguieron mitigar mis pesares, más virulentos que nunca. Por extraño que resulte, la contemplación de la muchacha, en lugar de soterrar los pensamientos sobre lo que había ocurrido la noche anterior, los avivaba. Supongo que la deslumbrante pureza que desprendía la adolescente me hacía pensar inevitablemente en sus antagonistas. Así pues, asediado por estos pensamientos, me resultó prácticamente imposible tanto concentrarme en las explicaciones como disfrutar de la belleza de Dora. Tanto es así que no pensé ni una sola vez en aquellos labios carnosos que tanto deseaba besar; no, ni siquiera esta poderosa obsesión se manifestó. La muchacha, evidentemente, se dio cuenta desde el primer momento de que yo no era el mismo de siempre, de que había algo dentro de mí –un remordimiento, una inquietud, una frustración, un deseo no satisfecho– que había entristecido mis facciones y que me mantenía distraído e incluso ausente. Sin embargo, ella no me dijo nada al respecto, quizá porque temía conocer la naturaleza de lo que me desazonaba. Y, a mi lado, ella se fue contagiando, poco a poco, de mi estado de ánimo: sus facciones fueron perdiendo el brillo risueño que las caracterizaba y su cuerpo fue languideciendo lentamente. Al mirarla a los ojos y atisbar en ellos su preocupación y su inquietud, yo me sentía culpable e impotente. En un determinado momento en que contemplar la descomposición anímica de Dora me resultó ya del todo insufrible, resolví contarle lo que me había ocurrido la noche anterior. Pero, cuando estaba a punto de hacerlo, sonó el teléfono del salón.

Cuando descolgué el auricular y pregunté quién era, me saludó la voz somnolienta de mi primo, que, seguramente, acababa de levantarse de la cama. Acto seguido, éste me preguntó: «¿Qué pasó anoche, tío? ¿Por qué no nos esperaste?». «Os iba a esperar, pero me echaron. Y entonces decidí irme, sin más», le contesté. «Ya sé que te echaron. Pero ¿cómo se te ocurre pegarle a una puta allí dentro?». «No le pegué. Solo me la quité de encima», le aclaré. «Da igual. No puedes tratar de malas maneras a una puta en un lugar donde trabaja un colega que nos está haciendo un favor. Se ve que le han dado el toque y ahora ya no puede dejarnos entrar más mientras seamos menores. Es una putada, tío», se lamentó mi primo. «La culpa es vuestra por enviarme a la prostituta. Me faltasteis al respeto y ahora tenéis lo que os merecéis». «Vale, tío, vamos a dejarlo. No te he llamado para echarte la bronca. Reconozco que no hemos hecho las cosas bien. Pero no pensábamos que ibas a reaccionar así. Es que, tío, a veces no hay quien te entienda». «Sí, es una pena que no me entendáis». «Bueno, mira, cuando vayamos el sábado a tu casa ya seguiremos hablando con más tranquilidad. Espero que para entonces ya se te haya pasado el mosqueo. Oye, dime una cosa, ¿está Dora en tu casa?». «Sí», le contesté escuetamente. «Pues ya sabes, no pierdas más el tiempo y ataca. Venga, tío, que te vaya bien», se despidió Toni.

Cuando —conturbado por la necedad con la que había actuado mi primo— regresé a mi habitación, la necesidad de confiarle a Dora lo que me reconcomía se había incrementado. Así que me senté a su lado y, mirándola a los ojos (quizá con demasiada seriedad), le dije que necesitaba contarle algo. La muchacha, que parecía aterrada, se anticipó a mi explicación y me dijo: «No me digas que no te va a dar tiempo a terminar los trabajos». «Tranquila, no es eso. Los trabajos están casi terminados. Se trata de algo personal». Esta revelación inquietó a Dora mucho más de lo que lo había hecho el temor que ella acababa de manifestarme. Entonces se me ocurrió que tal vez la muchacha pensara que yo iba a declararme, por lo que me dispuse a deshacer de inmediato el posible malentendido. Le expliqué minuciosamente mi accidentada aventura en el burdel, le expuse mis preocupaciones y, finalmente, le pedí consejo. La muchacha, que no sabía qué contestarme, permaneció callada durante unos instantes. «Es complicado, ¿verdad?», dije yo para romper su silencio. «Pues sí. Reconozco que lo que te han hecho tus amigos es bastante feo, pero la idea de separarte de ellos me parece demasiado drástica. Aunque no sean perfectos, son los únicos amigos que tienes por el momento», razonó Dora. «No son los únicos. También te tengo a ti», le recordé. «Ya, pero no es lo mismo». «Con tu amistad tengo más que suficiente», dije yo sin pensar previamente en el contenido implícito de aquella frase; cuando, a los pocos segundos, me di cuenta de lo que había dicho, me ruboricé. Dora me regaló, con retraso, una tímida sonrisa; y, acariciándose el cabello, me aconsejó: «Yo, si fuera tú, les daría otra oportunidad a tus amigos». Hipnotizado por el meloso movimiento de su mano, le dije a Dora que quizá tenía razón.

Debido, en gran medida, a la insistencia de Dora, aquel primer sábado del mes de septiembre estaba dispuesto a reconciliarme, por segunda vez, con mis amigos. Y es que, aunque yo no había alcanzado el convencimiento de que aquella fuera la decisión correcta, sabía que la muchacha –que sin duda se había decantado por la opción que consideraba más beneficiosa para mis intereses personales– podía valorar la situación con más objetividad que yo. A mí, a pesar de los denodados esfuerzos que hacía para conseguirlo, me resultaba imposible ver más allá de mi dolor y mi resentimiento. Y, como era consciente de esto, había decidido desprenderme de mis lastres y confiar en la diáfana visión que Dora tenía del problema.

Así pues, cuando mis amigos llegaron a mi casa a las diez de la mañana de aquel sábado, los recibí cordialmente, como si, desde la última vez que nos viéramos, yo no hubiera sentido por ellos el más mínimo desprecio. Me sorprendió que ellos no trajeran, como era habitual, sus artículos pornográficos y sus videojuegos. Enseguida comprendí que no habían venido a divertirse, sino a hablar del incidente del burdel. Preparado para escuchar sus razonamientos y dispuesto a aceptar sus disculpas, los invité a que ocuparan la amplia mesa del comedor, donde yo había depositado un copioso desayuno que constituía una forma tácita de informarlos de que mi enfado se había atemperado. Comimos en silencio durante algunos minutos. Mientras devorábamos los alimentos, pude atisbar en los semblantes de aquellos muchachos que no terminaban de dar con el modo adecuado de iniciar la conversación.

De repente, Roberto me hizo una pregunta que contravino todas mis expectativas: «Tengo una curiosidad, Orador, ¿todo esto del desayuno es porque te sientes culpable? Te lo digo, más que nada, para que no pienses que las cosas se van a arreglar tan fácilmente». «¿Por qué debería sentirme culpable?», lo interpelé yo, confundido. «Mira que eres cínico. ¡Nos has jodido, tío! ¡Lo de la puta lo hiciste a propósito!», me acusó Roberto. «Tú estás mal de la cabeza. Lo del empujón no fue premeditado. Me la quité de encima como el que espanta con la mano una mosca cojonera. Pero no sé qué hago justificándome. Lo que pasó fue fruto de una situación que vosotros provocasteis. Si no me hubierais ocultado vuestras intenciones, no habría pasado nada. Además, que el que debe estar indignado soy yo. ¿Es que no se os ha pasado por la cabeza que me habéis ofendido y humillado?». «Aquí no te ha humillado nadie. Si te ofendes es porque tienes un problema grave. Te hicimos un favor y mira cómo nos lo has pagado. Y encima vas de víctima», contraatacó Roberto. «Bueno, ya está bien. No tengo por qué aguantar esto, y menos en mi propia casa», dije, enojado, levantándome de la mesa. Inmediatamente, mi primo se incorporó y me rogó que me sentara. «Vamos a ver, ¿tú de qué lado estás? Porque, si no recuerdo mal, cuando me llamaste el otro día estabas de acuerdo conmigo en que habíais actuado mal. O a lo mejor es que lo he soñado», ironicé. «Yo sigo pensando lo mismo. Lo que pasa es que ahora hay división de opiniones entre nosotros», reconoció mi primo. «Bueno, eso ya está mejor. Pero, claro, como aquí el único que habla es Roberto, parece que lo haga en nombre de todos. Qué pasa, ¿es que os habéis quedado mudos? ¿O acaso es que no os atrevéis a llevarle la contraria a Roberto?». Mario fue el primero en reaccionar: «Yo también opino que eres tú el que nos debe una disculpa». «Y al colega de Toni también. Por tu culpa casi pierde el trabajo», añadió Ismael. «Me parece que no fui yo el que dejó entrar a seis menores en el local», le contesté a éste. «Pero ¿cómo puedes ser tan chulo, tío?», me reprochó Roberto. «Tú sí que eres chulo. Habría que ver cómo reaccionarías si todo el mundo estuviera en tu contra», le dije. «Yo estoy de tu parte. Yo ya dije desde un principio que teníamos que contarte lo que íbamos a hacer con el dinero», se manifestó Enrique. «Bueno, está claro que no nos vamos a poner de acuerdo. Así que ¿por qué no pasamos página?», sugirió mi primo. «Voy a mear», dijo Roberto con un tono despreciativo. En cuanto éste se ausentó, mi primo me intentó convencer de que Roberto, a pesar de que tenía un carácter difícil, era un buen tío. Tuve que morderme la lengua para no contradecirlo. A continuación Enrique –incapaz de darse cuenta de que aquel no era el momento apropiado para hablar de eso– me comentó lo mucho que le habían hecho disfrutar las dos mujeres con las que se había acostado en el burdel. La voz de Roberto, que procedía de mi habitación, interrumpió sus inoportunos comentarios: «¡Tíos, venid aquí; mirad lo que he encontrado!». Mario e Ismael corrieron hacia mi habitación; Toni y Enrique, en cambio, no se movieron de sus asientos hasta que yo, con el ceño fruncido, no me levanté del mío.

Cuando entré en mi cuarto, Mario e Ismael flanqueaban a Roberto, que tenía entre sus manos el marco con la fotografía de Dora. «¿Quién te ha dado permiso para registrar mis cosas?», le pregunté, ruborizado, a Roberto. «Tío, estaba buscando un videojuego y me la he encontrado por casualidad», se justificó éste. «De eso nada. Estaba bien guardada». «Bueno, tío, qué más te da. Estamos en confianza, ¿no? Además, ¿por qué la escondes?». «¡Menuda pose; está para comérsela!», exclamó Ismael. «Es verdad, tío, aquí está tremenda», corroboró mi primo cuando se acercó a Roberto y observó la fotografía. «Menudos muslos… Yo creo que no llevaba bragas. ¿Vosotros qué opináis?», interrogó Roberto a sus compañeros, que no se atrevieron a manifestarse. Entonces Roberto se acercó a uno de los taburetes de mi escritorio y me preguntó: «¿Es aquí donde se sienta?». En cuanto yo le dije que sí, Roberto se arrodilló y comenzó a olisquear la superficie del taburete. «Lo que yo os decía, no lleva bragas nunca, porque esto huele a coño», afirmó. Acto seguido, Roberto extrajo su perniciosa lengua y, sin llegar a rozar la madera con ella, simuló que la chupaba. El resto de mis amigos –incluido mi primo– no pudieron contener las carcajadas. Colérico, me acerqué a Roberto y le propiné una contundente patada en las costillas que lo dejó sin aliento. Seguidamente, les grité a aquellos muchachos irrespetuosos que se largaran de mi casa y que no quería volver a verlos por allí. Afortunadamente, mi primo consiguió que Roberto se fuese de mi casa sin devolverme la agresión.

VIII

Sábado 2 de septiembre

Aunque hoy no tenía previsto escribirle, esta mañana ha ocurrido algo terrible que necesito contarle cuanto antes: me he visto obligado a expulsar de mi casa a mis amigos y, lo que es peor, he agredido a Roberto. Y, si bien volvería a hacer lo primero, podrá usted imaginarse cómo me arrepiento ahora de haber hecho lo segundo, pues sabe lo mucho que detesto la violencia y que, a pesar de que han sido muchas las personas que me han ofendido y provocado a lo largo de mi vida, yo jamás me he manchado las manos. Sin embargo, en esta ocasión me ha resultado imposible reprimirme. He sentido una furia indomeñable que ha cegado mi razón. Tal vez le cueste creerlo, pero lo cierto es que, segundos antes de llevar a cabo la agresión, me ha acometido el deseo de matar a Roberto. Ya sé que esto que le cuento es muy duro. Por eso estoy tan triste y tan asustado. Cada vez que recuerdo la escena y me contemplo golpeando a Roberto brutalmente, no me reconozco a mí mismo. No sé, señor Luis, es como si, a lo largo de esta última semana, me hubiese transformado en otra persona, una persona irascible, resentida y violenta que ya no es capaz de mantener la compostura. No cabe duda de que no he podido soportar la presión a la que he sido sometido durante estos últimos días. Se estará preguntando a qué tipo de presión me refiero. Yo le cuento: ¿le parece poca presión que mis amigos me llevaran engañado a un prostíbulo, que éstos intentaran obligarme a acostarme con una de las indecentes señoritas que por allí pululaban, que los encargados de la seguridad me expulsaran del local por empujar a una pelandusca que me estaba magreando y que, encima, mis amigos, en lugar de pedirme disculpas, me culparan de que les hubieran prohibido la entrada en el burdel en lo sucesivo?; ¿le parece poca presión que, por culpa de mis desconsiderados amigos, yo discutiera con mi madre, que ha estado un par de días sin dirigirme la palabra? ¿Verdad que todo esto desestabilizaría emocionalmente a cualquiera? De todos modos, no he estado a la altura de las circunstancias. Aunque he procurado actuar reflexivamente, en el último momento, en el momento en que debía dar un ejemplo de entereza y templanza a mis amigos, me he dejado llevar por la rabia y el instinto. Y eso no me lo puedo perdonar. Es cierto que Roberto –que es el que me ha reprochado con más insolencia mi actuación en el burdel– se ha atrevido, en primer lugar, a registrar mi habitación; y, en segundo lugar, a ofender a Dora de una forma tan obscena como repulsiva (por decoro, no voy a entrar en detalles). Pero eso no justifica la agresión. Debí limitarme a expulsar a Roberto de mi casa. Así pues, ahora ya no puedo jactarme de ser mejor que él, porque me he comportado precisamente como él lo habría hecho si hubiera estado en mi lugar.

Como ve, señor Luis, mi relación con mis amigos ha llegado a su fin, ya que, después de lo que ha sucedido, la reconciliación es imposible. En primer lugar, porque ellos –que son incapaces de ver la realidad a través de los ojos de otra persona– jamás me perdonarán que los haya dejado sin sus visitas al prostíbulo y que, encima, los haya expulsado de mi casa por reírle la gracia a Roberto, el cual, a partir de ahora, aprovechará la situación para desprestigiarme y, en definitiva, para afianzar de nuevo el liderazgo del grupo que yo, sin pretenderlo, le estaba disputando. Y, en segundo lugar, porque ya he tomado la resolución de no volver a relacionarme con ellos. Y ya lo aviso a usted de que se trata de una resolución definitiva, por lo que no le servirá de nada intentar convencerme de que cambie de actitud.

Ya estoy cansado de intentar adaptarme a la forma de pensar y de actuar de los individuos de mi edad y de que ellos, por el contrario, no hagan el más mínimo esfuerzo por adaptarse a las mías. Estaba yo muy equivocado cuando pensaba que en este pueblo encontraría personas distintas a las que me mortificaban en la ciudad. Señor Luis, no nos engañemos, me voy a sentir desarraigado en cualquier lugar al que vaya, pues la raíz del problema está en mí, en el desarrollo anómalo de mi personalidad, que quizá sea fruto de una inteligencia hipertrófica que progresa con más celeridad de lo que crece físicamente mi cuerpo. Eso es lo que soy, un individuo anómalo; porque un individuo normal se habría acostado con Alba y con la prostituta; porque un individuo normal habría aplaudido el comportamiento de mis amigos; porque un individuo normal, en resumidas cuentas, no le escribiría cartas de talante filosófico y existencialista a un septuagenario ni impartiría clases a una muchacha de su misma edad. Así pues, ya va siendo hora de que tanto usted como yo aceptemos de una vez por todas lo que soy y de que cobremos conciencia de que es contraproducente e insano que yo intente convivir con los individuos de mi edad y con aquellos adultos vulgares y simples. Siento contravenir todo lo que me ha estado inculcando hasta ahora, pero ya no puedo seguir relacionándome con personas que no estimulan ni mi sensibilidad ni mi inteligencia. No puedo porque, aunque procuro enmascararlo, cada minuto que paso junto a ellos siento un angustioso e insondable vacío en el alma y, cuando estoy de nuevo solo, me devoran las más despiadadas frustraciones. Como comprenderá, no puedo ni debo vivir en permanente lucha con mi entorno. Ese camino, por muchas bifurcaciones que tenga, no me va a conducir más que a la infelicidad. Y usted no querrá que yo sea un infeliz, ¿verdad? Reconozcamos la evidencia: he nacido para estar solo de por vida. Ese es mi sino, señor Luis. Para la mayoría de personas, la soledad es una implacable enfermedad degenerativa de la que desean desprenderse a toda costa; para mí, en cambio, es una gratificante compañera; yo estoy inmunizado contra los daños que la soledad inflige a la mayoría de personas porque la riqueza de mi mente nutre mi existencia con la misma suficiencia con la que las relaciones sociales nutren la de las personas convencionales. En todo caso, la única alternativa a la soledad de la que dispongo es la de establecer relaciones amistosas con personas de mi misma condición. Ahora tengo la certeza de que cometí un error cuando, en su día, rechacé la oferta de ingresar en un colegio especializado. Es cierto que, al integrarme en un entorno elitista, me habría alejado de la diversidad que yo deseaba explorar, pero también me habría ahorrado muchos pesares y muchas frustraciones. Pero me estoy adentrando en un terreno pantanoso, pues he de reconocer que, gracias a todo lo que he sufrido a raíz de aquella decisión, mi carácter se ha endurecido de un modo en que quizá no lo habría hecho en condiciones de vida más favorables. En cualquier caso, lo importante ahora es que por fin he tomado una decisión que no me había atrevido a tomar durante los últimos años: no voy a rebajarme más; a partir de ahora, todo el que quiera formar parte de mi vida tendrá que hacer méritos para conseguirlo. Y le repito, señor Luis, que esta vez sus consejos y sutilezas argumentativas no surtirán efecto.

De todos modos, es muy probable que, en los próximos meses, no sea la soledad mi única compañera. Hay algo que va a compensar con creces la inevitable pérdida de mis amigos. Y es que cada día que paso junto a Dora estoy más seguro de que, una vez que finalicen las clases y ella y yo podamos realizar otras actividades que nos permitan ahondar en la intimidad del otro, nuestra relación traspasará los lindes de la amistad. Y eso es ahora mismo lo que más deseo. Por primera vez en mi vida, se abre ante mí la posibilidad de iniciar una relación amorosa con una muchacha; una muchacha que, para colmo, posee todas las cualidades con las que siempre he soñado: es hermosa y dulce, educada y sincera; no tiene vicios y sabe expresarse correctamente; además, es una seductora nata que actúa con sutileza y suma paciencia, sabedora de que la seducción bien dosificada engendra los amores más intensos. No obstante, he de reconocer que hay algo en ella que no me satisface: aunque no cabe duda de que la muchacha es inteligente (de lo contrario, no habría aprehendido con tanta facilidad los conocimientos que le he impartido), en ocasiones sus razonamientos y valoraciones sobre asuntos diversos me resultan demasiado simples e infantiles. En cualquier caso, no son más superficiales que los de la mayoría de adolescentes. Esto, por descontado, no ha supuesto un impedimento para el florecimiento de mi amor, pues soy perfectamente consciente de que, si exigiera a todas las muchachas que me gustaran la condición de que contaran con una capacidad analítica similar a la mía, las posibilidades de que yo encontrara un alma gemela serían tan escasas como las de hallar una aguja en un pajar. Además, esta pequeña carencia de Dora –que, ya le digo, no se manifiesta siempre– no entorpece nuestra comunicación. Así que, como le decía, ahora tengo la oportunidad de ser correspondido sentimentalmente por una muchacha que es casi perfecta, que estimula mis sentidos como ninguna otra lo había hecho hasta el momento. Y, como comprenderá, no me puedo permitir el lujo de dejarla escapar, ya que, en el mejor de los casos, transcurrirán muchos años antes de que una mujer con tantas cualidades como Dora vuelva a interesarse por un individuo anómalo como yo. Pero, como usted me aconseja en su carta, no me voy a precipitar; no me declararé hasta que la muchacha no haya aprobado los exámenes y haya menguado la presión a la que actualmente está sometida. Estoy de acuerdo con usted en que el hecho de que yo le manifestara a Dora mis sentimientos podría causarle, tanto si ella siente lo mismo por mí como si no, un estado de estrés que, por un lado, podría perjudicarla en los exámenes; y, por otro, podría llevarla, en contra de su propia voluntad, a rechazarme; además, me conviene esperar a que los padres de Dora permitan que su hija vuelva a relacionarse con chicos. En este sentido, supongo que, cuando Dora apruebe los exámenes – porque es indudable que los aprobará–, sus padres recuperarán la confianza en ella y, por consiguiente, la vida de la muchacha volverá a la normalidad. Y, cuando esto ocurra, es muy probable que sea ella misma la que me declare su amor si, como yo creo, no me he equivocado al interpretar sus señales.

¿Se imagina, señor Luis, que un buen día, cuando estuviésemos los dos juntos sentados en un banco del paseo marítimo observando la majestuosa belleza del ocaso, Dora arrimase su cuerpo al mío, deslizase suavemente sus manos por la superficie de las mías, me mirase a los ojos con demoledora ternura y, tras un silencio dulce e inquietante durante el que nuestras respiraciones se suspendiesen, me confesase mediante un estruendoso susurro que me amaba? ¿No sería sublime? No ceso de pensar en la sobrecogedora intensidad que poseerían las sensaciones que me embargarían en una situación así. Si, solo de pensarlo, un voltaico torbellino de placer recorre mi espina dorsal y eriza todos los pelos de mi

cuerpo, ¿qué me ocurriría si estas fabulaciones llegaran a hacerse realidad? ¿Qué experimentaría yo en ese momento? ¿No se multiplicaría por mil el placer que ahora siento? Y, en ese caso, ¿cómo soportarían mi cuerpo y mi alma un gozo de tales dimensiones?, ¿cómo sobreviviría yo a tanto deleite? De momento, solo conozco el primer estadio del amor, ese que se nutre de proyecciones mentales y en el que las sensaciones solo desarrollan una pequeña parte de su poder potencial. Es como habitar un planeta que, al estar lo suficientemente alejado de una estrella fulgúrea, recibe una débil emanación de calor que resulta de lo más acogedora. Pero, cuando se produzca la unión amorosa entre Dora y yo, ¿no será como habitar uno de esos planetas excesivamente cercanos al astro incandescente donde el aire, de tan ardiente, se hace irrespirable?; es más, ¿no será como vivir, prácticamente abrasado, en el llameante seno del mismísimo astro? Y digo yo, ¿acaso es posible la vida en semejante incendio, aunque se trate de un incendio de placer?

No sé si me he explicado con claridad, señor Luis. Lo que quiero decir es que la expectativa de un amor más grande y más intenso del que ya siento me inquieta. Me inquieta porque ignoro lo que me podría deparar, porque no soy capaz de vislumbrar cómo afectaría a mi vida, porque, dado mi carácter hiperestésico, no sé si física y sicológicamente estoy preparado para soportar el embate de tanta belleza. Yo, al contrario que otras personas más afortunadas, no he tenido, a lo largo de mi vida, un contacto continuado con el amor, no he experimentado, de forma plena, esos pequeños amores intranscendentes que van educando nuestra alma y acostumbrándola al fragor de batallas cada vez más intensas. Así que ¿cómo va a enfrentarse mi alma inexperta, tan de repente, a un amor que ya se prevé de enormes dimensiones? ¿No la desbordará? Eso es exactamente lo que me inquieta. Ahora bien, no piense usted que no anhelo ese amor desmesurado. En estos momentos, lo deseo más que cualquier otra cosa.

Si lo que acabo de desmenuzar era una inquietud, lo que ahora me gustaría exponerle se trata de una especie de rechazo a ese amor del que no logro desembarazarme. El análisis de dicho rechazo es extremadamente complicado, y la descripción de su

266

morfología mediante palabras aún más. Tanto es así que, antes de escribir estas líneas definitivas e insatisfactorias, he escrito otras muchas que he terminado borrando de la pantalla de mi ordenador. Me he visto tan impotente de explicarle con precisión lo que siento, que he llegado a tirarme de los pelos, a propinarle patadas al pobre colchón de mi cama e, incluso, se me han escapado algunas lágrimas.

Antes de nada, he de matizar que no me refiero al rechazo del amor concreto que siento por Dora, sino al rechazo del amor en sí. El problema, señor Luis, es que, a pesar de que me encuentro suspendido en una nube de placer, no puedo olvidar las revelaciones de Ortega. No puedo dejar de pensar que el enamoramiento es, en efecto, un estado inferior del espíritu. Soy capaz de apreciar lo corrompido que está el aire que respiro en este habitáculo hermético en el que el amor me ha confinado; asimismo, me doy cuenta perfectamente de que mi mente se estrecha cada vez más y de que las personas y actividades que antes recibían toda mi atención ahora se han visto relegadas a un segundo plano. Respecto a esto, ¿sabe, señor Luis, que mi padre me ha ganado las dos últimas partidas de ajedrez en las que nos hemos enfrentado? (Sé que mi progenitor está recibiendo ayuda. Pero, hasta hace poco, dicha ayuda no le había servido de nada. De modo que ¿no cree usted que he sido derrotado porque estoy sumamente distraído, como jamás lo había estado?). ¿Sabe, además, que hace varios días que ni leo ni escribo literatura y que no juego con mis videojuegos porque Dora ocupa todo mi tiempo y porque, la verdad, no me apetece? Es más, ¿sabe que, aunque me avergüence tener que reconocerlo, la mayor motivación que tengo para escribirle estas cartas tan extensas es la de poder hablarle en ellas de la muchacha? Estos ejemplos –y otros muchos a los que no he hecho referencia– demuestran que, cuanto más se concentra mi atención en Dora, más se empobrece mi vida interior y más torpes se vuelven mis talentos. Y si, en este primer estadio del enamoramiento en que me encuentro, ya se han manifestado estos primeros síntomas de degeneración, ¿a qué me veré reducido cuando sea correspondido sentimentalmente por Dora? Temo que, cuando esto ocurra, mi vida se vea completamente subordinada a la de la muchacha y que, por consiguiente, yo pierda la libertad de la que todavía disfruto y la capacidad crítica que aún poseo. Pero lo que más me preocupa es que, llegado ese momento, no me importe lo más mínimo que el amor me ocasione toda una suerte de pérdidas y minusvalías que hagan de mí un individuo inferior al que ahora soy. Sí, analizado con frialdad y objetividad, el amor –esa dulcificante patología que nos despersonaliza– resulta absurdo y ridículo. Sin embargo, su poder de seducción es subyugador. Tanto es así que, a pesar de que soy consciente de lo pernicioso que es, no hay nada que desee más que permanecer indefinidamente en este arrobamiento en que el amor me ha sumido. He aquí, pues, el núcleo de mi problema: aunque mi razón se oponga a la perversidad del amor, ¿cómo voy a ir en contra de mi naturaleza? Es más, ¿acaso debo ir en su contra? ¿Cómo puedo conciliar estas dos fuerzas que me arrastran en direcciones opuestas? ¿Cómo es posible desprenderse de una rémora ancestral a la que se está atado fisiológicamente? ¡Qué calvario, señor Luis! ¡Por qué tendré que racionalizarlo todo! ¡Por qué no podré aceptar sin más los placeres que la vida me depara!

Realmente, el amor me está haciendo perder facultades, porque, de lo contrario, mi explicación habría sido más exacta y clarificadora. Y es que tengo la impresión de que no he sabido profundizar lo suficiente en la problemática de ese rechazo al amor, de que solo le he descrito su superficie. Confío, señor Luis, en que su gran capacidad intelectiva sabrá sacar todo su jugo a mi insuficiente análisis.

Por cierto, me satisface mucho que considere que los pequeños reproches que le hice al libro de Ortega son muy interesantes. ¿De verdad no había pensado usted ya en todo lo que le comenté? En fin, ya seguiremos debatiendo sobre el tema en próximas cartas.

Antes de despedirme, me gustaría informarlo, en primer lugar, de que ya he terminado los trabajos de Dora y de que se los entregaré este lunes, que será el último día de clase, puesto que el martes la muchacha realizará su primer examen; y, en segundo lugar, de que mi madre, un par de días antes de que discutiéramos, me hizo una interesante revelación: al parecer, mi tío, como su padre y como yo, también fue un niño superdotado. De hecho, mi *madre me comentó que, cuando tenía mi edad, su hermano se parecía mucho a mí. Eso explica muchas cosas, ¿no le parece? Ahora entiendo por qué se reconcilió mi tío con mis padres: al enterarse de la clase de sobrino que tenía, se sintió identificado conmigo y, por consiguiente, decidió intervenir en la vida de mi familia para asegurarse de que yo, poseedor del don hereditario más preciado de nuestra estirpe, no tendría que sufrir las nefastas consecuencias de una antigua rencilla familiar. Supongo que, para mi tío, soy como un espejo en el que él se ve reflejado. Consciente de las dificultades a las que han de enfrentarse los de nuestra condición, el hermano de mi madre querrá hacerme la vida más llevadera. Y ¿qué mejor forma de conseguirlo que atrayéndome hacia su feudo y manteniéndose a mi lado? Desde luego, no puedo reprocharle nada, pues yo, en su lugar, habría obrado de idéntico modo.*

Bueno, señor Luis, por hoy ya es suficiente. Me alegro mucho de que la revisión médica le haya ido tan bien. Ahora ya no tiene excusa para no escribirme en cuanto reciba esta carta. Para cuando yo vuelva a escribirle a usted, espero poder anunciarle que Dora ha aprobado los exámenes y que ya me ha entregado esos tiernos labios que tanto ansío.

15

El domingo me levanté rejuvenecido; tanto mis aflicciones como la asfixiante angustia que sentía los días anteriores habían desaparecido. Era como si, durante el letargo, algún sueño que no recordaba hubiera purificado mi espíritu. Así, ya no me lamentaba de haber expulsado a mis amigos de mi casa, ya no deseaba que el episodio del burdel no hubiera tenido lugar, pues éste me había confirmado definitivamente que los adolescentes vulgares y zafios con los que había convivido en los dos últimos meses eran un pesado lastre del que me convenía desprenderme. Aunque ni siquiera habían transcurrido veinticuatro horas desde la última vez que hablara con ellos, yo ya los veía, en el lejano horizonte de mi memoria, reducidos a minúsculos puntos que ni siquiera titilaban, como si no pertenecieran al presente, como si fueran cadáveres putrefactos devorados por el olvido; incluso tenía la sensación de que no habían existido, de que habían sido un producto ya extinto de mi imaginación. Esta sensación de distanciamiento y de liberación me reconfortaba. Por su parte, la pesadumbre que el día anterior me había impelido a escribir a mi confidente me resultaba extraña y hasta irreal.

Dora, por el contrario, me parecía más real que nunca; su cuerpo rememorado se me antojaba más real que los propios objetos que observaba o tocaba mientras pensaba en ella. Cualquier cosa que yo olfateara, por grimosa que fuera, rezumaba el aroma de la muchacha; cualquier objeto que tocara, por rugoso o áspero que fuera, tenía el suave tacto de su piel; cualquier sonido que escuchara, por estridente que fuera, poseía el candor de su voz; cualquier rostro que contemplara, por hierático que fuera, desprendía la ternura de su mirada. Así pues, la muchacha, como una diosa omnipotente, estaba presente en todos los seres y en todas las cosas. Ella constituía, por sí sola, una vasta, inquebrantable y gozosa realidad que me abrió definitivamente sus puertas aquel domingo. Liberado ya de mis rémoras, penetré en aquella nueva realidad con el propósito de permanecer en ella eternamente.

Durante todo el día, estuve encerrado en una burbuja de placer y nerviosismo; de nerviosismo porque, aunque era consciente de que la mañana del lunes no tenía por qué ser diferente a otras mañanas, sabía que –bien porque a mí me resultara imposible contener por más tiempo mis sentimientos, bien porque Dora no pudiese reprimir los suyos– cabía la posibilidad de que, durante la última clase, yo recibiese la ofrenda que más anhelaba o, por el contrario, el rechazo más doloroso. Como, después de unos minutos de reflexión, me di cuenta de que era muy improbable que los sentimientos de Dora se sobrepusieran a la desazón que debía de provocarle la inminencia de los exámenes, me dije a mí mismo una y otra vez que yo debía vencer, a toda costa, cualquier síntoma de debilidad y postergar, como había previsto, el momento en que le declararía a la muchacha mis sentimientos. Para no seguir elucubrando sobre lo que podía ocurrir al día siguiente y, por tanto, zafarme del inquietante cosquilleo que tenía en el estómago, intenté, a lo largo de todo el día, evadirme de mis monotemáticos pensamientos mediante la realización de múltiples tareas. Pero no lo logré: si, por ejemplo, me dedicaba a ver una película, enseguida me distraía, por lo que no conseguía hilvanar las diferentes partes del argumento; o si jugaba a algún videojuego, no tardaba en perder la concentración y, por consiguiente, me resultaba imposible seguir avanzando en aquella aventura interactiva. Nada, en definitiva, consiguió despegar mis pensamientos de la muchacha.

Por la noche, mientras mi cuerpo adormecido descansaba sobre el lecho en el que, en una ocasión, también había reposado el esbelto y delicado cuerpo de Dora, soñé con mi alumna: yo la rescataba del suelo y, desfallecida, la llevaba en brazos hasta mi cama; sus muslos ardientes abrasaban de placer la mano que los sustentaba. Con la suma delicadeza del que manipula una muñeca de endeble cristal, la tendía sobre mi lecho. Los pechos de la muchacha no se agitaban; sus miembros no se movían; sus párpados, desplegados sobre sus ojos, no palpitaban. No había, en definitiva, manifestación alguna de vida en su cuerpo y, sin embargo, su belleza no había perdido vigor. Acto seguido, me tumbaba al lado de Dora y, sin tocarla, inclinaba mi torso y lo mantenía suspendido sobre el suyo, que expelía un calor volcánico que traspasaba mi ropa y acariciaba mi piel. Lentamente, acercaba mi rostro al suyo; y, cuando estaba a punto de rozar su piel bruñida, me detenía, embriagado por su intenso aroma de flores silvestres; tras olfatearla como un pulcro y hacendoso jardinero, incapaz de resistirme por más tiempo a la llamada de aquella piel incandescente, lamía suavemente su cara con mi mejilla: sus pómulos, sus sienes, su nariz, su barbilla y, finalmente, sus labios, donde el calor, húmedo, era increíblemente deleitoso. Entonces una leve corriente de fogoso aire golpeaba mi cara: la muchacha comenzaba a respirar débilmente. Alentado por aquel soplo de vida, besaba la mullida superficie de los labios de Dora; durante el contacto, latigazos de placer sacudían todo mi cuerpo. A continuación, me atrevía a mordisquearlos, como si quisiera horadar aquellas frutas carmesíes para absorber todo su jugo. Y, al sentir la presencia de un ardor recóndito y nuevo que se escapaba por la estrecha hendidura que había entre aquellos labios que yo besaba con tanta delectación, me decidía a forzarlos con la punta y los bordes de mi lengua, que, a lo largo de su parsimoniosa incursión, se topaba, en primer lugar, con la deslizante superficie de los dientes y la tersa y sabrosa superficie de las encías; y, en segundo lugar, con otra lengua húmeda y esponjosa que no se movía, que parecía estar aturdida o adormecida. Pero la lengua de Dora se iba despertando a medida que la mía, temblorosa, la acariciaba y la agitaba con mimo; así, poco a poco, nuestras lenguas se estrechaban y se succionaban; la deliciosa saliva de la muchacha sabía a fresas ácidas y maduras; su aliento, que penetraba en mi organismo como una tromba de magma, me sumía en un éxtasis casi insoportable; mi aliento, por su parte, infundía vitalidad a aquel cuerpo todavía inmóvil. (Yo, mientras besaba sin descanso a la muchacha, sentía como una inmensa fiebre que apartaba mi conciencia del tiempo y del espacio; me sentía, claramente, morir y renacer en aquel cuerpo esplendoroso). Al notar, de repente, el ostensible pálpito del corazón de Dora golpeando mi pecho, me despegaba de sus labios –trémulos como dos cuerpos febriles– y comenzaba a besarle el cuello mientras mis manos jugueteaban con su cabello; la respiración de la muchacha se aceleraba. Acto seguido, tras despojar a Dora de la ceñida prenda de algodón que le cubría el torso, recorría con mis labios los hermosos huesos de sus clavículas y besaba sus simétricos hombros con frenesí; después me deslizaba hacia una de sus axilas y la besaba con idéntica complacencia; entonces la boca de la muchacha emitía un leve quejido. Seguidamente, desabrochaba el sostén de Dora; entonces contemplaba sus pechos enhiestos y picudos durante algunos segundos, los envolvía con mis manos, los sometía a cadenciosos masajes y, por último, mi lengua, como una brocha de fuego, los cubría de saliva, mientras que mis dientes mordisqueaban cuidadosamente sus duros y erizados pezones; el cuerpo de Dora se estremecía. En mi trayectoria descendente, me detenía unos instantes en el suculento vientre de la muchacha; y, mientras lo degustaba, le desabrochaba a ésta el cinturón y deslizaba por sus muslos la minifalda, que se quedaba estancada en sus rodillas hasta que yo abandonaba el territorio que gobernaba su ombligo y, muy suavemente, la empujaba hasta sus tobillos. Una vez que había desprovisto a Dora de la prenda, alzaba uno de sus pequeños y estrechos pies con una mano y, mientras que, con la otra, acariciaba su pantorrilla, succionaba y saboreaba sus dedos diminutos; las piernas de la muchacha temblaban y sus jadeos, todavía débiles, se encadenaban. Estimulado por esta indudable manifestación de placer, ascendía por sus piernas y, tras demorarme más de lo que había previsto en el apetitoso nudo de las rodillas, introducía mi cabeza entre sus muslos y, sin llegar a rozar el majestuoso pubis, le besaba y le lamía la ingle con ahínco; a Dora la acometían las convulsiones, el ritmo de su respiración se aceleraba sobremanera y sus incesantes jadeos se tornaban estridentes. Al cabo de unos minutos, la boca de la muchacha profería un soberbio alarido de placer. A continuación, Dora abría los ojos, inclinaba su torso y me acariciaba la cabeza, que todavía hurgaba entre sus muslos. Entonces yo me incorporaba y la miraba fijamente a los ojos, henchidos nuevamente de vida. Al fundir nuestros cuerpos en un abrazo y en un beso eternos, yo sentía, conmocionado por todas las fuentes de placer que confluían en mí, cómo nuestras almas se destruían en aquel incendio amoroso.

Me desperté a las siete de la mañana empapado en sudor. Mi almohada se había precipitado al suelo, donde yacía como un cuerpo descoyuntado; prácticamente la mitad de la fina sábana que se encargaba de cubrirme en las noches menos calurosas se había deslizado por el borde de la cama; la otra mitad me resguardaba los pies; la funda del colchón estaba más arrugada que de costumbre. Mi corazón sufría una aguda taquicardia, mis manos temblaban y mi dolorido pene presentaba la máxima erección que podía alcanzar. El oxígeno que pululaba por la habitación era tan denso y ardiente como el de una sauna.

Sofocado, me senté en el borde de la cama y esperé a que el ritmo normal de mi corazón se restableciese. Mientras recuperaba el aliento, mi mente se convirtió en un hervidero de bellas imágenes carnales que acrecentaron mi excitación. Para tratar de atajarla y para desprenderme de aquel lascivo y pegajoso sudor que expelían los poros de mi piel, me dirigí a la ducha; no encendí antes el calentador. En el baño, me desnudé e intenté –en vano– que mi obstruido y amoratado miembro orinase. Por un momento, temí que aquella reluctante erección no remitiese en toda la mañana y que, por tanto, me obligase a cancelar la última clase con mi alumna. Pensé que eso era inadmisible. Así que, armándome de valor, me confiné en el poliédrico receptáculo de la ducha, abrí el grifo y expuse mi cuerpo a una gélida tromba de agua que punzaba mi piel como una cascada de agujas y golpeaba mis músculos como un pesado y reluciente mazo. De inmediato, agonizaron las llamas de aquel incendio que se extendía por mis entrañas; mi pene pronto se convirtió en un gurruño de carne. Sin embargo, las imágenes sensuales se resistían a abandonar mi mente; iban perdiendo nitidez poco a poco, lentamente se iban ralentizando, pero seguían ahí, martirizándome. De modo que me vi obligado a permanecer bajo aquella cascada helada durante más tiempo del que mi sensible organismo podía soportar. Así pues, al cabo de un rato un repentino mareo me hizo perder el equilibrio; como consecuencia de esto, mi cabeza se estrelló contra los azulejos. El golpe me advirtió, por un lado, que las imágenes ya se habían evaporado; y, por otro, que había perdido la sensibilidad en mis miembros superiores e inferiores. Tras muchos esfuerzos, logré alzar mi entumecido brazo derecho y cerrar el grifo. En cuanto salí, renqueando, de la ducha, me desplomé; en la caída me golpeé el hombro derecho con el borde del retrete; pero, en ese momento, no sentí dolor alguno, pues el mismo frío que había provocado mi desfallecimiento me mantenía anestesiado. Aturdido, permanecí varios minutos con la cabeza y los brazos apoyados sobre la tapa del retrete. Cuando recobré el dominio de mis miembros y cesaron los mareos, conseguí incorporarme y, por fin, desahogar mi hinchada vejiga. Tiritando, regresé a mi habitación. Una vez allí, abrí el armario y hurgué en los cajones donde guardaba la ropa de invierno; me puse un pijama de manga larga y una cálida bata de algodón. A continuación, me acurruqué en la cama para entrar más rápidamente en calor. A partir de entonces, me dediqué a tratar de desvelar el significado de aquel sueño erótico que me tenía tan confundido. Mis cavilaciones finalizaron en el momento en que sentí un agudo dolor en el hombro derecho, dolor que fue acrecentándose a medida que transcurrieron los minutos. Media hora antes de que Dora llegase, la parte anterior de mi deltoides estaba ya tan inflamada que apenas podía mover el brazo.

Cuando mi adorada alumna entró por la puerta como un sol prodigioso, la bolsa de hielo que yo había aplicado sobre mi hombro y el analgésico que me había tomado ya habían comenzado a surtir efecto: por un lado, la inflamación había disminuido lo suficiente como para que Dora no pudiese detectarla; y, por otro, el dolor que me habría impedido concentrarme durante la clase había remitido bastante. Perfumado e impecablemente vestido, me acerqué a la muchacha y, como de costumbre, le di dos besos de bienvenida. Esta vez, al hacerlo, mi mano derecha –que solía posarse sobre su hombro– se afianzó automáticamente a uno de los túrgidos y estrechos bordes de su cintura; mientras mis labios y mi olfato se impregnaban del sabor floral y del dulce olor de sus mejillas, mis dedos acariciaron suavemente aquella extraordinaria porción de anatomía femenina; pero, en cuanto sentí de nuevo la semilla incipiente de aquel ardor que tanto me había costado aquietar y, al mismo tiempo, me di cuenta de lo inconveniente que era aquella maniobra, mi mano se retiró apresuradamente de aquella seductora lumbre. De la expresión de los ojos de la muchacha deduje que a ésta, en el caso de que se hubiera percatado de mi sutil movimiento de dedos, no le había desagradado lo más mínimo la caricia. Me separé de ella y, antes de volver a mi habitación, la contemplé durante un par de segundos. Aquel día Dora no estaba más hermosa que otros días. Sin embargo, sí estaba más exuberante, más provocativa: llevaba, ceñida a los muslos –que brillaban como si hubieran sido embadurnados de aceite–, la que sin duda debía de ser la minifalda más corta de su colección; la ajustada y sedosa blusa que le cubría el torso no estaba abotonada por completo, con lo cual dejaba a la intemperie, por debajo del hoyuelo de la clavícula, el discreto canalillo de los pechos; si se miraba con detenimiento, se podía entrever el borde negro del sostén.

Dediqué buena parte de la mañana a aclararle a mi aplicada alumna las dudas que le quedaban; durante la última parte de la clase, ella resolvió de manera brillante un modelo de examen de cada una de las asignaturas que yo le impartía. Mientras Dora resolvía estos ejercicios, mi mirada, como una serpiente sigilosa, recorría sus magníficas piernas y se detenía, dubitativa, en el límite que establecía la minifalda. Cuando la muchacha, inquietada por la dificultad de algún ejercicio, se movía en su asiento, la minifalda se retraía; y, si en ese momento las piernas se separaban, yo vislumbraba una oscura sombra que habitaba entre los muslos; entonces retiraba, de inmediato, mi mirada de aquel sarpullido fuliginoso y, ruborizado por la imagen que, en primera instancia, había suscitado aquella fugaz visión en mi mente, pensaba que lo que había entrevisto tenía que tratarse de una braga del mismo color que el sostén; mas, a los pocos segundos, me asaltaban las dudas y mi calenturienta imaginación se desbordaba; mi mirada regresaba entonces a la entrada de la madriguera con el fin de descubrir hasta qué punto coincidía el objeto real con el imaginado; pero, en cuanto la minifalda se retraía y los muslos se separaban, yo solo podía atisbarlo y, por consiguiente, me resultaba imposible identificar sus rasgos distintivos. Y, aunque estaba convencido de que Dora era una joven con clase y, por tanto, de que el objeto atisbado no era sino una prenda de lencería, la posibilidad de que no lo fuera me excitaba y me horrorizaba al mismo tiempo.

El momento culminante de la sesión se produjo cuando le entregué a Dora los trabajos y ella comprobó, al examinarlos, que eran más brillantes de lo que esperaba. «Eres un genio. Además de un encanto, claro», me dijo la muchacha; y, a continuación, me dio un abrazo abrasador que electrificó de placer todas y cada una de las células que constituían mi cuerpo. Acto seguido, Dora apoyó sus brazos lánguidamente en mis hombros, me miró a los ojos y me dijo: «No sé lo que habría hecho sin tu ayuda»; tras estas palabras, la muchacha me dio un afectuoso beso en la mejilla. Cuando ella se separó de mi rostro, sentí cómo sus labios, imantados, atraían a los míos con una fuerza desmesurada. Entonces mi razón se nubló. El deseo era ya irrefrenable. Pero, afortunadamente, ella se escapó de mis brazos antes de que yo pudiera cometer una imprudencia. «¿Tú crees que aprobaré?», me preguntó la muchacha desde su asiento. «No solo vas a aprobar, sino que, además, vas a dejar a tus profesores y a tus padres boquiabiertos». Dora me sonrió tímidamente. «Dime una cosa, ¿nos seguiremos viendo a menudo después de los exámenes?», quise saber yo. «Claro que sí. Si apruebo tendremos que celebrarlo por todo lo alto, ¿no?». Este comentario de Dora –que colmaba todas mis expectativas– me dejó sin palabras. No recuerdo haber experimentado tanta alegría en la vida.

Cuando llegó la hora de que Dora se fuera, acordamos que ella me telefonearía en cuanto terminase cada uno de los exámenes para darme su impresión acerca de cómo los había resuelto. Desde el balcón de mi casa columbré, mientras la muchacha discurría por la acera, cómo su rostro alegre, en el que ya no brotaban sarpullidos de amargura, observaba con satisfacción los trabajos que yo había redactado con tanto esmero. En ese momento, tuve la absoluta certeza de que nuestro destino era el de amarnos eternamente.

Tercera parte

IX

Viernes 8 de septiembre

La preocupación y la inquietud me han impelido a escribirle esta carta antes de lo que había previsto. Necesito contarle lo que ha sucedido (o, mejor dicho, lo que no ha sucedido) y que usted, después de analizar la situación con una templanza y frialdad de las que ahora yo no dispongo, me tranquilice, me transmita el sosiego que no encuentro en la hermética y asfixiante celda de mis cavilaciones, si bien soy consciente de que es muy probable que, cuando yo reciba su reconfortante contestación, esta situación insufrible se haya ya solventado. De todos modos, necesito desahogarme (ya sabe que concibo la escritura como un método eficaz de desalojar de mi mente hiperactiva ese constante flujo de ideas que la oprimen y que amenazan con hacerla estallar); necesito, además, organizar mi caótico pensamiento en un discurso armónico que me proporcione una visión más diáfana de la realidad. Seguramente estoy, como de costumbre, sacando las cosas de quicio; probablemente, le estoy dando demasiada importancia a algo que en realidad no la tiene. Pero no puedo evitarlo; ya conoce usted cómo es de obsesivo y maniático mi carácter. Ciertamente, resulta reconfortante saber, gracias a Ortega, que todos los grandes hombres son obsesivos y que, en determinadas situaciones, solo se puede alcanzar la excelencia por mediación de un comportamiento maniático. Pero, en otras situaciones –como, por ejemplo, en la que ahora me encuentro– las consecuencias de dicho comportamiento no son precisamente positivas; prueba de ello es que, a partir de un minúsculo hecho que, ya le digo, no tiene por qué tener demasiada importan-

cia, he construido un mayestático y alambicado castillo de especulaciones que me están envenenando la sangre. Hay que tener en cuenta, por otra parte, que el particular estado anímico en el que me encuentro ha contribuido a exacerbar mi carácter maniático, sobre todo porque la persona que ha provocado mi preocupación es la misma que suscitó mi enamoramiento. Así que se podrá hacer una idea de las muchas vueltas que ha dado ya la vertiginosa noria en que se ha convertido mi mente. Pero no voy a seguir dando rodeos. Voy a desvelarle ya en qué consiste mi preocupación.

Pues verá, lo que me inquieta, lo que me desazona es que Dora ha desaparecido. No, no me he expresado con exactitud, pues aún no ha transcurrido tiempo suficiente para poder afirmar que la muchacha se ha esfumado. De lo contrario, sospecho que yo no estaría en condiciones de escribirle esta carta. (Qué horror, no quiero ni pensar en esa posibilidad, pues cada vez que me la planteo siento como una puñalada en el corazón que me deja aturdido durante varios minutos). Afortunadamente, aún no se han cumplido mis más pesimistas presagios. Por el momento, Dora se ha limitado a no cumplir algo que ella y yo acordamos el último día de clase, esto es, que me telefonearía en cuanto terminase cada uno de los exámenes y que, cuando por fin acabase ese calvario, los dos nos reuniríamos para celebrarlo. Le explico detalladamente lo que ha ocurrido, señor Luis:

El martes Dora se examinaba de matemáticas y química por la mañana y de física por la tarde. Pues bien, estuve desde las doce del mediodía hasta las tres de la tarde pegado al teléfono, a cuyo prolongado silencio, a pesar de que me provocó una ligera inquietud, no le concedí demasiada importancia, ya que pensé que era probable que Dora no hubiese tenido tiempo de realizar la llamada o que, sencillamente, hubiera decidido hacerla una vez que finalizasen todos los exámenes de aquel día para, de esta forma, poder suministrarme una información más completa. Durante toda la tarde y buena parte de la noche, permanecí cerca del teléfono, observándolo, asediándolo con la mirada; pero la llamada de Dora no se produjo, lo que me mantuvo desvelado hasta el amanecer. Desde entonces, apenas pude dormir un par de horas, porque me despertó el sonido del teléfono. Se podrá imaginar, señor Luis, la excitación que me produjo aquella adorable cantinela. Entusiasmado, salté de mi cama como un grácil felino y, temeroso de que el aparato hubiese prorrumpido ya varios tonos y, por consiguiente, estuviese a punto de callarse, recorrí la distancia que me separaba de él como una exhalación; mas cuando descolgué el auricular me topé con la voz de mi madre. ¡Qué desilusión! Me dieron ganas de estrellar el auricular contra la pared. En lugar de eso, le dije gritando a mi madre que por qué me despertaba tan temprano (ya sabe usted que tengo la mala costumbre de descargar mi ira sobre mi progenitora aunque no haya sido ella la que la haya provocado). Mi madre me dijo que necesitaba que yo le llevara de inmediato a la pescadería unos documentos que tenía que entregarle a un proveedor. En un principio me negué, porque ¿y si Dora llamaba mientras yo estaba ausente? Compréndalo, señor Luis, no me podía arriesgar. Pero mi madre insistió tanto que no me quedó más remedio que cumplir el recado. Ya sé que me comporté de un modo vergonzoso, pero es que ahora lo único que me importa es oír de nuevo la voz de Dora.

Bueno, el caso es que la muchacha, que el miércoles por la mañana se examinaba de las tres asignaturas de letras que ha preparado por su cuenta, no telefoneó en todo el día. Y digo yo, ¿es posible que Dora llamara durante la media hora escasa que tardé en regresar de la pescadería? Desde luego, es posible, pero parece improbable, ¿no cree? Además, si ella hubiera telefoneado en ese intervalo de tiempo, al no obtener contestación, habría vuelto a llamar en otro momento del día, ¿no le parece? Aunque existe la posibilidad de que, después del esfuerzo realizado, mi pobre alumna cayera rendida sobre su cama y se pasara todo el día durmiendo. Pero eso no explica por qué ni el jueves ni hoy (ya son las doce de la noche) ha dado señales de vida, puesto que ya debería estar recuperada y tan ansiosa de hablar conmigo como lo estoy yo de hablar con ella. Entonces ¿cuál es la razón por la que Dora no me ha hecho ni una sola de esas llamadas que me prometió? Es más, ¿cuál es el motivo por el que no ha venido hoy a mi casa para celebrar su liberación y, de paso, justificarme su silencio? El único que se me ocurre es el de que, a causa del tremendo estrés al que la muchacha se ha visto sometida en los últimos días, las defensas de su organismo hayan disminuido drásticamente y, por consiguiente, Dora haya contraído algún catarro o cualquier otra afección que la mantenga postrada en su cama. A lo peor está ahora mismo temblando de frío en su lecho, debilitada por un virus inmisericorde que le provoca una fiebre elevada y vómitos constantes. ¡Pobrecilla! ¡Y pensar que no puedo hacer nada para ayudarla! Daría cualquier cosa (no sé, un año de mi vida, por ejemplo) por estar ahora mismo al pie de su cama acariciándole el rostro pálido, mesándole el cabello, aplicándole paños de agua fría en su ardiente frente... Qué imagen tan tierna, ¿verdad? Pero, aunque yo no puedo ir a casa de Dora a hacerle compañía, ¿por qué no me ha llamado para tranquilizarme siquiera? ¿Qué cuesta hacer una breve llamada? No cuesta nada, señor Luis. Dora debe de imaginarse lo intranquilo que estoy y, por tanto, no deseará que siga sumido en esta incertidumbre; porque ella es lo suficientemente inteligente para llegar a la conclusión de que para mí esta incertidumbre resulta mucho más dolorosa de lo que lo sería la constatación de su enfermedad. Entonces, insisto, ¿por qué prolonga Dora su silencio? Ya sé que ella no puede llamarme mientras sus padres están en casa. Pero de seguro que en algún momento se quedará sola, porque, por muy atentos que sean sus progenitores, todo el mundo tiene obligaciones, ¿no?; vamos, que su padre tendrá que ir a trabajar y su madre, si no trabaja fuera de casa, al menos tendrá que salir de cuando en cuando a hacer la compra; y no creo que haya otra persona cuidando y vigilando a la muchacha en todo momento. Bueno, quizá esto no sea tan improbable; las abuelas, por ejemplo, son muy serviciales cuando se trata de asistir a sus nietos y, además, suelen estar desocupadas. De todos modos, hasta las abuelas más atentas tienen que abandonar la custodia de sus nietos para hacer sus necesidades, asearse o echarse una cabezadita. De modo que me parece imposible que, desde que comenzara su supuesta convalecencia, Dora no haya dispuesto de un solo minuto para desplazarse hasta el teléfono, marcar mi número, decirme que estaba enferma, que no podía seguir hablando conmigo porque estaba vigilada y que ya vendría a verme en cuanto estuviera recuperada.

¿Se da cuenta, pues, de adónde me conduce, irremisiblemente, esta cadena de deducciones? Yo me acabo de dar cuenta ahora mismo (no me equivocaba cuando pensaba que redactar esta carta sería un ejercicio fructífero): es evidente que, se encuentre o no enferma la muchacha, ésta no desea hablar conmigo, al menos por el momento. Se trata de una revelación terrible, señor Luis. ¿Cómo puede ser que Dora no quiera hablar conmigo si yo me he desvivido por ayudarla? ¿Cómo es posible que ella se haya convertido en una ingrata de la noche a la mañana? Espere un momento... Se me ocurre que... Ahora lo veo claro. ¡Cómo no se me habrá ocurrido antes! Sin duda, este amor tan intenso está entorpeciendo mi inteligencia. ¡Señor Luis, a Dora le han tenido que ir mal los exámenes, o al menos ella debe de creer que le han ido mal! Por eso la pobre no se atreve a llamarme; estará avergonzada de sí misma, pensará que me ha fallado y que me ha hecho perder el tiempo, creerá que es indigna de mí y que yo la rechazaré; y todo esto la habrá sumido en una profunda desolación que, por el momento, le debe de estar impidiendo actuar de una forma más sensata. Pero, si ella recapacitara, se daría cuenta de que yo no le voy a reprochar nada, de que, al margen del resultado que obtenga en los exámenes, valoro sobremanera el tremendo esfuerzo que ha realizado; se daría cuenta, en definitiva, de que para mí ayudarla y ver cómo recuperaba la ilusión y la esperanza día a día ha sido tan gratificante que de ningún modo podría recriminarle que me hubiera hecho perder el tiempo. Y es que, ciertamente, Dora ha hecho más por mí de lo que he hecho yo por ella. La muchacha me ha rescatado de mi insondable soledad y me ha concedido la oportunidad de redimirme. Así que ¡cómo iba yo a repudiarla por suspender unos absurdos exámenes! Quizá antes de conocer a Dora esto sí habría supuesto un impedimento para que el amor que yo sintiera por una mujer se consolidara. Pero ahora he madurado; ya me he liberado de ese tipo de prejuicios insanos (o quizá este cambio se deba a la influencia del amor, que tal vez ha sojuzgado mi verdadera personalidad; en ese caso, poco me importa; no pienso resistirme). Así que, sean cuales sean las calificaciones que Dora obtenga, a mis ojos sus cualidades permanecerán intactas.

Pero volvamos al tema principal: confío en que la muchacha –si realmente lo que he mencionado anteriormente constituye la causa de su silencio– reflexionará y, tarde o temprano, me telefoneará o me hará una visita; espero, no obstante, que lo haga pronto, porque no sé cuánto tiempo voy a poder permanecer entero, cuánto tiempo voy a poder estar sin saciar esta necesidad que tengo de consolarla, de estrecharla entre mis brazos. Si yo supiera que ella se encuentra sola en su casa, iría ahora mismo a buscarla para ahorrarle horas de sufrimiento y, por supuesto, para ahorrármelas a mí mismo. Y no solo le diría que, pasase lo que pasase con las calificaciones, yo no me sentiría defraudado, sino que, además, le advertiría que su percepción acerca de su rendimiento en los exámenes podía ser errónea, pues, qué quiere que le diga, señor Luis, a mí me cuesta creer que la muchacha no haya sido capaz de resolver, como mínimo, el cincuenta por ciento de las cuestiones que le hayan planteado en los exámenes, tanto en los de las materias de ciencias como en los de las de letras; es más, estoy convencido de que, al menos en las asignaturas que yo le he impartido, Dora obtendrá calificaciones notables e incluso excelentes. Entonces, si yo estoy tan seguro de su éxito, ¿por qué no lo habría de estar ella también?, se preguntará usted. Bueno, se me ocurre que cabe la posibilidad de que algunos de los problemas que la muchacha haya tenido que resolver no fueran exactamente iguales a los que yo le he planteado durante su aprendizaje (ya sabe que algunos profesores, a veces maliciosamente, se afanan en ser demasiado creativos); en ese caso, ella se habrá visto obligada a emplear sus conocimientos de una manera menos mecánica de lo que había previsto, es decir, a recurrir directamente a su inteligencia para identificar las variantes de los problemas y, a partir de éstas, hallar soluciones alternativas a las que ya conocía de antemano. Esta circunstancia, obviamente, le habrá ocasionado a Dora una inseguridad que, poco a poco, habrá desembocado en un pertinaz pesimismo. ¿A quién no le ha ocurrido eso alguna vez? A mí mismo, sin ir más lejos. ¿Cuántas veces, a lo largo de mi vida académica, he pensado que había realizado un mal examen y, sin embargo, después he obtenido la máxima puntuación e incluso he recibido los encarecidos elogios del profesor? Bueno, ya sé

286

que no es exactamente lo mismo, ya que, en mi caso, la inseguridad estaba propiciada por mi elevada autoexigencia. Pero, vamos, ejemplos de lo que le podría haber ocurrido a Dora hay muchos. Por eso resulta tan importante que yo hable con ella lo antes posible, porque lo más probable es que los temores de la muchacha no tengan fundamento alguno. Sí, no le voy a negar que existe una posibilidad, entre un millar, de que Dora no haya aprobado los exámenes suficientes para pasar de curso. Pero, aun en ese caso, yo me sentiría igualmente orgulloso de ella. Y la muchacha, por su parte, tampoco debería venirse abajo por ese motivo, en tanto que esa circunstancia le brindaría la oportunidad de mejorar, considerablemente, su expediente académico el año que viene. Y es que, en ocasiones, resulta preferible repetir curso y, de este modo, fortalecerse intelectualmente, a pasar al siguiente nivel y verse aún más desbordado que en el anterior.

En resumidas cuentas, señor Luis, un mal resultado en los exámenes no supondría una tragedia para la muchacha. Ahora bien, tal vez este hecho hipotético me afectaría a mí de una forma terrible. Me explico: ¿cómo cree que reaccionarían sus padres si Dora no pasara de curso? Yo puedo imaginármelo. Me temo que mantendrían —y, en el peor de los casos, aumentarían— las prohibiciones que hasta ahora le han impuesto a su hija, como, por ejemplo, la de relacionarse con chicos. Y eso, evidentemente, imposibilitaría un romance entre nosotros, puesto que, por un lado, no creo que Dora se atreviera a sublevarse; y, por otro, yo tampoco consentiría que la muchacha se complicase más la existencia. De manera que, si llegáramos a esa lamentable situación, tendría que olvidarme de ese idilio inminente con el que tanto he soñado. De todos modos, yo esperaría lo que fuera necesario, pues la chica bien lo merece. Sin embargo, me preocupa que la vigilancia de sus padres fuera tan estricta que provocara que perdiéramos el contacto por completo y que, consecuentemente, los sentimientos de Dora hacia mí —si es que los tiene— se enfriaran o, aún peor, se volatilizaran (los míos, no le quepa duda, no fenecerán jamás). ¿Se imagina que sus padres la recluyesen en un internado? No parece una idea tan descabellada, ¿verdad? Pero nada de eso va a ocurrir, porque, por muchas dudas que ella tenga, Dora va a aprobar todas las asignaturas, pues está demasiado preparada y posee demasiados recursos intelectuales para que suceda lo contrario.

Bueno, ya va siendo hora de zanjar este tema. No, espere, todavía no. Aún no he mencionado la última de las posibilidades. No es que ésta se me acabe de ocurrir, sino que, por superstición, he intentado eludirla desde el primer momento en que su rostro horrible asomó a mi mente; de hecho, debí referirme a ella cuando especulé acerca de la posible enfermedad leve de la muchacha; pero, como le digo, no me atreví a hacerlo. Ahora, sin embargo, cuando me disponía a cambiar de tercio, he sentido el latigazo de unas imágenes terribles que ha elaborado mi imaginación en milésimas de segundo y, de inmediato, me ha sobrevenido la insoslayable necesidad de hacerle a usted partícipe de ellas. Ha sido como un impulso incontrolable. Se lo voy a decir ya, aun a riesgo de que usted pueda pensar que mi pesimismo es patológico. Veamos, ¿y si a Dora le ha ocurrido algo grave? ¿Cómo de grave? Pues, por poner unos ejemplos, ¿y si la muchacha tenía alguna enfermedad maligna de la que no me había hablado y ahora se encuentra en la cama de un hospital debatiéndose entre la vida y la muerte?; ¿y si la han atropellado o, lo que es peor, algún depravado la ha asaltado y la ha agredido y violado?; ¿y si ese mismo maleante la ha hecho desaparecer con el fin de que su delito quede impune?; ¿y si mi pobre Dora está muerta, señor Luis? Ya sé que estoy llevando este asunto hasta un extremo absurdo. Pero, reconozcámoslo, la fatalidad existe; y hace acto de presencia cuando menos nos lo esperamos, cuando la vida nos resulta más grata. Para ser sincero, debo confesarle que en innumerables ocasiones he tenido la sensación de que lo de Dora no podía salir bien. Es todo demasiado perfecto, demasiado irreal. Por esa razón se me ocurren estas barbaridades. Tengo un miedo espantoso a perderla, señor Luis, ya que, si eso ocurriera, los pilares de la nueva vida que he comenzado a cimentar en este lugar se derrumbarían. Y, en ese caso, no creo que me fuera posible permanecer por mucho tiempo en este pueblo. Pero debo tranquilizarme, porque, si sigo así, voy a terminar perdiendo el juicio y la buena salud. Dora, tan resplandeciente como siempre, vendrá mañana a verme y me dará una buena explicación. Y no hay nada más que hablar.

Respecto a los amigos de mi primo, ya sabía yo que, a pesar de mis advertencias, usted trataría de convencerme de que les dé otra oportunidad. ¿Otra más? Si por usted fuera, yo estaría dándoles oportunidades indefinidamente. No, sus argumentos ya no me convencen; de tanto repetírmelos, han perdido validez y credibilidad. Pero no piense que no conozco el motivo por el que insiste tanto: sabe perfectamente que tengo razón, mas no quiere que yo me quede solo. Desea que me distancie de la soledad que usted ha sufrido durante tantos años. Considera que mi inexperiencia me impide darme cuenta de que las compañías, por imperfectas que sean, siempre resultan preferibles a la soledad. Puede que usted esté en lo cierto. Pero, como ya le dije, ahora mismo la frustración me parece mucho más nociva que la soledad. Desde luego, el ingenioso circunloquio argumentativo tras el que usted pretendía ocultar su motivación principal es admirable. Pero, qué creía, ¿que yo no sabría leer entre líneas? Francamente, me da la impresión de que, en ocasiones, se olvida usted del tipo de persona con la que está tratando. Y no sé para qué me dice que me estoy acobardando si usted es absolutamente consciente de que, para tomar la decisión que yo he tomado, se requiere una gran valentía. No se preocupe, señor Luis, saldré adelante sin los amigos de mi primo. Además, ya no hay marcha atrás, pues ya le he comunicado a éste mi veredicto. No le ha sentado muy bien, la verdad; pero creo que entiende mis razones. No obstante, con mi primo no pienso perder el contacto. Al fin y al cabo, a la familia hay que cuidarla.

Quiero decirle, antes de que se me olvide, que ya sé exactamente cuándo comenzaré las clases en la universidad. Será el dos de octubre. Ya le anticipo que esa misma tarde le haré una visita. Desafortunadamente, no podré repetirlo a menudo, pues mis padres no quieren que pase en Barcelona más tiempo del que es estrictamente necesario. Y, teniendo en cuenta que han accedido a que estudie una carrera que ellos consideran inútil, no me queda más remedio que obedecerlos. Y es que no debo abusar de su condescendencia. Lo comprende, ¿verdad?

Bueno, señor Luis, me despido ya. En su próxima carta, no se esfuerce demasiado en consolarme, ya que, a pesar del pesimismo que me acomete de cuando en cuando, seguramente esta angustio-

sa niebla que me rodea se haya disipado ya cuando usted reciba esta misiva.

X

Miércoles 13 septiembre

De nada me sirve el optimismo que desprende su carta porque, a día de hoy, Dora aún no ha dado señales de vida. Sin duda, estos últimos cuatro días han sido los más largos y pesarosos que he vivido. Tan duros y traumáticos han sido, que la buena salud de la que gozaba me ha abandonado. De hecho, apenas dispongo de fuerzas para escribirle esta carta, pero la propia desesperación y una extraña obstinación me impulsan a hacerlo. Así, aprovecho los minutos de relativo bienestar que suceden a cada cadena de vómitos para escribir unas cuantas líneas en la pantalla de mi ordenador; cuando mi organismo comienza de nuevo a flaquear, me tumbo en la cama, me tapo con la sábana y, entre temblores y mareos, espero a que llegue la próxima sacudida de mi estómago; poco antes de que esto ocurra, me dirijo, tambaleante, hacia el servicio, donde esputo parte de toda esta angustia que está corroyendo mis vísceras. El médico de la Seguridad Social al que mi madre ha obligado a visitarme tras terminar su jornada laboral me ha diagnosticado, apenas sin examinarme, una gastroenteritis provocada por la ingestión de algún alimento que se encontrase en mal estado. Pero no se trata de eso. Mi afección es psicosomática. Esta tristeza sin límites es la que me provoca los vómitos. Por tanto, por mucho que repose, me temo que éstos no cesarán hasta que yo no vea a Dora sana y salva. Por el momento, en casa no sospechan nada de esto. Espero –para que la situación no se agrave aún más– que la capacidad deductiva de mis padres sea menos eficiente que de costumbre (yo, desde luego, no les estoy facilitando las cosas, pues, con el propósito de que se olviden de la muchacha, todavía no la he mencionado).

¿Se da cuenta, señor Luis, del deplorable estado en el que me encuentro? ¿Comprende hasta qué punto me está resultando difícil escribir esta carta? Porque no solo me tengo que enfrentar a la descomposición anímica de mi alma y a su manifestación corpórea, sino también al sentimiento de culpabilidad que me provoca escuchar, de cuando en cuando, los sollozos de mi madre, la cual, hace un rato, ha entrado en mi habitación para comprobar si – como me ha recomendado el médico– yo descansaba en la cama y, para su sorpresa, se ha topado con un lunático que se ha negado pertinazmente a apagar el ordenador y que, de malas maneras, la ha obligado a abandonar la habitación; también escucho la voz grave de mi padre intentando consolar a mi madre; si no lo consigue, no me extrañaría que irrumpiera en mi cuarto para hacerme entrar en razón. Pero solo una muerte repentina me impediría seguir escribiendo esta carta.

Me imagino que querrá saber por qué me empeño en mortificarme de esta manera. Verá, señor Luis, creo que solo desde el dolor y la angustia puedo transmitirle esa misma angustia y ese mismo dolor de una forma veraz y fidedigna. Intuyo que, si postergara la redacción de esta carta y Dora apareciera antes de que yo la escribiera, la inmensa felicidad que me embargaría distorsionaría, al evocarlas, las oscuras sensaciones que ahora me martirizan. Y, como comprenderá, no quiero entregarle un testimonio dulcificado o empobrecido. Deseo que asista, como si en estos momentos hubiera estado a mi lado –o, mejor dicho, dentro de mí–, al paisaje yerto, gris y desolado de mi alma. Además, si Dora me llamara o me visitara, por ejemplo, mañana, es muy probable que entonces yo descartara narrarle la triste y desesperante peripecia de estos últimos días. De modo que esta carta solo tiene sentido si la escribo ahora. No obstante, como soy consciente de que el aturdimiento que me están provocando los vómitos puede perjudicar la calidad de mi prosa (me veo obligado a escribir de forma rápida y convulsiva), mañana, si me encuentro mejor, reescribiré este texto. De manera que cabe la posibilidad de que la versión que usted lea sea la corregida. Si no fuera así, le pido disculpas de antemano por las torpezas cometidas[1].

Aunque quizá debería explicarle directamente los desconcertantes descubrimientos que hice ayer (así este suplicio no se prolongaría demasiado), prefiero comenzar mi narración por el principio para que usted pueda hacerse una idea exacta de lo mucho que he sufrido y de cómo ese sufrimiento está desestabilizando mi vida:

Cuando me desperté el sábado por la mañana, todos los temores que había plasmado la noche anterior en mi carta se habían volatilizado. Tuve una sensación parecida a la que me acometió la mañana siguiente a aquella en que me peleé con Roberto (creo que esto no se lo había comentado). Sí, como en aquella ocasión, me di cuenta, en cuanto abrí la ventana de mi cuarto y aspiré la fresca brisa que venía de la playa, de que me había empeñado en pintar de negro un paisaje que probablemente era blanco. Enseguida compuse una nítida imagen en la que Dora aparecía por la esquina de mi calle, recorría la acera pegada a la pared, se detenía en la entrada del portal y, finalmente, picaba dos veces seguidas al timbre de mi casa. Vamos, que estaba absolutamente convencido de que volvería a ver a la muchacha esa misma mañana. Tanto es así que, con el fin de garantizar que Dora no se sentiría ni repudiada, ni ofendida, ni culpable, empecé a planificar mentalmente –mientras me aseaba en el cuarto de baño– el modo en que yo iba a tratarla cuando ella me expusiese las razones por las que me había mantenido en vilo durante tanto tiempo: escogí las frases, los gestos y los movimientos adecuados para cada una de las situaciones posibles. Yo no quería, en resumidas cuentas, cometer ningún error que molestase a la muchacha y que, consecuentemente, me separase de ella a saber durante cuántos días más. (¡Qué ingenuidad tan grande la mía, señor Luis! Ahora que evoco ese optimismo injustificado, me resulta realmente ridículo. No dude que, si pudieran, mis demacradas y pálidas mejillas se ruborizarían en este mismo momento).

---

1 Al comparar la organización del contenido de esta carta con la del resto, resulta evidente que la escribí de forma automática y que, por tanto, no la reescribí al día siguiente como había previsto. Conferirle el aspecto que ahora presenta me ha supuesto un gran esfuerzo.

El optimismo, no obstante, no me duró mucho tiempo: me pasé la mañana en el balcón escrutando, bien desde una silla, bien desde la barandilla, la esquina por la que tenía que aparecer la muchacha. Las horas, tortuosas, fueron transcurriendo con lentitud; y yo, como el pescador obstinado y paciente, fui prolongando mi espera y perdiendo, con cada minuto que transcurría, una pequeña parte de la inmensa fe que me mantenía anclado al balcón. Para que usted me entienda, fue como si una fornida mano que estuviese agarrada a mi cuello hubiese ido aumentando progresivamente su presión y obturando cada vez más mis vías respiratorias. Sí, eso era precisamente lo que yo sentía. A la una de la tarde, se cernieron de nuevo los nubarrones negros sobre mi cabeza. De todos modos, impulsado por el último hálito de una esperanza irracional, esperé hasta las dos de la tarde, momento en que, al comprender que lo que me parecía imposible había acontecido, me desplomé junto a la barandilla como un árbol al que le hubieran cercenado el tronco de un solo tajo. Intenté no llorar; lo intenté con todas mis fuerzas. Pero no pude reprimir las lágrimas. No recuerdo haber llorado tanto en mi vida, y mire que he llorado veces. He de confesarle que me asusté al percatarme de lo desproporcionada que era mi pena; y es que ésta era tan grande como la que cualquiera sentiría en el entierro de una persona querida. ¡Es ridículo, bochornoso! Al fin y al cabo, mi pesar solo ha sido motivado por una muchacha que se está haciendo de rogar (ojalá solo sea eso). Entonces, ¿por qué su ausencia me duele tanto como si una azada me estuviera sajando las entrañas? ¿Es este acaso el rostro terrible del amor?

En fin, prosigamos: estuve llorando durante un buen rato (recuerdo perfectamente el olor terroso que desprendían las baldosas del balcón, sobre las que mis lágrimas, poco a poco, fueron formando un pequeño charco). Cuando el llanto remitió, me levanté y, mientras miraba a mi alrededor, pensé que alguien, desde su balcón, podía haber asistido a mi patético espectáculo o que cualquiera podía haber escuchado mi llanto desde la calle. Avergonzado, abandoné el balcón y me recluí en mi habitación. Allí me senté en el taburete de Dora y, apoyados los codos sobre el escritorio y apoyadas las manos sobre mi cabeza, me quedé absorto mirando la fotografía enmarcada de la muchacha. Me invadió entonces una

tierna melancolía que, durante unos minutos, apaciguó mi deses-
peración. (Si ella no fuera tan hermosa, señor Luis...). Al cabo
de un rato, las voces de mis padres quebrantaron mi ensimisma-
miento. Inmediatamente, guardé la fotografía en su nuevo escon-
drijo (el primero, obviamente, no era lo suficientemente bueno).
No salí de mi cama a saludar a mis padres, pues estimé que todavía
no habrían desaparecido las secuelas que todo llanto torrencial
deja sobre el rostro (ya sabe cómo se habría puesto mi madre si se
hubiera dado cuenta de que yo había llorado). Y, como intuía que
mi progenitora, antes de hacer cualquier otra cosa, iría a buscar-
me a mi habitación, me tumbé boca abajo en la cama. Cuando,
efectivamente, ella entró en mi cuarto, yo le dije, sin apartar la
cara de la sábana, que no los había oído llegar y que, por favor, me
dejara un momento tranquilo porque estaba meditando. La verdad,
señor Luis, es que últimamente me estoy portando muy mal con mi
madre. Y la pobre no tiene culpa de nada; solo se preocupa por mí.
Ya ve, me estoy convirtiendo en un miserable.

Bueno, transcurrida una media hora durante la cual no pude
quitarme a Dora de la cabeza, me uní a mis padres para comer; mi
madre había preparado unos deliciosos macarrones con verduras
a los que, como usted bien sabe, no me puedo resistir. Pero, tan
pronto como me llevé el primer macarrón a la boca, sentí angustia
y, seguidamente, una inexorable tristeza. Cada uno de aquellos
pequeños manjares me parecía insípido; además, se me atragan-
taba y, por ende, me costaba un gran esfuerzo ingerirlo. Mien-
tras tanto, un frío glacial me recorría el cuerpo sudoroso. Pero lo
peor era la tristeza. (No sé cómo describírsela, señor Luis. Me he
pasado varios minutos intentando establecer los conceptos exactos
y buscando las palabras apropiadas para definirlos; mas no lo he
logrado. El principal problema reside en que me resulta práctica-
mente imposible pasar de las sensaciones a los conceptos. ¡Y es
que aquéllas son tan abstractas y tan confusas!). Abrumado por
esa tristeza insondable, en pocos minutos pasé de sentir indife-
rencia hacia aquellos macarrones que mis padres saboreaban con
fruición a sentir una viscosa repulsión que me obligó a apartar
el plato a un lado de una manera desdeñosa que mi madre advir-
tió de inmediato. Ésta me preguntó si los macarrones no estaban

como a mí me gustaban; yo le respondí, simplemente, que no tenía ganas de comer y que me iba a retirar a mi habitación. Mi madre, como era de esperar, insistió en prepararme una comida que me apeteciera más en ese momento. Yo rechacé su proposición de un modo tajante y, como noté nuevamente el impulso incontenible de mis lágrimas, me levanté de la mesa e, inmediatamente después de indicarles a mis padres que no me molestaran, huí presurosamente a mi habitación. Una vez allí, me tumbé en la cama y embutí mi cabeza en la almohada, que se encargó de ensordecer mi llanto.

Durante el resto del día estuve apático: prescindí de todas las actividades a las que suelo dedicar mi tiempo libre y me limité a observar el techo blanquecino de mi habitación desde la cama o a deambular por el cuarto. Aunque no tenía hambre, salí en dos ocasiones a comer para tranquilizar a mi madre, ya que no me interesaba que ella pensara que yo estaba sufriendo otra de mis crisis depresivas. Durante buena parte de la noche me mantuve insomne. Y, durante el poco tiempo que logré conciliar el sueño, fui víctima de una sarta de implacables pesadillas en las que, por ejemplo, Dora –que corría por delante de mí a lo largo de un paseo marítimo interminable– siempre se escurría, prorrumpiendo una risa socarrona, cuando mis brazos extendidos estaban a punto de alcanzarla.

Me desperté bruscamente a las seis de la mañana. El ruido estridente del despertador no fue el culpable, pues, antes de acostarme, no me acordé del compromiso que tenía con mi tío al día siguiente y, por tanto, no programé ni conecté la alarma. Sin embargo, sí sonó una alarma interior en mi cerebro que me arrancó de las garras de las pesadillas que me torturaban para que, de este modo, yo pudiera cumplir con mi obligación. (Nunca dejará de sorprenderme la iniciativa propia que, en ocasiones, demuestra nuestro cerebro cuando estamos inconscientes. Es una lástima, señor Luis, que mi estado no me permita demorarme en reflexionar sobre este asunto; en fin, lo dejaremos para cuando esta angustiosa situación se haya resuelto). Continuemos: pensé seriamente en dejar plantado a mi tío, pues el sábado, cuando se hizo evidente que Dora ya no llamaría, decidí que dedicaría toda la mañana del domingo a buscar a la muchacha por el pueblo. Pero entonces se me ocurrió que, aunque hacía mucho tiempo que no lo veía, cabía la posibilidad de que el padre de Dora acudiera al rompeolas. No se puede usted imaginar cómo era de desproporcionada la alegría que me insufló aquella posibilidad remota. De modo que acudí a la cita semanal con mi tío. Pero el padre de Dora no apareció. Otro hachazo, señor Luis. Las que sí aparecieron fueron las doradas, que, a partir de las nueve de la mañana, picaron frenéticamente. Mi tío sacaba una cada cinco minutos; eran de todos los tamaños. Yo, en cambio, no estaba por la labor: mi mirada se perdía en el horizonte y mi mente vagaba por un limbo sin fronteras. Así pues, las sucesivas picadas me pasaban desapercibidas; y, cuando la caña recibía una brutal sacudida, yo la levantaba con lentitud y desgana y, por consiguiente, no lograba clavar la pieza; mas no crea que me importó demasiado desaprovechar tantas picadas; como tampoco me importó que una dorada descomunal que se clavó sola se parapetara, aprovechando mi distracción y mi desidia, en la hendidura de una roca sumergida de la que ni siquiera mi tío fue capaz de sacarla. Menudo desastre, señor Luis. Jamás había visto a mi tío tan desconcertado: cuando me miraba, parecía que estuviera observando a un extraño. Para colmo, a las diez empecé a desmontar mi equipo. Le dije a mi tío que no podía seguir allí por más tiempo, que tenía algo importante que hacer. Mi tío, que debió de verme muy apesadumbrado, no me pidió explicaciones; se limitó a decirme, cuando yo ya me iba, que tuviera cuidado y que me llamaría por la tarde. (¿Cómo me iba a quedar allí capturando peces insignificantes? Compréndalo, señor Luis, no podía desperdiciar la mañana de esa manera. Menos mal que mi tío se comportó comprensivamente).

Cuando llegué a mi domicilio, no perdí el tiempo en ducharme o en cambiarme de ropa (maldita ansiedad). Estuve buscando a Dora por todo el pueblo hasta el mediodía: recorrí todas las calles y rastreé todas las playas palmo a palmo, entré en casi todos los comercios, me aposté en un lugar cercano al domicilio de la muchacha durante un buen rato... Pero el azar no estuvo de mi parte. Cuando llegué a casa exhausto, anímicamente derrumbado, mi madre me informó de que nadie había llamado por teléfono. Al margen del sobresalto y la posterior decepción que me *causó la llamada telefónica de mi tío, la tarde fue calcada a la del sábado. Por la noche resolví que, al día siguiente, antes de que el sol asomase por el horizonte, visitaría de nuevo las proximidades del domicilio de Dora y no me movería de allí hasta que ésta apareciese ante mis ojos. Así lo hice. Pero la muchacha no abandonó su casa en todo el día. La noche del lunes era tanta mi desesperación que, sin importarme ya cuáles fueran sus consecuencias, tomé la decisión de irrumpir a la mañana siguiente en el domicilio de Dora. Qué otra cosa podía hacer, señor Luis, ¡la incertidumbre me estaba consumiendo!*

Bueno, ya hemos llegado a la reveladora jornada del martes. Preste atención, porque la información que le voy a proporcionar no tiene desperdicio. A ver qué le parecen los desconcertantes descubrimientos que he hecho:

Como el nerviosismo no me dejó dormir en toda la noche, me levanté temprano, por lo que, para que mi visita no resultase demasiado extemporánea, tuve que esperar varias horas antes de ir a casa de Dora. Durante éstas, analicé detenidamente las desfavorables consecuencias que tanto a mí como a la muchacha nos podría acarrear el hecho de que yo irrumpiera en su domicilio de forma intempestiva, y a punto estuve de echarme atrás; pero la posibilidad de pasarme otro día sin recibir noticias de Dora se me antojó insoportable. Así que a las once de la mañana me encaminé, aquejado de taquicardia, hacia el portal de su casa. Una vez allí, como yo desconocía cuál era la planta en la que Dora vivía (el día en que la acompañé hasta su domicilio no traspasé la puerta del portal), pulsé un interruptor al azar y, cuando una voz de mujer joven –que, desafortunadamente, no se parecía a la de Dora– preguntó quién era, yo le contesté que estaba repartiendo propaganda comercial. La mujer me abrió la puerta. Examiné la placa metálica de todos los buzones en busca de los apellidos de Dora (los conozco, obviamente, porque había que escribirlos en la portada de los trabajos que hice para ella); solo en la placa del buzón correspondiente al primer piso de la segunda planta figuraba un titular masculino cuyo primer apellido fuera García; no había, sin embargo, un nombre femenino junto a él que pudiera estar acompañado del segundo apellido de Dora. Llegué a la

298

conclusión de que el nombre masculino correspondía al padre de la muchacha y que el de su madre no figuraba en la placa quizá por descuido. En ese momento, me di cuenta de que no había decidido previamente si iba a intentar contactar con Dora por mediación del interfono del portal o si, por el contrario, iba a picar directamente al timbre de la puerta de su casa; me di cuenta, asimismo, de que tampoco había establecido el modo en que me iba a presentar en el caso de que fuera alguno de los padres de la muchacha –o, por qué no, su abuela– el que me recibiera al otro lado del interfono o de la puerta. (Ya ve, señor Luis, tanto pensar en las consecuencias de la visita, y no pensé en lo más importante: en cuál era la mejor forma de evitarlas). En el interior del portal se me ocurrieron varias (como, por ejemplo, la de hacerme pasar por un encuestador que necesitara interrogar a personas menores de veinte años), pero, en ese momento, yo no estaba en disposición de llevar a cabo ninguna de ellas, dado que no había diseñado las diferentes estrategias detalladamente ni disponía del material necesario. Entonces cobré conciencia de que me encontraba a escasos metros de la muchacha y, casi al unísono, comencé a sentir un intenso calor en la cara y en las sienes que, por lo visto, nubló mi entendimiento, pues subí las escaleras apresuradamente, me planté ante la primera puerta de la segunda planta y, sin pensarlo dos veces, piqué al timbre. (¿Ha visto en lo que me estoy convirtiendo, señor Luis? En una persona impulsiva e imprudente). Abrió la puerta una mujer rubia cuyas facciones no se parecían lo más mínimo a las de Dora. Tartamudeando un poco, le pregunté si la muchacha estaba en casa. Ella me contestó que yo me equivocaba, que allí no vivía ninguna Dora, y añadió que estaba prácticamente segura de que no había nadie en el bloque que respondiese a ese nombre. Pensé que eso no podía ser, que, seguramente, la mujer no había asociado el nombre de Dora al de Adoración. Con el corazón encogido por los nuevos temores que me había infundido aquella mujer, pregunté en todas las puertas de la finca. Y, efectivamente, aunque aquel era sin duda el lugar exacto al que yo había acompañado a Dora, la muchacha no vivía allí.

Al parecer, aquel día en que Dora se puso enferma, ésta me condujo premeditadamente a un lugar alejado de su verdadera *residencia. Por eso no picó a ningún timbre ni introdujo sus llaves en la cerradura de la puerta del portal mientras yo me despedía de ella. Es obvio que la muchacha quería evitar que sus padres nos vieran juntos y, sobre todo, que yo, en el futuro, la comprometiera con una visita inesperada. Si este fuera el verdadero motivo por el cual ella me engañó, no se lo reprocharía. Pero, desgraciadamente, hay algo más. He descubierto algo que invalida esta interpretación:*

Sentado en las escaleras del portal, la desesperación que sentía me inspiró una brillante idea que hasta entonces no se me había ocurrido: ir al instituto del pueblo, en el que Dora estudiaba, para solicitar información acerca del paradero de la muchacha. No se puede imaginar cuánto me costó convencer a la mujer que me atendió en la secretaría del instituto de que me facilitase la dirección de una de las alumnas del centro; no voy a entrar en detalles. El caso es que, cuando la secretaria introdujo el nombre completo de Dora en el ordenador, éste no figuraba en la base de datos. Entonces le proporcioné una descripción de Dora a la mujer, que no supo identificar a nadie que presentase los rasgos que yo le había facilitado. A continuación, les hice esa misma descripción a casi todos los alumnos con los que me topé por el centro e, incluso, a algunos profesores a los que abordé sin pudor alguno en sus despachos (¡imagínese hasta qué punto estaba –y estoy– desesperado!). Pero nadie la conocía. De modo que Dora me mintió cuando me dijo que estudiaba en el instituto del pueblo (ya he comprobado que el que visité es el único que hay en esta localidad).Y que quede claro que fueron varias las ocasiones en las que la muchacha me dijo que estudiaba en el instituto del pueblo.

¿Entiende, señor Luis, lo que esa mentira flagrante de Dora, sumada a su desaparición, podría significar? Pues que la muchacha quería asegurarse de que yo no podría localizarla de ninguna manera y que, por tanto, ya tenía previsto no volver a mantener contacto conmigo una vez que finalizasen las clases. En estos momentos, esta posibilidad –que es tan terrible como la de que la muchacha estuviera muerta– parece más probable que cualquiera de las que ya he contemplado. Pero ¿por qué no querría Dora volver a verme? ¿He de pensar que me ha estado engañan-

do, que se ha aprovechado de mí y que, ahora que ha obtenido lo que quería, ya no me necesita? ¿O he de pensar que esta pesimista conjetura es fruto de una paranoia que, silenciosamente, está corrompiendo mi mente? Quién sabe, aunque yo no sea capaz de imaginarla, quizá la mentira de Dora tenga una explicación más reconfortante que la que parece evidente.

¿Verdad que ahora comprende el porqué de los vómitos? Señor Luis, le juro por mi vida que encontraré a la muchacha, aunque tenga que ir a buscarla al fin del mundo.

Ha llegado la hora de despedirme de usted, pues tengo la sensación de que voy a perder el conocimiento de un momento a otro (¡he tardado seis horas en escribir esta carta!). Por favor, envíeme de nuevo la suya por correo urgente. Y, se lo ruego, sea completamente sincero.

XI

Lunes 18 de septiembre

Su carta es muy dura, señor Luis. Aunque no me cabe duda de que no ha sido concebida con tal propósito, lo cierto es que posee la capacidad de provocar en su lector ideal un dolor casi insoportable, ese tipo de dolor que nos hiere de muerte y que, paradójicamente, tarde o temprano nos hace renacer de entre nuestras cenizas. Su clarividencia y objetividad son implacables y demoledoras. Pero no le reprocho tanta dureza, ya que, al fin y al cabo, fue sinceridad lo que le pedí en mi última carta (en gran medida, porque no me imaginaba que usted podría ser más cruel y despiadado de lo que ya lo eran mis paranoias). Por tanto, debo agradecerle su gesto, que sin duda no le habrá resultado nada grato, pues a cualquier persona sensible y empática le supone un gran esfuerzo herir a un ser querido por medio de verdades inobjetables que considera que, por el bien del otro, no debe callar.

Me dice que usted había desconfiado de la muchacha desde el principio, pero que había decidido que no me comunicaría su reticencia mientras no hubiese indicios de que sus sospechas tenían fundamento. Ahora, más que indicios, dispone usted de evidencias que le han llevado –como no podía ser de otro modo– a elaborar el retrato de una Dora perversa y abominable, el retrato de una de esas criaturas de aspecto angelical tras el que se esconde la maldad en estado puro. Por fortuna, su carta ha llegado más tarde de lo que yo le requerí, pues ese retrato que se revelaba indiscutible no tiene, en estos momentos, validez alguna: hace unas horas, el azar se encargó de desmentirlo, de anularlo para siempre. Se lo

302

voy a decir de otro modo: Dora ha hecho una aparición triunfal. Créame, los dos le debemos una disculpa a la muchacha, ya que la hemos juzgado y condenado anticipadamente. Sin duda, pronto estará usted tan avergonzado como lo estoy yo. Y es que los calificativos que le dedica a Dora en su carta, si bien ayer mismo me habrían parecido apropiados, hoy resultan realmente desafortunados. ¡Qué decepcionada se sentiría la pobre muchacha si leyera los despropósitos que hemos vomitado acerca de ella! ¡Qué irreversible tristeza la anegaría si se enterara de las maldiciones que he proferido sobre ella en los últimos días! Más vale que me olvide de toda esa basura. Entérese, señor Luis: desde ahora, para mí nada de lo que le he contado en mis dos últimas cartas ha ocurrido.

Supongo que estará ansioso por saber cuándo y cómo me he reencontrado con Dora y cómo se ha desarrollado nuestra primera conversación. Para no perder la costumbre, se lo voy a relatar pormenorizadamente:

La verdad es que la muchacha ha aparecido cuando menos la esperaba, cuando ya había perdido prácticamente la esperanza de volver a verla. Durante los días que han transcurrido desde que le escribí mi última carta, me he dedicado a recorrer e inspeccionar, desde el alba hasta el anochecer, todos los rincones de este pueblo con la esperanza de toparme, en cualquier momento (al girar una esquina, al entrar en un comercio o en un bar, al adentrarme en la muchedumbre que atesta el paseo marítimo), con Dora o, en su defecto, con su padre; solo pasaba en casa el tiempo estrictamente necesario para desayunar y comer (la merienda me la llevaba en una mochila), actitud esta que, como usted comprenderá, tenía a mis padres, además de estupefactos, muy preocupados (ya han comenzado a sospechar que, de algún modo, Dora está relacionada con mi comportamiento depresivo y agresivo y con esos largos peregrinajes callejeros). Durante ese tiempo de fervoroso vagabundeo, mi retrato de Dora se fue tornando cada vez más oscuro, hasta el punto de que, en algunos momentos de debilidad, llegué a desear no haberla conocido.

Ayer mi ánimo no pudo soportar más la acumulación, sobre su lomo derrengado, de tantas horas de búsqueda infructuosa: me di por vencido. Esta mañana no he salido de la cama ni siquiera para desayunar (sepa que ya son seis los kilos que he perdido desde que comenzó este tormento). Por la tarde, mi padre ha entrado en mi habitación y me ha sugerido que lo acompañase a la lonja, donde, por lo visto, se iba a subastar una buena cantidad de marisco que podía interesarle. Lo lógico habría sido, teniendo en cuenta el estado de ánimo en que me encontraba hace apenas unas horas –una mezcla de tristeza, abatimiento y rencor–, que yo no solo hubiera rechazado la propuesta de mi progenitor, sino que, además, no le hubiera dirigido la palabra. Pero, por sorprendente que le resulte, no he hecho ninguna de las dos cosas. Sin pensarlo dos veces, le he dicho a mi padre que me vendría bien respirar aire fresco y que tardaría cinco minutos en vestirme y asearme un poco. No sé por qué he decidido acompañarlo, la verdad; quizá el tono un tanto suplicante de su voz y la ostensible expresión de preocupación que anidaba en su rostro han provocado que me compadezca de él; en cualquier caso, en ese momento no he tenido la impresión de que se tratase de misericordia. Qué más da; para qué vamos a darle más vueltas. Lo que sí sé es por qué me ha hecho mi padre una invitación tan atípica: como ha demostrado a lo largo de todo el trayecto, pretendía acercarse a mí, transmitirme su cariño, ganarse mi confianza y, de este modo, conseguir que yo le confesara en qué consistían los males espirituales que me afligían. Como se estará imaginando, esto último no lo ha conseguido, pues yo me he mostrado muy hermético y reservado en todo momento. De todas formas, he procurado tranquilizar a mi padre en la medida de lo posible: sintetizando, le he dicho que no se preocupara, que, aunque yo estuviera pasando un mal momento personal, no se trataba de nada grave (obviamente le he mentido) y que, por consiguiente, no tardaría demasiado tiempo en superarlo. Mi padre, no del todo satisfecho con mi explicación, me ha dicho que, si mi problema se complicaba, no dudara en pedir ayuda; me ha rogado que no me encerrara en una burbuja inaccesible como, según él, siempre hago. Yo no le he contestado, porque ¿cómo le iba a decir que usted es el único que tiene acceso a esa burbuja?, ¿cómo le iba a decir que no resulta conveniente –por motivos que tampoco entendería– que tanto él como mi madre penetren en lo más profundo de mi intimidad?

Bueno, sobre esto ya hemos hablado largo y tendido a lo largo de los últimos años. Así que voy a ceñirme a lo que ahora nos interesa: poco antes de llegar a la lonja, al girar la cabeza hacia la derecha, he divisado, en la acera de enfrente –a unos doscientos metros de distancia–, cobijada bajo el toldo de una tienda, la parte trasera de una figura femenina de cabello negro que miraba el escaparate y que, al parecer, llevaba un bolso colgado del hombro. De inmediato, he sentido en todo mi cuerpo un escalofrío breve e intenso. Aunque mis ojos no podían visualizar con exactitud y nitidez los detalles que delineaban esa silueta femenina, he sabido, por alguna razón inextricable, que ese cuerpo indefinido era el de Dora. Excitado por la posibilidad de que mi intuición no estuviera equivocada, le he dicho a mi padre, atropelladamente, que acababa de ver a un amigo y que tenía que ir a hablar con él; acto seguido, le he dicho que ya nos veríamos en la lonja o, si no, en casa. Sin darle más explicaciones, he comenzado a caminar apresuradamente hacia la figura femenina, sin importarme que mi padre, en lugar de seguir su camino, hubiera decidido observar mis movimientos. Cuanto más avanzaba, más detalles se me revelaban de la silueta y más se parecía ésta a la de Dora. Cuando he estado a diez metros escasos de la muchacha –que seguía contemplando el escaparate como si algún deslumbrante artículo la mantuviera hipnotizada–, he tenido la certeza absoluta de que por fin había encontrado a mi alumna desaparecida (la cinta amarilla no dejaba lugar a dudas). Por un momento, se me ha olvidado lo mucho que Dora me ha hecho padecer e, incluso, le he restado importancia al hecho de que me hubiera mentido. He avanzado un par de metros más y, cuando estaba a punto de pronunciar en voz alta el nombre de la muchacha, me he detenido, pues se me acababa de ocurrir que, si en lugar de abordarla ahora, la seguía desde una distancia razonable, podría descubrir dónde vivía y, quizá, otros datos de interés. Así que he retrocedido una veintena de metros y me he escondido detrás de una cabina telefónica. Cuando Dora se ha cansado de mirar el escaparate y ha avanzado por la acera, yo le he seguido los pasos desde una distancia prudencial. Al cabo de un minuto, la muchacha se ha detenido en el escaparate de otro comercio, lo ha contemplado durante unos breves segundos y, a continuación, ha entrado en la tienda. Desde una posición segura, he observado –a través del cristal de la amplia puerta– cómo Dora examinaba algunas prendas colgadas en unos roperos. Pronto se ha adentrado ésta en la sobrecargada estancia y, por tanto, yo la he perdido de vista. Ha tardado casi media hora en salir de la tienda: su mano izquierda sujetaba las asas de dos bolsas que debían de contener las prendas que acababa de adquirir en el comercio. Dora ha continuado caminando por la acera paralela al puerto pesquero. Transcurridos unos minutos, ha abandonado los límites del pueblo y se ha adentrado en la periferia, en la zona residencial (no en la que viven mis tíos, que está en el otro extremo del pueblo). Sin abandonar la acera paralela a la playa de San José, la muchacha ha continuado avanzando hasta prácticamente el final de esta zona, determinado por una carretera de tierra, paralela al mar, que atraviesa un campo de sembrado en el que hay algunas masías.

Para mi sorpresa, Dora se ha detenido frente a la verja de un inmenso jardín en cuyo centro se alzaba una majestuosa finca que ya he admirado en algunos de mis peregrinajes por el pueblo. Antes de que la muchacha introdujera en la cerradura de la verja las llaves que había extraído de su bolso, me he acercado rápidamente a ella y la he llamado por su nombre. A Dora, sobresaltada, se le han caído las llaves al suelo. Cuando ha girado la cabeza y me ha visto, su bello rostro estaba tan pálido como el de un muerto (tendría que haberla visto, señor Luis). Yo me he detenido a medio metro de su cuerpo. Los dos hemos permanecido en silencio, mirándonos fijamente a los ojos, durante un buen puñado de inquietantes segundos. Ha sido Dora la que ha reaccionado primero: me ha dicho que le he dado un susto de muerte. Yo le he contestado que es ella la que me ha dado un buen susto a mí; a continuación, señalándole el suelo, le he indicado que se le habían caído las llaves. Al agacharse la muchacha para recogerlas, he podido ver, por la ventana de su escote, una buena parte de sus pechos bronceados. Esta vez, esa visión no ha suscitado en mí pensamientos eróticos: estaba demasiado desconcertado. Cuando ha recuperado la verticalidad, Dora me ha preguntado de dónde he salido. Le he contestado que, mientras paseaba, la había visto por casualidad. Entonces ella me ha preguntado si la había estado siguiendo. Yo le he contestado que sí; y he añadido, con una entonación interrogativa, que si acaso no tenía motivos para seguirla. La muchacha ha agachado la cabeza durante un instante y, cuando ha vuelto a alzarla, me ha preguntado si estaba muy enfadado. Yo le he dicho que, más que enfadado, estaba triste y muy confundido. Adustamente, Dora me ha dicho que ella ya sabía que debía haberme telefoneado, pero que había ocurrido una tragedia en su familia y que, debido al tremendo impacto que ésta le había producido y al revuelo que había causado, no se había acordado ni de mí ni de que las clases del nuevo curso comenzaban hoy; ha añadido que, de hecho, ni siquiera sabía si había aprobado los exámenes. Yo, preocupado, he querido saber en qué consistía exactamente la tragedia (tal vez he sido algo indiscreto, ¿no cree?). Un poco acongojada, Dora me ha contado que uno de sus primos había muerto en un accidente de tráfico, que ella y sus padres habían tenido que viajar a Valencia para asistir al entierro y que, hasta esa mañana, habían permanecido allí acompañando y consolando a sus tíos. Acto seguido, me ha dicho que, en contra de lo que ella y yo habíamos acordado, le había parecido mejor telefonearme una vez que todos los exámenes hubiesen finalizado, pero que, el mismo día en que ella terminó el último, cuando regresó a su casa, su madre, que acababa de recibir la fatídica noticia, ya estaba preparando las maletas e, incluso, ya había reservado tres billetes en el primer vuelo a Valencia de la tarde. Entonces yo le he dicho a Dora que no hacía falta que siguiera justificándose, ya que comprendía perfectamente la situación. En ese momento, me he sentido estúpido y rastrero por haber dudado de la muchacha. Sin embargo, un inoportuno impulso me ha llevado a preguntarle a ésta por qué me había mentido (reconozco que no era el momento adecuado para tratar este tema; he debido posponerlo hasta mañana), a lo que Dora me ha respondido que ella no sabía a qué me estaba refiriendo. Yo le he contado que había ido a buscarla al edificio adonde ella me había llevado y al instituto en el que me había dicho que estudiaba. Al escucharme, Dora ha palidecido aún más. Sin mediar palabra, he estado esperando su respuesta durante un rato. Al fin, Dora ha dicho que sentía mucho haber-

me mentido, pero que no había tenido más remedio que hacer-lo: en cuanto a la mentira de su lugar de residencia, ha alegado que no se podía arriesgar a que sus padres nos vieran juntos; y, por lo que respecta a la del instituto, ha argüido que, por razones personales, no quería que yo supiera que pertenecía a una fami-lia adinerada, cosa que yo, evidentemente, habría deducido si ella me hubiera dicho que, en realidad, estudiaba en un prestigioso instituto privado de Reus; ha añadido que, de todos modos, había decidido contármelo todo después de los exámenes. Estas palabras han curado, de un plumazo, todas mis heridas. Cuando –impeli-do por la curiosidad– estaba a punto de indagar en esas razones personales por las que Dora me había disfrazado la clase social a la que pertenecía, ésta me ha dicho que no se podía entretener durante más tiempo, que sus padres le habían dado un margen de una hora para hacer unas compras y que, si llegaba tarde, la casti-garían. Yo le he dicho que no se preocupara, que ya hablaríamos en otro momento. La muchacha me ha sonreído y ha abierto la puerta de la verja. Entonces le he preguntado si podíamos vernos al día siguiente. Ella me ha recordado que tenía que ir sin falta al instituto –del que no saldría hasta las cinco de la tarde–, pues ya se había perdido un día de clase. Yo le he sugerido que quedáramos por la tarde, a lo que ella me ha contestado que no sabía si sus padres la dejarían salir cuando regresara del centro (acompaña-da, según me ha aclarado, por el chófer de la familia). Entonces le he propuesto que, si la dejaban, viniera a mi casa; y, si no, que me telefoneara para darme la buena noticia de que había pasado de curso. Tanto le he insistido, que ella me ha asegurado varias veces que esta vez no se olvidaría de llamarme. Cuando Dora ya estaba a punto de traspasar el umbral, le he dicho que si no pensaba darme dos besos de despedida. Entonces la muchacha se ha acercado a mí y me ha dado lo que le pedía. La pobre estaba temblando.

Qué, señor Luis, ¿no se esperaba este desenlace, eh? Ya le dije al principio que los dos le debíamos a Dora una disculpa. Por lo que a mí respecta, hoy he nacido por segunda vez. A partir de mañana empieza una nueva vida –una vida intensa y eterna junto a Dora– en la que no pienso cometer los mismos errores que en la que ya está expirando.

No me cabe duda de que, después de lo que le he contado, usted estará deseando que transcurran lo más rápido posible los días que lo separan de mi próxima carta. Hasta entonces, pues.

XII

Miércoles 20 de septiembre

Le habrá sorprendido sobremanera recibir una nueva carta antes de que usted haya dado respuesta a la anterior. Estará, por tanto, preguntándose por qué me habré precipitado yo a escribirle tan pronto; se extrañará, asimismo, de que, a lo largo de las últimas cuarenta y ocho horas, hayan tenido lugar hechos suficientes en los que inspirarse para configurar una carta cuya extensión es similar a las que le envío habitualmente. En este sentido, le diré que esta carta no es la consecuencia de una suma de acontecimientos que yo debía relatarle urgentemente, sino la consecuencia de una decisión extrema, un tanto impulsiva y sumamente arriesgada, que he tomado este mediodía, momento en que la desesperación que me ha martirizado últimamente ha alcanzado su cenit. Esta decisión es la de enviarle a Dora una carta en la que le abro por completo la puerta de mi corazón. Estoy seguro de que usted no necesitará hacer un gran esfuerzo para deducir cuál es el motivo que la ha propiciado.

Sí, señor Luis, por chocante que resulte, no he vuelto a ver a la muchacha desde el lunes por la tarde. Desde entonces, ella no solo no me ha visitado como le sugerí que hiciera, sino que, además, no me ha llamado por teléfono para, por un lado, informarme de la razón que, en esta ocasión, le impedía verme; y, por otro, comunicarme el resultado de los exámenes. Convendrá conmigo en que este silencio de Dora tiene que ser premeditado. Supongo que no hace falta que le enumere las decenas de hipótesis –a cual más estrambótica e inverosímil– que he formulado ya con el propósito de encontrar una explicación a algo que no la tiene. Sin duda, la impotencia que provoca la ignorancia constituye la más atroz de las torturas. Yo ya no puedo dejar que ésta se prolongue por más tiempo: necesito saber la verdad de inmediato, aunque su rostro sea espeluznante. Dice Ortega en el libro que usted me envió que solo una tremenda sacudida proveniente del exterior puede quebrantar la hermética y absorbente burbuja en la que el amor nos atrapa. Pues bien, si Dora no es lo que yo creía que era, que me aseste ya ese hachazo terrible y me libere, así, de su influjo ominoso. Si Dora no está dispuesta a brindarme una nueva vida, he de saberlo para regresar cuanto antes a la que tenía, la cual, en estos momentos, se encuentra totalmente paralizada: ni leo, ni escribo, ni juego al ajedrez, ni me relaciono con las personas a las que quiero ni pienso en nada de provecho porque Dora –o, mejor dicho, la ausencia de Dora– lo ocupa todo.

En las cuartillas siguientes figura una copia de la carta que le he escrito a la muchacha antes de trazar estas líneas. Lo que le propongo es que usted, después de leerla (por favor, aunque se vea tentado a hacerlo, no la reescriba para efectuar modificaciones que, a su juicio, me pudieran beneficiar), la introduzca en el sobre que le adjunto –en cuyo remite, como podrá observar, he escrito, además de su dirección, el nombre ficticio de una mujer con el fin de que a Dora le resulte más fácil zafarse de las inquisiciones de sus padres– y, sin demora, se la envíe a la muchacha por correo urgente; así ella la recibirá el viernes o el sábado y, por tanto, si la carta surte el efecto deseado, me telefoneará o vendrá a verme a lo largo del fin de semana, que es cuando dispone de tiempo libre. Espero que sus padres, en el posible caso de que la carta llegue primero a sus manos, no incurran, obnubilados por la desconfianza, en la indiscreción de leerla. En ese fatídico caso, si sus progenitores son personas rudas e intransigentes, mi relación con Dora habría terminado para siempre: en primer lugar, porque sus padres, temerosos de que su hija fuera absorbida de nuevo por un amor nocivo, la apartarían de mí; y, en segundo lugar, porque Dora no me perdonaría que, por mi culpa, su relación con sus padres se hubiese recrudecido. Ahora bien, si sus progenitores son personas cultivadas y comprensivas, tal vez mi carta abra las puertas de un posible diálogo que propicie un final feliz. En cualquier caso, es mejor que los padres de Dora no lean la carta. Soy consciente de que he tomado una decisión imprudente. Pero, a estas alturas, mi razón ha sucumbido ya a la fuerza descomunal del instinto, sobrealimentado por este amor inmisericorde que ha abolido el tiempo y el espacio.

Quizá le sorprenda, dada mi situación anímica, la sobriedad de esta carta, la templanza que se desprende del texto que la constituye. Sepa usted que me ha supuesto un gran esfuerzo contenerme, reprimir las lamentaciones exaltadas. No piense, por tanto, que no he llorado hasta alcanzar la deshidratación, que no me he arrastrado, desesperado, por los suelos, que no he gritado, ebrio de impotencia, cuando nadie podía escucharme. Por el momento, cuando escribo, soy capaz de soterrar la tempestad que azota mi alma y, por tanto, capaz de conducir mi prosa por el recto camino de la razón. Ahora bien, si el temido cataclismo se produjera, es probable que perdiera dicha capacidad. Así que cabe la posibilidad de que no vuelva a escribirle en muchos días, señor Luis. Por eso le envío esta carta: para que sepa, en el caso de que deje de recibir noticias de mí, cuál ha sido la causa de mi silencio.

XIII

Miércoles 20 de septiembre

Debes de estar preguntándote a quién pertenece el nombre de mujer que figura en el remite del sobre. Te voy a dar la respuesta de inmediato: es el pseudónimo que ha utilizado el que ha sido tu profesor este verano para camuflar su identidad ante posibles miradas indiscretas. Espero que hayas sido la primera en leer estas líneas y, en ese caso, que tus padres todavía no te hayan sometido a un acuciante interrogatorio para desentrañar el contenido de la carta y el tipo de relación que mantienes con su remitente. Si esto ocurriera, te propongo que les digas que la carta te la envía una compañera del instituto que se ha ido a vivir a Barcelona (como habrás podido apreciar, tanto la dirección que he escrito en el remite del sobre como el sello de Correos así lo demuestran. Un antiguo amigo de Barcelona, al que le mandé esta carta previamente, me ha hecho el favor de enviártela para conferirle verosimilitud a la estratagema).

Antes de continuar, te ruego que perdones mi atrevimiento y mi imprudencia. Sé que la decisión que he tomado puede perjudicarte y que he puesto en peligro la continuidad de nuestra relación amistosa. Sé que puede parecerte que estoy actuando de un modo impulsivo y que no he sido suficientemente paciente. Pero debes comprender que, antes de que nos reencontráramos el lunes, fueron muchos los días durante los cuales sufrí debido a tu injustificada ausencia (llegué a pensar que te había ocurrido algo terrible); debes comprender, además, que después del reencuentro tu silencio aún resulta más desconcertante y angustioso que el

313

anterior. Mi capacidad para soportar esa angustia ha llegado a su límite. No podía, pues, dejar que transcurrieran ya más días. Y, como sabía que no podía abordarte en la puerta de tu casa cuando regresaras del instituto porque estarías acompañada por el chófer de tu familia, se me ocurrió que la única forma de hablar contigo era la de escribirte una carta. Además, aunque –de un modo u otro– hubiera logrado hablar contigo, estoy convencido de que, una vez que te hubiera tenido enfrente, no me habría atrevido a decirte la mayoría de las cosas que te voy a revelar en esta carta. Y es que yo, cuando escribo, pierdo ese pudor que me paraliza en las situaciones más comprometedoras de la vida.

Aunque tal vez esté equivocado, me parece evidente que, por alguna razón que solo tú conoces, no deseas ni verme ni hablar conmigo; de lo contrario, a estas alturas ya me habrías telefoneado para informarme del resultado de los exámenes. Creo que, después del esfuerzo que he realizado para prepararte, después de las incontables horas que he pasado a tu lado, merezco que me trates con algo más de respeto y consideración. Y es que no te puedes ni imaginar el daño que tu extraño comportamiento me está provocando. Si ese comportamiento tuviera justificación, si yo, por ejemplo, te hubiera ofendido o no hubiera sido honesto contigo, ese dolor tendría un sentido y, por tanto, me resultaría más fácil soportarlo. Cuando una persona se sabe culpable de algo, cuenta siempre con la posibilidad de subsanar su error y, por consiguiente, de paliar sus consecuencias. Pero yo me he comportado contigo de un modo ejemplar: te he ofrecido mi amistad, te he apoyado en todo momento y te he ayudado a solventar tus problemas; y lo he hecho porque me parecías una persona excelente que merecía otra oportunidad. De modo que, de ninguna de las maneras, puedo ser culpable de tu silencio. Entonces, ¿tengo que pensar que eres una desagradecida, que eres una chica sin escrúpulos que me ha estado utilizando? Me resisto a creerlo, la verdad. Ni siquiera los actores más talentosos poseen tales dotes interpretativas. No concibo, además, que una persona tan hermosa y dulce como tú esconda un alma tan cínica y abyecta. Como eso me destrozaría, se me han ocurrido otras alternativas que explicarían por qué me estás esquivando. Son las siguientes:

314

En primer lugar, cabe la posibilidad de que no hayas aprobado los exámenes (o, mejor dicho, que no hayas aprobado los suficientes) y que, consecuentemente, no hayas podido pasar de curso. Ahora me doy cuenta de que te he sometido a demasiada presión, de que, desde un principio, te he exigido demasiado. Te he dado a entender, en innumerables ocasiones, que el éxito estaba asegurado. Obviamente, no evalué adecuadamente las circunstancias. A veces no soy consciente de que no todo lo que a mí me parece fácil es realmente fácil. Así pues, al eliminar la posibilidad del fracaso de mi discurso, te conferí una responsabilidad que no te correspondía soportar. Y dicha responsabilidad excesiva, en el caso de que no hayas aprobado los exámenes suficientes (más aún si, entre las asignaturas suspendidas, se encuentra alguna de las que yo te he impartido), te puede haber causado un tenaz sentimiento de culpabilidad y un desmedido complejo de inferioridad, los cuales serían los responsables directos de que, aun sabiendo que no obrabas bien, hubieras decidido no volver a verme. Esta hipótesis me lleva a contemplar dos posibilidades: la primera, que tú, conocedora del mal resultado de los exámenes desde hace tiempo, hayas ido postergando, por vergüenza, el momento de la llamada telefónica y que, cuando te sorprendí el lunes en la puerta de tu casa, hayas improvisado –para justificar tu comportamiento– una mentira bastante verosímil (los recursos de nuestra imaginación se multiplican en las situaciones límite) que, al empeorar la situación agravando tu sentimiento de culpabilidad, te haya llevado a tomar la decisión de permanecer alejada de mí con la esperanza de que yo, cansado de esperarte, termine olvidándome de todo. La segunda, que la trágica muerte de tu primo no sea una mentira; que, al acudir el martes al instituto, hayas descubierto que no has pasado de curso y que, desmoralizada y avergonzada, no te hayas atrevido todavía a comunicarme la noticia. En cualquiera de los dos casos, quiero decirte que no debes sentirte culpable y que yo, al margen de los resultados que hayas obtenido en los exámenes, estoy muy orgulloso de ti: el esfuerzo que has realizado a lo largo del verano es realmente encomiable. Lo verdaderamente importante no son los resultados académicos, sino la positiva y decisiva transformación personal que has experimentado: has cobrado conciencia de tus errores y los has enmendado; y, a lo largo de ese proceso, te has fortalecido. A partir de ahora, todo obstáculo que se interponga en tu camino te parecerá pequeño; lo aplastarás como a una insignificante cucaracha. No te quepa ni la más mínima duda de que así será. De modo que no puedo tener la impresión de que me has hecho perder el tiempo; todo lo contrario: no sabes lo mucho que me has dado. Y, en el caso de que tu primo siga vivito y coleando, no te preocupes: no te voy a reprochar la mentira. Cuando la vida nos sitúa entre la espada y la pared, solemos decir cosas (o hacerlas) de las que nos arrepentimos en el mismo momento en que las decimos. Te lo repito: no te voy a rechazar, no te voy a reprochar nada. Es más, estoy deseando darte un abrazo muy fuerte.

En segundo lugar, cabe la posibilidad de que tus padres hayan descubierto nuestra relación amistosa y que te hayan prohibido terminantemente volver a verme. En este sentido, se me ha ocurrido la siguiente hipótesis: quizá cualquiera de las mañanas en que viniste a estudiar a mi casa algún conocido de tus padres te vio entrar en mi portal, algo a lo que —me imagino— éste no le daría importancia; quizá, días más tarde, en un encuentro con tus padres, dicho conocido les comentó a éstos —tal vez solo para señalar, por ejemplo, lo guapa que estabas ese día— dónde y cuándo te había visto por última vez; entonces tus padres, al percatarse de que dicho lugar no coincidía con la dirección de la residencia de la amiga que, supuestamente, te estaba ayudando a estudiar, hallaron el modo de ponerse en contacto con los padres de ésta para confirmar sus sospechas o, simplemente, te obligaron a confesar la verdad. De todos modos, si realmente tus padres han descubierto nuestra relación, poco importa cómo lo hayan hecho. Lo trascendente es que, por lo visto, has decidido cumplir sus órdenes al pie de la letra. Y no te lo reprocho, sobre todo si no has aprobado los exámenes suficientes, pues, en ese caso, lo más lógico es que tus padres hayan llegado a la errónea conclusión de que, cuando venías a mi casa, no te dedicabas precisamente a estudiar. De ser así, comprendo perfectamente por qué ni siquiera me has llamado desde una cabina telefónica o desde tu instituto (supongo que en éste no estarás tan vigilada) para comunicarme la fatídica noticia; no lo has hecho para evitar que yo intente convencerte de que siga-

mos viéndonos a escondidas o, lo que es peor, que intente persuadir a tus padres de que nuestra relación amistosa no te ha perjudicado lo más mínimo. Pues ya ves, no lo has conseguido; tampoco has logrado que yo piense que eres una persona infame que se ha estado aprovechando de mí. Dime una cosa, ¿de verdad tus padres son tan intransigentes? ¿Tanto miedo les tienes? Créeme, no hay acero que no se pueda doblegar. Además, la razón está de nuestro lado. Disponemos de argumentos y pruebas suficientes para hacer cambiar a tus padres de opinión. Permíteme, pues, que hable con ellos. Te lo ruego; es más, te lo suplico. Tenemos mucho que ganar y poco que perder. Si no me lo permites, me veré obligado a pensar que las comodidades que te ofrece el seno familiar te importan más que nuestra amistad.

Llegamos a la tercera de las posibilidades, sin duda la más peliaguda de todas y, por qué no decirlo, también la más improbable. He tenido que armarme de valor para enunciarla, pues, al hacerlo, voy a pecar inevitablemente de pretencioso. Pero, dado que esta constituye probablemente la última oportunidad que tengo de hablar contigo, no quiero dejar ni un solo cabo suelto. Allá voy:

Cabe la posibilidad de que yo te haya empezado a gustar y que, consiguientemente, temas enamorarte de mí. No sería de extrañar que, después de la mala experiencia que tuviste con tu último novio, hayas desarrollado un rechazo al amor en sí. Es probable que te hayas dado cuenta de que el amor nos atrapa en su candorosa telaraña y nos arrebata las riendas de nuestra vida, de que nos hace vulnerables y maleables, de que nos arranca del mundo y hace de nosotros lo que a él se le antoja. Si, efectivamente, después de asomarte horrorizada al abismo en el que te precipitó el amor te has rebelado contra él, no me extraña que, al sentir de nuevo cómo brotaba en ti su semilla, hayas decidido alejarte de mí (aunque no hayas suspendido los exámenes, aunque tus padres no hayan descubierto nuestra relación) para evitar caer nuevamente en sus fauces. Y es que, cuando el amor nos esquilma el alma, necesitamos un tiempo más o menos largo de cura, de cicatrización, antes de volver a desearlo (porque, créeme, por mucho que nos dañe, estamos predestinados a desearlo una y otra vez). Así pues, si mis pretenciosas conjeturas son acertadas, me parece normal que *tengas miedo de enamorarte de mí y que ese miedo te esté apartando de mi lado. Pero, aunque al amor ciertamente hay que temerlo (sobre todo cuando no conocemos bien a la persona que lo ha propiciado), no debes temerlo en este caso, puesto que yo —que no me considero una mala influencia para ti, sino todo lo contrario— no permitiré jamás que un amor que yo haya engendrado se vuelva en tu contra. Créeme: a mi lado irás siempre por el buen camino.*

Ha llegado el momento, pues, de confesar algo que, a estas alturas de mi carta, ya habrás intuido: si bien no estoy nada seguro de que tú te estés enamorando de mí, no tengo la más mínima duda de que yo ya me he enamorado de ti. ¿Cómo no iba a enamorarme de una persona tan hermosa y excepcional como tú? ¿Cómo no iba a enamorarme de una preciosa muchacha que me ha hecho compañía durante todo el verano y que, en lugar de repudiarlas —como han hecho hasta ahora todas las chicas de mi edad—, aprecia mis cualidades intelectuales? ¿Cómo no iba a enamorarme de una chica tierna y desvalida que ha depositado en mí toda su confianza? Cuando me presté a ayudarte, lo hice desinteresadamente; en ningún momento se me pasó por la cabeza que, si te ayudaba, podría fraguarse, con el tiempo, una relación sentimental entre nosotros (estoy acostumbrado a que las mujeres me ofrezcan, en el mejor de los casos, una amistad superficial e inconstante). He de reconocer, sin embargo, que me sentía atraído por tu contundente belleza (cualquier hombre heterosexual se sentiría atraído por ella). Pero ese no fue, ni mucho menos, el motivo por el que me decidí a ayudarte. La razón que me impelió a hacerlo fue la situación de desamparo en la que te encontrabas; cuando me confesaste tus problemas, comprendí perfectamente lo mal que lo estabas pasando; y, como yo he sufrido de forma constante el dolor que inflige la soledad, sentí la ineludible necesidad de liberarte de ella y de ayudarte a resolver tus problemas. No podía eludir esa responsabilidad. No podía desentenderme de ti, como muchas personas —a las que he odiado por ello— han hecho conmigo. A medida que fueron transcurriendo los días, fui descubriendo en ti excelentes valores que incluso llegaban a eclipsar tu belleza. En resumidas cuentas, me fui dando cuenta, poco a poco, de que eras algo más que un físico deslumbrante. Así que, irremediablemente, terminé enamorándome de ti. Te hablo, por supuesto, de un amor verdadero, de un amor incondicional que jamás te hará daño. La verdad es que no tenía previsto hacerte esta confesión tan pronto. Había decidido permanecer en silencio; había decidido esperar a que tu relación con tus padres se estabilizara, a que tus heridas sentimentales cicatrizaran, a que tú me enviases señales inequívocas de que el amor, en toda su pureza, volvía a correr por tus venas. Pero tu extraño comportamiento ha frustrado mis planes. Me has obligado a saltarme barreras que me había prometido a mí mismo que no cruzaría.

Llámame, por favor. Mejor aún: si puedes, ven a mi casa y aclara todas mis dudas. Dime qué es exactamente lo que te está alejando de mí. Y, en cuanto a mi confesión, no te sientas cohibida. Me conformo con tu amistad. Es más, si tú no me haces saber que deseas lo contrario, yo no pienso volver a hablar del tema. Ahora lo único que necesito es que me cures de esta insoportable incertidumbre. Hasta pronto.

XIV

Miércoles 27 de septiembre

Cuando el viernes recibí la carta en la que usted me confirmaba que había enviado mi misiva a Dora y en la que, además, me advertía que ésta no surtiría el efecto deseado porque, en su opinión, la muchacha era una mentirosa compulsiva que, sirviéndose de sus encantos femeninos, me había embaucado para lograr sus fines, me irritó mucho que usted estuviese tan seguro de lo que pensaba y que lo expresara de una forma tan categórica. Y es que, por entonces, de todas las posibilidades que yo había barajado para dar una explicación al insólito comportamiento de Dora, esa era la que contaba con menos fuerza. Aunque en realidad resultara la más evidente, me afanaba en enterrarla. De hecho, estaba seguro de que la muchacha, tras ver reflejado en el espejo de mis desesperadas palabras su inadecuado comportamiento, acudiría a mí sin demora para manifestarme su arrepentimiento y solicitar mi perdón. Ahora, sin embargo, ya no pienso lo mismo. Ahora reconozco que era usted el que mejor había penetrado en las tenebrosas entrañas de Dora, a pesar de que solo poseía el retrato deformado que yo le había hecho de ella. Ahora, en definitiva, ya he abierto los ojos. A esto ha contribuido, decisivamente, la providencial intervención de mi primo Toni, que, como prueba de su sincera amistad, me ha proporcionado una valiosísima información.

Mi primo me telefoneó el sábado por la noche. Dora, por supuesto, no había llamado en todo el día (tampoco esperaba yo que lo hiciera tan pronto; ingenuamente, pensaba que el día clave sería el domingo). Después de saludarme, mi primo me pidió disculpas por haber telefoneado tan tarde, y alegó que había tenido que esperar a que su hermano llegase a casa para realizar unas pesquisas que estaban directamente relacionadas con el motivo por el cual me había llamado. A continuación, Toni me preguntó si todavía seguía enfadado. Yo, ariscamente, le contesté que no me apetecía hablar de ese tema. Entonces él me dijo que tal vez no había sido una buena idea telefonearme, que quizá se estaba metiendo en donde no lo llamaban. Como intuí que poseía información que podía interesarme, le pedí a Toni que me dispensara por haberlo tratado tan bruscamente. Le comenté que no estaba de muy buen humor, si bien no le hice saber el porqué. Desde luego, si al comienzo de la conversación yo le hubiera dado a mi primo una contestación más violenta de la que le di (como estuve a punto de hacer), éste me habría colgado y, por consiguiente, yo me habría perdido una información que, como usted no tardará en comprobar, vale mi peso en oro. Por fortuna, mi primo aceptó mis disculpas y, sin más circunloquios, me preguntó cómo me iba con Dora. Como yo no le respondí, me informó de que lo que tenía que contarme estaba directamente relacionado con ella. Intentando disimular mi excitación, le pedí que me lo contara ya. Pero mi primo quiso saber, antes de hacerlo, si la muchacha había aprobado los exámenes y si ella y yo nos seguíamos viendo. Como comprenderá, señor Luis, me dio vergüenza referirle a Toni la humillante verdad, así que le mentí: le dije que Dora había aprobado los exámenes y que, como las clases en el instituto ya habían comenzado, solo nos veíamos los fines de semana. Entonces mi primo me preguntó si yo la había visto ese día. Afortunadamente, le contesté que no, que, seguramente, nos veríamos al día siguiente. Acto seguido, mi primo me preguntó si aún creía yo que la muchacha quería de mí algo más que amistad. Le respondí que, por el momento, nada me hacía pensar que esa posibilidad no fuera factible. Entonces Toni me hizo saber que deducía de mi contestación que yo todavía no sabía nada. Intrigado, le pregunté qué era lo que tenía que saber. Toni me sugirió que, si no estaba sentado, me acomodara en cualquier sitio antes de escuchar lo que tenía que contarme. Ansioso y trémulo, le dije, bruscamente, que hablara de una puñetera vez. Y mi primo me obedeció: me dijo, con estas mismas palabras, que mi

*querida amiguita tenía novio. Yo, en primer lugar, perdí momentá-
neamente la facultad de articular palabras; en segundo lugar, sentí
cómo hurgaba en mitad de mi pecho la helada y afilada hoja de un
cuchillo; y, en tercer lugar, me vi sorprendido por un breve mareo
—me imagino que ocasionado por una súbita bajada de tensión—
que me obligó a agarrarme a la pared con la mano que no sostenía
el auricular del teléfono. Mientras tanto mi primo, alarmado por
mi silencio, me preguntaba si me encontraba bien. Me recuperé
tan pronto como colegí que Toni tenía que estar equivocado. Le
dije a mi primo, con un tono de voz que debía de delatar mi indignación, que de dónde había sacado semejante barbaridad. Él me
contestó que lo sentía mucho, pero que lo que me había dicho era
la pura verdad. Yo le pedí que entrara en detalles. Entonces él me
contó que, a media tarde, mientras iba con sus amigos hacia el
salón recreativo, había visto aparcada, en las inmediaciones de
un pequeño bar musical, la moto de su hermano Ramón junto a un
par de motos más. Llevado por la curiosidad (ya le comenté en su
momento, señor Luis, que la vida de mi primo Ramón es un enigma
incluso para su hermano), Toni había entrado en el bar; y, desde la
entrada, había divisado, junto a la barra, a su hermano, que, mientras hablaba con un amigo que sostenía una botella de cerveza en
la mano, tenía agarrada por la cintura a una muchacha rubia que,
en palabras de mi primo, estaba tremenda. Toni detuvo su narración en este punto; dejó pasar unos segundos y me preguntó si
podía imaginarme quién los acompañaba. Yo estaba tan asustado
que no le respondí. Entonces mi primo me reveló que, agarrada al
cuello de un tío que también conversaba con su hermano y con el
individuo de la cerveza, estaba Dora, que, juguetona, no cesaba de
besarle la mejilla y mordisquearle la oreja a su compañero. Antes
de que yo pudiera emitir algún reproche, Toni me aseguró que,
indudablemente, se trataba de Dora; para convencerme, añadió
que la muchacha llevaba puesta su característica cinta amarilla.
Inmediatamente, le pregunté a mi primo qué le había contado su
hermano acerca de la muchacha. Según me dijo, solo había logrado sonsacarle que, como él sospechaba, Dora era, desde hacía
tiempo, la novia de uno de sus amigos.*

Como comprenderá, señor Luis, yo no podía conformarme con una información tan escueta; así que le dije a mi primo que, si no conseguía que su hermano le proporcionara toda la información que yo necesitaba, me vería obligado a hablar directamente con él. Mi primo Toni me advirtió que, por mucho que insistiéramos, su hermano no soltaría prenda. Y tenía toda la razón del mundo, porque, cuando el lunes por la noche conseguí hablar con mi primo Ramón, éste me dijo categóricamente, haciendo gala de una educación deplorable, que, si yo realmente era amigo de Dora, lo que quería saber debía preguntárselo a ella. Y, sin más, el muy cabrón cerró la puerta de su habitación en mis propias narices. Me enfurecí tanto, que me fui de la casa sin despedirme de mis tíos; al salir, di un soberbio portazo. Pero es que usted no se puede imaginar cómo me miró mi primo Ramón: como si yo fuera una insignificante mosca que le estuviera incordiando y él se estuviera conteniendo para no aplastarme de un manotazo. Cualquiera en mi lugar habría perdido los papeles.

Usted ya esperaba un final de esta índole, ¿verdad? No hará falta que le diga, pues, que, a día de hoy, Dora aún no ha contestado a mi carta. Y sería mucha casualidad que el servicio postal de Correos hubiera fallado y que, consiguientemente, ella no hubiera recibido la misiva. ¡Qué inconmensurable dolor, señor Luis! ¡La muchacha a la que tanto he adorado se ha burlado de mí de la forma más rastrera imaginable! Y, para colmo, ni siquiera voy a poder mantener en secreto mi desdicha.

A falta de la versión real de los hechos, decidí reconstruir, sobre la base de los datos que me proporcionó mi primo Toni, la versión que resultase más factible. Considero que la interpretación a la que he llegado después de atar todos los cabos sueltos es absolutamente verosímil y, por tanto, potencialmente verdadera. Se la expongo a continuación:

Un desafortunado día mi primo Ramón, mientras estaba reunido con sus amigos y sus respectivas novias (entre las que, por descontado, se encontraba Dora), les comentó a éstos que, gracias a la generosidad de su acaudalado padre, la menesterosa familia de la hermana de éste, que había sido desheredada por sus abuelos, se había trasladado al pueblo para regentar una pescadería porque el inútil de su tío se había quedado sin el modesto trabajo que tenía en Barcelona. Después de criticar la decisión de su padre y de exponer los motivos por los que estaba en desacuerdo con ella, mi primo Ramón les habló a sus colegas del hijo superdotado que la familia desahuciada había traído consigo. Indignado, les comentó que, desde que éste había llegado, su padre (mi tío) no había cesado de elogiar las virtudes intelectuales de su sobrino y de tratarlo de forma especial, como si fuera su propio hijo. Para demostrar esto último, mi primo Ramón les explicó a sus amigos que su padre, como había intentado hacer infructuosamente con él y su hermano hacía tiempo, se había empeñado en enseñar a pescar a su sobrino porque, a su juicio, una persona tan dotada como él sabría apreciar una actividad tan exquisita.

Toda esta información se grabó en la maquiavélica mente de Dora. Ésta –probablemente por primera vez en su vida– había suspendido tres asignaturas. Consecuentemente, sus preocupados y vanidosos padres –que no podían consentir que su hija, de la que tanto se habían jactado, los ridiculizara frente a sus amistades– la habían dejado sin paga y habían restringido a la mitad el tiempo que solía invertir en sus largas salidas para asegurarse de que ella dispondría de tiempo suficiente para estudiar. Después de que mi primo Ramón hablara de mí y de mis cualidades intelectuales, Dora –que estaba acostumbrada a disponer de bastante dinero para afrontar los gastos que le ocasionaban las salidas con su novio y sus amigos– se puso a maquinar, facultad que, en la mayoría de mujeres, está extremadamente desarrollada. Así, ella llegó a la conclusión de que, si lograba hacerse mi amiga, posiblemente conseguiría que yo le impartiese clases gratuitas de las tres asignaturas que había suspendido (si, posteriormente, me dijo que había suspendido seis asignaturas fue para dotar de más dramatismo a su historia); de este modo, además de garantizarse una instrucción que le permitiese aprobar los exámenes, podría quedarse con el dinero que sus padres le darían para pagar las clases particulares. Dora coligió que, dado que la persona a la que pretendía engatusar era sumamente inteligente, debía acercarse a ella de la forma más espontánea y verosímil posible. Así que le comunicó sus intenciones a su novio –que, me imagino, no las consideró descabelladas– y, cuando volvió a ver a mi primo Ramón, le preguntó cuál era la mejor forma de toparse, de un modo que pareciese accidental, con su primo. Ramón, después de recibir las pertinentes explicaciones por parte de Dora –las cuales tampoco debió de considerar descabelladas–, la informó de que, como su hermano Toni no salía con su primo, lo único que sabía de la agenda vital de éste era que un determinado domingo por la mañana iba a ir al rompeolas a pescar con su padre (poco importa si mi primo ya poseía esa información cuando Dora le manifestó sus intenciones o si, por el contrario, se encargó de averiguarla a raíz de la petición de ésta). En cuanto Dora conoció este dato, se le iluminaron los ojos, pues su padre también iba a menudo a pescar al rompeolas. Evidentemente, a la muchacha le bastaba con acercarse sola al rompeolas, esperar desde la carretera a que mi tío y yo capturásemos alguna pieza y, a continuación, bajar a nuestra plataforma para curiosear y, de esta forma, entablar conversación conmigo. Pero ella razonó que, si iba a pescar con su padre al rompeolas, su acercamiento estaría más justificado y, por consiguiente, sería más verosímil. Probablemente, su padre ya había decidido ir a pescar al rompeolas ese domingo, puesto que por entonces las apreciadas doradas habían entrado de forma masiva en la zona; y, si éste no tenía intención de ir a pescar ese domingo, entonces Dora lo convenció de que lo hiciera (no obstante, esta opción resulta mucho menos probable que la anterior). Así que Dora acudió con su padre al rompeolas ese veinticinco de junio (a saber qué le contaría la muy astuta para justificar su repentino interés por la pesca), se situó en el lugar que eligió su progenitor, nos vigiló, disimuladamente, desde la distancia y, cuando llegó el momento oportuno, saltó de piedra en piedra hasta llegar a la plataforma en la que nosotros estábamos pescando. Una vez allí, exhibió su rotunda belleza, coqueteó conmigo, me mostró el canalillo de sus pechos y, cuando no le quedó más remedio, se marchó. Y lo hizo, me imagino, convencida de que ya había logrado el primer objetivo: atraer poderosamente mi atención.

Una vez llevado a cabo este primer acercamiento, Dora ya podía, siguiendo las indicaciones de mi primo Ramón, desplazarse hasta mi domicilio, ocultarse en sus inmediaciones, esperar a que yo saliera por la puerta, seguirme unos cuantos metros, llamar mi atención y, finalmente, simular que nos habíamos encontrado por casualidad. Pero a la taimada muchacha no le seducía la idea de esperar durante unas cuantas horas (en el mejor de los casos) a que yo abandonara mi domicilio. Afortunadamente para ella, mi primo Ramón no tardó en comunicarle a la muchacha que se había enterado de que su hermano pequeño, en un arrebato de ridícula compasión, había decidido integrar al solitario y desvalido primo empollón en su pandilla, y que, además, su madre (no creo que Ramón se lo preguntara directamente a su hermano) le había asegurado que Toni había quedado con su primo el sábado por la tarde para ir a la playa. Esta era la oportunidad que Dora estaba esperando: la playa se revelaba como el escenario ideal para seducirme. De manera que el sábado señalado Dora y su novio, acomodados en la moto de éste, se situaron en un lugar estratégico desde el que podían vigilar, sin ser descubiertos, el chalet de mis tíos. Supongo que, para amenizar la espera, se besaron y magrearon mientras se decían el uno al otro lo malvados que eran. Ellos me vieron llegar. Cuando mi primo y yo salimos del chalet, nos siguieron desde una distancia prudencial. Escondidos en algún lugar del paseo marítimo, esperaron a que mis amigos y yo, que nos habíamos anclado en un banco, nos decidiéramos a entrar en la playa. Y, cuando lo hicimos, Dora se bajó de la moto con su bolso de playa y su toalla de vivos colores y le dio un beso de despedida a su novio. Me imagino que, a continuación, la muchacha buscó un hueco en la playa cercano a nosotros, un lugar desde el que yo pudiera divisarla sin problemas. Pero, como las chicas con las que flirteó Roberto acaparaban toda mi atención y, consiguientemente, yo no reparé en Dora, ésta se vio obligada a llamarme. Evidentemente, ella ya había planeado concienzudamente el modo en que iba a comportarse durante aquellos minutos cruciales. Así que, durante nuestra breve conversación, la muchacha adoptó posturas sensuales pero en ningún caso descaradas, se mostró encantadora y, sobre todo, me dijo, en todo momento, lo que yo quería escuchar. Y, aunque me parece probable que Dora hubiera decidido previamente establecer una cita en ese momento, es indudable que, en el último instante, resolvió que era mejor para *sus fines que yo sufriera su ausencia durante algunos días. Es más, estoy convencido de que, mientras conversábamos, a la muy aviesa se le ocurrió el modo en que volveríamos a encontrarnos.*

He de reconocer que la maniobra de Dora de ir a la pescadería de mis padres a preguntar por mí fue magistral. Ahora resulta evidente por qué, cuando ella acudió por sorpresa a mi domicilio, rechazó mi invitación de acompañarla hasta su casa: por razones muy distintas a las que consideré en ese momento y a las que consideraría mucho después, a la muchacha, que ya había planificado el final de esta historia, no le interesaba lo más mínimo que yo supiera dónde vivía. Al día siguiente –el de la cita–, Dora llegó tarde premeditadamente para que, tras el estado inicial de ansiedad, yo experimentara un estado de euforia que me hiciera más vulnerable. O quizá Dora no hiló tan fino; quizá llegó tarde porque el revolcón que se dio con su novio aquella mañana duró más de lo esperado. En la playa la muchacha me contó, compungida, la triste historia de la adolescente errática cuya impecable trayectoria vital había sido malograda por un novio infiel; una historia que ella había urdido minuciosamente. El diseño de esta historia era sumamente efectivo, pues, por un lado, me presentaba el perfil de una muchacha ejemplar (el tipo de perfil que Dora intuyó que a mí me gustaba); y, por otro, me mostraba el perfil de una chica arrepentida que había sido engañada y vilipendiada y que se encontraba en una apurada situación (perfil este que Dora consideró que despertaría mi compasión). Estos dos factores lograron, junto al de la tierna y deslumbrante belleza física de la muchacha, que, tras un par de citas más, Dora consiguiese lo que andaba buscando, esto es, que yo, sin que ella me lo pidiera o me lo sugiriera, me ofreciera a impartirle clases de forma gratuita.

Una vez que, a regañadientes (fingidos, por supuesto), Dora aceptó mi proposición, les comunicó a sus padres que uno de los amigos de su novio le había hablado de un familiar muy cultivado que necesitaba dinero y que, por tanto, estaría dispuesto a impartirle clases particulares. He de suponer que sus progenitores no habían contemplado, hasta entonces, la posibilidad de contratar a un profesor particular, de lo que deduzco que éstos consideraban que lo único que necesitaba su hija para aprobar –puesto que siempre había sido una buena estudiante– era un castigo severo (supongo que, para una chica de los hábitos de Dora, las restricciones de tiempo y dinero debían de serlo). De todos modos, la muchacha se las apañó (recursos, desde luego, no le faltan) para convencer a sus padres de que realmente necesitaba las clases. Ahora bien, lo que me extraña es que sus progenitores accedieran a que las clases no se impartieran en su lujoso domicilio. La verdad, no sé cómo se las ingeniaría Dora para justificar la obligatoriedad de que las clases se realizaran en el domicilio del profesor. Como posibilidad bastante convincente, se me ha ocurrido que Dora arguyó que, como el profesor –que vivía en una localidad relativamente alejada del pueblo y, además, no poseía un medio de transporte propio– se vería obligado a trasladarse en tren hasta la estación y a recorrer andando el largo camino que separaba a ésta de la zona residencial en la que se encontraba el domicilio de su alumna, era preferible, para ganar tiempo y evitar molestias al profesor –que estaba enfrascado en una tesis doctoral–, que su novio, al que no le importaba hacer un viaje de ida y vuelta todos los días, la llevara en su moto hasta la residencia de aquél. Entonces uno de los amigos de Dora cuya voz no conocían los padres de ésta, haciéndose pasar por el profesor, los telefoneó y, después de corroborar lo que su hija les había contado, los informó de cuáles eran sus honorarios y de que necesitaba que el pago se realizase en efectivo todos los días (a saber cuánto les pidió por tres horas diarias de clase). Fuera como fuera, lo que está claro es que Dora consiguió convencer a sus padres (tal vez éstos, desde el principio, no le pusieran ninguna objeción) de que las clases se impartieran en el domicilio del profesor. Así pues, la artera muchacha acudía a mi casa por las mañanas, aprehendía los conocimientos sin tener que realizar un gran esfuerzo (dado que yo le facilitaba la tarea) y, por la tarde, quedaba con su novio y disfrutaba junto a él –y, en ocasiones, junto a sus amigos– del dinero que con tanta astucia les había sustraído a sus confiados padres. Estoy seguro de que, entre otras muchas cosas, Dora invirtió su dinero en habitaciones de hotel en cuya cama se revolcaba con su novio y en la que los dos, cuando terminaban de copular, hablaban, entre risas, de mí.

Ahora entiendo por qué, cuando cada día la veía yo –desde mi balcón– llegar a mi domicilio, Dora presentaba un rostro tan abatido y malhumorado: le fastidiaba sobremanera tener que interpretar, durante tres monótonas e interminables horas, el papel de muchacha simpática, complaciente y seductora; le fastidiaba en exceso tener que adular constantemente a un muchacho al que consideraba de lo más pedante y aburrido; le fastidiaba, a más no poder, verse obligada a permitir que dicho muchacho, mediante disimuladas miradas de soslayo, disfrutase de aquellas partes de su anatomía que estaban a la intemperie. En definitiva, todo lo que estaba relacionado conmigo y con mis clases le fastidiaba. Por eso, cuando llegaba el final de cada jornada de estudio, ella se ponía mucho más contenta de lo que hasta entonces había aparentado estar. Por eso, cuando la jornada de estudio se prolongaba más de la cuenta, un atisbo de malestar e impaciencia asomaba a su rostro risueño. Pero, si Dora no quería levantar sospechas en su inteligente profesor, si quería que su belleza continuase cegándolo, no le quedaba más remedio que interpretar el papel que tanto le fastidiaba. Afortunadamente para ella, las divertidas tardes contrarrestaban a las tediosas mañanas.

De todo esto se deduce que la ladina muchacha no se acicalaba para mí, sino para su novio, con el que se reunía al poco tiempo de abandonar mi domicilio. Ahora cobran sentido la expresión confusa y sobresaltada que presentaba el rostro de Dora y el pequeño empujón que me propinó el día en que yo, después de que se desmayara en mi cuarto, la tumbé sobre mi cama: la repulsión se adueñó de ella cuando sintió mi aliento sobre su cara y, al abrir los ojos, vio que mi cuerpo se precipitaba lentamente sobre el suyo; la repugnancia la embargó cuando comprendió que, para trasladarla a la cama, mis manos habían palpado sus muslos desnudos y quizá sus glúteos; cuando comprendió que, con toda seguridad, yo me había deleitado observándola y, posiblemente, había acariciado las partes más sabrosas de su anatomía mientras ella se encontraba inconsciente.

Por lo que respecta a la lacrimosa escenita que Dora me montó para conseguir que yo le redactara los trabajos de unas asignaturas que me parece evidente que no había suspendido (pues, de lo contrario, aunque ella las preparara por su cuenta, me habría hecho preguntas sobre el contenido de éstas a lo largo del verano), he llegado a la conclusión de que dichos trabajos eran para alguna amiga del instituto a la que deseaba hacerle un favor. Lo que no sé es cómo la muchacha consiguió provocarse aquel llanto espurio.

El último día de clase Dora derrochó todo su cinismo: me aduló, me agasajó y, a pesar de que no tenía intención de volver a verme, me aseguró que, en cuanto terminasen los exámenes, me recompensaría por todo lo que había hecho por ella. En definitiva, me hinchió de alegría, de entusiasmo, de esperanza, con el fin de que, llegado el momento, la verdad me golpease con más fuerza. Cuando yo la vi, desde mi balcón, abandonar el edificio, su rostro irradiaba alegría, pues ella sabía que su calvario había terminado. A lo largo de los días siguientes, mientras la preocupación corroía mi mente y mi cuerpo enfermaba, Dora corroboró que había aprobado los exámenes, recibió las felicitaciones de sus padres y la merecida recompensa; y, satisfecha de que todo hubiese salido tal como lo había planeado, disfrutó junto a su novio de la libertad que había recuperado. Un desafortunado día, se topó con el pedante, al que despachó rápidamente con una sarta de patrañas. A los pocos días, recibió una vergonzosa y ridícula carta del pedante que acabó, hecha trizas, en el interior de una bolsa de basura. Entonces Dora decidió que, si el pedante no se daba por vencido y continuaba molestándola, su novio tomaría cartas en el asunto.

Evidentemente, este relato no es más que una gran conjetura. Pero no me negará, señor Luis, que se trata de una conjetura totalmente verosímil. De hecho, es tan verosímil que, aunque algunos de sus detalles puedan diferir de la verdad, yo la considero esencialmente verdadera. Así pues, no puedo sino llegar a la conclusión de que Dora me detesta, de que detesta todo lo que yo represento; a la conclusión de que a ella no le importa lo más mínimo que yo sufra y que, por tanto, no tiene sentimientos de culpabilidad ni sabe lo que son los remordimientos. Indubitablemente, su crueldad no es inferior a su majestuosa belleza.

No le quepa duda de que caudalosos ríos de lágrimas discurren, en estos momentos, por mi demacrado rostro. La tristeza y *la rabia que siento son indescriptibles. Pero no crea que me voy a conformar con una simple hipótesis. Antes de intentar olvidar a la muchacha, necesito escuchar la verdad de su boca. No me daré por satisfecho hasta que ella no confiese sus pecados. Sepa que no volveré a escribirle hasta entonces, señor Luis.*

16

Desde que le escribí mi última carta al señor Luis, estuve buscando en mi relato hipotético alguna fisura que lo invalidase. Pero cuanto más lo analizaba, más detalles que lo perfeccionaban y lo reafirmaban se me revelaban. Mi tristeza y mi indignación se habían desbordado. Más que calmar mi sed o mi apetito, yo necesitaba saciar mi curiosidad. Necesitaba conocer todos los entresijos del relato verdadero para comprobar cómo había sido de acertado mi análisis deductivo, para asegurarme de que éste no era total o parcialmente erróneo. Yo estaba, pues, decidido a enfrentarme a Dora cara a cara. Estaba dispuesto a desenmascararla.

De modo que el sábado, a las ocho de la mañana, ya estaba yo vigilando la casa de Dora desde un lugar no muy alejado cuya estructura impedía que pudiera ser avistado por la muchacha. Como estaba dispuesto a esperar lo que fuera necesario, llevaba en mi mochila abundante comida y un par de litros de agua. Debido a la ansiedad que me acuciaba, me había olvidado en casa los prismáticos, instrumento que tampoco consideraba indispensable. Aunque no había ni una sola nube sobre el cielo, el calor que irradiaba el sol no era, afortunadamente, tan intenso como el del mes de agosto. Esperé la aparición de mi ex alumna con la misma paciencia y excitación con las que esperaba que las sutiles doradas estirasen de la línea de mi caña.

A las diez de la mañana, una hermosa y emperifollada mujer de mediana edad salió del chalet, atravesó el jardín, abrió la verja, caminó en la dirección en la que yo me encontraba, pasó por delante de mí sin prestarme atención y, a unos doscientos metros, se detuvo frente a un chalet más pequeño que el suyo; a los pocos segundos, penetró en su interior. Supuse que se trataba de la madre de Dora y que había entrado en el domicilio de una amiga con la que estaría charlando toda la mañana o con la que se iría de compras. Supuse también que Dora no desperdiciaría aquella espléndida mañana.

Una hora más tarde llegó, montado en una atronadora moto mucho más modesta que la de mi primo Ramón, el supuesto novio de la muchacha. Era un individuo alto, delgado y muy apuesto que, sin lugar a dudas, tenía más de veinte años; llevaba puesto un polo rojo y unos pantalones tejanos descoloridos; calzaba unas zapatillas deportivas de color blanco. Me llamó la atención la pequeña nevera azul que descansaba en una plataforma metálica situada en la parte trasera de la moto. El individuo, después de apagar el motor de la moto, se bajó de ésta, la estabilizó, se acercó a la verja y picó al timbre que había junto a ella. Una vez que obtuvo contestación, se apoyó en la pared adyacente a la verja y comenzó a fumarse un cigarro que extrajo de una cajetilla que tenía en el bolsillo trasero de su pantalón. Yo, desde mi posición, maldije al supuesto novio de Dora, pues sabía que, mientras él estuviera presente, no podría acercarme a la muchacha; pensé que hacerlo en tales circunstancias sería una temeridad. A los diez minutos, Dora salió del chalet y corrió torpemente hasta la verja. El cuerpo de la muchacha estaba únicamente cubierto por un precioso biquini estampado; ésta calzaba unas zapatillas blancas sin cordones; sobre su hombro derecho, descansaba el asa de un bolso de playa; la cinta amarilla coronaba su cabeza. Cuando su supuesto novio vio a Dora, apartó de su boca el segundo cigarro que había extraído de la cajetilla, la agarró por los glúteos, la levantó del suelo y le dio un profundo beso cargado de nicotina que ella no rechazó. Acto seguido, los dos se montaron en la moto, que se adentró en la carretera de tierra que atravesaba el extenso campo de las masías. Yo no tardé en perderlos de vista. Aquella carretera sin asfaltar paralela al mar discurría, a lo largo de varios kilómetros, por parajes prácticamente deshabitados. Intuí que la pareja, para garantizarse una total intimidad, se dirigía a un lugar solitario de la larga playa que se prolongaba de forma continua hasta la siguiente población. Resolví ir en su busca, pues, si bien sabía que, aunque los encontrara, no podría hablar con Dora, estaba seguro de que podría extraer jugosas conclusiones de la observación del comportamiento espontáneo de la muchacha.

Me adentré en la carretera de tierra. Ansioso, comencé a correr a un ritmo moderado. Pero me agoté enseguida y, por tanto, tuve que detenerme durante un minuto para recuperar el aliento y beber un buen trago de agua. Comprendí que aquella era una carrera de fondo, que, para cubrir en el menor tiempo posible la distancia de varios kilómetros que podía separarme de las personas a las que perseguía, me convenía caminar a un ritmo estable y no demasiado acelerado. Así lo hice. A medida que avanzaba, fui escrutando las desérticas arenas de aquella playa interminable. De cuando en cuando, me topaba con un coche que estaba aparcado en el margen de la carretera y, al mirar hacia la playa, columbraba a una familia que disfrutaba de la tranquilidad del emplazamiento que habían escogido, a un grupo de jóvenes de ambos sexos entretenidos en actividades diversas, a pescadores que habían dispuesto una batería de cañas en la orilla de la playa o a melosas y ensimismadas parejas que no eran la que yo buscaba. Al cabo de media hora, dejé de tropezarme con vehículos y de ver gente en la arena de la playa. Tardé poco más de un cuarto de hora en vislumbrar, en el borde de la carretera, a unos doscientos metros de donde yo me encontraba, la que parecía ser la moto del que había palpado los glúteos de Dora. Enfrente de la moto, prácticamente en la orilla de la playa, había una pareja recostada sobre una gran toalla; ambos sostenían algo en sus manos que se llevaban, una y otra vez, a la boca. La nevera azul que había en uno de los costados de la toalla me sacó de dudas. En cuanto me sobrevino la excitación, mi primera reacción fue la de buscar un escondrijo. Afortunadamente, en el margen derecho de aquella zona había vegetación abundante. Así que penetré en ella, di un pequeño rodeo y me escondí detrás de un frondoso arbusto situado a unos veinte metros de la moto. Aparté las piedrecillas del suelo, apoyé las rodillas sobre él y, sin temor a ser descubierto, asomé la cabeza por uno de los flancos del arbusto. Unos setenta metros me separaban de Dora y su novio. En ese momento, me lamenté de no haber traído, por descuido, los prismáticos, ya que, desde mi posición –que era la más segura que había por los alrededores–, no podía apreciar los detalles de las expresiones de las personas a las que observaba ni podía distinguir con claridad qué objetos manipulaban. Tanto la distancia como el intenso calor que expelía la arena de la playa –el cual distorsionaba las imágenes– dificultaban mi visión.

Dora y su estilizado novio se habían sentado el uno frente al otro. Por la peculiaridad de los movimientos de sus manos –que se acercaban de vez en cuando a sus bocas–, deduje que estaban fumando. Pude distinguir, junto a la nevera azul, una pequeña montaña de objetos de apariencia metálica. Transcurridos unos minutos, la pareja comenzó a hablar en voz alta. A mis oídos solo llegó un turbio e indescifrable murmullo. De repente, empezaron a reírse y a revolcarse –cada uno por su cuenta– sobre la toalla. Dora se levantó, corrió hacia la orilla y se zambulló en el agua. Su novio corrió detrás de ella, entró en el agua, atrapó a la muchacha, force-jeó con ella, la alzó en brazos como el marido recién casado hace con su esposa, regresó al puesto y tumbó a Dora sobre la toalla. La muchacha se quedó inmóvil. Entonces su novio se precipitó bruscamente sobre ella y, a los pocos segundos, alzó en una de sus manos una prenda que no podía ser más que la parte superior del biquini, la cual fue lanzada a un par de metros de distancia de la toalla; casi en el mismo lugar cayó, poco después, la que debía de ser la parte inferior del biquini. A continuación, el novio de Dora extrajo de la nevera un objeto que parecía una botella, la cual debía de contener alcohol. El muchacho derramó el contenido de la bote-lla por la inmóvil anatomía de la muchacha. Acto seguido, comen-zó a besar y a lamer la bronceada, oleaginosa y etílica piel de Dora. Se demoró en los labios, se demoró en el cuello, se demoró en los pechos, se demoró en el vientre y, sobre todo, se demoró en el pubis, abierto como el capullo de una flor primaveral. Tembloroso como un animal herido, yo me vi obligado a retirar la mirada de aquellos cuerpos desbocados. Durante unos cinco minutos escuché, incapaz de contener los temblores de mi cuerpo, los ostensibles y desinhibidos jadeos de Dora. Cuando éstos cesaron, me atreví a mirar otra vez: el novio de la muchacha, que se había desprendido del bañador, estaba manipulando un objeto negro de forma rectan-gular. De pronto, lo lanzó contra la superficie de la toalla y profirió, en voz alta, palabras soeces. Seguidamente, se puso el pantalón tejano y el polo rojo, se calzó las zapatillas de deporte, recogió el objeto rectangular, le dio un beso a Dora en los labios y comenzó a correr hacia la moto. Para evitar que pudiera verme, yo me tumbé boca abajo en el suelo. Escuché el rugido de un motor y cómo éste se iba haciendo cada vez más débil. Entonces deduje que el novio de Dora había descubierto que, al contrario de lo que pensaba, no había traído preservativos, y que, por tanto, había decidido regresar al pueblo para proveerse de ellos. Estimé que no tardaría más de un cuarto de hora en volver.

Yo estaba totalmente aturdido. La lúbrica escena, de la que solo había contemplado su inicio, me había conmocionado. Aunque sabía que aquel era el momento idóneo para sorprender a Dora –puesto que ella no podría negar la evidencia–, quedé totalmente inmovilizado por el pánico. Deseaba levantarme y dirigirme hacia la muchacha, pero mi cuerpo, que seguía temblando, no me respondía. No recuerdo cuánto tiempo estuve en este estado casi vegetativo. Lo que sí recuerdo es que, de repente, me levanté y, como un autómata dirigido por una fuerza ignota, me adentré en la playa y caminé lentamente hacia la enorme toalla en la que Dora estaba tumbada. Al detenerme silenciosamente, mi sombra se proyectó sobre el espléndido cuerpo desnudo de la muchacha. La arrebatadora hermosura de su pubis moderadamente rasurado me devolvió la conciencia. Junto a la nevera azul había media docena de latas de cerveza vacías. Mezclado con el del alcohol, había en la zona un intenso olor que yo conocía perfectamente: el de la marihuana.

«¿Ya estás aquí?», dijo Dora –que tenía los ojos cerrados– al notar que algo se había interpuesto entre ella y los rayos solares. Yo, sin contestarle, me acerqué aún más. Entonces Dora abrió los ojos, vio mi rostro circunspecto y, de inmediato, profirió un grito ensordecedor. No obstante, sospecho que la muchacha todavía no se había percatado de cuál era la identidad del intruso que la había sorprendido. Lo hizo cuando, tapándose los pechos con las manos, se arrodilló sobre la toalla e irguió la cabeza. Mientras me observaba, el semblante anonadado de Dora se fue tiñendo de espanto. La muchacha se había quedado inmóvil, como la aterida presa que espera a que el depredador ejecute el golpe de gracia. «Vístete, por favor», le pedí yo. Dora se levantó, dándome la espalda –con lo cual me mostró sus túrgidos y simétricos glúteos–, y, tambaleándose como si le resultara difícil mantener el equilibrio, caminó hacia el lugar donde se encontraba el biquini. La muchacha se lo puso con presteza y, desde donde estaba, me dijo: «Mi novio puede llegar en cualquier momento». El tono de su voz indicaba claramente que aquello era una advertencia. Haciendo caso omiso de ésta, yo me acerqué a Dora; y me acerqué tanto, que pude oler el pestilente aliento que exhalaba su preciosa boca, embrutecido por la marihuana y el alcohol. «Apestas», le dije. Dora sonrió. «¿Nos has seguido hasta aquí?», me preguntó. «No me quedaba más remedio», le contesté. «Pues no te conviene estar aquí», me advirtió de nuevo. «Tenía pensado lo que iba a decirte. Pero ahora no tengo palabras con las que expresar la clase de persona que eres», le comenté. «No soy peor que tú», me dijo Dora con osada soberbia. «Cómo te atreves… Me has engañado. Me has utilizado. Te has burlado de mí». «Vaya, por fin te has dado cuenta. Empezaba a pensar que no eras tan inteligente como yo creía. Mira, reconozco que te he contado algunas mentirijillas. Pero te recuerdo que fuiste tú el que se ofreció a ayudarme. Y, ¿por qué lo hiciste? ¿Porque yo te daba pena? No, chaval. Me ayudaste porque querías conseguir algo a cambio. A saber cuántas veces te has pajeado pensando en mí. Creíste que, si me ayudabas, tendrías alguna posibilidad de llevarme al huerto. Yo te he engañado, sí. Pero tú también has interpretado un papel: aparentabas que te preocupabas por mí y, en realidad, solo estabas pensando en follarme. Los dos somos iguales. Los dos hemos jugado sucio. Así que no me mires con esa cara de indignación». Cuando Dora terminó de hablar, las lágrimas resbalaron por mi desolado rostro. Antes de adentrarse en el agua, la drogada muchacha, cuya crueldad se erigía sobre mi cabeza como un despiadado dragón negro, me dijo: «¿De verdad pensabas que tenías algo que hacer conmigo? Ve haciéndote a la idea: a las mujeres no nos gustan los hombres como tú. Espero que te vayas antes de que vuelva mi novio». Inmóvil como una frágil estatua de barro, observé cómo Dora se adentraba en el mar mediante brazadas torpes e inseguras. Aunque mis ojos no cesaron de verla en ningún momento, pronto dejaron de observarla; pronto dejó mi mente extraviada y confusa de pensar en ella; pronto dejaron mis sentidos de percibir el entorno. Fuera del espacio y el tiempo, asistí a la destrucción de mi alma.

Unos gritos desesperados me devolvieron —no sé al cabo de cuánto tiempo— a la cruda realidad de aquella playa. El novio de Dora, con el rostro desencajado por la desesperación, salía del agua sosteniendo entre sus brazos el cuerpo desfallecido de la muchacha. Sollozando, la tendió sobre la arena, unió su boca a la de ella y le insufló enérgicamente su contaminado aliento; seguidamente, presionó su pecho con las palmas de sus manos. Creo que, en ese momento, yo, todavía conmocionado, no era consciente de lo que estaba ocurriendo. Después de varios intentos de resurrección por parte del novio de Dora, ésta expulsó por la boca un chorro de agua, comenzó a toser y abrió lentamente los ojos. Transcurridos unos segundos de desconcierto, Dora y su novio se fundieron en un enternecedor abrazo. Yo reparé en que la muchacha había perdido la cinta amarilla, esa franja virtuosa que, hasta entonces, había coronado su cabeza. Las aguas, justicieras, se la habían arrebatado.

De súbito, recibí un tremendo golpe en la nariz que anegó mis labios y mi barbilla en sangre. Desde la arena a la que yo me había visto precipitado por la fuerza del impacto, contemplé el semblante colérico del novio de Dora. Me arrastré unos metros por la arena hasta que conseguí levantarme. Desde allí caminé, renqueante, hasta la carretera de tierra, mientras la hemorragia de mi nariz iba dejando un reguero de sangre sobre la arena de la playa. Vomité convulsivamente sobre unos arbustos.

Epílogo

Durante el mes posterior al traumático incidente de la playa, dejé simplemente de existir. De lo que ocurrió aquel día después de encauzar el camino de tierra, no recuerdo casi nada, tan solo una asfixiante sensación de angustia, un repentino y demoledor vahído, el contacto de una superficie dura, el olor pastoso de mi propia sangre. Sé, por lo que ellos me contaron mucho tiempo después, que aquel día mis padres acudieron, desesperados, al hospital de Tarragona en el que yo había sido ingresado aquejado de un traumatismo craneoencefálico leve que, según los médicos, no era el causante del extraño estado en que me encontraba. Al parecer, a pesar de que no tenía lesiones cerebrales, ni comí, ni bebí, ni pronuncié palabra alguna a lo largo de los dos días posteriores al incidente. Por lo visto, el tercer día un psiquiatra dictaminó que yo estaba sumido en un estado de conmoción que, con toda probabilidad, había sido causado por algún suceso reciente que me había traumatizado sobremanera. Durante el mes siguiente, la medicación que me prescribió el psiquiatra no surtió ningún efecto: mis padres aseguran que yo me pasaba los días tumbado sobre la cama con la mirada extraviada, como si hubiera perdido la conciencia de mí mismo, como si no percibiera nada de lo que me rodeaba; aseguran, asimismo, que solo salía de mi cuarto para comer y visitar el aseo. De aquellos días, solo recuerdo tinieblas, vastas y fuliginosas tinieblas.

Un día de la primera semana del segundo mes, desperté por fin de mi pesadilla. Y entonces fue cuando comenzó el verdadero sufrimiento. Recuperadas la conciencia y la memoria, me espoleó un dolor que ninguna tortura física de este mundo puede infligir a un ser humano. Cambiaría todo lo que he escrito hasta ahora por una sola frase que pudiera expresar, con exactitud, la magnitud de ese dolor. Aunque éste no desapareció ni su intensidad disminuyó lo más mínimo, con el paso de los días mi comportamiento se fue restituyendo, lo que provocó, en varias ocasiones, los alborozados sollozos de mis padres, que estaban pletóricos de alegría.

Un día de la segunda semana del segundo mes, me levanté muy temprano con la indoblegable intención de acudir a la universidad. Lo curioso es que, hasta entonces, yo no había pensado en ella ni una sola vez. Mis padres, obviamente, trataron de impedir que me marchara. Pero fue en vano: yo no atendí a razones; ni siquiera le permití a mi padre que fuera mi compañero de asiento en el tren que me llevaría hasta Barcelona.

En cuanto llegué esa mañana a la Facultad de Filología, consulté mi horario y, a continuación, comprobé en un panel informativo en qué aulas se impartían las asignaturas de las que me había matriculado en el mes de julio. Fustigado por el dolor –que era ya algo intrínseco a mi ser–, asistí a todas las clases que se impartieron aquel día. Al final de la jornada, me cercioré de que no me resultaría difícil recuperar el tiempo perdido. Cuando salí de la Facultad a mediodía, me vino a la memoria, por primera vez desde que se produjera el incidente de la playa, una nítida imagen del señor Luis. Sin pensarlo dos veces, me dirigí a su domicilio. Una vez allí, piqué a su timbre. No obtuve respuesta. Aproveché que un propietario salía del edificio para entrar en el portal. Subí al segundo piso y piqué al timbre de la puerta del señor Luis. Tampoco obtuve respuesta. Acto seguido, golpeé la puerta con el puño repetidamente. Pero no sirvió de nada. Entonces bajé al portal, localicé el buzón de mi confidente, comprobé que estaba lleno y, finalmente, le propiné una patada que rompió la cerradura. Entre la cantidad ingente de cartas que había en el interior del buzón (cartas bancarias y publicitarias), encontré la última que yo le había escrito al señor Luis. Salí del edificio, me dirigí hacia una cabina telefónica e, impasible, contacté con los bomberos.

Después de comprobar que ninguno de los propietarios del inmueble poseía una copia de la llave del piso del señor Luis, uno de los bomberos echó abajo la puerta del septuagenario. De inmediato, nos golpeó poderosamente el hedor de la muerte. Yo no tuve valor para entrar en el domicilio. De hecho, bajé las escaleras parsimoniosamente y salí del edificio. Me senté en un banco y comencé a llorar desesperadamente. La verdad es que, en ese momento, yo no tenía nada claro por qué estaba llorando. Solo sabía que el dolor –el mismo dolor que no me había abandonado desde que yo emergiera de mi estado de profunda conmoción– se había revuelto en la cuenca de mi alma como un endriago indómito que, con sus sacudidas, había expulsado mi angustia por las comisuras de mis ojos. Cuando vi cómo los enfermeros de la ambulancia salían de la puerta del edificio con su pesado cargamento, me vi obligado a retirar la mirada de aquella escena trágica.

Durante el entierro, no derramé ni una sola lágrima. Yo observaba el nicho que contenía los restos mortales de la persona más importante de mi vida y, en lugar de sobrevenirme una imagen viva y entrañable de esa persona, se me imponía la oscura imagen de una muchacha pusilánime. Esa muchacha ocupaba toda mi mente, y a mí me resultaba imposible deshacerme de ella. Juro por la vida de mis padres que luché con todas mis fuerzas para expulsarla de aquel momento sagrado que estaba profanando con su presencia. Pero fue inútil, pues el dolor que yo sentía por entonces –todos y cada uno de los átomos de ese dolor– era ella quien me lo infligía. En vano traté de sustituir ese dolor por el otro dolor, por el dolor pertinente. Durante un fugaz segundo de lucidez, comprendí la terrible verdad del amor. Entonces un pánico elemental y absoluto anegó todo mi ser. Ese pánico, que todavía perdura, es el que me ha llevado a escribir este libro desde el rincón más oscuro de la casa que el señor Luis, hace ya diez años, me legó en su testamento.